이 선생의 학교폭력 평정기

1판 1쇄 2009년 7월 17일
1판 21쇄 2021년 5월 25일

기획	따돌림사회연구모임
지은이	고은우·김경욱·윤수연·이소운
펴낸이	조재은
편집	임중혁 송수남 김인정 이정화
디자인	정계수 글빛
마케팅	조희정
관리	정영주

펴낸곳	(주)양철북출판사
등록	2001년 11월 21일 제25100-2002-380호
주소	서울시 마포구 양화로8길 17-9
전화	02-335-6407
팩스	0505-335-6408
전자우편	tindrum@tindrum.co.kr
ISBN	978-89-6372-003-6 03810
값	12,000원

따돌림사회연구모임 기획 | 고은우·김경욱·윤수연·이소운 지음

양철북

나를 비롯해 이 책을 쓴 이들은 모두 교사다. 교사들은 경력이 많건 적건 간에 학교에서 학교폭력 때문에 많은 어려움을 겪는다. 여느 교사들처럼 우리도 학교폭력 때문에 힘들었다. 그 원인과 해결책을 알고 싶었다. 그러나 널리 알려진 대책들이나 두툼한 연구서들은 별 도움이 되지 않았다. 답답했다. 그래서 직접 나서기로 했고, 2001년에 '따돌림사회연구모임'이라는 작은 모임을 만들었다.

우리는 맨 먼저 소설이나 영화를 보고 토론을 했다. 학교폭력에 대한 통찰을 배울 수 있을 것이라 기대했기 때문이다. 그러나 문예물들은 학교폭력의 본질을 드러내지 못한 채 흥미 위주로 폭력 자체만을 부각시키기에 급급해 보였다. 게다가 해피엔딩 일색의 결론은 리얼리티가 주는 감동을 떨어뜨리기 일쑤였다. 대중매체나 국가 정책도 마찬가지였다. 대중매체들은 색다른 학교폭력이 일어날 때마다 호들갑을 떨 뿐 심층 보도는 하지 않았다. 국가는 사건이 발생할 때마다 근본적인 원인을 규명하고 대책을 마련하기보다, 몇 가지 통제 수단이나 법적 장치를 도입하는 것에 그쳤다. 큰 폭력 사건이 터지지 않는 한 모든 학교는 평화의 전당이었다. 하지만 실제로 학교의 평화는 밑에서부터 허물어지고 있었다.

우리 교사들이 경험하고 연구해 본 결과, 학교폭력은 일상의 비인간적인 권력 관계에서 비롯된다. 대중매체에 오르내리는 끔찍한 학교폭력은 빙산의 일각일 뿐이다. 아이들은 늘 일상적인 폭력에 노출되어 있다. 아이들은 늘 서로 비교하고, 서열을 인식하며, 경쟁에서 살아남기 위해 자신만의 무기를 갈고닦는다. 그러므로 학교폭력은 아이들이 이 비극적 현실을 인정하고, 자신을 드러내서 친구들과 화목한 관계를 만들고, 스스로 무기를 버릴 때 해결할 수 있다. 그리고 학교가 먼저 나서서 학교폭력의 심각성과 구조를 정확하게 이해하고, 교사, 학생, 학부모와 힘을 합쳐 실질적인 평화 교육 운동을 벌이면 학교폭력을 해결할 수 있다. 이것이 법과 공권력보다 더욱 근본적이고 효과적인 해결 방법이다. 우리는 이러한 생각을 세상 사람들에게 전하고 싶었고, 그 방법으로 소설을 선택했다.

학교폭력을 이해하고 그 해결 방법을 찾기 위해서는 전형적인 사례가 있어야 한다. 그런데 어디서에도 우리가 참고할 만한 사례를 찾을 수가 없었다. 대부분의 사례가 단편적이고 사건 위주였다. 가해자와 피해자라는 이분법에서 벗어나지 못했다. 따라서 총체적이고 구조적으로 학교폭력을 이해하는 것이 불가능했다. 솔직하게 모든 것을 밝히면 학교의 명예나 당사자들의 사생활 보호에 문제가 생길 수 있기 때문이었다. 이 문제는 학교폭력의 실체를 온전하게 보여 주고 싶은 우리에게도 마찬가지였다. 이런 딜레마를 소설이 해결해 주었다. 우리는 소설이라는 허구를 통해 명예와 사생활을 해치지 않으면서도 학교폭력의 전형을 창출하는 데 성공할 수 있었다. 그러나 이 책은 완전한 허구가 아니다. 오히려 실화라고 하는 게 맞다. 책에 등장하는 모든 이야기는 '따돌림사회연구모임' 교사들이 실제로 경험한 것들이다.

이 책에 실린 단편들은 현재 벌어지고 있는 학교폭력의 여섯 가지 전형들이다. '평화의 신은 없다'는 교사가 학교폭력 가해자의 난폭함에 대응하지 못하는 현실을 그린다. '평화의 신은 있다'는 시기와 질투, 따돌림에 물들어 있는 겉모습과는 다르게 아이들의 마음속에 평화에 대한 욕구가 있으며, 그것을 교사가 어떻게 끌어내는지를 보여 준다. '어느 파시스트의 학창 시절'은 일상의 파시즘이 인간관계와 권력 다툼 속에서 증식되어 가는 과정을 파헤친다. '김경태의 생존 수칙'은 아이들이 의식적으로 활용하는 여러 가지 권력 유지 수법을 소개한다.

요즘 아이들이 순진하지만은 않다는 것을 알 수 있을 것이다. '그래도 연극은 계속된다'는 자신들의 거짓과 어리석음을 알면서도, '센 척' 때문에 가식적인 언행을 계속하는 비극적인 현실을 고발한다. '나이팅 게일의 일기'에는 서로 다른 교육관을 가진 두 교사가 등장한다. 이들의 행보를 통해 학교폭력에 철저하게 대응하지 않으면 구조적인 학교폭력을 해결할 수 없음을 이야기한다.

이제 4년여 동안 드러내기와 반성, 토론과 실천을 거듭한 끝에 이 책을 세상에 내놓는다. 부족함이 많지만, 그래도 지난 세월이 무의미하지 않았다는 안도감과 더 큰 일을 할 수 있다는 자신감이 생긴다. 우리들의 취지에 적극 공감하고 지켜봐 준 학생생활연구회의 도움이 컸다.

이 책이 지금도 고통과 위선에 빠져 허덕이는 모든 교사와 아이들에게 조금이라도 위안과 성찰의 씨앗이 되었으면 좋겠다.

2009년 6월
김경욱

차례

평화의 신은 없다

오늘 버스 정류장에서 준혁이를 보았다. 나는 멀찍이서 버스에 오르는 준혁이의 모습을 찬찬히 살펴보았다. 중학교 교복을 입고 있었는데, 이 년 동안 그리 많이 큰 것 같지는 않았다. 준혁이를 아는 체하고 싶은 마음이 조금도 없어서 눈이 마주칠까 봐 고개를 돌려 버렸다. 부디 준혁이가 나를 발견하지 않기를!

준혁이는 중학교에 가서도 여전히 문제아 취급을 받고 있을까? 오히려 체격이 작아서 다른 아이들에게 괴로움을 당하고 있는 것은 아닐까? 어둡고 짜증스러워 보이는 아이의 표정을 살피며 이런저런 추측을 해보았다.

준혁이가 탄 버스가 떠난 뒤에도 좀처럼 아이 생각이 떠나지 않았다. 기다리던 버스가 정류장에 도착했다. 버스에 올라 빈자리에 앉자 추위에 얼었던 몸이 조금씩 녹기 시작했다. 서서히 긴장이 풀리면서 눈꺼풀이 무겁게 내려앉았다. 나는 눈을 감고 삼 년 전 기억을 천천히 떠올렸다.

_운명의 주사위

'운이 없었던 거야. 조금만 버티자.'

작년 한 해 나는 마음속으로 늘 이 말을 떠올리며 스스로 위로했다. 하지만 바닥까지 떨어진 자신감과 아이들에 대한 두려움은 쉽게 회복될 기미가 보이지 않았다. 초등학교 교사들이 가장 무난한 학년으로 꼽는 4학년 담임을 맡았지만, 내게는 지옥 같은 시간이었다. 교실에서는 크고 작은 싸움들이 끊이지 않았다. 그리고 그 속에 교사의 권위는 없었다.

일 년 내내 몸이 아팠다. 가슴이 답답하고, 머리가 어지러웠다. 좋은 기운이 몽땅 빠져나가고 나쁜 기운이 몸 전체를 뒤덮었다. 분노와 원망으로 가득한 아이들의 눈빛을 감당하지 못해 어서 빨리 시간이 지나가기만을 기다렸다.

어느덧 일 년을 다 보내고 출구가 저만치 가까워 오고 있었다. 하지만 좀처럼 마음이 가벼워지지 않았다. 오히려 더 큰 불안과 두려움이 나를 짓눌렀다. '정말 운이 없었던 걸까? 앞으로 어떻게 살아야 하지? 계속 교사 생활을 할 수 있을까?' 수많은 질문들이 머릿속을 떠나지 않았다. 혼돈으로 뒤덮인 기억이 이제까지 내 모든 삶을 송두리째 흔드는 기분이었다. 그동안 잘살아 왔다고 생각했다. 그러나 때때로 내 능력이라 믿었던 성과들이 낯설게만 느껴졌다. 나는 완전히 방향감각을 잃어버렸다.

겨울방학 동안에 예전처럼 여행을 떠나거나 친구들을 만나지도 않았다. 그저 하루 종일 동굴 같은 방 안에서 생각하고 또 생각했다. 우리는 왜 이 모양 이 꼴이 된 걸까? 내 탓일까? 아이들 탓일까? 교실 터가 안 좋았나? 귀신이 씌었나? 나는 이 보이지 않는 괴물의 실체를 밝혀 내고 싶었다. 책을 쌓아 놓고 닥치는 대로 읽었다. 책 속에서 번뜩이는 지혜를 발견할 때마다 암흑 같던 미래가 조금씩 밝아지는 기분이 들었다. 그렇게 무력감을 이겨 내자 자책하는 버릇도 없어졌다. 겨울 방학이 끝나 갈 즈음 나는 조금씩 자신감을 회복했다.

개학을 하고 일주일을 더 보낸 뒤 최악의 일 년이 마무리되었다. 아이들 얼굴 하나하나를 마주하면 측은한 마음이 들기도 했다. 하지만 시간을 되돌려 그때로 돌아간다고 해도 더 잘해 낼 자신은 없었다. 작년 같은 최악의 상황은 단 한 번뿐이라고 스스로 위로했다. 새로운 아이들을 만나면 모든 것이 나아질 것이다!

봄방학이 지나고 새 학년을 꾸리느라 정신없이 바빴다. 그런데 기대와는 다르게 불길한 조짐이 느껴졌다. 전혀 예상하지 못한 변수들이 줄줄이 생기면서 5학년을 맡아야 하는 웃지 못할 상황이 벌어진 것이다. 이런 걸 신의 장난이라고 하나? 기가 막힐 노릇이었다. 드디어 학급을 결정하는 순간이 다가왔다. 너무나 긴장되어 입 안이 바싹 타들어 갔다.

"자, 한 장씩 뽑으세요."

5학년 부장 선생님이 제비가 담긴 봉투를 내 앞에 내밀었다. 심장이 빠르게 뛰었다. 얼굴이 점점 뜨거워지기 시작했다. 이제 봉투에서 제비를 뽑으면 반이 결정된다. 조심스레 손을 넣어 제비를 꺼내 펼쳐 보았다. 2반이었다. 책상 한편에 가지런히 놓인 학급 명부 중 2반 종이 묶음을 집어 들고 재빨리 아이들 이름을 훑어 내려갔다. 제발 아니기를 바랐던 이름이 빼곡히 들어차 있었다. 눈을 비비고 다시 한 번 살펴보았지만 낯익은 이름들은 더욱 또렷하게 공중으로 솟아올랐다. 준혁, 목화, 민기, 진구, 윤식…….

털썩 의자에 주저앉았다. 한참 동안 멍하니 앞만 바라보았다. 머릿속이 텅 빈 것 같았다. 그렇게 마음을 다잡고 또 다잡았지만 아무 소용이 없었다. 간신히 추슬러 놓은 자신감이 다시 바닥으로 곤두박질치고 있었다.

'어떻게 이런 일이 내게 일어날 수 있지? 절대 이 아이들을 감당할 수 없어. 아무리 발버둥을 쳐도 작년과 똑같을 거야. 난 또다시 불행하고 비참해질 거야…….'

순간 나도 모르게 금방이라도 울어 버릴 것 같은 목소리로 소리쳤다.

"누구 저랑 반 좀 바꿔 주실래요?"

저마다 아이들 이름을 살피느라 분주하던 선생님들이 놀란 눈으로 나를 바라보았다. 순간 나 자신도 너무 놀라 당황하고 말았다. '어쩌자고 이런 말을 했지?' 하지만 뱉은 말을 주워 담을 수는 없다.

이미 운명의 주사위는 던져졌다.

_되풀이되는 시작

새 학기 첫날, 나는 몹시 긴장해 있었다. 힘 없이 계단을 올라가고 있는데 준혁이와 민기가 아는 체를 했다. 준혁이는 내가 만난 아이들 가운데 가장 힘든 아이였다. 아니 차라리 두려웠다. 준혁이는 천진난만하다가 갑자기 공포스러울 정도로 과격하게 변하곤 했다. 그럴 때마다 나는 교사로서 이 아이를 어떻게 대해야 할지 몰라 애를 먹었다. 물론 이런 행동을 하는 아이들이 아주 없는 것은 아니다. 하지만 준혁이는 그들과 분명 다른 점이 있었다.

민기는 작년 내내 학급 임원을 도맡아했다. 모든 일에 나서기를 좋아했고 인기를 무척 의식했다. 자기와 친한 아이들 편을 들어서 다른 아이들의 눈총을 사기도 했다. 그는 정말 학급 임원이라는 작은 권력을 멋대로 휘둘렀다.

"어! 이다정 선생님이다. 안녕하세요?"

녀석들은 새 학기가 되어 설레는지 기분이 몹시 좋아 보였다. 아이들이 내 이름을 부르는 것이 어색하게 느껴졌다. 내가 또 담임이 된 사실을 알면 이 아이들은 어떤 표정을 지을까?

엘리베이터 앞에서 목발을 짚고 있는 윤식이와 마주쳤다. 작년에 윤식이는 복도에서 달리기를 하다가 넘어져 다리를 다쳤다. 워낙 체격이 좋은 데다가 다친 뒤 움직이지 못해 살이 더 찐 것 같다. 윤식이도 작년에 이어 또 우리 반이 되었다.

나는 절뚝거리는 윤식이를 부축해서 교실로 들어갔다. 사실은 혼자 들어가기가 멋쩍었는데 윤식이를 만나 다행이다 싶었다. 아이들은 내가 윤식이와 함께 교실로 들어오는 것을 보고도 별 반응을 보이지 않았다. 아이들은 내가 다리가 불편한 윤식이를 도와주러 온 줄로 아는 것 같았다. 하지만 내가 교탁 위에 짐을 올려놓자 여기저기서 웅성거리는 소리가 들려왔다.

"선생님이 또 우리 반 담임 선생님이세요?"

"또요?"

"진짜예요?"

준혁이 둘레에 모여 앉아 있던, 작년 우리 반 아이들이 허세를 부리며 온갖 질문을 퍼부어 대기 시작했다. 일 년 동안 험난한 투쟁이 시작될 것 같은 예감이 들었다. 애써 웃어 보였지만, 아이들의 얼굴을 똑바로 볼 엄두가 나지 않았다. 가방을 뒤적거리며 마음을 다스렸다. 잠시 후 고개를 들어 아이들 쪽을 바라보니 의자 하나에 둘씩, 셋씩 모여 앉아 있어서 앞자리는 거의 비어 있었다. 희남이만 앞줄에 혼자 앉아 있었다.

"선생님! 밖에 동균이 있어요."

누군가 소리쳤다. 얼른 교실 밖으로 나가 보았다. 동균이가 복도에서 고개를 숙인 채 울고 있었다. 한 번도 동균이 담임을 맡아 본 적은 없지만, 학교에서 유명한 아이라서 잘 알고 있었다. 산만 한 덩치에 어리숙한 동균이는 몸에서 늘 냄새가 났다. 엄마가 집을 나간 지 오래되어 동균이는 아빠와 단 둘이 살고 있었다. 가족의 보살핌을 받지 못해 무기력했지만 식탐만은 왕성했다. 그러다 보니 해가 지날수록 덩치가 점점 커졌다. 봄이 다 지나도록 두꺼운 겨울옷을 입고 다니거나 턱없이 작은 옷을 입고 다녔다. 여름이면 엉덩이가 반쯤이나 보이는 반바지를 속옷도 입지 않은 채 한 달 넘게 입고 다니기도 했다.

선생님들은 동균이가 안쓰러워 이것저것 챙겨 주기도 했지만, 뭐든지 넙죽넙죽 받기 좋아하는 동균이를 흉보기도 했다. 아이들은 그런 동균이를 멀리하고 따돌렸다. 내 기억 속의 동균이는 복도에서 폭주

기관차처럼 푹푹 김을 쏟아 내며 화를 내고 있거나 신경질적으로 울고 있는 모습이었다.

"동균이 왜 안 들어오니?"

"진구가 무서워요. 들어가기 싫어요."

"……."

진구라면 작년 우리 반 아이다. 가끔 남자아이들과 다툼을 벌이기도 했지만, 진구는 누구나 인정하는 일장이었다. 아이들은 그런 진구에게 별 불만이 없어 보였다. 불만이 없다는 건 진구의 자리를 탐내지 않는다는 뜻이다. 그런 이유 때문인지 진구는 가끔씩 무료하거나 외로워 보이기도 했다.

그런데 의외로 진구는 나를 호의적으로 대했다. 고학년쯤 되면 남자 아이들은 서로 눈치를 살피느라 여교사에게 친근하게 다가오지 않는 편이다. 하지만 진구는 다정다감하게 표현을 잘했다. 어떤 날은 싸 온 빵을 반으로 뚝 떼어 내게 주기도 했다. 위태롭고 걱정스럽다가도 정감 있고 씩씩해 보이는 진구의 모습은 다양한 감정을 불러일으켰다.

진구와 동균이는 3학년 때 같은 반이었다. 아마 그때부터 진구가 동균이를 심하게 괴롭히기 시작한 것 같다. 4학년 때 서로 다른 반이 되어서도 걸핏하면 동균이 이름을 들먹거리면서 낄낄거렸다. 지난가을, 발야구 수업 때 진구가 공격수에게 했던 말을 아직도 잊을 수 없다.

"야! 눈 딱 감고 발로 뻥 차라고! 박동균이 굴러 온다. 박동균이 굴러 온다. 그렇게 생각하고 뻥 차란 말이야!"

나는 뒷짐을 지고 복도 벽에 기댄 채 얼굴을 찌푸리고 있는 동균이 어깨를 손으로 감싸 안았다. 동균이를 달래서 교실로 들어오자 아이들은 키득키득 웃기도 하고, 작은 소리로 야유를 쏟아 내기도 했다. 예상했던 대로 진구는 과장된 행동을 했다. 동균이가 제 옆을 지나갈 때 한 손으로 코를 막고 고개를 젖히며 익살스런 목소리로 외쳤다.

"아이고, 고린내야!"

교실 안은 순식간에 웃음바다가 되었다. 진구와 아이들은 동균이 옆에 서 있는 나를 전혀 의식하지 않는 듯했다. 동균이가 들어오자 짝 없이 홀로 앉아 있던 희남이가 동균이를 피해 얼른 자리를 옮겨 앉았다. 희남이는 동균이가 자기보다 더 심한 왕따라고 말하고 싶었던 것이다.

나는 드문드문 앉아 있던 아이들을 복도로 내보낸 뒤 키 순서대로 짝을 지어 교실로 들여보냈다. 그런데 갑자기 교실이 소란스러웠다. 무슨 일인가 싶어 들어가 보니 희남이는 놀란 듯 눈을 크게 뜬 채 멀뚱멀뚱 서 있고, 휘아가 날카로운 목소리로 고래고래 소리를 지르고 있었다.

"아악! 저 새끼가 제 자리에 앉았어요."

휘아는 금방이라도 뒤로 넘어갈 것 같았다.

"그래서 휘아가 희남이를 발로 찼어요. 엄청 세게!"

작년에 희남이와 휘아와 같은 반이었던 요셉이가 말했다. 희남이는 꿀 먹은 벙어리처럼 여전히 놀란 눈으로 휘아와 아이들을 번갈아 쳐다보고 있었다. 요셉이가 계속 말을 이어 갔다.

"희남이가 자기 자리 찾는다고 지나가다가 휘아 자리를 건드렸어요."

휘아는 희남이를 때려 놓고 억울하다는 듯이 울고 있었다. 나는 어이가 없어 한동안 아무 말도 할 수 없었다,

자리 소동은 그것으로 끝이 아니었다. 남자아이들이 여자아이들보다 많아서 키가 큰 남자아이들은 자기들끼리 짝을 해야 했다. 둘 다 키가 큰 윤식이와 동균이가 짝이 되었는데, 성이 난 윤식이가 목발을 심하게 다루다가 몇 번이나 쓰러뜨렸다. 아이들은 윤식이가 동균이 짝이 됐다며 약을 올렸다. 윤식이는 눈물을 흘리며 쉴 새 없이 욕을 해댔다. 좀 전에 기대에 부풀어 교실로 들어서던 윤식이의 표정은 온데간데 없었다. 동균이는 자기 때문에 화가 난 윤식이를 바라보며 안절부절못하고 있었다. 나는 애써 윤식이의 모습을 외면하고 남은 일정을 진행했다.

첫날부터 아이들 때문에 여러 번 울음을 터뜨린 동균이는 언제 그랬냐는 듯이 개학식이 끝날 때쯤 특유의 천진난만한 표정을 지어 보였다.

"동균이 오늘 첫날이었는데 어땠니?"

"저야…… 좋죠."

동균이는 머리를 긁적이며 쑥스러운 듯 웃었다.

준혁이가 앞문으로 나가려고 하는 것을 보고 불러 세웠다.

"선생님이 또 준혁이 담임 됐다고 하면 엄마가 걱정하시겠구나."

작년에 준혁이 문제로 일 년 내내 어머니와 미묘한 갈등을 겪었다. 새 학기가 되면 다 끝날 것이라고 생각했는데 이제 다시 시작이라니……. 나는 준혁이를 통해 어머니의 마음을 엿보고 싶었다.

"아니에요. 엄마는 선생님 좋아하세요."

"준혁이는 어떠니? 나랑 또 일 년을 보내게 됐는데?"

"저도 좋아요."

준혁이가 웃으며 말했다. 나도 애써 웃었다.

아이들이 다 빠져나간 텅 빈 교실에 희남이가 남아 있었다. 뒷정리를 도와줄 사람은 손을 들라고 하자 희남이가 번쩍 손을 들었다. 그러자 모든 아이들이 희남이를 바라보았다. 그리고는 서로 눈치를 살피더니 아무도 손을 들지 않았다. 아이들이 급하게 빠져나가느라 책상 줄이 엉망이었다.

"희남이 착하구나. 선생님 도와주겠다고 남고. 책상 줄 맞추는 것 좀 해줄래?"

"네."

희남이는 표정 없는 얼굴로 짧게 대답했다. 희남이는 빠르게 책상 줄을 맞추기 시작했다. 하지만 점점 속도가 느려졌다. 희남이는 골똘히 생각에 잠겨 있었다. 갑자기 희남이가 나를 불렀다.

"선생님."

"어, 왜?"

"아까 청소 당번 정하기로 한 거요. 그렇게 하면 아이들이 좀 힘들어할 것 같으니까 청소 당번을 늘리면 좋을 것 같아요."

"그래, 아무래도 그럴 것 같지? 와, 희남이가 이렇게 선생님에게 좋은 아이디어도 주고 멋진데!"

나는 희남이가 똑 부러지고 대견하다며 여러 번 칭찬을 했다. 하지만 희남이는 여전히 무표정이었고, 건조한 말투도 그대로였다. 내가 가까이 다가가려고 하자 경계를 하는 것이 느껴졌다. 내가 준혁이에게 그랬던 것처럼…….

_저 내릴래요

개학하는 날부터 위태로웠던 진구는 결국 다음 날 동균이와 말싸움을 하다 주먹질을 했다. 나는 진구에게 동균이를 때린 것을 사과하라고 호통을 쳤다. 소란스럽던 교실이 조용해졌다. 진구는 얼굴을 잔뜩 찌푸린 채 한쪽 벽을 뚫어지게 노려보았다.

"피하지 말고 선생님 눈을 똑바로 봐야지!"

진구는 내 쪽으로 고개를 돌렸다. 내키지는 않았겠지만 어쨌든 내 말을 들어준 것이다. 나는 진구가 그렇게 할 것이라고 짐작했다. 잠시 뒤에 진구가 동균이에게 미안하다고 사과를 했다. 동균이는 진구의 말이 끝나기가 무섭게 "괜찮아" 하고 말했다.

개학한 지 얼마 지나지 않아 진구는 축구 선수가 되겠다고 이웃 학교로 전학을 갔다. 그리고 얼마 뒤에 축구복을 제대로 갖춰 입고 학교에 놀러왔다. 작은 키에 동그란 눈, 염색한 파마 머리가 제법 만화에 나오는 축구왕 슛돌이 같았다. 동균이를 비롯한 모든 아이들이 진구를 반겨 주었다. 진구는 기분이 좋았는지 빈 의자에 앉아 수업까지 함께 들었다. 진구의 방문은 그것이 처음이자 마지막이었다.

진구가 전학을 갔다고 해서 억눌린 아이들의 근심이 모두 사라진 것은 아니었다. 오히려 아이들은 진구를 그리워하는 것 같았다. 점심시간이면 동균이는 도서관에 갔고, 희남이는 혼자 교실 안을 어슬렁거리며 돌아다녔다. 아이들은 희남이가 옆에 오기만 해도 밀치고 무섭게 노려보았다.

첫날 희남이가 자기 자리에 앉았다고 울고불고했던 휘아는 안쓰러울 정도로 불안해 보였다. 겉으로는 아이들에게 화내고 짜증을 부리며 공격적인 모습을 보였지만, 어쩐지 아이들을 두려워하는 것처럼 느껴졌다. 얼마 전에도 짝꿍이 자기 물건을 만졌다고 교실 바닥에 의자를 집어 던져 모두를 놀라게 했다. 휘아와 조용히 이야기를 해볼 필요가 있었다.

아이들이 모두 돌아간 뒤 휘아와 교실에서 이야기를 했다. 휘아는 아이들이 오래전부터 자기를 따돌려서 괴롭다고 했다.

"왜 아이들이 너를 왕따시킨다고 생각하니?"

"제가 싸움을 못하니까 그래요."

"근데 오늘 있었던 일을 보면 짝꿍이 휘아에게 조금만 실수해도 신경질을 부리는 것 같던데, 아니야?"

"걔가 제 물건을 함부로 만졌단 말이에요!"

"휘아도 가끔 그렇게 할 때가 있을 거 아냐. 친구가 작은 실수를 했을 때 그렇게 화를 내면 친구들이 멀어질 수밖에 없지 않을까?"

"아니에요. 저는 애들한테 실수하지 않아요. 그리고 공부 잘해도 아무 소용 없어요. 싸움을 잘하는 수밖에 없어요. 안 그러면 계속 애들이 절 무시하고 괴롭힐 거예요."

"정말 그럴 거라고 생각하니? 나는 생각이 조금 다른데……."

"전 상관없어요. 제 생각은 안 달라져요."

경계심으로 가득 찬 휘아가 그동안 왜 그렇게 불안하고 힘들어 보였는지 이해할 수 있을 것 같았다. 휘아에게 더 해줄 말이 생각나지 않아 나도 모르게 한숨이 나왔다. 휘아에 대해 좀 더 알아보기 위해 4학년 때 담임 선생님에게 휘아에 대해 물어보았다.

"제 할 일 열심히 잘하고, 문제 없는 아이예요."

"휘아가 짝한테 의자를 집어 던졌어요."

"그게 무슨 소리야? 걔가 우리 반에서 1등으로 올라간 아인데……."

휘아의 4학년 담임 선생님은 내가 휘아에게 문제가 있다고 말하는 것이 의외인 듯 불편해 보였다. 더 묻지 않는 게 좋겠다 싶어 다른 아이 이야기로 화제를 돌렸다.

"작년 선생님반 희남이도 우리 반 됐는데, 친구가 하나도 없어요."

"희남이는 좀 불쌍하지……. 걔는 코 흘리는 것 때문에 그래. 코가 줄줄 흐르는데 애들이 안 놀려? 집에서는 왜 치료를 안 하는지 몰라. 그것 때문에 왕따당한다고 그렇게 얘기를 했는데도 부모가 대책을 안 세우니……. 코 묻은 손으로 애들 책상이나 물건을 만지니까 애들이 싫어할 수밖에 없지 뭐."

희남이는 비염이 심해 겨울이면 콧물이 계속 나왔다. 병원에서 치료를 받고 있는 것 같았지만 별로 나아지지 않았다. 희남이가 왕따를 당하는 이유가 비염 때문에 콧물이 나와 지저분해서라면 비염만 고치면 왕따도 해결된다는 말이다. 과연 그럴 수 있을까? 머릿속이 복잡해졌다.

희남이에게 콧물이 문제라면, 동균이에게는 몸에서 나는 고약한 냄새가 문제였다. 또래보다 어수룩한 동균이는 아이들이 깔보고 따돌리면 시무룩해 있다가도 금세 아이들을 졸졸 쫓아다니며 장난을 쳤다. 자기만 나타나면 멀리 도망가거나 너무 놀라 온몸을 바르르 떠는 아이들을 보고 키득키득 웃어 댔다. 다 해진 실내화를 신고 육중한 몸을 질질 끌면서 복도를 달리면, 아이들은 비명을 지르며 동균이를 피해 벽에 바짝 붙었다. 마치 홍해가 갈라지는 풍경을 보는 것 같았다.

작년 동균이 담임은 동균이가 친구 사귀는 방법을 모르고 이기적으로 변해서 걱정이라고 했다. 나 역시 걱정이 되었다. 그러나 '아무도 같이 놀려고 하지 않고 말도 걸지 않는데 동균이가 친구 사귀는 방법을 어떻게 배울 수 있을까?' 하는 의문이 들었다. 희남이와 동균이는 사람들이 나쁘게 보면 볼수록 점점 고집불통이 되거나 공격적으로 변해 갔다. 안타깝게도 이러한 모습들은 희남이와 동균이가 따돌림에서 벗어날 수 없는 이유가 되었다.

동균이의 약점은 아이들을 날마다 자극했다. 동균이 몸에서 나는 고약한 냄새를 없애는 일이 무엇보다 급했다. 날이 더워지면서 교실에서 퀴퀴하고 이상한 냄새가 났다. 자리를 바꾸는 날은 언제나 전쟁이었다. 아이들의 관심은 온통 동균이와 희남이 같은 왕따 아이들하고 짝을 피하는 것에 쏠려 있었다. 동균이 짝이 된 아이는 아예 두 다리를 책상 밖으로 내놓고 어정쩡한 자세로 앉아 공부했다. 그러다가 동균이가 팔을 올리거나 고개를 돌리기만 해도 냄새가 난다며 짜증을 냈다. 어쩌다 살짝 몸이 닿기라도 하면 울기까지 했다.

아이들의 이런 태도를 타일러 보기도 했지만 소용이 없었다. 짝을 바꿀 때마다 이런 상황이 되풀이되자 나도 점점 지쳐 갔다. 그래서 동균이에게 혼자 앉는 것이 어떠냐고 달래 보았다. 동균이는 아이들이 대놓고 자신을 싫어해도 혼자 앉고 싶어 하지 않았다. 고심 끝에 동균이를 앞자리에 혼자 앉히고 내가 말벗이 되어 주기로 했다. 어떻게든 냄새가 덜 나게 하기 위해 몇 번 동균이에게 옷을 사다 주었다. 하지만 새 옷이 불편한지 동균이는 입던 옷만 계속 입었다.

어수선한 교실 분위기를 다잡기 위해 나는 여러 가지 학급 운영 계획을 실행했다. 일주일 동안 성실하게 생활한 모둠에게 선물과 재미있는 이벤트를 적은 쪽지를 뽑는 기회를 주었다. 이러한 보상을 통해 서로 배려하도록 이끌고, 특히 따돌림을 당하는 아이들이 자연스럽게 어울리도록 하고 싶었다.

그날은 동균이 모둠이 제비를 뽑는 날이었다. 아이들은 기대에 찬 얼굴로 제비를 뽑았다. 학용품을 뽑은 아이도 있었고, '선생님이 한턱 쏘기' 쪽지를 뽑은 아이도 있었다. 동균이가 마지막으로 제비를 뽑았다. 그런데 동균이는 쪽지를 구기면서 교실 구석으로 달려갔다.

"동균이는 뭘 뽑았니? 이리 줘봐."

"어, 저……."

"뭔데?"

동균이는 쑥스럽다는 듯 머리를 잡고 큰 소리로 "어떡해! 어떡해!"를 연발했다. 아이들이 동균이가 있는 쪽으로 우르르 몰려가자 나는 얼른 동균이 손에서 쪽지를 뺏어 들었다. '일이 어떻게 되어 가는 거지?' 올해는 어떻게라도 아이들과 잘해 보려고 머리를 굴리다 어느 시골학교 교사의 학급 운영을 차용해 본 것이었다. 아이들 업어 주기, 손톱 깎아 주기, 발 씻어 주기……. 나도 그렇게 아이들을 품어 주는 교사가 되고 싶었다. 그런데 몇 주째 세상 구경도 못하던 제비가 동균이 손에 들려 있었다. 짧은 순간 고민이 밀려 왔지만 더 주저할 시간이 없었다. 나는 큰 소리로 쪽지를 읽었다.

"선생님이 동균이를 업고 교실을 한 바퀴 돈다."

순식간에 비명이 교실 안을 가득 채웠다.

'내가 동균이를 업고 돌면 아이들이 동균이를 조금 다른 눈으로 볼지도 몰라. 지금 내가 머뭇거리면 냄새나는 동균이는 아이들에게 더 무시당할 수도 있어.' 이런 생각들이 떠오르자 나는 동균이에게 등을 내주며 말했다.

"자, 업혀!"

동균이가 주저하기에 괜찮다며 의자에 올라가서 업히라고 했다. 늘 시끌벅적한 교실이 쥐 죽은 듯 조용해졌다. 아이들의 모든 눈이 동균이와 내게 향해 있었다. 망설이던 동균이가 내 등에 업혔다. 쑥스럽고 멋쩍어도 그리 싫지는 않은지 동균이 입가에 웃음이 번졌다. 동균이는 예상했던 대로 무척 무거웠다. 게다가 퀴퀴한 냄새 때문에 숨이 막혔다. 나는 동균이를 업고 천천히 교실을 돌기 시작했다. 아이들은 처음에는 신기해하며 장난기 가득한 눈빛으로 나와 동균이를 바라보았다. 그런데 시간이 지날수록 분위기가 이상해졌다. 아이들 사이에서 거친 말들이 쏟아져 나왔다.

"뭐냐, 저 새끼. 냄새나!"

"이리 온다! 악, 피해! 씨발 놈, 재수 없어!"

고개를 들었을 때 준혁이가 동균이를 향해 욕을 하고 있었다. 처음에 호기심이 가득했던 아이들의 표정은 일그러져 있었다. 동균이와 합체된 나를 마치 거대한 쓰레기더미처럼 보는 듯했다. 동균이와 내가 아이들에게 가까이 갈수록 아이들은 우리에게서 멀어졌다. 교실을 반 바퀴 돌았을 때쯤 동균이가 바둥바둥거렸다.

"왜 그래, 동균아?"

"저 내릴래요!"

동균이는 다급한 목소리로 말했다.

"왜? 한 바퀴 돌아야지."

"싫어요. 에이, 애들이 자꾸 뭐라고 하잖아요!"

신경질을 내는 동균이를 내려놓았다. 아이들은 재미있는 구경이 끝났다는 듯 뿔뿔이 흩어졌다.

'선생님은 너무 순진하시네요. 바보같이 동균이를 업었어요? 이제 선생님도 동균이처럼 왕따가 될 거예요.'

아이들의 비웃음이 들리는 듯했다.

동균이는 학교에서 무료 급식 지원을 받았다. 그런데 필요한 서류를 준비하는 일도 너무 힘들었다. 동균이 아버지는 전화를 거의 받지 않았다.

"서류가 꼭 필요한데, 어떻게 하지? 동균이가 동사무소에 다녀올 수 있니?"

"못할 것 같은데요……. 한 시간도 더 걸어가야 할걸요?"

"동사무소가 동네에 있는데 왜 한 시간이나 걸어가?"

"몰라요. 한 시간 걸어가야 할 거예요."

"내가 동균이 집에 한번 가봐야겠다."

"……예, 오세요."

뭔가를 골똘히 생각하더니 동균이가 씩씩하게 대답했다.

"왜? 선생님이 가는 게 좀 그래?"

"한방 쓰거든요. 아빠랑 저랑 또 개랑 고양이랑."

그러고 보니 너무 오래 입어 지저분한 동균이 옷에는 개털이 잔뜩 묻어 있었다. 동균이네 집에 가봐야겠다는 생각이 들면서도 쉽게 발이 떨어지지 않았다. 동균이가 어떻게 사는지 직접 눈으로 확인한다고 해서 무엇을 해줄 수 있을까? 오히려 자괴감에 빠질 수도 있었다.

우리 학교는 전학 오는 아이들과 전학 가는 아이들이 유독 많았다. 선생님들의 말에 따르면, 집안 형편이 어려워져 전학을 왔다가 형편이 나아지면 다시 떠나는 경우가 대부분이라고 했다. 서울의 외곽 지대인 이 오래된 동네는 길이 좁고 열악했다. 아이들은 주차된 차들로 번잡한 경사진 도로나, 주택가로 이어진 좁고 구불구불한 언덕길을 자전거를 타고 위험하게 돌아다녔다. 아이들의 가정 형편은 대개 아파트에 사느냐 주택에 사느냐에 따라 나뉘었다. 다세대 주택에 사는 아이들 중에는 부모가 이혼해서 한 부모와 살거나, 조부모 또는 친척 집에 사는 경우가 대부분이었다.

아이들이 처한 상황은 고스란히 학급 분위기로 이어졌다. 아이들은 서로 미워하고 무시했다. 크고 작은 문제들이 끊임없이 일어났다. 아이들 사이의 거리감을 좁히는 것은 너무나 힘들었다. 때로는 그 방법을 찾기가 불가능하다고 느껴질 정도였다.

학기 초부터 동균이 아버지에게 여러 번 전화를 했지만 통화를 할 수가 없었다.

"동균아, 아버지가 왜 전화를 안 받으시지?"

"……아빠 전화가 정지된 것 같던데요."

동균이에게 대충 사정을 들은 뒤로 한동안 연락을 하지 않았다. 시간이 흘러 서류를 내야 할 날짜가 코앞에 닥쳤다. 수업을 마치고 다시 한 번 전화를 했다. 신호가 열 번쯤 갔을 때 수화기 너머로 작은 목소리가 들려왔다.

"예."

"저 혹시 동균이 아버지세요?"

"누구시죠?"

"예. 저 동균이 담임이에요."

"아…… 예…….”

마침내 동균이 아버지와 통화를 할 수 있었다. 하지만 통화하는 내내 많은 인내심이 필요했다. 필요한 서류를 꼭 보내주셔야 한다고 몇 번이나 당부를 했지만 동균이 아버지는 시원하게 대답을 하지 않았다. 전화기 너머로 침묵이 흘렀다. 잠시 뒤에 동균이 아버지는 알았다고 힘 없이 대답했다. 동균이가 학교에서 어떻게 생활하고 있는지 아버지와 더 많은 이야기를 나누고 싶었고 당부할 말도 많았다. 하지만 동균이 아버지의 목소리가 너무 힘이 없어서 이야기를 더 이어 나갈 수 없었다. 다음에 또 전화를 하겠다고 인사를 하고 전화를 끊었다. 교장 선생님과 복지 담당 선생님에게 동균이 문제를 상의해야겠다고 생각을 정리했다.

다음 날 동균이는 교실에 들어오자마자 환하게 웃으며 내게 봉투를 내밀었다.

"이게 뭐게~요?"

뮤지컬 배우처럼 노래하듯 말하는 동균이의 모습이 재미있어 웃으며 물었다.

"뭐지?"

봉투 안에는 동사무소에서 떼어 온 서류가 들어 있었다.

"우리 아빠가 해주신 거예요!"

동균이의 표정에는 아버지에 대한 자랑스러움이 가득했다.

"저 이제 급식 먹을 수 있죠?"

_준혁

준혁이는 5학년이 되어서 작년에 같은 반이었던 민기, 목화와 친하게 지냈다. 요셉이는 3학년 때 준혁이와 같은 반이었는데, 5학년에 올라와 준혁이를 유난히 좋아하고 늘 따라다녔다. 이 아이들은 학기 초부터 몰려다녔다. 이 아이들에게는 공통점이 두어 가지 있었다. 동네에서 가장 좋은 아파트에 살고 있었고, 멋내기와 인기에 관심이 많았다. 여자 친구 사귀기, 축구, 게임, 자전거 타기 등 취미도 비슷했다. 그리고 이들은 몇 년 동안 계속 학급 임원을 도맡아 왔다.

하지만 임원이라는 직책은 이 아이들에게 별 의미가 없었다. 감투만 썼을 뿐 학급 일을 전혀 돌보지 않았기 때문이다. 그래서 반 아이들은 불만이 가득했다. 나 또한 마찬가지였다. 어떤 때는 이들이 한없이 밉고 원망스럽기까지 했다. 이런 내 마음을 눈치 챈 아이들은 오히려 나를 무시하거나 반항하는 것으로 되갚으며, 결집력을 더욱 강화해 나갔다. 5학년에 올라와서도 학급 임원을 사이좋게 나누어 맡은 이들을 사랑으로 감싸고 달랠 만한 여력이 내겐 없었다. 상황이 작년과 똑같이 돌아가고 있었다.

평소에 준혁이 패거리는 동균이를 대놓고 조롱하거나 더럽다고 피했다. 하지만 심심할 때면 동균이를 좋은 놀잇감으로 삼았다. 괜히 동균이를 건드리고는 동균이가 잡으려고 하면 소리를 지르며 동균이를 피해 도망을 다녔다. 동균이도 아이들과 장난치는 게 즐거운 듯했다. 나도 아이들이 동균이를 완전히 무시하는 것보다는 이렇게라도 동균이와 어울리는 편이 나을지 모른다고 생각하곤 했다.

그러던 어느 날 사고가 터졌다. 준혁이가 동균이를 주먹으로 때려서 쌍 코피를 냈다. 점심시간이 끝날 때쯤 복도에서 천장이 무너질 듯한 괴성이 들려왔다. 아이들은 동균이보다 먼저 교실로 달려 들어와 일이 벌어졌다고 소란을 피웠다. 동균이가 학교가 떠나가라 큰 소리로 울면서 앞문으로 들어왔다. 코피가 얼굴 가득 번져 있었다. 뒷문에 서 있던 준혁이는 무서운 얼굴을 하고 있었다.

준혁이의 저 표정을 작년 내내 보았다. 내가 아무리 혼을 내도 조금도 무서워하지 않는 듯한 매서운 표정이었다. 게다가 자신은 아무 잘못이 없으며, 오히려 꾸중하는 나 때문에 더 화가 났다고 거침없이 대꾸하기까지 했다. 준혁이가 이럴 때마다 온몸에서 힘이 빠져나가는 것 같다.

아이들에게 왜 싸움이 벌어졌는지 물었다. 그 자리에 함께 있었던 아이들이 목청을 높여 동균이가 먼저 잘못했다고 말했다. 나는 동균이와 준혁이에게 어떻게 된 일인지 설명하라고 말했다. 동균이가 먼저 입을 열었다.

"처음에 잡기 놀이를 했는데, 애들이 도망치면서 자꾸 이상한 말을 하면서 놀리고 기분 나쁘게 해서……."

"그래서?"

"저도 애들한테 욕했어요."

"뭐라고?"

"……."

"씨발 놈이라고 했어요!"

듣고 있던 준혁이 패거리가 맞장구를 치며 큰 소리로 입을 모았다.

"그랬는데…… 준혁이가 제가 욕했다면서 주먹으로 때렸어요."

"그래? 그럼 이번에는 준혁이가 말해 봐."

"……."

준혁이는 아무 말도 하지 않은 채 화가 난 얼굴로 다른 곳을 뚫어져라 보고 있었다. 나는 준혁이가 끝까지 대답하지 않으리라는 걸 알고 있었다. 지난 일 년 동안 겪을 만큼 겪었다. 더는 시간을 끌 필요가 없었다. 아이들에게 모두 자리에 앉으라고 했다. 그러고 나서 동균이와 준혁이가 싸운 이유와 두 아이의 잘못이 무엇인지 아이들에게 정리해서 말해 주었다. 그리고 준혁이가 동균이를 때린 것이 잘못이니 동균이에게 사과하라고 말했다. 아이들은 고개를 끄덕이며 인정한다는 표정을 지었지만, 준혁이는 여전히 화가 난 채 아무 반응이 없었다.

"선생님! 제가 먼저 사과할게요. 준혁아, 미안해."

언제나 그랬듯이 이번에도 동균이가 준혁이에게 먼저 미안하다고 말했다. 한참 뜸을 들이던 준혁이는 들릴 듯 말 듯 모기 소리만한 목소리로 중얼댔다.

그때 수업 시작종이 울렸다. 남자아이들은 앞다투어 준혁이의 기분을 풀어 주기 위해서 준혁이의 어깨를 감싸고 팔을 잡아끌며 자리로 돌아갔다. 이런 날이면 준혁이는 하루 종일 짙은 먹구름에 싸여 독기를 내뿜었다. 온통 준혁이에게 신경이 쓰였지만 일부러 못 본 척했다.

'네가 아무리 그래도 난 전혀 신경 쓰지 않아.'

준혁이는 수업 시간 내내 멍하게 있다가 쉬는 시간이 되면 아이들을 툭툭 건드리며 시비를 걸었다. 내가 보고 있는 것을 뻔히 알면서도 거침없이 행동했다. 나는 그만두라고 준혁이를 혼냈다. 그러나 더 큰 문제는 준혁이 패거리가 준혁이가 하는 대로 똑같이 따라한다는 것이었다. 이 아이들은 준혁이를 보호하기 위해 더욱 견고한 벽을 둘러치고 있는 듯했다.

주말 내내 준혁이 때문에 골치가 아팠다. 월요일에 다시 만난 준혁이는 아무 일도 없었다는 듯 순진한 표정을 지었다. 심지어 내게 갖은 재롱과 애교를 부렸다. 처음에는 준혁이의 모습에 너무 화가 났다. 그런데 이런 일이 몇 차례 되풀이되자 '내가 이 아이에 대해 잘못 알고 있는 것은 아닐까?' 하는 의구심이 들었다. '그래, 내가 잘못 알고 있었어. 준혁이는 어린 아이일 뿐이잖아. 내가 더 성숙하게 행동해야 했어' 하고 생각하곤 했다.

진구, 민기, 목화, 준혁이를 이 년째 맡고 있지만, 준혁이는 내 마음을 갑갑하게 누르고 있는 무거운 돌이었다. 나는 연민과 미움의 경계에서 어찌 할 바를 모른 채 괴로워하고 있었다.

준혁이가 동균이와 싸움을 한 뒤 다른 아이들의 미묘한 움직임에도 굉장히 신경이 쓰였다. 준혁이가 동균이를 때린 사건은 아이들에게 폭력에 대한 경각심을 갖게 한 것이 아니라, 오히려 동균이처럼 따돌림을 당하는 아이에게는 폭력을 써도 된다고 생각하게 만든 것 같았다. 왕따인 아이를 괴롭히는 것은 적에게 정당한 방어를 하는 것이고, 용기 있는 결단이라고 여기는 듯했다. 준혁, 민기, 목화, 요셉이를 포함한 남자아이들은 내가 언제나 동균이나 희남이 편만 드니 공정하지 못하다고 불만이었다.

나는 더 지혜롭고 현명하게 처신할 수 있는 방법을 찾지 못하고 있었다. 내가 할 수 있는 일이라곤 왕따 아이들이 다른 아이들에게 맞지 않도록 보호해 주는 것뿐이었다. 아이들은 내가 무능하고 권위가 없다는 사실을 확인시켜 주기라도 하듯 나에 대한 생각을 거침없이 쏟아 내곤 했다. 심지어 내가 보고 있을 때도 동균이가 냄새나고 더럽다고 계속 놀리고, 희남이를 사사건건 괴롭혔다.

준혁이는 수업에 집중하지 못했다. 자주 졸고 있거나, 불만이 가득한 얼굴로 책상 위의 물건을 두드리거나 교실 이곳저곳을 돌아다니며 수업을 방해하곤 했다. 쉬는 시간이 되면 준혁이는 수업 때와는 정반대의 익살스럽고 흥분한 모습으로 아이들을 몰고 교실과 복도를 쏘다녔다.

준혁이는 늘 남자아이들에게 둘러싸여 있었다. 준혁이는 남자아이들에게 인기가 많았다. 그러나 내가 보기엔 그 아이들도 준혁이를 좋아하면서도 두려워했다. 함께 놀다가도 준혁이가 화를 내면 남자아이들은 준혁이의 기분을 풀어 주기 위해 안절부절못했다. 전학 간 진구가 아이들에게 무섭게 달려들 때, 민기와 목화가 아이들 앞에서 센 척할 때도 빈틈이 보였다. 그러나 준혁이는 달랐다. 준혁이에게는 비집고 들어갈 틈이 보이지 않았다.

아이들은 준혁이의 기분을 상하게 하지 않기 위해 노심초사했다. 남자아이들은 앞다투어 센 척을 하고 점점 더 거칠게 행동했다. 마치 그

길만이 준혁이 패거리에서 자신의 자리를 찾고, 살아남는 방법이라고 확신한 것처럼……. 준혁이는 아이들을 때리는 것은 말할 것도 없고, 교사인 나도 제멋대로 쥐고 흔들어 댔다. 날마다 전쟁을 치르는 것 같았다.

_욕구불만

"선생님, 하루 종일 용수가 머리를 때려요."

희남이가 울먹이며 다가와 말했다. 애들이 아무리 괴롭혀도 참기만 하는 희남이가 이렇게까지 말을 할 정도면 버티기가 정말 힘들었다는 신호였다.

저 멀리서 용수가 가늘게 찢어진 눈으로 나와 희남이를 보고 있는 것이 느껴졌다. 용수의 얼굴은 이미 잔뜩 일그러져 있었다.

"용수, 이리 와봐."

"싫어요!"

"왜 희남이 때렸어? 희남이가 너한테 뭐 잘못한 거니?"

"쟤는 스트레스용이에요. 화풀이 대상이라고요."

"그게 무슨 소리야? 어떻게 그렇게 말할 수 있니?"

"희남이는 옛날부터 스트레스용이에요. 제가 원하는 만큼 마음대로 때려도 돼요."

잔뜩 흥분한 용수는 어깨를 들썩거리며 가쁘게 숨을 쉬었다. 더 이야기를 할 수 없을 것 같아 용수에게 수업이 끝나고 남으라고 했다. 그러자 용수는 더 흥분해 고래고래 소리를 질러 댔다. 여기서 밀리면 안 되겠다 싶어 강하고 단호한 어조로 다시 한 번 용수에게 남으라고 말했다.

수업이 끝나고 아이들이 모두 집으로 돌아갔다. 용수는 집으로 가지 못해서 더욱 화가 나 있었다.

"용수야, 이리 와."

언제라도 뛰어나갈 준비를 마친 용수가 앞문에 기대 서 있었다.

"싫어요. 할 말 있으면 선생님이 오세요."

순간 말문이 막혀 용수의 얼굴을 바라보았다.

"……."

"빨리 말해요. 나 피시방 가야 돼요. 친구들이 기다린단 말이에요."

"……."

"저 갈 거예요."

"네가 그런 식으로 이야기하니까 선생님 마음이 안 좋구나."

"안 좋든지 말든지 제 알 바 아니에요. 빨리 말해요. 시간 없어요."

"……."

"저 갈 거예요."

잠시 주저하던 용수가 교실 문 밖으로 나가 버렸다.

그렇게 시작된 용수와의 전쟁이 일주일이나 이어졌다. 불같이 화를 내는 용수를 진정시킬 수 없었다. 용수가 독한 말을 쏟아 내면 나 역시 되받아쳤다. 우리는 마치 공을 튕겨 상대에게 재빠르게 건네는 탁구 선수 같았다. 내가 공격하면 용수는 화가 나서 어쩔 줄 몰라 했다. 용수는 나에게 거침없이 막말을 했다. 심지어 수업 시간에 의자 두 개를 붙이고는 보란 듯이 옆으로 누워 있기도 했다. 우리는 질세라 상대를 약 올리는 데 열을 올렸다.

그런 용수의 모습이 당황스럽고 기가 막히면서도 나도 모르게 피식 웃음이 나왔다. 작은 체구의 꼬마 악동이 얄궂은 투정을 부리는 것 같았기 때문이다. 어쩌면 이런 빈틈 때문에 준혁이에게는 엄두도 내지 못했을 용기가 생겼는지도 모른다. 용수의 도전을 정면으로 받아 보자!

어느 날 용수가 폭발하는 일이 일어났다. 용수가 여자 짝꿍과 티격태격하다가 짝꿍의 식판을 엎어 버린 것이다. 나는 용수를 나무랐다. 그러자 용수는 내게 욕과 반말을 마구 해댔다. 교실은 순식간에 아수라장이 되었다. 나는 용수의 두 팔을 꽉 잡아 벽 쪽으로 밀었다. 구석에서 벌을 세우려 했지만 용수는 내 손에서 빠져나가려고 발버둥을 쳤다. 마음속으로 흥분하지 말자고 주문을 걸었다. 이런 경우에는 당황하지 말고 단호하게 대처해야 한다. 나는 아이들에게 빗자루를 가져오라고 소리를 질렀다. 아이들이 가져다 준 빗자루를 손에 쥐자 용수는 매를 맞지 않으려고 나를 밀쳐 냈다. 한 손으로는 용수를 잡고, 한 손으로는 빗자루를 휘두르려 했지만, 빗자루는 몸부림치는 용수의 엉덩이에 힘없이 깔려 버렸다. 순간 용수는 땅바닥에 주저앉으며 울음을 터뜨렸다.

"씨발, 안 맞을 거야! 폭력 교사, 경찰서에 당장 신고해 버릴 거야!"

한쪽에서 용수와 내가 한창 실랑이를 벌이고 있는데도 아이들은 점심을 먹고 있었다. 밥을 다 먹은 뒤 집으로 가는 아이들도 있었고, 재미있는 구경이라도 난 듯 몰려들거나 근심스런 표정으로 바라보는 아이들도 있었다.

나는 용수를 단단히 포위한 채 용수 어머니에게 전화를 걸었다.

"어머니, 지금 학교로 와주셔야겠습니다."

아이들이 모두 집으로 돌아간 한산한 교실에 용수와 나만 남아 있었다. 이제 흥분이 조금 가라앉은 듯 용수의 숨소리가 가늘어졌다. 그런데 벌을 받고 서 있던 용수가 가방을 들고 갑자기 사물함으로 달려가더니 짐을 싸기 시작했다.

"이따위 학교 내일부터 올 일도 없어. 학교 안 다닐 거야!"

팔짱을 낀 채 용수의 모습을 지켜보고 있자니 교감 선생님의 목소리가 방송에서 들려왔다.

"5학년 이다정 선생님! 교무실에 학부모가 찾아오셨으니 빨리 내려오시기 바랍니다."

용수 어머니와는 두 차례 전화 통화를 한 적이 있다. 투박한 말투의 용수 어머니는 예상과는 다르게 둥근 얼굴에 부드러운 인상이었다. 흥분한 용수와 나에 비해 어머니는 여유로워 보였다. 어머니도 용수의 문제를 잘 알고 있고, 담임인 내가 무슨 고민을 하고 있는지 이해한다고 했다.

요즘 부모들은 교사에 대한 믿음이 없어서 늘 신경이 쓰였다. 오늘 급식 시간에 일어난 일은 작은 소동이 아니었다. 용수는 교사에게 욕을 했다. 그래서 교감 선생님에게 용수 어머니와 면담하게 해달라고 부탁했다. 교감 선생님과 면담이 끝나자마자 나는 용수와 용수 어머니를 만났다. 용수는 거침없이 불만을 이야기했다. 초등학교 5학년 아이가 구구절절 자기 말을 이어가는 게 신기할 정도였다.

"선생님은 폭력 교사야. 날 때렸어. 선생님이 먼저 싸움을 걸었어. 내가 선생님한테 한 것도 아닌데 날 혼냈어. 이제부터 학교에 안 다닐 거야. 나는 학교도 싫고 다 싫어. 엄마도 똑같아. 일요일 날 밥 한 번 제대로 해준 적 있어? 만날 피시방에도 못 다니게 하고, 집에 있는 컴퓨터는 썩어서 되지도 않고, 친구들하고도 못 놀게 하잖아. 내 마음대로 할 수 있는 게 하나도 없어. 차라리 죽어 버리고 싶어. 엄마는 고스톱 치면서 나는 왜 피시방 못 가게 하고, 인형 뽑기는 왜 못하게 해? 아르바이트도 못하고. 어른들은 하고 싶은 거 다 하면서 나는 아무것도 안 돼. 엉엉, 애들도 짜증 나고 학교도 짜증 나! 학교 안 다니고 싶어. 엄마는 말로만 공부 못해도 되고 건강하게만 자라라고 하더니 다 하지 말라고 하고. 에이, 짜증 나! 짜증 나! 이렇게 사느니 차라리 죽어 버릴래."

용수의 길고도 긴 이야기가 끝날 때쯤 용수 어머니가 말했다.

"그래, 너 학교 안 다니면 뭐 하고 살 거야?"

"몰라, 몰라. 짜증 나. 죽어도 안 다녀. 욕도 다 배운 거야. 사람들이 하니까 내가 쓰는 거야. 나 혼내지 마. 친구들도 다 욕하는데, 나는 왜 안 돼? 피시방 가면 어른들은 다 하면서……. 나는 돈도 없고, 만날 친구들이 시켜 줘야 갈 수 있고."

"너한테 좋지 않기 때문에 하지 말라고 하는 걸 왜 몰라? 피시방 공기가 얼마나 안 좋은데. 그리고 인형 뽑기는 중독되는 거야."

"피시방에도 금연석 있어. 그리고 오늘 아침에도 인형 뽑기했어. 그래도 적자는 안 봤어. 엄마도 저번에 인형 뽑기 했잖아!"

용수는 징징거렸지만, 아주 단호하게 자신의 주장을 말했다. 용수와 용수 어머니의 대화를 듣고 있자니 용수의 욕구불만이 심각한 수준임이 느껴졌다. 그러나 용수의 욕구불만을 어떻게 해결해야 할지 막막했다.

사실 용수는 학기 초부터 불안해 보였다. 기분이 좋을 때면 수업 중에도 일어나 춤을 추고 재미난 표정을 지어서 우리 모두를 웃게 만들었다. 그러다가도 화가 나면 공책을 찢거나 친구들을 마구 때렸다. 용수의 이상행동이 심해질수록 나는 점점 무기력해졌다.

내 손을 벗어난 문제라는 생각에 어머니에게 도와달라고 부탁하기 위해 오시라고 한 것이다. 용수 어머니는 사태의 심각성을 충분히 이해하고 있으며 상담 치료도 생각해 보겠다고 말했다. 그 뒤 용수 어머니는 고맙게도 내게 한 약속을 지켜 주었다. 어머니는 이전보다 용수에게 더욱 세심하게 신경을 쓰는 듯했다. 용수 책상 위에는 어머니가 만든 과일 주스가 늘 놓이기 시작했다.

그럼에도 용수는 여전히 화를 참지 못했고, 습관처럼 희남이나 아이들을 툭툭 건드렸다. 하지만 용수의 상태를 이해하게 되어서 이전처럼 그렇게 힘들지는 않았다. 나는 더 이상 용수와 소모적인 싸움을 하지 않았고, 가능하면 용수를 자극하지 않으려고 애썼다. 아무리 옳고 그른 것을 가르치려고 애써도 용수에게는 내 말이 들리지 않았다. 아무것도 선택할 수 없는 상황에서 용수를 자극하지 않는 것만이 유일한 방법이었다.

어느 날 아침, 용수는 사소한 일로 잔뜩 흥분해 있었다. 용수의 짝 채연이가 의자에 앉다가 실수로 용수 물건을 떨어뜨렸다. 채연이는 몇 번이나 미안하다고 했다. 하지만 달래면 달랠수록 용수의 화는 더욱 끓어올랐다. 수업이 시작됐는데 용수는 씩씩거리며 뒷문으로 달려나갔다.

"용수가 아침부터 기분이 몹시 안 좋은 모양이구나. 누구 용수랑 산책 좀 하고 올래?"

아이들의 눈이 휘둥그레졌다. 수업 시간에 밖으로 나가는 것을 허락한 것이 놀라웠던 모양이다. 준혁, 민기, 목화, 요셉 4인방이 벌떡 일어나서 용수에게 다가갔다.

"우리가 데리고 갈게요. 용수야, 가자!"

아이들은 아주 신이 나서 입이 귀에 걸리도록 웃고 있었다. 용수 역시 놀란 눈치였다. 네 아이가 밖으로 나간 뒤 나는 진지한 얼굴로 나머지 아이들에게 이야기했다.

"얘들아, 너희들에게 하고 싶은 말이 있어."

순간 교실이 조용해졌다.

"용수가 기분이 좋을 때는 참 귀엽고 재미있지? 그런데 용수가 마음이 많이 아픈 모양이야. 아주 작은 일에도 많이 화가 나는 걸 보면……. 용수가 스스로 변할 수 있다면 좋겠지만, 그렇게 되려면 시간이 많이 걸릴 거야. 아마 올해가 다 지나갈 때까지 어려울지도 몰라. 그래서 우리가 용수를 도와줘야 할 것 같아. 어려운 일은 아니야. 그냥 용수가 화가 나 있을 때 우리가 좀 더 신경을 써서 용수가 폭발하지 않도록 하는 거야. 물론 용수가 때리거나 하면 당연히 벌을 줄 거야. 도와준다고 용수가 하는 잘못된 행동을 다 봐주라는 뜻은 아니야. 특히 용수가 여자 친구들을 많이 괴롭히지? 선생님도 잘 알고 있어. 또 저번에 희남이한테 모질게 굴었던 일도 그렇고."

자신의 이름이 거론되자 희남이는 몸을 움찔거리며 고개를 숙였다.

"용수는 여자애들을 너무 괴롭혀요. 진짜 너무 힘들어요."

미미가 말했다.

"그래……."

"아무튼 어떻게 하면 좋을까 많이 생각해 보고 너희들한테 이야기하는 거야. 우리 한번 그렇게 해보는 게 어떻겠니? 사실 용수랑 자주 부딪히는 여자 친구들이 있지? 너희들이 잘못했다고 생각해서 하는 말이 아니야. 용수가 고칠 점을 지적한 건 잘한 거야. 그런데 이제 우리가 용수의 처지를 이해해 주자고 마음을 모았으니까 앞으로 용수랑 부딪히게 될 때 좀 더 부드럽게 풀어 보자. 웃는 얼굴에 침 못 뱉는다는 말이 있잖아?"

아이들은 눈을 빛내며 내 이야기에 집중하고 있었다. 여전히 괴로운 일들이 정리되지 않은 서류들처럼 겹겹이 쌓여 있었지만, 이 순간만큼은 희망을 움켜 쥔 기분이었다.

_아무도 모른다

용수와 관계가 좋아지자 자신감이 조금씩 생겼다. 이전에는 쉬는 시간에 아이들을 피해 도망치듯 교사 휴게실로 달려갔다. 그런데 이제는 아이들 노는 모습도 보고, 참새 떼같이 내 책상에 몰려오는 아이들과 이야기를 나누기도 했다.

"얘들아, 용수 3학년 때 몇 반이었니?"

"4반이었어요."

준혁, 희남, 요셉, 민기, 휘아 등 남자아이들은 거의 3학년 때 같은 반이었다. 용수도 같은 반이었다. 워낙에 학급 수가 적은 학교여서 이듬해에는 아이들이 네 개 반으로 골고루 퍼졌지만, 이 년째가 된 올해에는 또다시 만난 것이다. 3학년 때 준혁이가 학급회장도 하고, 싸움도 제일 잘하다 보니 아이들이 꼼짝도 못했다는 이야기는 많이 들었다. 희남이는 3학년 때부터 왕따가 되었다.

나는 아이들을 좀 더 알아보기 위해 3학년 때 담임이었던 허영주 선생님을 찾아갔다. 선생님은 나를 볼 때마다 안타까운 표정을 지었다. 허 선생님 역시 담임이었을 때 무척 힘들었기 때문에 누구보다 내 마음을 잘 이해해 주었다.

"선생님, 용수하고 준혁이 그리고 희남이가 3학년 때 어땠는지 더 자세히 알고 싶어서요."

"예, 벌써 이 년 전 일이라 잘 기억이 나진 않아요."

선생님은 살짝 눈살을 찌푸리며 기억을 떠올리려고 애썼다.

"그때는 애들한테 너무 치이고 힘들었다는 기억밖에 나지 않네요. 준혁이가 그때 회장이어서 '네가 잘해야지' 하며 다독였던 것 같아요. 한번 화가 나면 아무도 말릴 수가 없으니까 애들이 준혁이를 두려워했어요. 그래도 아주 나쁜 행동을 하진 않았던 걸로 기억해요. 전 준혁이는 그리 힘들지 않았어요."

"희남이는요?"

"희남이는 애들이 다 싫어했어요. 참 안됐는데……. 그런데 사실 저도 희남이가 하는 행동을 이해하지 못할 때가 많았어요. 애들하고 문제가 생겼을 때 풀어 주려고 하다가도 답답하고 짜증 났어요. 특히 희남이 아버지가 희남이가 아이들한테 따돌림당한다고 학교에 찾아와서 소동을 벌였을 때가 정말 힘들었죠."

"희남이가 교실에서 아이들한테 맞은 적이 있었죠? 저번에 들어서 대충 알고 있긴 한데 좀 더 자세히 듣고 싶어요."

"그러니까 그때 준혁이랑 작년 선생님 반이었던 솔이하고…… 솔이 아시죠?"

솔이는 작년에 준혁이만큼 다루기 힘들었던 아이다. 나는 고개를 끄덕였다.

"준혁이랑 솔이랑 몇몇 아이들이 쉬는 시간에 희남이를 때린 적이 있었어요. 교실 뒤에서 희남이를 돌아가면서 한 대씩 쳤나 봐요. 다음 날 제가 출근하기도 전에 아버지가 학교에 와서 희남이를 때린 아이들을 모두 불러내서 뺨을 심하게 때렸어요. 저는 보지 못했어요. 맞은 아이들 부모님들이 화가 나서 제게 전화를 했어요. 저는 영문도 모른 채 미안하다고 사과할 수밖에 없었죠……. 다행히 일이 더 커지지 않고 부모님들끼리 사과하고 마무리되었죠. 그런데 그 이후로 희남이 아버지가 거의 날마다 학교에 와서 복도를 서성거렸어요. 정말 너무 스트레스였죠."

희남이가 4학년이었을 때도 희남이 아버지는 자주 학교에 왔다. 너무 자주 들락날락해서 아이들도 선생님들도 불편해했던 기억이 난다. 그러고 보니 올해는 희남이 아버지가 한 번도 학교에 오지 않았다. 이것은 좋은 신호일까, 나쁜 신호일까?

여전히 아이들은 희남이를 괴롭혔다. 어리숙한 어른들의 실수 때문에 희남이가 따돌림에서 벗어나지 못하고 있는 건 아닐까? 어쩌면 희남이는 부모를 비롯해 그 누구도 자신의 문제를 해결해 줄 수 없다고 결정을 내렸는지도 모른다. 희남이는 아버지가 아이들이 괴롭히지 않느냐고 물어보면 이렇게 대답할 것이다.

"이제 애들이 괴롭히지 않아요. 아빠가 학교에 올 필요 없어요."

불현듯 개학을 한 지 얼마 지나지 않은 어느 쌀쌀한 봄날 아침, 등굣길에서 만난 희남이의 모습이 떠올랐다. 희남이 아버지는 자전거에 희남이를 태우고 오르막길을 힘들게 올라가고 있었다. 멀리서 보면 두 사람의 모습은 아주 다정해 보였다. 하지만 아버지와 아들의 얼굴은 잔뜩 굳어 있었다. 동균이가 내 등에 업혔을 때처럼 말이다. 불안한 얼굴로 두리번거리던 희남이는 나와 눈이 마주치자 발이 한참 안 닿는 커다란 자전거에서 급하게 내리려고 버둥거렸다. 그러자 희남이의 마음을 모르는 아버지는 위험하게 발을 구른다고 희남이를 나무라고는 다시 열심히 자전거 바퀴를 굴렸다.

"선생님, 정말 힘드셨겠어요. 이 년째 이 아이들을 맡고 보니 허 선생님이 정말 힘드셨겠다는 생각을 많이 해요."

내 말은 빈말이 아니었다. 이 년 전 허 선생님은 무척이나 괴로워 보였다. 같은 학년이 아니었고, 친한 사이도 아니다 보니 허 선생님의 어려움을 깊이 나누지 못했다. 허 선생님은 가끔 힘 없이 같은 학년 교사 휴게실 문을 열고 들어와 아무 말도 하지 않고 한참 동안 엎드려 있곤 했다. 우리들은 또 무슨 일이 있었구나 하고 짐작만 할 뿐이었다. 생기발랄했던 허 선생님의 얼굴은 날이 갈수록 푸석푸석해졌다. 가끔씩 찾아오던 같은 학년 회의실에도 발걸음을 하지 않았다. 이제 생각해 보면 그때 허 선생님도 나처럼 시간이 어서 지나가기만을 바라고 있었던 것이다. 단지 차이가 있다면 허 선생님은 준혁이를 편하게 생각했고, 나는 그렇지 못하다는 것뿐이다.

"선생님이 예전 아이들에 대해 물어보실 때마다 얼마나 뜨끔하고 그런지……. 내가 잘못해서 애들이 나쁘게 변한 건가? 솔직히 무섭다는 생각도 들어요."

"아…… 오해하지 마세요. 절대로 그렇게 생각하지 않아요. 저도 작년에는 그저 버티기만 했어요. 그런데 이 년째 맡으려니까 버티는 것도 한계가 있네요. 그리고 워낙 심란한 일들이 많이 생겨서 못 본 척 넘길 수도 없어요. 선생님에게 조언을 들으면 도움이 될 것 같아 이렇게 부탁드리는 거예요. 좋은 기억은 아니지만 부탁드릴게요."

허 선생님 얼굴이 어두워졌다.

"사실 너무 힘들어서 그때 사표 쓸 생각까지 했어요."

잠시 고요함이 흘렀다.

"사실 저도 그랬어요. 작년엔 내 자신이 너무 무능력하다는 자괴감 때문에 견디기 힘들었어요."

허 선생님이 고개를 들어 내 눈을 바라보며 말을 이어 나갔다.

"다행히 그 다음 해에 만난 아이들은 저를 잘 따라서 다시 용기를 얻었죠."

"선생님 반 아이들, 참 예쁘더라구요. 아, 그런데 용수 말이에요. 용수도 선생님 반이었죠? 요즘 문제 행동이 너무 심해졌어요. 3학년 때 용수는 어떤 아이였나요? 작년 담임 선생님은 그럭저럭 잘 맞아 큰 문제는 없었다고 하시던데. 용수가 저랑 잘 안 맞아서 그런 건가 싶기도 하고……."

"용수는 정말 조용했는데……. 다른 애들이 희남이를 괴롭히고 때려도 용수는 그러지 않았어요."

"그래요? 요즘은 용수가 희남이를 대놓고 괴롭혀요."

"용수도 걱정이네요."

아이들을 걱정하는 듯 말하지만, 사실 나에 대한 걱정이라고 말하는 편이 더 솔직한 마음인지도 모른다. 문득 생각보다 훨씬 견고한 벽을 마주하고 있다는 생각이 들었다. 아이들의 관계는 오래전부터 뿌리 깊게 형성되어 있어서 그 기억과 습관이 아이들의 문화를 지배하고 있었다. 그런 이유로 아이들과 나는 서로 이해할 수 없었다. 아마도 준혁이는 예전 선생님처럼 자신을 인정해 주지 않는 내가 원망스러울 것이다. 희남이는 어른들이 자신의 문제를 해결해 줄 수 없다는 것을 알기에 아버지와 마찬가지로 나도 부담스러울 것이다. 용수는 다른 사람들이 하는 대로 따랐을 뿐인데 자신의 잘못만 꾸짖는 나를 이해할 수 없을 것이다. 여러 가지 생각이 머릿속을 스쳐 지나갔다.

_부푼 기대

2학기가 되자 그나마 시간이 빨리 흘러갔다. 시원한 가을바람이 교실의 공기를 식혀 주었고, 아이들의 몸짓까지 차분하고 부드럽게 만들어 주었다. 또 가을에 열리는 운동회, 수련회, 학예회 같은 학교 행사를 치르면서 무거웠던 교실에 활기가 조금이나마 되살아났다. 다른 선생님들은 행사가 많아 힘들다고 했지만, 나는 좋았다. 지루하게 수업을 하는 것보다 아이들과 활동하는 것이 날마다 전쟁을 치르는 우리 반에 훨씬 잘 맞는다는 생각이 들었다. 무기력했던 아이들의 눈빛이 살아나는 것을 보는 것만으로도 좋았다.

토요일에 알뜰 시장을 열기로 했다. 아이들도 알뜰 시장에 내놓을 물건들을 정하고, 시장을 어떻게 꾸밀지 의논하면서 무척 들떠 있었다. 토요일 날 교실 문을 들어서는 아이들의 양손에는 커다란 쇼핑백이 들려 있었다. 오자마자 자기가 가지고 온 물건들을 자랑하느라 교실은 떠들썩했다. 2학기 알뜰 시장은 1학기 때와는 사뭇 달라 보였다. 물건뿐만 아니라 간단한 먹을거리도 준비해 와서 더 분위기가 살아났다. 급식이 없는 토요일이라 아이들이 준비해 온 음료수, 김밥, 떡볶이 등은 아주 인기가 좋았다.

다른 모둠보다 알뜰 시장을 더 열심히 준비한 용수와 준혁이 모둠은 라면을 끓여 팔았다. 책상을 여러 개 붙여 좌판을 만들어 음식을 차려 놓은 모습이 제법 그럴듯했다. 준비를 얼마나 꼼꼼히 했는지 라면 종류는 다섯 가지가 넘었고, 국자에 그릇, 김치까지! 입이 벌어질 정도였다. 내가 자리를 잡고 앉자 메모지를 든 준혁이가 주문을 받으러 왔다.

"라면 하나, 김밥 하나 주세요."

"네, 빨리 드릴게요. 돈은 선불입니다."

준혁이가 주문을 받는 사이 용수와 요셉이는 라면을 끓이기 시작했다. 장사가 잘되자 아이들은 연신 행복한 얼굴로 분주하게 움직였다. 돈을 못 가져온 동균이, 모둠에 들어가지 못해 풀죽어 있는 희남이, 준비를 못해 온 아이들도 데리고 와 음식을 주문하라고 했다. 아이들은 아주 신이 나서 열심히 주문을 받고 라면을 끓이고 김밥을 썰었다. 아이들 사이의 경계가 사라졌다! 지금 이곳에는 왕따가 없었다. 아이들은 얼굴이 발개져서 손님으로 주인으로 열심히 놀이에 집중하고 있었다.

"어서 옵쇼!"

"동균이, 라면 하나 추가!"

"희남이는 김밥 하나 달래."

"계산은 선생님이 하셨어."

라면을 끓이는 용수 주변에 아이들이 모여 구경을 했다. 동균이는 어느새 라면 두 개를 뚝딱 해치웠다. 말수가 적은 하영이도 처음에는 잘 못 먹더니 책상에 올려놓은 김밥 두 줄을 모두 입에 넣었다.

"더 먹을까?"

라면 국물이 번진 동균이의 입은 아직도 오물오물거리고 있었다. 동균이는 고개를 끄덕이고 음식을 삼킨 뒤 입을 열었다.

"김밥 더 먹을래요."

하영이도 김밥이 모자란 듯 덧니를 보이며 환하게 웃었다. 그런데 원래 급식도 잘 먹지 않는 희남이는 이 자리가 계속 어색한 듯 보였다.

"다 드시면 후식 드세요."

준혁이는 반쪽으로 자른 사과를 작은 접시에 담아서 가져왔다.

"우와, 정말 장난 아니다, 너희들! 후식까지 준비한 거야? 서비스 최고다!"

"헤헤헤, 용수가 가져온 거예요."

무사히 알뜰 시장을 끝내고 그 다음 주에는 아이들이 손꼽아 기다리던 가을 수련회가 다가왔다. 아이들은 수련회 가기 몇 주 전부터 들떠 있었다. 아이들은 수련회 프로그램에 잘 적응했다. 수련회 내내 열심히 활동하는 아이들의 모습을 지켜보면서 올해는 그래도 뭔가 잘되고 있구나 하는 안도감이 들었다.

그러나 학교 행사가 대부분 끝나고 중요한 시험이 남아 있는 학기

말이 되자 교실 분위기는 빠르게 흐트러지기 시작했다. 나는 이 갑작스런 변화가 혼란스러웠다. 특히 기말고사 기간은 아이들의 스트레스가 거의 폭발할 지경이었다. 그리고 그 중심에는 언제나 준혁이가 있었다.

준혁이는 다시 아이들을 때리기 시작했다. 이제는 희남이나 동균이 같은 왕따 아이들뿐만 아니라 여자아이들도 때렸다. 자기 기분을 조금이라도 언짢게 하면 주먹부터 나왔다. 아이들은 준혁이를 슬금슬금 피해 다녔다.

어느 날 급식 시간이었다. 준혁이는 아이들이 줄을 서 있는데 새치기를 했다. 그것을 본 세화와 연희가 준혁이에게 뒤로 가서 서라고 했다. 그러자 준혁이는 세화를 힘껏 밀치더니 연희의 얼굴에 주먹을 날렸다. 연희는 안경을 쓰고 있었는데, 준혁이한테 맞아 콧대에 상처가 났다. 아이들이 소리를 질러 댔다.

그때 나는 다른 일을 하느라 그 상황을 보지 못했다. 아이들 소리에 놀라 다가가 보니 준혁이는 씩씩거리고 있었고, 세화와 연희는 울고 있었다. 어떻게 된 일이냐고 물었지만 대답하는 아이가 없었다. 준혁이가 나를 쳐다보았다. 한 아이가 연희와 준혁이가 싸웠다고 말했다. 준혁이는 여전히 아무 말도 하지 않았다. 연희의 얼굴을 자세히 보려고 다가가자 세화와 연희는 여자아이들과 화장실로 가버렸다. 그러자 아이들은 다시 줄을 서서 급식을 받았다. 그렇게 점심시간이 끝났고, 아이들은 모두 집으로 돌아갔다.

'작년과 달라진 게 하나도 없구나.' 저절로 한숨이 나왔다. 텅 빈 교실에 한참 동안 앉아 있었다. 마음에 구멍이 뚫린 것 같았다. 이것저것

할 일이 많은데도 일이 손에 잡히지 않았다. 그때 교실 문 밖에서 인기척이 들렸다. 학교 근처 공장에서 일하는 연희 어머니가 작업복 차림으로 서 있었다. 어머니의 얼굴은 발갛게 상기되어 있었고 금방이라도 눈물이 흐를 듯 두 눈은 그렁그렁했다.

"점심시간에 연희가 남자아이한테 얼굴을 맞았다는 말을 듣고 너무 속상해서 이렇게 올라왔어요."

"아, 예. 점심시간에 아이들이 다퉜는데 연희도 아이들도 자세히 말을 하지 않아서……."

"연희가 제가 일하고 있는데 울면서 전화를 했어요. 저는 집에 가서 얘기하자고 끊었는데 가만히 생각해 보니까 연희가 한 번도 제가 일할 때 전화를 한 적이 없더라고요. 가뜩이나 사춘기라 예민한데 남자아이한테 맞은 충격이 너무 컸나 봐요. 곰곰이 생각을 해보니 저도 너무 속상하고, 일이 손에 안 잡혀서 무작정 학교로 달려온 거예요."

"드릴 말씀이 없네요."

교실 안에서 비일비재하게 일어나는 폭력에 나도 어느새 무감각해진 건가? 연희가 자세히 말해 주지 않았어도 좀 더 따져 물었어야 했다. 연희 어머니를 볼 낯이 없었다. 연희 어머니가 돌아간 뒤에 준혁이 어머니 휴대전화 번호를 찾았다. 아무리 생각해도 그냥 넘어가서는 안 될 것 같았다. 준혁이 어머니가 연희 어머니에게 전화를 걸어 직접 사과를 하라고 말해야겠다.

"준혁이 어머니, 많이 바쁘시죠? 시간 내서 학교에 꼭 한번 들러주세요. 드릴 말씀도 있고요."

"예, 그렇게 하죠. 선생님께 죄송스러울 뿐입니다."

그 뒤로도 준혁이는 아이들을 때렸다. 무조건 주먹이 날아갔다. 연희에게 주먹을 날린 지 얼마 지나지 않아 여자아이 하나가 준혁이에게 맞았다며 울며 뛰어왔다. 나는 방과 후에 준혁이에게 벌로 청소를 시켰고, 준혁이 어머니를 학교로 불렀다. 혼자 남은 준혁이는 연신 창밖을 흘낏거렸다.

"준혁이 청소해. 곧 어머니 오실 거야."

"……."

"준혁이 청소 안 할 거니? 친구를 때린 벌이야!"

"하면 될 거 아니에요!"

준혁이는 버럭 소리를 지르고는 청소 도구함 쪽으로 걸어갔다. 빗자루를 하나 꺼내 들고 책상 쪽으로 걸어와서는 빗자루로 바닥을 내리치기 시작했다. 얼마나 세게 내리쳤는지 빗자루에 붙어 있던 오래된 먼지들이 공중에 하얗게 흩어졌다.

"그렇게 할 거면 하지 마! 빗자루 내려놔!"

나는 너무 어이가 없고 화가 나서 있는 대로 소리를 질렀다. 그러자 준혁이는 씩씩거리며 쓰레기를 몇 개 쓸어 담아 휴지통에 버리고는 청소 도구함에 빗자루를 넣었다. 그러고는 다시 창문 쪽으로 걸어갔다. 복도에서 또각거리는 소리가 들려왔다. 준혁이 어머니였다.

"어머니, 이쪽에 앉으세요."

준혁이는 여전히 창밖만 보고 있었다. 어머니는 준혁이 쪽으로 몸을 돌리며 말했다.

"준혁아, 이리 와. 여기 앉아 봐."

하지만 준혁이는 고집을 부리고 그 자리에서 꼼짝도 하지 않았다.

어머니는 난처한 듯 나를 보며 웃다가 다시 준혁이에게 어서 와서 앉으라고 말을 했다. 조금 전보다 단호한 말투였다. 그러자 준혁이는 얼굴을 잔뜩 찌푸린 채 터덜거리며 걸어와 의자에 털썩 앉았다.

나는 그동안 일어난 일들을 차분하게 설명했다. 준혁이 어머니는 이야기를 듣는 내내 난감한 표정을 지었다. 그 모습을 보니까 어쩐지 측은한 마음이 들었다. 이대로는 안 된다는 절박함으로 어머니를 불렀는데…… 어떻게 말을 이어 가야 할지 몰라 잠시 생각에 잠겨 있었다. 그때 침묵을 깨며 준혁이 어머니가 입을 열었다.

"준혁이가 잘했다고 생각하니?"

준혁이는 고개를 저으며 조그만 목소리로 아니라고 말했다.

"그런데 왜 자꾸 그렇게 되는 것 같니?"

"모르겠어요. 화가 나면 나도 모르게 그래요."

준혁이는 많이 누그러진 듯했다. 준혁이 어머니는 감정을 잘 조절하면서 차분히 이야기를 계속했다. 준혁이는 친구를 때리면 안 되는 걸 아는데 자기 마음대로 되지 않아 속상하다고 했다. 나는 처음으로 준혁이가 속마음을 이야기하는 것을 들었다. 준혁이도 어린아이일 뿐이다. 아무리 거칠고 못되게 굴어도 아이는 아이인 것이다. 준혁이의 마음을 조금 더 열기 위해 나는 준혁이를 칭찬했다. 그러자 준혁이와 어머니의 무거웠던 표정이 처음보다 밝아졌다.

"준혁이가 요즘 드럼을 배우고 싶어 해요."

"아, 그래요?"

"이야! 준혁이 멋지다. 드럼이 스트레스 푸는 데 최고라고 하더라. 지금부터 배우기 시작하면 훌륭한 드러머도 될 수 있겠다. 나중에 유명해지면 사인해 줘?"

내 말에 준혁이는 부끄러운 듯 웃었다. 분위기가 한결 부드러워졌다. 준혁이 어머니에게 준혁이를 좀 더 격려해 달라고 부탁을 하면서 나도 잘 지도하겠다고 말씀을 드렸다. 어머니는 앞으로 친구들과 잘 지내고 선생님 말을 잘 들으면 드럼을 배울 수 있는 학원에 등록을 해주겠다고 약속했다.

"준혁이 잘할 수 있지?"

"예!"

준혁이는 환하게 웃으며 대답했다.

이야기를 마친 뒤 어머니와 마지막 인사를 나누는데 갑자기 준혁이가 손을 내밀었다. 그 순간 너무 기뻐서 준혁이 손을 와락 잡았다. 이제 모든 일이 잘될 것 같은 희망이 가슴 가득 차올랐다.

하지만 희망이 산산이 깨지는 데 그리 오랜 시간이 걸리지 않았다. 준혁이 어머니가 학교에 다녀간 지 일주일도 안 되어서 준혁이는 다시 거칠게 행동하기 시작했다. 오히려 전보다 더 난폭해졌다. 보란 듯이, 될 대로 되라는 듯이!

"준혁아, 나하고 학교 생활 잘하겠다고 약속한 거 잊지 않았지?"

"누가요? 전 그런 약속한 적 없어요."

"네가 약속을 지켜야 드럼을 배울 수 있을 텐데."

"드럼 같은 거 안 배워도 돼요. 상관없어요."

"……."

"전 제 마음대로 할 거예요."

학원 다니기 싫어.

전학 가고 싶다.

가출할까?

자살?

어느 날 발견한 준혁이 책상의 낙서들. 준혁이의 마음 상태는 어떤 것일까? 내가 뭘 잘못한 걸까? 나 때문에 준혁이가 더 비뚤어지는 걸까? 자책하지 않겠다고 굳게 다잡았던 마음이 점점 약해지고 있었다.

_기말고사

기말고사를 앞두고 아이들은 굉장히 예민해져 있었다. 별일 아닌데도 아이들은 싸웠다. 빨리 기말고사가 끝났으면……. 드디어 기말고사 보는 날이 되었다. 1교시는 국어 시험이었다. 준혁이는 시험지를 받아 들고는 문제를 읽지도 않고 연필로 동그라미를 그려 나가기 시작했다. 그것도 반 정도 하고 나서는 귀찮다는 듯이 연필로 책상 모서리를 톡톡 치고 있었다. 그러면서 내 눈치를 계속 살폈다. 내 눈에 띄려고 일부러 그러는 것이다. 아이들이 귀에 거슬렸는지 준혁이를 돌아보았다. 화가 났지만 최대한 감정을 누르고 준혁이에게 다가갔다. 눈짓으로 그만하라고 했다. 그러자 준혁이는 손장난을 멈추고 책상에 엎드린 채 눈을 감고 잠든 척했다. 1교시 시험이 끝나고 준혁이를 회의실로 데려갔다.

"준혁아, 아까 시험 보기 싫어서 그랬니?"

"아니요, 그냥 심심해서요."

"네가 그렇게 하면 다른 친구들한테 방해되잖아. 그렇게 안 했으면 좋겠구나."

"아, 예. 알았어요, 알았다고요."

"그리고 아까 문제도 안 읽고 번호를 찍던데, 왜 그렇게 했어?"

"하나도 모르겠어요."

"준혁이 국어 잘하잖아? 저번 시험도 80점 정도 맞은 걸로 기억하는데?"

"저 하나도 몰라요. 어차피 100점 받지 못할 건데 까짓 80점 맞아봤자 뭐해요. 아예 안 풀고 빵점 맞는 게 나아요."

"그게 무슨 말이야? 그렇다고 일부러 시험을 포기해? 네가 그렇게 하면 열심히 하기를 바라는 부모님이 걱정하시잖아?"

"아니요, 전 아무 상관 없어요."

"아무튼 또 1교시 때처럼 친구들 방해하면 정말 혼내 줄 거야."

"알았어요. 방해 안 할게요."

2교시가 시작되고 아이들은 시험지를 받아 들고 문제를 풀기 시작했다. 나는 왔다 갔다 하며 준혁이의 행동을 지켜보았다. 준혁이는 시험지에 이름을 적더니 갑자기 자리에서 일어나 옆 친구의 시험지를 보았다. 얼른 준혁이에게 가서 자리에 앉으라고 했다. 자리에 앉은 준혁이는 이번에는 졸린 듯 눈을 가늘게 뜬 채 시험지에 죽죽 낙서를 하기 시작했다. 순간 머릿속에 많은 생각들이 스쳐 지나갔다.

'내가 반응을 보이면 준혁이가 더 심한 행동을 할 거야. 이러다가는

다른 아이들에게도 피해를 줄 거야. 준혁이가 노리는 것이 바로 그거야.'

잠시 팔짱을 낀 채 그대로 서 있었다. 그런데 준혁이가 갑자기 자리에서 일어나 교실 앞으로 가더니 선반에 놓인 연필 깎기를 꺼내 연필을 깎기 시작했다. 아이들이 일제히 고개를 들고 준혁이를 보았다.

"시험 시간에 연필 깎으러 나오면 안 된다. 빨리 들어가라."

나는 최대한 차분하고 조용한 목소리로 타일렀다. 준혁이는 연필을 다 깎은 뒤 건들거리며 자기 자리로 돌아갔다. 그런데 가면서 아이들 시험지를 훔쳐보기도 하고, 괜히 툭툭 건드렸다. 희남이 자리에 오자 시험에 열중하고 있던 희남이 머리를 손바닥으로 힘껏 내리쳤다. 애써 냉정한 척 꾹꾹 누르고 있던 화가 터져 나왔다. 더 이상 참을 수가 없었다. 나는 재빨리 달려가 준혁이 팔을 힘껏 잡아당겼다.

"너, 시험 안 볼 거면 집에 가!"

너무 화가 나 준혁이를 노려보며 크게 소리쳤다. 잠시 어리둥절해하던 준혁이는 정신이 들었는지 눈을 부릅뜨고 나를 째려보았다. 짧은 순간 아주 격렬한 눈싸움이 벌어졌다. 준혁이는 씩씩거리며 내 손을 뿌리치고 자기 자리로 성큼성큼 걸어갔다. 준혁이는 책상에 있던 수학 시험지를 두 손으로 마구 구긴 뒤 마룻바닥에 힘껏 내동댕이쳤다. 아이들이 놀라 수군거리기 시작했다. 준혁이는 가방을 들고 아이들의 책상을 이러저리 차며 뒷문으로 갔다. 문을 거칠게 열어젖힌 뒤 나를 보며 준혁이가 말했다.

"씨발!"

몇몇 아이들이 얼른 귀를 막았다. 열린 문으로 복도의 찬바람이 교실 안으로 밀려 들어왔다. 준혁이를 쫓아 복도로 나갔을 때 이미 준혁이는 계단을 뛰어 내려가고 있었다. 얼른 뒤쫓아 가 준혁이를 붙들었다. 준혁이는 거세게 몸을 비틀며 빠져나가려고 했다. 나는 더욱 힘을 주어 준혁이를 붙잡았다.

"준혁아!"

준혁이는 서럽게 울고 있었다. 이 년 동안 단 한 번도 준혁이가 우는 모습을 본 적이 없었다. 순간 혼란스러웠다. 화가 조금씩 가라앉으며 마음이 차분해졌다. 준혁이는 소리를 지르며 계속 울었다. 나는 잠시 동안 준혁이가 울게 내버려 두었다. 안타까움이 휘몰아쳤다. 준혁이를 진정시키기 위해 안으려고 했다. 내가 몸을 숙이자 준혁이는 내 어깨와 팔을 두 주먹으로 내리쳤다. 하지만 전혀 아프지 않았다. 준혁이는 부들부들 떨고 있었다.

'이게 뭐지? 무슨 말을 해야 하나? 이 아이를 어떻게 하면 좋지?' 내 앞에 힘 없고 약한 존재가 눈물을 뚝뚝 흘리며 떨고 서 있었다.

"준혁아, 너 많이 힘들었구나."

준혁이를 가만히 안았다. 이제 준혁이는 지친 듯 그대로 있었다.

준혁이의 가쁜 숨소리가 잦아들고 울음을 그치자 나는 천천히 팔을 풀어 준혁이를 놓았다.

"준혁아, 엄마에게 전화 해둘 테니 집으로 곧장 가. 내가 보기에 준혁이가 학교에 남아서 마저 시험 보기는 힘들 것 같아. 곧장 집으로 간다고 약속할 수 있지?"

준혁이는 고개를 끄덕이고는 계단을 재빠르게 내려갔다. 나는 복도에 남아 준혁이 어머니에게 전화를 걸어 시험 시간에 있었던 일을 간

추려 말했다. 어머니는 한숨을 쉬며 죄송하다고 말했다.

"매번 안 좋은 일로 전화드려서 마음이 안 좋네요, 어머니."

얼마 전 일어난 소동을 겪으면서 준혁이를 어르고 달래는 방법들이 전혀 효과가 없다는 사실을 인정해야 했다. 교실을 마음대로 휘젓고 다니는 준혁이를 대적할 사람은 아무도 없었다. 나는 절박한 심정으로 아동심리 전문가를 찾아가 준혁이 문제를 의논했다. 내 이야기를 들은 상담가는 준혁이 문제가 내 손을 벗어난 문제라고 했다. 그 말을 듣자 그동안 나를 누르고 옥죄어 왔던 자책감이 사라지는 듯했다. 준혁이는 마음의 문제를 겪고 있는데, 이제 바뀌기 힘들 정도로 고착화되었다고 했다. 하루빨리 치료해야 한다고 당부했다.

상담을 받자 마음이 홀가분했다. 이제야 준혁이 문제를 어떻게 풀어야 할지 가닥이 잡히는 듯했다. 가장 먼저 해야 할 일은 준혁이 어머니를 만나는 것이다. 생각해 보니 그동안 준혁이 어머니와 몇 번 상담을 했지만 제대로 한 적이 없었다. 늘 어머니 마음을 다치게 할까 봐 좋게 끝내려고만 했다. 이번에 어머니를 만나면 상담가가 조언해 준 대로 준혁이의 상황을 있는 그대로 어머니에게 알려 주자고 마음먹었다. 이번이 마지막이다. 만나서 할 이야기를 한눈에 볼 수 있게 정리했다. 그러고 나서 준혁이 어머니에게 전화를 걸어 약속을 잡았다. 다른 전담 선생님께도 상담을 함께해 달라고 미리 부탁을 해놓았다.

준혁이 어머니와 만나기로 한 시간이 가까워 오자 긴장이 되었다. 그런데 약속 시간이 지났는데도 어머니는 오지 않았다. 빈 교실에는 시계 초침 소리만 가득했다. 걱정이 되어 전화를 걸었다. 다행히 신호가 몇 번 가자 준혁이 어머니가 전화를 받았다.

"어머니, 기다리고 있는데 왜 안 오세요?"

"네, 학교 앞까지 왔어요. 조금 전에 차 사고가 났어요."

사고가 났다는 말에 가슴이 철렁했다. 아마 오면서 이런저런 생각을 하다가 사고가 난 것 같았다. 어머니의 두려움은 내 두려움의 몇 배일 것이다. 약속 시간보다 30분 늦게 도착한 어머니의 얼굴에는 근심과 초조함이 가득했다. 이마에는 땀이 맺혀 있고, 두 눈은 불안하게 흔들리고 있었다.

준혁이 어머니가 숨을 돌리기를 기다렸다. 잠시 후 어머니가 준비되었다는 듯 웃었다. 나는 심호흡을 한 뒤 이야기를 시작했다. 먼저 상담가를 만나 준혁이 문제를 의논한 이야기를 했다. 준혁이 어머니도 교사인 내 판단이 아니라 전문가가 준혁이 문제를 분석한 내용을 들으며 어떤 부분에서는 많이 놀라는 듯했다. 한숨을 내쉬기도 하고, 가끔 눈물을 훔치기도 했다. 또 어떤 때는 조심스럽게 반박을 하기도 했다. 나는 중심을 잃지 않으려고 정리해 둔 메모를 보면서 계속 말을 이어갔다. 긴장 때문에 몇 번씩 호흡을 가다듬고 마른침을 삼켰다. 얼굴이 불덩이처럼 달아올라 가라앉지 않았다. 시간이 얼마나 지났을까 싶어 창밖을 보니 이미 어둠이 내린 지 오래였다.

이야기를 다 마치고 준혁이 어머니와 나는 잠시 가만히 앉아 있었다. 어머니가 의자에서 몸을 일으켰다.

"오늘 어려운 걸음 해주셔서 정말 감사합니다."

"아니에요. 제가 선생님한테 고맙지요. 그리고 죄송합니다. 솔직히 작년에 준혁이랑 선생님이 잘 안 맞아서 문제가 생기는 거라고 생각했어요. 선생님께 정말 죄송해요. 오늘 오기 전까지도 너무 두렵고 힘들었는데 이렇게 이야기를 나누고 나니 마음이 한결 가벼워지고 두려움이 없어진 느낌이에요. 그동안 피하려고만 했구나, 그런 생각이 들었어요."

담담하게 이야기를 꺼내는 어머니의 눈에 눈물이 고였다.

며칠이 지난 뒤 준혁이 어머니에게서 가족 상담 치료를 시작했다는 연락을 받았다. 준혁이는 상담 시간에 맞춰 조퇴를 했다. 준혁이는 상담한 이야기를 내게 말해 주기도 했다. 지금 당장 변화를 기대하지는 않았다. 가족 상담 치료가 얼만큼 도움이 되는지 감이 잡히지 않았다. 그래도 희망을 가질 수 있어서 한결 마음이 놓였다.

_왜 애들을 안 잡아요

기말고사가 끝났지만 선생님들은 힘이 바닥난 상태였다. 지친 표정으로 휴게실에 모여 커피를 마시던 선생님들과 이런저런 이야기를 나누었다. 나는 자연스레 아이들에 대한 고민을 말했다. 얼마 전에 준혁이 어머니와 상담한 이야기도 했다. 내 이야기를 듣고 있던 송진희 선생님이 말했다.

"아, 그런데요……."

송 선생님은 말을 꺼낸 뒤 다시 입을 닫은 채 무언가를 고민하는 눈치였다.

"얘기하세요. 뭐요?"

"……."

송 선생님은 잠시 망설이다가 말했다.

"그런데 선생님은 왜 애들을 안 잡는 거예요?"

송 선생님의 말이 끝나기 무섭게 저 깊숙한 곳에서 분노가 치솟아 온몸을 감쌌다. 나조차도 정체를 알 수 없는 분노였다. 송진희 선생님? 나 자신? 아이들? 학교?

송 선생님의 질문이 얼마나 단순하고 절망적인 비난인지를 되묻고 싶었지만 나는 이미 냉정을 잃은 상태였다. 아무 말도 하지 않고 가만히 앉아 있었다. 내가 허영미 선생님의 상황을 겪어 보지 않고 질문을 했던 것처럼 송 선생님도 그랬을 것이다.

송 선생님은 놀란 듯 미안하다며 휴게실을 나갔다. 생각해 보니 처음 듣는 말도 아니었다. 이제까지 많은 선생님들이 내게 충고했다. 왜 아이들을 잡지 않느냐? 송 선생님은 내가 아이들과 부대끼는 모습이 힘들고 안쓰러워 보였을 것이다. 좋은 쪽으로 생각하자면 고마운 충고였지만, 길을 찾지 못하고 있는 나에게 그런 식의 충고는 비난으로 들렸다.

그나마 나와 같은 고민을 하는 선생님들의 모임이 있어서 위로가 되었다. 상황은 작년만큼 힘들었지만 그래도 올해는 작년처럼 무기력해지지는 않았다. 아이들과 소통하기 위해 애를 썼고, 부모들과 꾸준히 상담을 했다. 또 되든 안 되든 다양한 방법을 동원해 학급을 운영해 보았다. 겉으로 보기에 내 상황은 작년보다 훨씬 좋아졌다.

하지만 후반으로 치달을수록 내 상처는 더 깊어졌다. 말을 듣지 않는 아이들, 모진 말로 상처를 주는 학부모들과 교사들 사이의 단절의 벽을 느끼면서 나는 다시 에너지 제로 상태가 되었다. 기말고사를 본 날 모임을 했다. 생활 나눔 이야기를 하다가 결국 선생님들 앞에서 눈물을 쏟아 냈다.

"지난 이 년 동안…….."

내가 한 말이라곤 고작 여섯 마디였다. 사시나무처럼 몸을 떨며 한참 동안 소리 내어 울었다. 선생님들은 그런 나를 안타깝게 바라보며 함께 눈물을 흘렸다.

"오늘 모임은 술 한잔씩 하면서 해야겠네."

김현 선생님이 나를 바라보며 온화하게 웃었다. 우리는 조용한 술집으로 자리를 옮겼다.

"이 선생이 이렇게 힘든 줄 몰랐어. 작년에는 그랬지만 올해는 이것저것 열심히 하고 있다고 해서 잘되고 있는 줄만 알았지."

"예, 저도 잘 모르겠어요. 잘되고 있는 것 같다가도 아닌 것 같고……. 일 년 내내 계속 이러니까 너무 힘들더라고요."

나는 요즘 일어났던 준혁이 문제를 이야기했다.

"어떻게 해야 할지 도무지 모르겠어요."

"준혁이가 작년부터 그랬지?"

"전 감당이 안 돼요. 이 방법 저 방법 다 써봤는데 어떻게 할 수가 없어요."

"결국 준혁이는 이 선생과 권력 다툼을 벌이고 있는 모양새인데?"

"준혁이가 절 완전히 무시하는 것 같지는 않아요. 아예 대놓고 반항하는 것도 아니고, 기분 내키면 잘하다가 갑자기 돌변하니까요. 오늘 기말고사 볼 때도 한바탕했는데 아이가 처음으로 눈물을 보였어요. 깜짝 놀랐어요. 측은하기도 하고…… 단호하게 하고 싶다가도 마음이 약해져요. 어떻게 하는 게 옳은 방법인지도 판단할 수가 없네요."

"이 선생이 마음이 여려서 더 힘들었을 거야. 애들한테 모질게 못하잖아. 내 생각엔 준혁이와 정면 승부를 하지 않는 이상 방법이 없을 것 같은데? 이건 이 선생만 힘들고 끝날 문제가 아니잖아? 결국 준혁이가 고삐 풀린 망아지처럼 반 분위기를 망치고 있고, 희남이나 동균이 같은 약한 아이들이 계속해서 피해를 당하고 있는 상황이니 이젠 이 선생이 결단을 내려야 될 것 같아. 결국 이렇게 저렇게 해도 모순된 상황에 놓여 있는 거야. 지금까지는 준혁이를 어떻게든 교육적인 방법으로 변화시켜 보려 애썼지만, 이 상태로 계속 가면 동시에 다수 아이들의 고통을 무시하는 꼴이 되는 거지."

김현 선생님의 말을 듣다 보니 준혁이와 안 좋았던 일들이 한꺼번에 떠올랐다.

"작년부터 제 멋대로 행동하는 남자아이들이 준혁이만이 아니어서 저 혼자 그 아이들과 대결해야 했어요. 준혁이가 가장 힘들었는데도 겉으로 드러나는 사건들에서는 준혁이가 가려져 있으니까……. 준혁이는 다른 아이들과는 달라요. 전 준혁이를 두려워하고 있었던 것 같아요. 아이들도 제 마음을 눈치 채고 있을까요? 준혁이가 저한테 하는 행동을 남자아이들이 그대로 똑같이 따라해요."

"아마 그랬을 거야. 이 선생이 준혁이의 권력을 무너뜨리는 것이 가장 최선이야. 힘들겠지만 아이들 보는 앞에서 준혁이를 거칠게 대해. 심한 경우라면 욕이라도 해야 해. 체벌도 안 되는 상황에서 교사가 강압적인 권위를 보여 줄 수밖에 없어. 해봐. 눈 딱 감고 해봐. 뭔가 달라질 거야. 수많은 아이들을 만나면서 내가 터득한 방법이야. 밑져야 본 전이니까 한 번 '개새끼'라고 해봐!"

"어떻게요? 저 못할 것 같아요. 휴……."

"아니야, 해야 해. 개새끼라고 해. 다른 욕도 필요 없어. 아이들은 쉴 틈 없이 욕을 하면서 더 센 척을 하잖아. 그런데 이 선생이 아무리 큰 소리로 혼낸다고 해서 먹히겠어? 아무런 위협도 느끼지 않을 거야. 그러면 그럴수록 우습게 보이겠지."

"정말요? 개새끼, 개새끼, 개새끼, 할 수 있을까요?"

"해봐. 해야 해. 내일 당장 해봐, 꼭!"

어젯밤 펑펑 울어서인지 아침에 일어나니 얼굴이 잔뜩 부어 있었다. 학교에 오는 내내 어젯밤에 선생님들과 나누었던 이야기를 되새겨 보았다.

'나는 오늘 새로운 시도를 할 것이다. 이대로는 절대 안 된다. 나는 반 분위기를 몰고 가는 준혁이와 맞서야 한다. 이러지도 저러지도 못하는 우유부단함 때문에 너무 많은 아이들이 피해를 입고 있다. 더 이상은 아니다. 나는 이제까지와는 다르게 행동해야 한다.'

전철 창문에 비친 얼굴에 여러 가지 표정을 지으며 입 모양을 만들어 보았다.

'개새끼! 개새끼!'

학교에 들어와 계단을 올라가는데 왠지 좋지 않은 일이 일어날 것 같은 예감이 몰려왔다. 5층 계단을 올라 모퉁이를 돌아서니 복도에 서 있던 민기가 다급하게 달려왔다.

"선생님, 희남이 아버지 오셨어요. 엄청 화나셨어요. 빨리 오세요."

"왜 오신 것 같니?"

"준혁이가 어제 희남이 때린 것 때문에 오셨대요. 그런데 준혁이는 희남이 아버지를 보고 도망가 버렸어요. 지금 준혁이는 교실에 없어요."

민기는 외투를 잡아당기며 발걸음을 재촉했다. 교실로 들어가자 검은 점퍼를 입은 키가 큰 희남이 아버지가 나를 기다리고 있었다.

'결국 이렇게 되었구나.'

나는 더 할 말도 없었고, 하고 싶은 말도 없었다. 지칠 대로 지쳐 버렸다. 희남이 아버지는 아이들이 몰려든 교실 한복판에서 커다란 목소리로 내게 소리를 질렀다.

"이게 뭡니까? 희남이가 만날 애들한테 맞고 오는데 선생님은 도대체 뭘 하신 겁니까? 애 얼굴을 보세요. 이건 살인 행위입니다!"

"예, 아버님. 제가 드릴 말씀이 없습니다. 교무실로 가시죠. 오늘 준혁이 부모님과 교장, 교감 선생님 다 만나고 가세요. 저는 무슨 말씀을 드려야 할지 모르겠습니다."

복도로 나와 계단을 내려가면서도 희남이 아버지는 한 손으로 희남이를 붙잡고 고래고래 소리 지르며 나를 나무랐다. 나는 그저 듣고만 있었다. 그 모습을 보고 지나가던 아이들과 선생님들의 눈이 휘둥그레졌다.

교무실에서 교감 선생님에게 자초지종을 말씀드렸다. 교감 선생님은 용수 일로 우리 반 학부모를 만난 적이 있었기에 차분하게 희남이 아버지를 맞았다.

"이 아이 얼굴을 보세요. 쇠로 된 필통을 얼굴에 집어던졌다고요. 이

건 그냥 넘어갈 문제가 아닙니다."

"어이구, 정말 속상하셨겠네요."

교감 선생님은 희남이 얼굴을 찬찬히 살폈다.

"이 선생은 어제 있었던 일 모르고 있었나요?"

"예, 전 몰랐습니다. 오늘 들어 보니 쉬는 시간에 그랬다고 하는데 희남이가 저한테 말을 안 해서 몰랐습니다."

"희남이가 말을 안 해요. 애들한테 만날 괴로움을 당하면서도 집에 와서는 말을 안 하니까. 친구도 없어요. 생전 친구를 집에 데려온 적도 없고요. 그런데 어제 반 친구라면서 한 녀석을 데리고 왔더라고요. 그 아이가 말해 줘서 제가 안 거예요."

희남이 아버지는 억울한 표정을 지으며 금방이라도 울 것 같은 목소리로 이야기했다.

"준혁이란 애는 교실에 있나요?"

교감 선생님이 물었다.

"아침에 희남이 아버지가 오신 걸 보고 도망쳤다고 해요."

"예, 그러면 준혁이 부모님께 연락을 드려서 만나고 가셔야겠네요. 저도 조금 있다 올라가겠습니다. 일단 학년 회의실에서 기다리고 계시는 게 좋겠습니다."

교무실을 나와 계단을 오르면서도 희남이 아버지는 계속 답답한 심정을 토로했다. 희남이는 내내 어리둥절해 있었다. 회의실에 있는데, 민기와 요셉이가 회의실 문을 열며 말했다.

"선생님, 준혁이가 교실에 왔어요."

"그래?"

나는 얼른 교실로 달려갔다. 준혁이는 교실 뒤편에 서 있었다.

"준혁이 나와 봐!"

준혁이는 고개를 숙인 채 걸어왔다.

"어제 있었던 일이 사실이니?"

준혁이는 말없이 고개만 끄덕거렸다.

"결국은 이렇게 된 거니?"

"……."

"회의실로 가자."

회의실 문을 열고 준혁이를 먼저 들여보냈다. 이번에는 정말 잘못했다고 느꼈는지 준혁이는 고개를 푹 숙이고 말했다.

"죄송합니다."

"준혁아, 너 내 얼굴 알지? 3학년 때도 희남이 괴롭히더니 5학년 와서도 어떻게 이럴 수가 있냐? 내가 잘 지내라고 몇 번이나 당부했잖아."

"……."

"너 눈이 있으면 희남이 얼굴 좀 봐라. 네가 쇠필통을 집어 던져서 이렇게 됐어. 한번 입장 바꿔 생각해 봐라. 네가 맞았다고 생각해 보라고, 이 녀석아!"

어느새 회의실에 들어온 허 선생님이 안타까운 표정으로 서 있었다. 뭐라고 말을 하려다가 몇 번이나 참는 듯 보였다. 전화로 조금 늦을 것 같다고 말했던 준혁이 어머니가 회의실 안으로 들어왔다. 화장기 없는 얼굴이 무척 초췌해 보였다. 준혁이는 계속 고개를 숙이고 있었다.

"희남이 아버지, 정말 죄송합니다. 정말 죄송합니다!"

"아니, 준혁이 어머니! 제가 너무 속상합니다. 한두 번도 아니고요."

"죄송합니다, 죄송합니다. 제가 어떻게 하면 좋을까요? 저도 어떻게 해야 될지 모르겠어요. 차라리 학교를 보내지 않는 게 좋을까요? 방법을 모르겠어요."

학교를 보내지 않겠다는 어머니의 말에 모두가 놀랐다.

"아니, 준혁이 어머니. 아무리 그래도 어떻게 그렇게 말씀을 하실 수 있어요? 어떻게든 잘해 보려고 노력을 해야지 학교를 보내지 않겠다니요. 같은 부모 입장에서 어머니 생각이 잘못돼도 한참 잘못된 것 같습니다. 그건 아니죠, 준혁이 어머니."

"아니에요, 희남이 아버지. 정말 그렇게라도 해야 될 것 같아요."

준혁이 어머니는 말을 다 잇지 못하고 울음을 터뜨렸다.

"너무 힘이 들어요. 어떻게 해야 할지 모르겠어요……."

이 년 동안 보아 온 준혁이 어머니의 힘겨운 얼굴. 그 모습이 너무 안쓰러워 나는 무작정 잘될 거라고 어머니를 다독이곤 했다. 사실 나역시 어머니의 심정과 다르지 않았기에 힘이 들었다. 나는 그만 책상에 얼굴을 파묻고 울고 말았다. 참았던 눈물을 모두 쏟아 냈다. 그러자 준혁이도 울기 시작했다. 어느새 교감 선생님이 와서 이 모습을 보고 있었다. 학년 부장 선생님도 안타까운 듯 촉촉해진 눈을 깜박이고 있었다.

희남이 아버지는 준혁이 어머니께 힘내라는 말을 한 뒤 집으로 돌아갔다. 나는 희남이와 준혁이를 교실로 먼저 들여보냈다. 화장실에 가서 세수를 하고 마음을 다잡았다. 교실로 들어가자 아이들은 조용히 숨죽여 내 모습을 살피고 있었다.

"부모님도 선생님도 친구도 몰라보고 제 멋대로 구는 사람은 사람이 아니다. 개새끼다! 우리 반에 개새끼가 있다. 앞으로 사람 아닌 개새끼를 그냥 보고 있지만 않을 거다. 제대로 살자."

나는 눈에 힘을 주고 아이들을 바라보았다. 아이들은 너무 놀란 듯 눈을 크게 뜨고 입을 다물지 못했다. 아이들은 웅성거렸다.

"책 준비해. 1교시 수업해야지."

책을 펴고 수업할 준비를 하고 있는데 준혁이가 짝꿍 요셉이의 야구 모자를 뺏어 들고 교실 뒷문에 걸려 있는 거울 앞으로 달려갔다. 나는 준혁이를 계속 보고 있었다.

"헤헤, 웃긴다. 잘 안 어울린다."

거울에 비친 준혁이 얼굴에는 몇 분 전까지 어려 있던 슬픔이 온데 간데없이 사라져 버리고 익살스런 표정만 남아 있었다. 또 한 번 배신감이 느껴졌다. 개새끼!

'개새끼! 개새끼! 내가 외쳐야 할 순간이다!'

내가 계속 준혁이를 노려보자 아이들은 어쩔 줄 몰라 했다. 요셉이가 어서 자리에 앉으라는 손짓을 하며 준혁이를 불렀다.

"준혁아! 빨리 빨리."

준혁이는 요셉이의 말을 듣고도 여전히 거울 앞에 서 있었다. 나는 천천히 준혁이 자리로 걸어갔다. 그리고는 준혁이 의자를 발로 걸어차며 소리쳤다.

"야, 이 개새끼야!"

개새끼 소동은 확실히 효과가 있었다. 준혁이가 몰라보게 순한 양이 되었다. 놀라운 변화였다. 교실에는 평화가 찾아들었다. 수업 시간에도 아이들은 조용히 집중했다. 이 년 만에 평범한 일상을 맛보고 있었다.

민기와 목화, 요셉이의 수업 태도도 몰라보게 달라졌다. 수업 시간에 준혁이가 딴짓을 하려고 하면 요셉이가 준혁이를 막았다. 아이들이 내 눈치를 보는 듯했다. 민기는 내게 편지를 보냈다. 내게 버릇없이 굴고 말을 듣지 않아서 정말 죄송하다고 썼다. 민기는 무엇을 보고 느낀 걸까?

아이들은 이제 서로 괴롭히거나 때리지 않았다. 우리 반을 짓누르던 어떤 경계가 무너진 것 같은 느낌이 들었다. 아무도 약점을 잡아 놀리지도 않았다. 윤식이는 동균이와 딱지치기를 했고, 어느새 희남이도 아이들 속에서 놀고 있었다. 따뜻한 햇볕을 쬐며 평화로운 휴가를 보내듯 나와 아이들은 남은 2학기를 여유롭게 보냈다.

그러던 어느 날, 희남이 부모님이 학교로 찾아왔다. 무슨 일인가 싶어 불안했는데, 아버지는 연신 감사하다고 말했다. 희남이 어머니가 밝게 웃으며 말했다.

"원래 내년에 고향으로 다시 내려갈 계획이었어요. 아이들 교육 문제도 그렇고, 하는 일도 안 되고⋯⋯. 선생님, 그동안 잘 보살펴 주셔서 감사합니다. 희남이도 전학 가면 아이들하고 더 잘 지내겠지요?"

"그럼요. 제가 많이 부족해서⋯⋯. 그래도 이렇게 인사하러 와주셔서 감사합니다."

방학하기 하루 전날, 희남이가 우리와 마지막으로 수업하는 날이기도 했다. 희남이를 위해 작은 파티를 열기로 했다. 미리 사탕을 넣은

천주머니와 카드를 준비했다. 마지막 수업 시간에 아이들에게 쪽지를 한 장씩 나누어 주며 말했다.

"오늘은 희남이와 마지막으로 수업하는 날이야. 그동안 힘들었던 기억이 많았지만 일 년 동안 함께 지낸 희남이에게 하고 싶은 말을 써보자."

남자아이들은 희남이에게 농담이나 장난스런 글을 남기기도 했지만 분위기는 무척 좋았다. 교탁 위에 케이크를 올려놓고 초를 꽂았다. 희남이에게 앞으로 나오라고 했다. 희남이가 두 볼 가득 바람을 모아 촛불을 껐다. 아이들이 크게 박수를 쳤다. 희남이의 전학 파티는 마무리되었고, 말도 많고 탈도 많았던 2학기도 끝이 났다.

방학을 하고 얼마 되지 않아 당직이어서 학교에 왔다. 그런데 저 멀리 희남이가 운동장을 가로질러 뛰어가고 있었다.

"희남아!"

반가운 마음에 큰 소리로 희남이를 불렀다.

"아, 안녕하세요?"

깜짝 놀란 희남이가 인사를 했다.

"아직 이사는 안 간 거야?"

"예, 방학 때 가요."

"그래, 그럼 전학 가서 잘 지내."

내가 손을 흔들며 인사하자 희남이는 쑥스러운 듯 인사를 했다. 언제나 무표정했던 희남이가 웃고 있었다. 그 모습을 보니 마음이 너무 흐뭇했다.

겨울방학이 끝나고 개학 날이 되었다. 일주일간 수업을 한 뒤 학기를 마무리했다. 그 사이 아무 일도 일어나지 않았다. 이제 정말 끝이라고 생각하니 마음이 날아갈 것처럼 가벼웠다. 5학년 2반도 끝이고, 힘들었던 이 학교와도 이별이다! 새로운 학교에서 새로운 아이들을 만날 것이다. 그리고 두 번 다시 같은 실수는 하지 않을 것이다. 폭력과 고통의 시간이여, 안녕! 지긋지긋한 괴로움이여, 안녕!

_평화의 신은 없다

감았던 눈을 뜨니 오랜만에 탄 버스가 익숙한 옛 학교 근처를 지나고 있었다. 새롭게 단장한 학교 건물, 새로운 간판을 단 버스 정류장, 그 사이 새로운 가게들이 들어섰다. 악몽 같았던 그 녀석들이 벌써 중학교 2학년이라니……. 이 년 동안 참 많은 것들이 변했다. 나도 마찬가지다.

나는 이제 예전같이 대책 없이 순진하기만 한 선생이 아니다. 아이들 사이의 권력 관계를 예리하게 간파한 뒤 센 척하는 아이들에게 절대 밀리지 않으려고 안간힘을 쓰고 있다. 어느 학교를 가나 정도의 차이가 있을 뿐, 대장 노릇을 하려는 아이가 꼭 있다. 재미있는 사실은 오늘 승자는 내일 패자가 되고, 오늘 패자는 내일 승자가 된다는 것이다. 교사는 한순간도 긴장을 늦춰선 안 된다. 안도하는 순간 수렁에 빠지기 때문이다. 지옥 같았던 이 년이 내게 정말 많은 것을 가르쳐 주었다.

준혁이를 우연히 본 뒤 얼마 지나지 않아 전화가 왔다.

"선생님! 잘 지내시죠?"

"어, 누구야?"

"세화예요, 세화!"

"세화구나. 잘 지냈어?"

세화는 내가 새로운 학교로 옮기자마자 스승의 날에 유일하게 나를 찾아왔다. 도망치듯 학교를 빠져나왔는데, 세화가 찾아와서 조금 당황했던 기억이 난다. 가능하다면 그때 기억을 깨끗이 지워 버리고 싶었다.

방학식이 끝난 뒤 교실 뒷정리를 하고 쓰레기를 복도에 내놓으려고 나가려는데 누군가 교실 문을 두드렸다. 세화였다. 두 볼이 터질 것 같던 꼬마가 숙녀가 되어 나타났다. 애교 넘치는 콧소리만 그대로였다. 점심시간이 다 되어서 자장면을 시켰다.

"선생님, 많이 달라지셨어요."

"너는 더 많이 달라졌는데?"

"이 학교 애들은 말 잘 들어요?"

"뭐 잘 듣는 것까진 아니지만, 그때 너희들만 하겠니?"

"하긴 그때 우리 진짜 말 안 들었죠?"

세화는 날 보며 이를 드러내고 웃었다.

"벌써 중학교 2학년이 되는 거지?"

"중학생 되니까 힘들어 죽겠어요. 시험 끝나면 또 시험, 수행 평가는 왜 그리 많은지. 오죽하면 지겨웠던 초등학교 때로 되돌아가고 싶다니까요"

"지겨웠어?"

"그때는 빨리 중학생이 되고 싶었어요."

"그래도 초등학교 때가 더 좋았다고 생각하나 보네?"

"중학교보다는 나아요. 그땐 공부 말고도 이것저것 많이 했잖아요. 중학교는 공부밖에 없어요. 초등학교보다 몇 배는 더 지루해요."

학교는 왜 이렇게 지루한 곳이 되었을까? 생기가 넘쳐야 하는 교육 현장이 아이들에게 가장 지루한 곳이라니 한심한 생각이 들었다. 그래도 위험한 것보다는 차라리 지루한 것이 나을지도 모른다.

"아 참, 선생님, 동균이 얘기 들으셨어요?"

젓가락으로 자장면을 돌돌 말다가 세화가 나를 올려다보며 물었다.

"동균이가 자기네 반 아이를 던져서 걔가 엄청 다쳤잖아요!"

"누구를? 얼마나 다쳤는데?"

나는 깜짝 놀라 물었다.

"영수라고 5학년 때 우리 반은 아니었는데, 기억나세요?"

영수라면 조용하고, 아토피로 고생하던 아이다. 나는 고개를 끄덕였다.

"영수 허리하고 등 다치고, 앞니가 두 개나 나갔어요!"

"정말? 어쩌다 그랬는데?"

"저는 잘 몰라요. 5학년 때 걸핏하면 동균이가 의자 집어 던지던 거 생각나세요?"

"동균이가 복도에 의자는 집어 던졌어도 애들을 때린 적은 없었는데……."

"아무튼 동균이 진짜 짜증 나요. 중학교 가서 살이 더 쪄서 완전 비호감, 케안습, 왕재수예요. 힘은 또 어쩌나 센지……. 아무도 동균이를 건드리지 못해요. 여전히 싫어하지만 괜히 건드렸다가 어떻게 당할지 몰라서요."

"그래서 어떻게 해결됐니?"

"한 달 전에 있었던 일이에요. 영수가 병원에 입원했다는 것 같아요."

문득 동균이 아버지와 통화했던 기억이 났다. 앞니가 나갈 정도면 병원비가 만만치 않았을 것이다. 무기력한 동균이 아버지가 전전긍긍했을 생각을 하니 한숨이 나왔다. 잠시 침묵이 흘렀다.

"선생님!"

세화가 내 얼굴을 쳐다보며 소리 높여 말했다.

"어, 그래……. 다른 아이들은 잘 지내니?"

"뭐 그냥저냥 그래요. 연희가 이번 시험에서 전교 2등 했어요. 그리고 뭐 별일은……. 아 참! 요셉이 중학교에서 인기 짱 좋아요."

"요셉이가?"

"중학교 가서 살 쫙 빠지고, 키가 엄청 컸어요, 얼굴도 멋있어지고 여자애들한테 인기 캡!"

세화는 눈을 동그랗게 뜨고 엄지손가락을 들어 보였다.

"너도 좋아하는 것 같은데?"

"전 좋아하는 애 따로 있어요. 선생님은 모르는 애예요. 다른 초등학교에서 왔거든요."

"아, 그리고 준혁이는 어떻게 지내는지 아니? 엊그제 준혁이 닮은 애를 봤는데."

"초등학교 때 키 그대로예요."

"그러면 내가 본 애가 준혁이 맞는가 보다."

"우리 반이에요. 걔 얘기는 하기도 싫어요. 정말 재수 없어요."

"재수 없어?"

"지 마음대로 하니까 선생님한테 자주 혼나요. 애들도 너무 나댄다고 싫어해요."

"초등학교 때는 애들을 몰고 다녔잖아?"

"남자애들 사이에서 이젠 싸움도 잘 못하고, 키도 작고 그러니까……. 애들 웃기려고 까불까불거리는데 재미도 없고."

"여자아이들한테도 인기 없어? 5학년 때는 귀엽다고 좋아했잖아?"

"아무튼 중학교에 와서는 별로예요. 지가 뭐라도 되는 것처럼 그럴 때는 눈 뜨고 볼 수가 없어요."

"흠…… 그렇구나. 그렇게 되었구나."

세화와 이야기를 나누면서 머릿속이 복잡해졌다.

힘과 권위로 아이들을 제압해서 얻은 평화가 과연 올바른 것이었을까? 우리 반은 진정 폭력으로부터 벗어났던 것일까? 무방비 상태의 전쟁터, 끝도 없고 휴식도 없는 고통의 사각지대, 카오스의 교실. 누가 적군인지 누가 아군인지 도무지 알 수 없는 이 혼란스러운 전쟁터에서 나는 어떻게 교사라는 이름표를 달고 살아가야 될지 막막하기만 했다. 이 척박한 땅 어디쯤에 평화의 씨앗을 심어야 할지 평화의 신은 쉽게 지도를 보여 주지 않았다. 평화의 신은 애초에 존재하지 않았는지도 모른다.

평화의 신은 있다 —————————

장난감 같아 보이는 빨간 뿔테 안경, 형형색색 매니큐어를 바른 손톱, 묶었다 풀었다 하루에도 열두 번씩 달라지는 머리 모양……. 유행에 민감한 중학생처럼, 한나는 6학년 또래 여자아이들에 비해 훨씬 성숙해 보였다. 수업 시간이 되면 멍한 표정으로 한 곳을 바라보거나, 그것도 아니면 책상 위에 엎드려 있었다. 수업에 집중하지 못하는 아이가 한나만은 아니었다. 그러나 한나는 쉬는 시간이면 생기가 넘치는 아이들과도 사뭇 다른 느낌이 들었다.

한나는 반 아이들과 어울리기보다는 5학년 때 같은 반이었던 다른 반 아이들과 더 친하게 지냈다. 그러나 눈에서 멀어지면 마음도 멀어지듯, 3월 말쯤 되자 만나는 횟수가 점점 줄어들었다. 그 후 한나는 지각을 자주 했고, 몸이 아프다며 조퇴도 많이 했다. 수업 중에도 멍하니 있었다. 새로운 친구와 빨리 사귀지 못해 겉도는 듯했다. 하지만 나는 한나가 예쁜 얼굴에 키도 크고, 공부도 곧잘 해서 반 아이들과 별 무리 없이 지내겠지 생각했다.

_마음의 골

그러던 어느 날 쉬는 시간이었다. 교실은 왁자지껄했고, 나는 의자에 앉아 아이들의 모습을 지켜보고 있었다. 창일이가 멍하니 앉아 있는 한나 옆을 지나가면서 뭐라고 툭 내뱉었다. 창일이 목소리가 너무 작아서 나에게는 들리지 않았다. 무슨 말을 했는지 궁금해 한나의 표정을 보았다. 한나는 창일이를 째려보고 있었다.

"한나야! 선생님한테 와볼래?"

"……."

창일이 때문에 기분이 상한 한나는 얼굴을 찌푸린 채 내게 왔다.

"창일이가 뭐라고 했어?"

"……."

"괜찮아. 말해 봐."

창일이는 아이들 무리에 있었지만, 힐끔힐끔 나와 한나를 쳐다보았다.

"저보고 왕따래요."

"무슨 소리야? 네가 왕따라고?"

"……."

"창일이가 왜 그런 말을 했을까?"

"몰라요. 아, 짜증 나!"

창일이는 첫날부터 눈에 확 띄었다. 머리는 노랗게 염색을 했고, 남자아이들은 잘 하지 않는 반지와 귀걸이까지 차고 있었다. 걸음걸이도 껄렁껄렁했다. 창일이는 아이들 세계에서 이른바 '노는 아이'로 알려져 있었고, 어디서든 대장 노릇을 하려고 들었다.

반에는 늘 권력을 휘두르려는 아이들이 있기 마련이다. 나는 처음부터 창일이에게 강하게 나갔다. 교사 생활을 하면서 이런 아이는 초반에 기선을 잡아야 한다는 것을 알고 있었다. 창일이는 아이들을 괴롭히다가 나한테 들켜 혼나면 장난이었다고 얼버무리며 빠져나갔다. 심지어 아이들에게 돈을 빼앗기도 했다.

창일이가 한나에게 왕따라고 한 뒤부터 다른 아이들도 한나를 왕따라고 부르기 시작했다. 처음에는 한두 아이가 그러더니 나중에는 반 전체 아이들이 대놓고 한나를 왕따라고 했다. 더 두고 볼 수 없었다. 한나를 놀리다가 내 눈에 띄면 따끔하게 혼을 냈다. 하지만 내가 보지 않을 때는 더 심하게 괴롭히는 모양이었다.

어느 날 점심시간이었다. 한나가 울상이 되어 달려왔다.

"선생님, 민경이가 저더러 급식 당번 제대로 하라고 자꾸 뭐라 그래요."

민경이는 우리 반 회장이다. 학급 임원을 뽑을 때 여자아이들은 남자아이들이 임원을 하고 싶어 하는 것과 반대로 추천을 받고도 하기 싫어했다. 6학년쯤 되면 여자아이들 사이에서는 학급 임원이 되어 괜히 앞에 나섰다가 아이들에게 미움만 산다는 손익 계산이 생기는 것 같았다.

첫날부터 앞자리에 앉아 내 심부름을 도맡아하던 민경이는 여자아이로는 유일하게 회장 추천을 받았다. 투표 결과는 뜻밖에도 민경이가 회장에 당선되었다. 남자아이들이 표를 나눠 갖는 바람에 그렇게 된 것이다.

민경이는 상냥하고 누구에게나 친절했지만, 가끔씩 이유 없이 짜증을 부렸다. 평소에 온순하던 민경이가 짜증을 부리면 완전히 다른 아이처럼 변했다. 민경이는 내가 말을 걸어도 눈을 맞추지 않았다. 수줍어하는 것이 아니라 어딘지 모르게 불안해 보였다. 긴 생머리에 예쁘장한 얼굴이 누구에게나 호감을 주었다. 그런데 말투나 행동은 보통 여자아이들과 사뭇 달랐다.

"왜? 한나가 안 도와줬어?"

"아니요. 제가 하고 있는데 민경이가 자꾸 째려보면서 뭐라고 그러잖아요."

민경이를 쳐다보자 나와 눈이 마주쳤다. 내가 부르기도 전에 민경이는 얼굴을 찡그리고 터벅터벅 걸어왔다.

"아니요……. 저 혼자만 치웠어요."

"민경이 혼자 하지 말고 같이하자고 말했으면 좋았을 것 같은데?"

"한나는 급식 당번 할 때마다 그래요."

민경이는 불만스러운 표정으로 말했다.

"그래서 한나한테 뭐라고 한 거야?"

나는 민경이의 표정을 찬찬히 살피며 물어 보았다.

"다른 애들은 그래도 하는데 한나는 안 해요."

민경이 말을 듣고 고개를 돌려 한나를 보자 한나는 괴로운 표정으로 고개를 흔들고 있었다.

"싸우지 말고 할 일은 사이좋게 나눠서 해."

여전히 골이 나 있는 한나와 민경이를 달랜 뒤 돌려보냈다. 그런데 알고 보니 한나가 급식 당번을 제대로 안 해서 민경이가 화를 낸 게 아니었다. 둘 사이에 다른 갈등이 있었던 것이다.

점심시간 뒤에는 학급 회의 시간이었다.

"다음은 건의 사항 순서입니다. 건의할 것이 있으면 발표해 주십시오"

민경이가 손을 들었다.

"저는 송한나에게 건의합니다!"

첫 학급 회의 때 지혜가 창일이에 대한 불만을 이야기했다. 그 이후로 아이들은 회의 시간에 불만이 있는 친구에게 하고 싶은 말을 하기 시작했다. 나는 아이들이 나름대로 자유롭게 회의를 이끌어 가는 것이 흥미로웠다. 대개 학급 회의 시간에 늘 발표하는 아이들만 하고 나머지는 들러리처럼 앉아 있는 경우가 많다. 그리고 회의에서 다루는 내용도 형식적인 경우가 대부분이다. 그래서 나는 은근히 학급 회의 시간을 기다리곤 했다.

그런데 문제가 생겼다. 처음에는 불만을 말하는 아이도 그것을 듣는 아이도 서로 웃으면서 끝났다. 그런데 점점 시간이 갈수록 서로 헐뜯고 공격을 했다. 분위기는 점점 험악해져 갔다. 게다가 아이들은 늘 몇몇 아이들을 지목해 회의 때마다 불만을 이야기했다. 하지만 문제 행동을 하는 아이가 하루아침에 쉽게 바뀌기는 힘들다. 그러다 보니 자주 지목을 받는 아이들은 화가 나서 '너는 잘났냐?' 식으로 반격을 했다. 회의 시간은 갈수록 아수라장이 되었다.

민경이가 말을 이어 갔다.

"송한나는 싸가지가 없습니다. 욕도 많이 합니다. 급식 당번 할 때도 열심히 안 하고 아이들이 하는 것만 보고 있습니다."

민경이가 자리에 앉자마자 이번에는 한나가 손을 번쩍 들었다. 회장인 동준이가 순간 나를 보았고, 나는 계속해서 진행하라는 신호를 보냈다.

"저는 왕민경에게 건의합니다. 민경이는 만날 저한테만 뭐라고 합니다. 그리고 저번에 체육 시간 끝나고 계단 올라오는데 저를 일부러 밀쳐서 넘어질 뻔했습니다. 왕민경은 저한테 싸가지 없다고 하는데 왕민경도 만날 저를 째려보고 싸가지 없이 행동하는 건 마찬가집니다."

한나가 당찬 목소리로 발표를 마치고 자리에 앉자 아이들이 웅성거렸다. 남자아이들은 "이야!", "오우!" 같은 감탄사를 지르며 재미있는 구경이라도 난 듯 난리였다. 딱히 누구 편을 드는 분위기는 아니었다. 민경이는 뜻밖에 한나가 되받아치자 당황한 듯 얼굴이 발갛게 달아올랐다.

나는 아이들을 둘러보며 말했다.

"민경이와 한나 두 사람 모두 서로에게 불만이 있는 것 같네요. 오늘은 선생님이 건의 사항에 대한 제안을 한 가지 하려고 해요. 처음 여러분이 회의 시간에 친구에게 서운했던 일을 솔직히 이야기하는 것이 보기 좋았어요. 불만을 쌓아 놓고 이야기하지 않으면 오해가 더 깊어질 수 있어요. 불만을 말하는 친구도 듣는 친구도 기분 좋게 받아들여서 대견하다고 생각했어요. 그런데 시간이 갈수록 본래 의도와는 다르게 분위기가 점점 변해 버린 것 같아요. 단점을 들춰내거나, 지목하는 친구의 마음은 전혀 생각하지 않고 함부로 말하는 경우가 많아졌어요. 여러분도 그렇게 생각하지요?"

아이들은 고개를 끄덕였다.

"그래서 내가 제안을 하나 할게요. 친구와 갈등이 있는 사람은 먼저 선생님과 개별 상담을 하거나, 아니면 문제가 있는 친구와 함께 이야기하고 싶다고 내게 말해 주면 좋겠어요. 동의하나요?"

아이들은 "네!" 하고 대답했다.

"그리고 앞으로 건의 사항을 발표할 때는 우리 반 전체에 관련된 문제를 이야기해서 다 같이 해결 방법을 찾고 실천했으면 좋겠어요."

학급 회의가 끝나고 민경이와 한나를 상담실로 불렀다. 두 아이는 서로 눈치를 살피며 머뭇거렸다. 내가 상담실 문을 열려고 할 때 어느새 소민이가 따라왔다.

"선생님, 저도 상담을 같이해야 할 것 같아서요."

"소민이가?"

"민경이와 한나 사이가 안 좋아진 일에 저도 상관이 있어요."

소민이는 자못 진지한 얼굴로 말했다. 소민이와 민경이가 나란히 앉고 한나가 그 옆에 앉았다. 그런데 방금 전 소민이의 진지한 모습은 온데간데없고 계속 민경이와 낄낄거리며 장난을 쳤다. 한나는 하얀 얼굴이 더 창백해졌다.

"소민이가 먼저 이야기해 봐. 무슨 일로 싸운 거지?"

소민이는 민경이와 눈을 마주친 뒤 이야기를 시작했다.

"싸운 건 아니고요. 원래는 저랑 민경이도 한나하고 친하게 지냈어요. 그런데 얼마 전 체육 시간에 피구할 때 한나가 제게 공을 너무 세게 던져서 많이 다쳤어요."

소민이는 심각한 표정으로 이야기하다가 갑자기 피식 웃었다. 소민이는 민경이를 보며 웃음을 참으려고 손으로 입을 막았다. 한나는 여전히 불안한 표정으로 앉아 있었다.

"죄송해요."

소민이는 억지로 웃음을 참으며 다시 심각한 표정을 지어 보였다.

"그냥 실수로 그런 게 아니라 다른 애들이 보기에도 일부러 저를 맞힌 것 같았어요. 공 맞은 데가 일주일 동안 아팠어요."

"그것 때문에 싸운 거니?"

"아니요. 저는 그런 일로 친구와 사이가 나빠지면 안 된다고 생각해요."

순간 예전에도 이런 식의 말을 들은 적이 있다는 생각이 스쳤다. 3월 초 아이들이 서먹해할까 봐 게시판에 자기 소개서를 전시해 놓았다. 그런데 일주일쯤 뒤에 소민이 소개서에 심하게 낙서가 되어 있었다. 검정 펜으로 마구 낙서를 해서 전혀 읽을 수가 없었다. 나는 너무 화가 나서 아이들을 추궁했다. 그런데 놀랍게도 손을 들고 앞으로 걸어 나온 아이는 바로 소민이였다. 소민이를 상담실로 데려가 왜 그랬느냐고 물었다. 소민이는 자신감이 없고, 부모님 사이가 안 좋아 힘들다고 울면서 이야기했다. 아무도 자신을 사랑하는 것 같지 않다고 속상해했다. 나는 소민이의 모습을 보면서 가슴이 서늘해졌다. 소민이가 거짓말을 하는 것 같지는 않았다. 하지만 어쩐지 소민이가 일부러 이런 상황을 만든 것이 아닌가 하는 의심이 들었기 때문이다. 마치 준비한 듯 소민이는 계속 이야기했다.

"제 사정이 이렇다고 해서 선생님이 저에게 특별 대우를 하시면 안 된다고 생각해요"

그때 소민이는 내게 충고까지 했다.

"전 그냥 민경이랑 다른 여자애들한테 한나가 던진 공 때문에 아팠다고만 말한 건데……. 민경이가 한나한테 저 대신 왜 그렇게 세게 던졌냐고 따졌어요. 그런데 한나가 '네가 뭔 상관인데?' 하고 기분 나쁘게 말해서 그때부터 말을 안 하게 됐어요."

"그래? 한나 그리고 민경이, 소민이가 지금까지 말한 게 다 맞니?"

두 아이가 동시에 고개를 끄덕거렸다.

"그런데 왜 소민이 일에 민경이가 나섰니? 소민이가 말해도 됐잖아? 괜히 두 사람 문제에 민경이가 끼어들어 일이 커져 버린 것 같은데?"

"아, 그런데요. 저도 그전부터 한나한테 약간 불만이 있었고, 민경이도 그랬어요."

그때 민경이가 끼어들었다.

"다른 애들도 한나한테 불만이 많아요. 소민이 사건뿐만이 아니라 한나가 애들한테 욕하고 나쁘게 구니까 애들이 싫어할 수밖에요."

"한나야, 인정하니?"

한나 눈에는 이미 눈물이 그렁그렁 맺혀 있었다. 한나는 울먹이며 대답했다.

"아니요. 그래서 제가 사과했어요. 소민이한테 미안하다고. 그런데 애들이 다 같이 약속이나 한 것처럼 저를 몰아세우니까……."

민경이와 소민이는 한나가 울기 시작하자 조금 놀란 듯했다. 하지만 곧 원래 표정으로 돌아왔다.

"그러면 이 기회에 한나가 뭘 잘못했는지 속 시원히 말을 해봐."

"사실 저한테 잘못한 건 없어요. 작년에 한나가 저를 밀치고 지나갔어요. 그때부터 한나가 마음에 안 들었어요. 아이들한테 욕도 많이 하는 것 같고 해서 그냥 싫었어요. 작년에 밀치고 나서도 사과를 안 해서 복수하고 싶은 생각이 있었고요."

민경이 말에 한나가 억울하다는 듯 받아쳤다.

"전 모르는 일이에요. 민경이와 같은 반도 아니었고요."

민경이가 움찔했다. 그러더니 다시 말을 했다.

"저도 당했어요. 그때 소민이 문제로 제가 한나한테 뭐라고 한 것 때문에 한나는 자기가 아는 언니들한테 제 얘기를 해서 버디로 언니들이 저한테 욕도 하고 그랬어요. 그저께는 한나 괴롭히지 말라는 협박 전화도 받았단 말예요."

한나는 사실이라고 인정했다. 생각보다 일이 복잡하게 얽혀 있었다.

"그런데 제가 언니들한테 말한 건 민경이가 먼저 애들하고 저를 깐다고 했기 때문이에요. 그리고 친한 언니들이라 애들 때문에 힘들다고 말한 것뿐이에요. 언니들한테 정말 혼내 주라고 부탁한 적 없어요."

한나가 소리 내어 울기 시작했다. 매니큐어를 칠한 손톱은 손 때까지 더해져 지저분해 보였다. 흘러내리는 눈물을 닦아 내느라 한나는 연신 손으로 눈을 비벼 댔다.

"전 그런 적 없어요."

한나가 울자 민경이는 딱 잘라 말했다. 도무지 누구 이야기가 맞는지 몰라 머리가 아팠다.

"내가 보기에는 어쨌든 지금 한나가 궁지에 몰렸고, 너희들은 한나에게 기회를 주고 싶은 마음이 별로 없는 것 같아. 앞으로도 계속 이렇게 지낼 생각이야? 친구에게 잘못이 있으면 이야기해서 풀어야 하지 않겠니?"

"전 별로 하고 싶은 생각 없어요."

민경이가 책상 모서리에 눈길을 준 채 단호하게 말했다.

"소민이도 같은 생각이니?"

"네……. 아이들이 한나한테 모두 불만이 많아요. 저희만 싫어하는
게 아니라서 쉽지는 않을 것 같아요. 제 생각에는 저와 있었던 사건은
크지 않은데 전부터 한나에게 쌓인 감정이 쏟아져 나와서 일이 더 커
진 것 같아요. 저도 뭐…… 그렇고……."

민경이는 단호했고, 소민이는 머뭇거렸다. 하지만 결국 두 아이의
결론은 같았다. 더 이야기를 해봤자 소용이 없을 것 같았다. 학원에 가
야 한다고 보채는 소민이를 먼저 돌려보낸 뒤, 한나에게도 가라고 했
다. 민경이와는 좀 더 이야기를 하려고 남으라고 했다.

한나가 인사를 했다. 민경이에게 잠시 기다리라고 해놓고 한나를 따
라 나갔다. 한나는 아직도 울먹이고 있었다.

"한나야, 그동안 많이 속상했겠구나. 왜 말하지 않았니? 오늘 아이
들하고 이야기했는데 잘된 것 같니?"

"어쨌든 한 번은 이야기했어야 했으니까 후련하긴 해요……. 그런데
별로 나아질 것 같지는 않아요, 선생님이 잠깐 자리 비웠을 때 애들
이……."

"애들이 뭐라고 했는데?"

"선생님 앞에서 거짓말하느라 힘들었다고 하면서 둘이서 낄낄거렸
어요."

다시 눈물이 한나의 볼 위로 흘러내렸다. 그 모습을 보니 심장이 요

동을 쳤다. 당장 달려가서 혼내 주고 싶은 마음을 간신히 참았다.

"생각보다 상황이 심각하구나. 아이들이 쉽게 너를 받아들이지 못할 것 같아. 그렇다고 너무 속상해하지 마. 좀 더 천천히 시간을 갖고 생각해 보자. 무슨 일 있으면 나한테 꼭 말해야 돼."

한나를 보내고 상담실로 다시 들어갔을 때 민경이 표정이 심상치 않았다. 잔뜩 화가 나서 한쪽 벽을 노려보고 있었다.

"민경아, 왜 그렇게 화가 났어?"

"송한나가 연기하잖아요!"

"민경이가 한나 처지라면 너도 속상하지 않겠니? 그래서 운 것 같은데?"

"한나는 우리들하고 있을 때와 선생님 앞에서 너무 다르게 행동해요. 이중인격자예요."

"그렇게 생각하니? 마음의 골이 깊구나."

민경이는 여전히 화가 나 있었다.

"그리고 저 솔직히 말하면 아까 한 얘기 거짓말이에요. 제가 한나 깐다고 한 거 맞아요."

민경이가 갑자기 고백해서 나는 조금 놀랐다. 그러나 민경이에게 휘말려서는 안 되겠다 싶어 더 단호한 태도로 타일렀다. 그러자 갑자기 민경이가 소리쳤다.

"저는 적어도 한나처럼 연기는 안 해요. 한나, 깔 거예요!"

민경이의 말에 깜짝 놀랐다. 도무지 민경이의 꽁꽁 얼어붙은 마음을 풀 방법을 찾을 수가 없었다. 나는 할 말을 잃고 민경이를 물끄러미 바라보았다. 민경이는 주먹을 꼭 쥔 채 떨고 있었다. 내가 손을 잡으려고 하자 뿌리치며 자리에서 벌떡 일어났다.

"가볼게요!"

민경이는 나가 버렸다. 잡을 틈도 없었다. 분한 듯 성큼성큼 걸어 나가는 민경이의 뒷모습을 멍하니 바라보고 있었다.

_따돌림

몇 해 전 내가 만났던 아이들에 비하면 올해 만난 아이들은 상상할 수 없을 정도로 무난해 보였다. 아이들은 나를 잘 따랐고, 저희들끼리도 사이좋게 잘 지냈다. 그래도 방심해서는 안 된다. 좀 더 세심하게 아이들을 살펴보면 갈등은 언제나 있기 마련이다. 그래서 나는 마치 파수꾼처럼 아이들의 행동, 말투, 눈빛을 예민하게 관찰했다.

아이들 가운데 창일이가 가장 눈에 띄었다. 시간이 지날수록 창일이와 붙어 다니는 아이들도 눈에 들어오기 시작했다. 창일이만큼 튀고 싶어 하는 고동이는 운동을 좋아했다. 그리고 수업 시간에 내 말을 비꼬거나 우습게 만들곤 했다. 고동이의 행동은 아이들의 관심을 끌기에 충분했다. 아이들과 자주 싸우고, 화가 나면 아무도 못 말릴 정도였다. 아이들은 창일이만큼 고동이를 두려워했다.

창일이와 고동이는 늘 붙어 다녔지만 어느 순간 틈이 생기기 시작했다. 학기 초에는 창일이가 고동이보다 우위에 있다가 나중에는 서로 견제하게 되었다. 이렇게 된 이유는 확실히 모르지만, 대략 학년의 '노는 아이들' 사이에 서열이 바뀌었을 것이라고 추측했다.

고동이는 중학생과 함께 아이들 돈을 빼앗은 사건으로 여러 번 상담을 했다. 다행스럽게도 이 일이 있은 뒤 고동이는 정신을 차린 것 같았다. 큰일을 겪으면서 겁을 먹은 것 같기도 했다.

재휘는 욕을 달고 살았는데, 한번은 내게 딱 걸려 호되게 혼이 났다. 반성문을 쓰고 다시는 아이들에게 욕을 하지 않겠다고 약속했지만, 약속은 그리 오래가지 않았다.

창일, 고동, 재휘 이렇게 세 아이는 서로 누가 가장 센지 끊임없이 견제했지만, 서로 따돌리지 않고 대체로 잘 어울렸다. 문제가 생길 때마다 내가 적극 나선 이유도 있었지만, 우리 반 남자아이들이 대체로 온순했기 때문에 가능한 일이었다.

곱슬머리에 까만 얼굴, 말랐지만 건장한 현수는 외국 소설 《사랑의 학교》에 나오는 가로네와 비슷한 인상이었다. 현수는 다른 사람의 마음을 읽고 배려를 잘했다. 그래서 반 아이들 모두 현수를 좋아했다. 아이들이 재미있게 놀고 있으면 그 중심에 언제나 현수가 있었다.

현수 말고도 평화 유지군 같은 유형의 아이들이 여럿 있었다. 이 아이들 덕분에 창일, 고동, 재휘의 긴장도 한결 부드러워져 저희들끼리 적당히 거리를 유지하며 별 탈 없이 잘 지냈다.

반면에 여자아이들은 씩씩하고 활기찬 남자아이들에 비해 지나칠 정도로 내성적이거나 말수가 적었다. 그러나 한나와 민경이가 다툰 뒤부터 성격이 활달한 여자아이들이 민경이와 소민이를 중심으로 어울려 다녔다. 남자아이들이 운동을 같이하면서 유대감을 키웠다면, 여자아이들은 한나를 경계하고 따돌리는 것으로 우정을 과시했다.

미례는 늘 졸려 보였다. 쉬는 시간마다 책상에 엎드려 있었다. 처음에는 몸이 약해서 그런가 보다 했는데, 가만히 살펴보니 그게 아니었다. 미례 역시 따돌림을 당하고 있었다. 한나는 드러내 놓고 따돌림을 당했지만, 미례는 그 정도까지는 아니었다. 하지만 정도 차이만 있을 뿐 힘들기는 마찬가지였다. 미례는 마치 투명인간처럼 말도 거의 하지 않고, 자리에 가만히 앉아 있거나 엎드려 있었다.

여자아이들의 따돌림은 남자아이들과 다른 점이 있다. 남자아이들은 자신과 친하지 않은 아이를 지목하는 것이 일반적이라면, 여자아이들은 가장 친한 친구 중 한 아이를 따돌린다. 그리고 남자아이들은 때리거나 놀리는 등 눈에 보이게 괴롭히는 데 반해, 여자아이들은 교묘하고 은밀하게 괴롭히는 식이다. 하루 종일 한 마디도 말을 걸지 않거나 눈이 마주칠 때마다 째려본다. 저희들끼리 모여 따돌리는 아이 뒤에서 과장되게 웃고 떠들어 기를 죽이기도 한다. 어쩌면 이런 식의 괴로움이 주먹으로 얻어터지는 고통보다 훨씬 가혹한 것일지도 모른다. 어떻게 알았는지 친한 친구에게 말한 비밀을 공공연하게 떠들고 다니고 인신공격도 서슴지 않는다. 귓속말, 쪽지 주고받기, 수군거리기 등이 가장 많이 쓰는 방법이다. 그러다가 선생님에게 걸리면 "그런 적 없는데요" 하고 딱 잡아뗀다.

왜 여자아이들은 이런 방법을 쓰는 것일까? 우리 사회가 여자는 분노나 공격성을 드러내서는 안 된다는 가치관을 주입한 결과가 아닐까? 많은 교사들이 여자아이들의 이런 점 때문에 더 힘들다고 호소한다.

따돌림 문제는 우리 반을 비켜 가지 않았다. 시간이 갈수록 반 분위기가 어수선해졌다. 한나는 시작일 뿐이었다. 잘 어울려 놀던 남자아이들 사이에도 스물스물 따돌림 기운이 번지고 있었다.

첫 번째 희생양은 어수룩한 대령이로 결정되었다. 대령이는 수업 시간에는 물 먹은 휴지처럼 책상에 축 늘어져 있다가도 쉬는 시간만 되면 쌩쌩해졌다. 대령이는 창일이나 고동이만큼 공부에 흥미가 없었다. 그러다 보니 수업 시간에 언제나 딴짓을 했다. 지금은 믿기 힘들지만, 사실 학기 초에 대령이는 창일이, 고동이와 어울려 다니며 아이들을 괴롭혔다.

그런데 어느 날부터 대령이는 친구들과 떨어져 혼자 있었다. 쉬는 시간에도 책상에 앉아 책을 뒤적이곤 했다. 게임 관련 책이었다. 어쨌건 대령이는 몰라보게 조용해졌다. 그 변화가 이상해 보였다. 나는 무슨 일이 있는지 알아보기로 마음먹었다. 남자아이들이 청소하는 날이라 대령, 현수, 창일 등 많은 아이들이 교실에 남아 있었다.

"창일아, 요즘 대령이랑 같이 안 놀아?"

창일이가 가까이 왔기에 물어보았다. 교실 뒤쪽에서 책상 줄을 맞추던 대령이가 우리 쪽을 보았다. 그러다가 관심 없는 척 눈을 꿈뻑이며 이내 고개를 돌렸다.

"대령이가 혼자 놀아요. 우리한테 신경을 안 써요."

창일이는 볼멘소리를 하며 대령이 쪽을 쳐다보았다. 대령이는 자기 일만 묵묵히 하고 있었다.

"야! 조대령."

대령이는 고개를 돌렸지만 못 들은 척하며 걸레를 들고 뒷문으로 나갔다.

"대령이가 요즘 이상해진 것 같지 않니? 걱정이 있는 것 같아서 혹시 너희들하고 싸웠나 했지?"

"그러니까…… 싸운 건 아닌데요. 갑자기 분위기가 그렇게 됐어요. 대령이도 우리랑 안 다니려고 하고요. 아이구, 복잡해 죽겠다. 어쨌든 우리 잘못이 아니라니까요!"

나는 더 이상 묻지 않았다.

이틀이 지난 뒤 창일이가 내게 다가와 말했다.

"선생님, 대령이랑 화해했어요. 이제 같이 놀아요."

"싸운 거 아니라며?"

"싸운 건 아닌데 대령이 성격 때문에 애들이 좀 마음에 안 들어서……. 어쨌든 화해했으니까 선물, 선물 주세요. 맛있는 거!"

우리 반에서 가장 통통한 창일이는 늘 먹을 것을 달라고 했다. 어느새 대령이와 남자아이들이 우르르 몰려왔다.

"맞아요. 사탕이라도 주세요!"

무엇을 하고 놀지 결정하는 것은 주로 창일이와 재휘의 몫이었다. 고동이는 상황에 따라 자기에게 유리한 편에 섰다. 창일이와 재휘에게 찍히면 고동이라는 변수가 남아 있기 때문에 그런대로 버틸 수 있었다. 하지만 고동이에게도 미움을 사면 그 아이는 가차 없이 '제외'라는 딱지를 달았다. 대령이뿐만 아니라 약한 아이들이 돌아가며 희생양이 되었다. 너무 나댄다 싶으면 바로 경고를 받았다. 이유는 그것만이 아니었다. 괜히 기분이 나쁘다는 이유로 괴로움을 당하기도 했다. 그러다 보니 아이들은 꼬투리를 잡히지 않으려고 전전긍긍했다.

아이들이 대령이와 화해했다는 소식을 들으니 조금 안심이 되었다. 하지만 더 두고 봐야 했다.

_어론 주도 세력

한나와 민경이는 그 이후에도 계속 부딪쳤다. 여자아이들 대부분이 작당이라도 한 듯 한나를 따돌렸다.

그러던 어느 날 민경이가 내게 오더니 말을 했다.

"선생님, 여자아이들이 한나에게 불만도 많고 할 말이 많대요. 그래서 선생님이랑 같이 이야기해 봤으면 좋겠대요."

민경이의 제안을 받고 한나에게 의견을 물어보았다. 한나도 아이들하고 이야기를 하고 싶다고 했다. 상담하러 온 아이들은 모두 여덟 명이었다. 우리 반 여자아이들 중 절반이나 되었다. 아이들은 조금도 망설이지 않고 이야기를 쏟아 냈다.

"저희들은 모두 한나가 못마땅해요. 불만이 쌓여서 이 자리까지 온 거예요."

"맞아요. 저만 그런 게 아니라고요. 애들이 거의 다 한나를 싫어해요. 그날 급식할 때도 제가 애들 대신 한나한테 말한 거예요."

민경이는 저번 일로 자신만 잘못 보였다는 생각에 걱정이 된 모양이었다.

"어떻게 보면 그때 제 일로 이런 상황까지 오게 되어서 전 좀 당황스러워요. 그래도 애들이 평소에 얼마나 한나한테 많이 당했는지 알게 됐어요."

소민이는 저번에 이어 여전히 '모든 아이들'의 논리를 폈다.

"전 보금이랑 제일 친한데, 보금이가 한나하고 얼마 전에 싸워서 쌩깠거든요. 뭐 저랑 싸운 건 아니지만, 한나가 잘못했다고 생각해요. 애들이랑 있으면 한나가 절 째려보는 것 같아 기분이 나쁘다고요."

윤정이가 말했다.

"한별이는 어때?"

매사에 자신이 없는 한별이는 이번에도 머뭇거리며 한 손으로 입을 가린 채 말했다.

"뭐, 저도 윤정이랑 비슷해요."

"인실이는?"

"사실 학기 초에는 한나하고 친하게 지냈어요. 그런데 애들이 싫어하는 성격을 고치지 않으니까 점점 멀어질 수밖에 없어요."

"지혜도 말해 봐."

"한나는 욕을 너무 잘해요. 시도 때도 없이 욕을 하는 게 싫어요. 한나는 중학교 언니들하고 친해서 학교 끝나고도 같이 다니는데 그것도 싫고요."

"다들 솔직하게 이야기해 주어서 고맙다. 어쨌든 한나가 고쳐야 될 점이 많은 것 같네. 욕하고 째려보는 게 너희들을 불편하게 했다는 생각이 들어. 그러면 한나는 친구들한테 할 말 있니?"

"좀 억울해요. 욕은 애들한테 한 게 아니라 말할 때 저도 모르게 툭툭 튀어나와요. 정말 애들한테 욕한 적은 별로 없어요. 그리고 제가 애들한테 욕을 한 건 싸울 때 서로 한 거예요."

"거짓말 하지 마. 만날 애들한테 욕하잖아."

나는 갑작스럽게 끼어드는 민경이에게 말했다.

"일단 한나 말을 끝까지 들어 보자."

"저번에도 말했지만 소민이한테 심하게 해서 미안하다고 사과도 했어요. 처음부터 다치게 할 마음도 아니었고요. 그런데 그 문제로 애들이 전부 저를 욕하니까 너무 속이 상하고……. 중학교 언니들은 학원같이 다니는 언니들이에요. 그것도 잘못된 건가요?"

한나의 말이 끝나자 아이들이 웅성거리기 시작했다.

"선생님이 이야기를 모두 들어 봤는데……."

"변명만 하는데요, 뭘!"

인실이가 내 말을 끊었다. 조금 당황스러웠지만 마음을 차분하게 유지하려고 애쓰며 다시 말을 이어 갔다.

"그래, 한나도 시간을 두고 천천히 생각해 봐야 할 거야."

내가 한나를 바라보자 한나는 고개를 끄덕였다.

"사람은 누구나 살면서 싸우기도 하고 화해하기도 해."

"그러면서 크는 거죠."

나와 한나를 제외한 모든 아이들이 인실이의 말에 크게 웃었다.

"너희들이 한나의 단점을 지적했는데, 사실 단점이 없는 사람이 있나? 너희들도 모두 단점이 있을 거야. 나도 마찬가지고. 그런데 솔직히 너희들 한나의 단점 때문에 정말 한나를 싫어하는 거니? 다시 한번 잘 생각해 봐. 친구가 한나를 싫어하니까 그냥 싫다고 하는 건 아닌지 말이야. 물론 한나도 욕을 하는 버릇을 고쳐야 해. 정말 나쁜 버릇이야. 그런데 중학생과 어울리는 건 한나에게도 사정이 있었잖아. 학원을 같이 다니니까 친해져서 함께 다닐 수 있어. 나쁘게 볼 까닭이 없다고 생각해."

"선생님, 저……."

내 말이 채 끝나기도 전에 인실이가 끼어들었다. 오똑한 콧날에 하얀 얼굴의 인실이는 중요한 이야기를 할 때면 언제나 손을 꼼지락거리는 버릇이 있다.

"나이가 많고 현명하신 어른들이나 선생님들이 우리보고 왕따 같은 거 하지 말고 서로 친하게 지내라고 결론을 내시잖아요."

인실이의 어른스러운 말투가 어색한지 아이들이 키득거렸다. 그래도 아랑곳 않고 인실이는 단어 하나하나에 신경을 쓰며 천천히 또박또박 말했다.

"그런데 우리들은 쉽게 이해를 못하겠어요. 왕따가 되는 아이들은 이유가 있어요. 그 아이가 어떤 잘못을 했기 때문에 아이들이 피해를 입어서 벌을 받는 거라고 생각하거든요. 그래도 어른들은 언제나 왕따 당하는 아이 편에서만 바라보시는 것 같아요. 그러니까 무조건 한나랑 친하게 지내라고 하시지 말았으면 좋겠어요."

아이들은 인실이의 말에 공감한다는 듯 모두 고개를 끄덕였다.

"제 생각도 같아요."

지혜도 거들었다. 모든 일에 자신이 없는 한별이도 자신 있게 말했다.

"저도 그렇게 생각해요."

"너희들의 생각이 그렇다면 내가 아무리 친하게 지내라고 해도 소용 없겠지. 다만 아까 말했듯이 누구나 단점이나 약점을 가지고 있기 때문에 누구든지 그 점 때문에 왕따가 될 수 있다고 생각해. 친하게 지내는 건 힘들겠지만 그래도 노력은 했으면 좋겠다. 사실 너희들도 이렇게 지내기 불편하잖아? 내 바람은 한나도 너희들도 모두 편해지는 거야."

아이들은 잠시 생각하더니 알겠다고 했다.

"예! 신경 안 쓰기!"

인실이 말에 소민이가 이어 말했다.

"서로 건드리지 않기!"

_진실과 거짓 찾기

폭풍이 휩쓸고 지나간 뒤 지루할 만큼 평온한 일상이 계속되었다. 아이들은 서로 조심하면서 그런대로 잘 지냈다. 사소한 일로 싸우기도 했지만 금세 화해하고 풀었다. 하지만 불씨가 완전히 없어진 것이 아니어서 나는 늘 아이들을 세심하게 살펴보았다. 언제 불씨가 되살아나 활활 타오를지 장담할 수 없었기 때문이다.

내 짐작대로 평화는 오래가지 못했다. 점심시간에 복도에서 급식을 받다가 대령이와 한나가 머리채를 잡고 싸웠다. 창일이는 신이 나서 호들갑을 떨었다.

"와! 대박이다!"

앞치마를 두른 급식 당번들이 다급하게 뛰어 들어왔다.

"선생님, 싸움 났어요. 대령이하고 한나가 머리채를 잡고 난리 났어요!"

나는 밥을 먹다 말고 서둘러 복도로 달려갔다. 한나와 대령이가 씩씩거리며 서로 노려보고 있었다. 아침부터 짜증이 나 있던 대령이가 급식 줄 앞에 서 있던 한나에게 시비를 걸자 한나가 욕을 했다. 그러자 대령이가 한나를 발로 걸어찼고, 한나도 질세라 더 세게 걸어찼다. 그리고 서로 머리채를 잡고 싸운 것이다.

대충 이야기를 들어 본 뒤 대령이가 먼저 잘못을 했으니까 한나에게 사과하라고 했다. 대령이는 한나에게 "왕따 주제에!" 하고 말해 한나를 화나게 했다.

"한나는 뭘 잘못한 것 같니?"

"대령이가 먼저 시비를 걸어서 싸웠지만, 싸울 때 대령이보다 제가 더 세게 때린 것 같아요. 그건 잘못했다고 생각해요."

한나를 먼저 집으로 보냈다. 한나가 가방을 들고 복도를 빠져나갈 즈음, 청소를 끝내고도 남아서 구경하던 인실이와 소민이, 지혜를 보았다. 나는 손짓으로 얼른 집에 가라고 했다.

대령이는 도무지 입을 열지 않았다. 하는 수 없이 종이 한 장을 주고 반성문을 쓰라고 했다. 가만히 눈만 꿈뻑이며 앉아 있던 대령이가 연필을 손에 쥐었다. 한참 만에 반성문을 다 쓴 뒤, 가방을 어깨에 메고 내 앞으로 걸어왔다. 흐느적거리는 대령이의 몸짓처럼 글씨도 흐느적거리고 있었다. 짧은 글이었지만 마음으로 썼다는 생각이 들어서 대령이를 집으로 돌려보냈다.

반성문

송한나를 왕따라고 놀리고 내가 먼저 시비 걸었다. 나도 따당한 적이 있어서 아는데 송한나도 가슴이 많이 아팠을 것이다. 먼저 시비 건 거 잘못했고 왕따라고 한 거 정말 미안하다. 그런데 나도 피해가 있었다. 내가 아끼는 머리카락이 많이 뜯겼다. 아까 사과 못한 건 내가 표현을 못해서이다. 나는 표현을 잘 못해서 아직 부모님께 사랑한다는 말 한 번 제대로 못해 봤다. 아까 사과를 못한 건 그런 이유다.

반성문을 보면서 대령이의 솔직한 마음이 들어 있어 안도감이 들었다. 반에서 벌어진 큰 사건이니만큼 아이들에게 읽어 주어야겠다고 생각했다. 그때 민경이가 앞문을 열고는 슬며시 얼굴을 내밀었다. 환하게 웃는 아이를 보며 나도 웃었다.

"아직 안 갔어?"

"뭘 두고 가서요."

민경이는 서랍에 든 물건을 찾으면서 물었다.

"아까 싸운 애들 다 갔어요?"

"응, 그래."

"그런데요…….."

민경이는 상담을 한 뒤로 아이들 사이에 있었던 일들을 가끔 비밀스럽게 알려 주곤 했다. 올바른 행동은 아니지만, 그래도 내게 친근함을 보여 주어서 나무라지 않았다.

"어서 말해 봐."

"아까 애들이 창일이가 뒤에서 한나 머리를 잡아당긴 걸 봤다고 했어요."

"그래? 왜 아무도 말해 주지 않았지? 그러면 창일이가 싸움을 붙인 거잖아?"

"확실하진 않은데……. 아니 확실한 것 같아요."

민경이가 물건을 찾아 다시 교실을 빠져나간 뒤, 전체 아이들에게 이 문제를 이야기해야겠다는 생각이 들었다.

"모두 손 머리. 눈 감으세요."

주위가 산만할 때면 아이들에게 하는 말이다. 그런데 내 말이 평소와는 다르다는 것을 알아차린 아이들은 금세 조용해졌다. 조심스럽게 어제 일에 대해 이야기하기 시작했다. 공부보다 더 중요한 일이라고 강조하기도 했다. 한나와 대령이 싸움에 끼어든 사람이 있는 걸 알고 있으니 조용히 손을 들라고 했다. 아이들은 고개를 이리저리 돌려 가며 눈치만 봤다. 시간은 흘러갔고, 아무도 손을 들지 않았다. 그때 목소리가 유난히 큰 동준이가 손을 번쩍 들었다. 아이들은 모두 동준이를 바라보았다.

"제가 알기로는……."

동준이가 머뭇거리며 남자아이들의 얼굴을 살피는 듯했다. 나는 창일이를 보았다. 창일이는 손으로 뭔가를 만지작거리며 태연한 표정으로 바닥을 보고 있었다.

"어제 영어 시간 끝나고 창일이하고 승완이가 손을 잡고 가다가 앞에 걸어가던 한나의 머리를 쳤어요."

"동준이가 용기를 냈구나. 고맙다. 자리에 앉아."

"더 말해 줄 친구 없나요?"

나는 승완이나 창일이가 일어나 해명이나 사과를 하기를 바랐다. 하지만 두 아이 모두 머뭇거리고만 있었다. 그때 승완이가 키만큼 긴 팔을 높이 올렸다.

"동준이 말이 맞아요. 제가 걸어가는데 창일이가 제 손을 잡았고, 제가 다른 곳을 쳐다보고 있을 때 창일이가 제 팔로 한나 머리를 때린 거예요."

승완이는 일주일 전에 전학을 왔다. 공부를 잘하고 깔끔해서 아이들에게 인기가 있었다. 쉬는 시간이면 아이들이 승완이 주변에 모여들곤 했다. 그런 승완이의 발언은 아이들의 주의를 끌었다.

"이제 창일이가 말할 차례인 것 같은데?"

창일이는 한참 가만히 앉아 있다가 결심했다는 듯이 의자를 뒤로 밀치며 일어났다. 그 소리가 너무 커서 몇몇 아이들은 손으로 귀를 감 쌌다.

"제가 했고요. 장난이었어요. 죄송합니다."

"어제 창일이 때문에 대령이와 한나가 싸웠다고 생각했는데, 그런 건 아니었군요. 서로 배려하고 친하게 잘 지낸다고 생각했는데 계속 이런 일들이 생기니 마음이 많이 아프네요."

나는 대령이가 쓴 반성문을 읽었다. 대령이의 반성문은 나뿐만 아니 라 아이들의 마음에도 와닿는 솔직함이 담겨 있었다. 글을 다 읽고 진 실하게 잘 썼다고 칭찬했다. 대령이는 쑥스러워하면서도 싫지 않은 표 정이었다. 한나는 대령이와 창일이의 사과를 받아 주었다. 걱정했던 것보다 일이 순조롭게 해결되어 나는 아이들에게 몇 가지 활동을 더 해보자고 제안했다.

진실과 화해 1

괴롭힘과 따돌림 문제에 대해 생각해 보기

이름 : _____

진실 혹은 거짓을 표시해 보세요.

1. 따돌림은 놀리고 짓궂게 괴롭히는 것만이 아니다.

2. 특별한 아이들만 따돌림을 당한다.

3. 친구를 따돌리거나 괴롭히는 아이들은 대부분 힘이 센 아이들이다.

4. 따돌림을 당한다고 힘들어하는 건 그 사람이 아직 아기처럼 어리기 때문이다.

5. 따돌림이 성장 과정의 일부라는 생각은 잘못된 것이다.

6. 따돌림을 멈추려면 괴롭히는 사람에게 같은 방법으로 되갚아 주면 된다.

7. 자신감이 없는 친구들이 주로 따돌리고 괴롭힌다.

8. 따돌림을 당했을 때 어른들에게 말하는 것은 고자질하는 것이다.

9. 따돌림에서 벗어나기 위해서는 학급 전체가 노력해야 한다.

10. 따돌림당하는 사람들은 그 당시에는 힘들어도 나중에는 다 괜찮아진다.

아이들은 문항에 참과 거짓을 표시했다. 나는 아이들과 같이 차근차근 정답을 찾아 나갔다. 아이들의 의견이 갈릴 때는 자연스럽게 토론을 했다. 한 사람도 빠짐없이 열심히 참여했다. 아이들의 살아 있는 모습을 보며 나는 점점 흥분했다.

"자, 보너스 문제를 하나 더 낼게요. '약점을 고치면 따돌림에서 벗어날 수 있다.' 진실과 거짓 중 무엇일까요?"

"진실!"

"거짓!"

아이들의 의견이 팽팽했다.

"나는 거짓이라고 생각해요. 왜 그런지 지금부터 내가 들려주는 이야기를 잘 듣고 한번 생각해 보세요."

아이들은 이야기라는 말에 금세 눈빛이 초롱초롱해졌다.

"몇 해 전에 선생님 반에는 코흘리개가 있었어요. 코가 멈추질 않으니까 아이들이 싫어했죠, 그 아이는 친구가 없어서 늘 혼자 놀았어요. 외롭기만 하면 차라리 다행이지요. 아이들은 모두 약속이나 한 듯 그 아이를 괴롭히고 따돌리기 시작했어요."

코흘리개 이야기는 현실과 상상을 적절히 섞은 우화였다. 아이가 코를 훌쩍거리는 모습을 묘사할 때는 코가 들어갔다 나왔다 하는 모양을 과장해서 흉내냈다. 아이들은 내 모습을 보고 소리를 지르며 깔깔거렸다.

"병원에 가서 치료받아야죠!"

"아니나 다를까 이 아이는 병원에 열심히 다녔고, 마침내 코가 멈췄어요."

"와, 다행이다. 이제 따돌림도 안 당하죠?"

"하지만 여전히 따돌림을 당했어요. 아이들이 이번에는 다른 약점을 찾아냈거든요. 키가 작다는 약점이었어요. 또 싸움을 잘 못한다는 약점도 찾아냈지요."

아이들은 어이없다는 표정을 지었다.

"코 흘리는 아이는 차라리 나아요. 병원에 가서 치료받을 수 있으니까요. 그런데 만약 여러분 주변에 고칠 수도 없는 장애나 약점을 가진 친구가 있다면 그 친구는 평생 따돌림을 당하며 살아야 하는 건가요?"

아이들이 숙연해졌다.

"아니요."

군데 군데 아이들의 목소리가 새어 나왔다.

"오체불만족이요!"

"그렇지요. 장애를 가졌다고 모두 따돌림을 받는 건 아니지요?《오체불만족》을 쓴 오토다케 히로타다는 정말 대단한 사람이에요. 장애를 가졌지만 누구보다 친구가 많은 사람이고요. 물론 장애를 뛰어넘는 본인의 노력도 필요하지만 선생님은 그것 못지않게 주변 사람들의 도움이 꼭 필요하다고 생각해요. 오토다케도 혼자 힘으로는 절대 그렇게 못했을 거예요. 우리 반에도 그렇게 어려운 친구들을 돕는 친구들이 많았으면 좋겠어요."

진실과 거짓 찾기 활동이 끝나자 아이들은 다음 순서로 넘어가자고 재촉했다. '따돌림 테스트'라고 이름을 붙인 이 활동지에는 내가 무시하는 친구, 날 무시하는 친구, 따돌림당하는 친구 등을 동그라미로 표시하는 것이었다. 나는 아이들이 작성한 활동지를 보고 충격을 받았다. 내가 생각지도 못한 훨씬 많은 아이들이 따돌림을 당하고 있다고 고백하고 있었기 때문이다.

간단한 활동을 통해 아이들의 속마음을 알 수 있어서 기분이 좋았다. 언제나 느끼는 것이지만 아이들은 어른들과 다르다. 아이다운 마음이 남아 있어 희망을 꿈꿀 수 있는 것이다. 힘이 나는 것 같았다.

한나의 표정이 조금씩 밝아졌다. 여자아이들도 한나를 전처럼 쌀쌀맞게 대하지 않는 듯했다. 한나가 오랜만에 다시 웃기 시작했다. 한나야, 잘 견뎌 줘서 고마워. 앞으로 우리 잘해 보자!

_글쓰기

7월로 접어들면서 아침에도 교실 안이 푹푹 찌는 듯했다. 2교시 수학 수업을 마치고 의자에 앉아 부채질을 하고 있었다. 3교시는 체육 시간이었다. 오늘은 영어와 체육 전담 수업이 있어서 그나마 덜 힘든 날이다. 아이들이 운동장에 나가면 쉴 수 있어서 정말 다행이었다.

체육 시간이면 무조건 환호성을 지르는 아이들도 찜통 같은 더위에는 맥을 추지 못했다. 시작종이 치면 부리나케 운동장으로 달려 나가던 아이들이 교실 벽 위에 매달려 있는 선풍기 아래 해바라기처럼 얼굴을 들이대고 있었다. 조금이라도 바람을 더 쐬려고 옹기종기 모여 있는 모습을 보고 피식 웃음이 나왔다. 아이들은 축 늘어져 거북처럼 느릿느릿 움직였다. 나는 빨리 쉬고 싶어서 아이들에게 큰 소리로 말했다.

"자, 종 치겠네. 무브, 무브! 빨리 서둘러!"

내 말이 다 끝나기도 전에 여기저기서 덥다느니, 힘들다느니, 볼멘소리가 흘러나왔다. 불평은 들었어도 효과는 있었다. 느릿느릿 움직이던 아이들이 후다닥 뛰어나갔다. 교실은 순식간에 한산해졌다.

그런데 맨 앞자리에 앉아 있던 미례가 주춤주춤 자리에서 일어서더니 내게 다가왔다. 그 옆에는 미례와 늘 함께 다니는 한나도 있었다. 미례가 머뭇거리자 한나는 미례를 살짝 건드렸다. 미례가 입을 열기도 전에 내가 먼저 물었다.

"무슨 할 이야기가 있는 것 같은데?"

머리띠로 앞머리를 넘겨 환히 드러난 미례의 이마에는 여드름이 앙

증맞게 나 있었다. 아이들은 하루가 다르게 변했다. 언뜻 봐서는 초등학생으로 보기 힘들 정도로 요즘 아이들의 성장 속도는 정말 빠르다.

미례가 아주 작은 목소리로 말을 하기 시작했다. 나는 잘 듣기 위해 미례에게 좀 더 다가갔다.

"오늘 아침 영어실에서 재휘가 저를 발로 차고, 따라고 놀렸어요."

"재휘가?"

"예."

"발로 찼다고?"

미례가 고개를 끄덕였다.

"오늘 처음 그랬니?"

"……예."

미례는 잠시 머뭇거리다가 대답했다. 나는 이번이 처음이 아닌 것 같은 느낌이 들었다. 한나와 함께 다니는 미례도 덩달아 놀림을 받은 게 틀림없었다. 한나가 미례에게 기댈 수 있었던 것은 미례도 따돌림을 당하고 있었기 때문이다.

나는 한나의 따돌림 문제를 공개해서 아이들에게 여러 차례 이야기했다. 한나가 따돌림을 당하는 것을 모르는 척하면서 문제를 풀기가 불가능하다고 판단했기 때문이다. 그 결과 따돌림을 완전히 해결하지는 못했지만, 적어도 물리적 폭력만큼은 일어나지 않게 되었다고 믿었다. 그런데 미례에게 이야기를 듣고 보니 아직도 아이들이 내 눈을 벗어나서는 폭력을 쓰고 있었던 것이다. 말끔하게 치료하지 못한 상처는 다시 덧나게 마련이다.

아직도 선풍기 앞에서 수다를 떨고 있는 남자아이들이 보였다.

"승완아! 운동장에 가서 재휘한테 교실로 오라고 전해 줄래?"

나는 목소리에 한껏 힘을 주어 말했다. 미례가 용기를 내서 말해 준 것이 잘한 일이고, 반드시 돕겠다는 무언의 표시이기도 했다.

아이들이 모두 빠져나간 뒤 교실에 혼자 남자 멍한 기분이 들었다. 슬며시 무력감이 고개를 드는 느낌이었다. 재휘가 복도를 뛰어오는 소리가 들렸다. 숨을 헉헉거리며 재휘가 들어왔다. 재휘는 평소보다 조심스러워 보였지만 여전히 장난기 넘치는 밝은 표정으로 말했다.

"선생님, 왜요? 저 오라고 하셨다면서요."

재휘의 동그란 얼굴 한가운데 동그란 은색 안경테가 반짝거렸다. 재휘는 안경을 고쳐 쓰며 내 쪽으로 걸어왔다. 너무 바싹 다가오는 바람에 한 걸음 뒤로 가라는 손짓을 했다. 제 발끝을 내려다보며 크게 한 걸음 물러난 재휘가 다시 나를 보았다.

"혹시 내가 왜 불렀는지 알고 있니?"

나는 궁금한 걸 물어보는 사람처럼 편안하게 말했다. 재휘는 이제서야 내가 부른 이유를 알겠다는 표정을 지어 보였다.

"영어 시간에 떠들고, 선생님이 하지 말라고 했는데 애들하고 계속 장난친 것 때문에요?"

쾌활했던 목소리는 풀이 죽었다.

"흠…… 그거 말고."

한숨을 쉬며 다시 물어보았다. 재휘는 고개를 갸우뚱하며 도무지 모르겠다는 눈치였다. 그러다가 갑자기 무언가가 생각났는지 두 눈을 동그랗게 반짝이며 말했다.

"쉬는 시간에 애들이랑 레슬링한 것 때문에요?"

재휘는 마치 스무고개를 하고 있는 것 같았다. 이러다가는 시간만 잡아먹을 것 같아 곧바로 물었다.

"재휘야, 미례를 발로 차고 따라고 놀렸니?"

그제서야 재휘는 놀란 듯 잘못했다고 말했다. 잘못을 했으니 반성문을 쓰라고 했다. 저번에 대령이가 한 것처럼 반성문을 쓰고 공개 사과를 해야 한다고 했다. 재휘는 고개를 끄덕이고는 내가 준 백지 한 장을 들고 자리에 앉아 쓰기 시작했다.

하지만 재휘는 반성문에다 처음부터 끝까지 변명만 늘어 놓았다. 아이들이 먼저 미례를 왕따시켰기 때문에 자기도 따라한 것뿐이다, 다른 애들보다 좀 심하게 한 것 같다……. 반성문인데 반성이나 사과는 한 줄도 쓰지 않아 다시 쓰라고 했다. 재휘는 불평 없이 다시 쓰기 시작했다. 재휘는 두 번째 반성문을 내게 내밀었다. 처음 쓴 반성문보다 두세 문장이 늘었다. 잘못했다, 미안하다와 같은 몇 마디 말을 덧붙였다. 그러나 진심으로 반성하고 있지는 않았다. 다시 쓰라고 하는 것이 의미가 없어서 다시는 그러지 말라고 주의를 주고 운동장으로 가라고 했다.

재휘가 나간 뒤 골똘히 생각에 잠겼다. 몹시 갈증이 났다. 그리고 보니 아직 시원한 물도 한 잔 마시지 못했다. 재휘에게 공개 사과를 시키면 잃는 것이 더 많을 것 같은 예감이 들었다. 이번에는 조용히 넘어가는 게 나을 것 같기도 했다. 이제 선택을 해야 한다. 그동안 했던 여러 프로그램들을 하나씩 떠올려 보았지만 적당한 것을 고르지 못했다. 아이들이 돌아올 시간이 다 되었다. 나는 '차라리 글쓰기로 풀어 보자'는 결론을 내렸다.

체육 수업을 마치고 돌아온 아이들의 얼굴이 빨갰다. 남자아이들은 수돗가에서 머리를 감았는지 물기를 뚝뚝 흘리며 들어왔다. 교실 안은 물통을 가진 아이를 쫓아 우르르 몰려다니느라 소란스러웠다. 나는 잠시 복도로 나가 창문을 활짝 열었다. 정오의 태양이 뜨겁게 내리쬐고 있었다. 바람 한 줄기가 얼굴을 스쳤을 때 나는 정신이 번쩍 났다.

'모 아니면 도! 일단 부딪쳐 보자!'

다시 교실로 들어가니 아직 제 자리에 앉지 않는 남자아이들이 있었다. 책을 꺼내려는 아이들을 향해 아무것도 꺼내지 말고 연필과 지우개만 꺼내라고 했다. 창일이가 투덜댔다.

"시험도 끝났는데 또 시험이야? 에이 씨!"

나는 창일이를 보고 소리쳤다.

"야! 김창일. 선생님이 언제 시험 본다고 말했어?"

내 호통 소리에 교실 안은 갑자기 조용해졌다.

"영어 시간에 재휘가 미례를 발로 차고 따라고 놀렸다는데…….'

갑자기 예상치 못한 이야기를 꺼내자 아이들은 놀란 눈치였다.

"우리 반에서 따돌림 문제가 더 심해지고 있는 것 같아 정말 화가 나고 속상해요. 여러분에게 계속 말했지만, 우리 중에 단 한 사람도 완벽한 사람은 없어요. 왜 자꾸 친구의 약점을 꼬투리 잡아서 괴롭히는 거죠?"

아이들은 잠시 술렁이다가 다시 조용해졌다.

"최재휘, 앞으로 나와."

재휘는 머리를 긁적거리며 앞으로 나왔다. 조급함을 가라앉히고 차분히 상황을 지켜보았다. 재휘가 반성문을 읽기 시작했다. 다 읽고 나자 재휘와 친한 녀석들이 눈짓을 하며 장난을 쳤다. 이대로 조용히 넘어가서는 안 될 것 같았다. 재휘를 들여보내고 나는 단호하게 말했다.

"지금부터 글을 쓰세요. 초등학교 6년 동안 생활하면서 자신이 따돌림을 당했거나 따돌림을 시켰거나, 아니면 보거나 들은 이야기를 쓰세요. 아주 자세하게 쓰세요. 육하원칙! 언제, 어디서, 누가, 무엇을, 어떻게, 왜!"

아이들이 장난으로 쓰지 못하게 일부러 우렁차고 단호하게 소리쳤다.

"그리고 따돌림을 이겨 낸 경험이 있다면 그걸 써도 좋아요."

아이들은 잠시 생각에 잠기더니 이윽고 열심히 쓰기 시작했다. 글씨 쓰는 소리가 교실을 가득 채웠다. 글쓰기를 시작한 지 얼마 되지 않아 예상했던 질문들이 나왔다.

"선생님, 저는 초등학교 6년 동안 그런 일이 한 번도 없었어요. 쓸게 없어요."

질문을 한 한별이는 한나를 따돌리는 아이다.

"그래? 오늘 있었던 사건을 한별이도 봤잖아?"

한별이는 입을 동그랗게 벌리고는 고개를 여러 번 끄덕거렸다.

"너무 많을 경우에는 다 써야 돼요?"

동준이가 물었다.

"너무 많으면 그중에서 가장 기억에 남는 일을 써."

아이들은 생각이 잘 나지 않을 때면 천장을 바라보거나 한숨을 쉬기도 했다. 그러다 다시 쓰고 또 생각하기를 되풀이했다. 모두들 열심이었다.

나는 교실을 둘러보았다. 처음에 막막해하던 아이들도 열심히 써내려 가고 있었다. 공부 시간에 거의 아무것도 안 하고 버티는 창일이도,

늘 의자에 널부러진 모양새로 앉아 있는 대령이도 이 시간만큼은 집중하고 있었다. 다행이었다. '모 아니면 도'라고 생각하고 한 활동이 큰 성과를 낼 것 같은 예감이 들었다.

앞쪽에 왔을 때 한 달 전에 전학 온 두경이의 글이 언뜻 눈에 띄었다. 땀인지 물인지 아직도 두경이의 머리가 젖어 있었다. 내가 뒤쪽에 서 있는 것을 알아채고는 나를 올려다보더니 하얀 이를 드러내며 웃었다. 그런데 뜻밖에도 자신이 왕따당했던 사연을 써놓았다. 밝고 쾌활한 두경이가 따돌림을 당한 적이 있다니! 제일 먼저 두경이에게 글을 읽으라고 해야겠다고 생각했다.

글을 다 쓴 아이들은 종이를 뒤집어 놓고 그림을 그리거나 엎드려 있었다. 잠시 뒤 아이들이 거의 다 쓴 것 같아 교탁 앞으로 가며 말했다.

"자! 거의 다 쓴 것 같네요. 이제부터 여러분이 열심히 쓴 글을 들어봐야겠죠?"

말이 채 끝나기도 전에 아이들이 "이걸 읽어요?", "다 읽어야 해요?", "안 읽으면 안 돼요?" 하며 웅성거렸다.

"자, 이제 발표를 시작하겠습니다. 모두 읽어야 하는 건 아니에요. 하지만 누군가 용기를 내서 자신이 쓴 글을 읽어 준다면 선생님이 여러분의 생활을 이해하는 데 큰 도움을 얻을 수 있을 거예요. 먼저 친구들에게 따돌림당했던 이야기를 쓴 사람 중에 용기 있게 읽을 사람 있나요?"

아이들은 서로 눈치를 살폈다. 그러나 눈빛은 기대와 호기심으로 가득 차 보였다. 한 번 더 물었지만 아이들은 두리번거리기만 할 뿐 아무도 나서지 않았다. 그때 나는 두경이를 뚫어지게 바라보았다. 두경이는 나와 눈이 마주치자 고개를 저었다. 다시 한 번 용기 있게 읽어 보라는 눈짓을 보냈다. 잠시 머뭇거리던 두경이는 자리에서 일어나 차분하게 읽기 시작했다.

4학년 때 모둠 친구들이 어느날 갑자기 나를 따돌렸다. 친구들은 나를 보며 재수 없다고 했다. 나는 그 일로 학교에 오기도 싫고 우울증, 스트레스를 심하게 겪었다. 나는 놀 친구도 없었다. 그래서 학교 와도 공부밖에 할 게 없었다. 나는 왕따시킨 아이들에게 보란듯이 중간고사 점수를 보여줘야겠다고 생각했다. 한 달이 지나고 중간고사를 보고 점수가 나오자 일주일 뒤에 따돌림에서 벗어났다. 친구들이 내 점수를 보았기 때문이다. 1학기까지 공부를 못하다가 2학기 때부터 점수가 많이 올라간 것이다.

두경이가 읽는 동안 딴짓하는 아이들이 하나도 없었다. 나 역시 생각에 잠겨 두경이 목소리에 귀를 기울였다. 두경이 글은 눈으로 보았을 때와 느낌이 아주 달랐다. 이렇게 두경이 목소리로 직접 들으니 전혀 다른 울림으로 다가왔다.

두경이는 다 읽고 나서, 종이를 내게 건네며 멋쩍은 듯 웃었다. 나는 잘했다는 눈빛을 보내 주었다. 갑자기 아이들이 박수를 치기 시작했다. 우레와 같은 박수였다.

"나는 정말 놀랐어요. 두경이가 전학을 온 지 얼마 안 되었잖아요? 두경이는 언제나 밝고 친구들과 잘 어울려서 그런 일이 있었는지 생각도 못했어요. 게다가 따돌림을 잘 극복한 이야기를 들려주어서 더 고마워요."

내 말이 끝나자 아이들은 더 크게 박수를 쳤다. 나도 아이들과 함께 힘껏 박수를 쳤다. 두경이가 따돌림을 이겨 낸 사연을 발표한 것이 좋은 시작이 될 것 같았다. 누구나 왕따가 될 수 있고, 또 이겨 낼 수도 있다는 메시지, 부끄러워하지 않고 솔직하게 말해도 된다는 자연스럽고 편안한 분위기가 전달된 것이다.

"자, 또 어떤 친구가 발표해 볼까요?"

뜻밖에도 대령이가 손을 높이 들었다. 의외였다. 대령이는 수업 시간에 한 번도 발표를 한 적이 없었다. 수업 시간에 언제나 반쯤 감은 눈으로 딴짓만 하다가 자주 혼나곤 했다. 대령이는 바지를 두어 번 추어올리며 앞으로 걸어 나왔다. 용기를 냈지만 막상 나오니 쑥스러운 모양이었다. 읽으려고 하다가 헛기침을 하더니 잠시 머뭇거렸다. 대령이는 다시 한 번 헛기침을 하고 읽으려고 했지만 목소리가 나오지 않았다. 많이 긴장한 모양이었다. 대령이가 뜸을 들이자 아이들은 빨리 읽으라고 불평을 했다.

"대령아, 자신 있게 읽어 봐."

나는 대령이의 등을 두드려 주었다. 힘을 얻었는지 대령이가 읽기 시작했다. 목소리가 너무 작아서 겨우 들릴 듯 말 듯했다. 그런데 한 문장을 다 읽기도 전에 목이 멘 듯 대령이의 목소리가 갈라졌다. 코도 새빨갰다. 대령이는 침을 삼키며 울지 않으려고 애썼다. 아이들은 아무 소리도 내지 않고 떨고 있는 대령이를 바라보고 있었다.

한 달 전쯤 느낌이 안 좋더니 결국 아이들이 나를 쌩 깠다. 본척만척 쌩 까고 며칠이 지나니 놀리기 시작했다. 애들이 가만히 앉아 있는 내 머리통을 치면서 지나갔다. 아주 세게 쳤다. 그런데 어쩌다 창일이가 다시 말을 걸었고, 우린 김밥으로 친해졌다. 지금은 잘 놀고 있다.

대령이가 글을 읽는 동안 시간이 참 길게 느껴졌다. 대령이가 쓴 글에 꼬리말을 달 필요도 없었다. 아이들의 차가운 경계심은 눈 녹듯 무너지고 있었다. 두경이가 포문을 열었다면 대령이는 주저하던 아이들에게 용기를 주었다.

이번에는 한나가 벌써부터 손을 들고 내가 봐주길 기다리고 있었다. 한나의 눈빛은 그 어느 때보다 자신감이 넘쳐 보였다. 한나가 손을 들 줄은 예상하지 못했기 때문에 나는 아주 조금 놀랐다.

"한나가 손을 들었구나! 어서 나오렴."

내가 한나의 이름을 부르자 거의 모든 아이들이 한나 쪽으로 몸을 돌렸다. 한나가 앞으로 걸어 나왔다. 한나는 내 앞까지 와서 나를 보았다. 나는 고개를 끄덕여 시작하라고 했다. 한나는 천천히 읽어 내려가기 시작했다.

3학년 때 난 다섯 명의 여자아이들과 몰려다녔다. 그중 한 아이가 눈엣가시처럼 여겨졌다. 그래서 나는 아이들에게 개랑 놀지 말라고 했다. 나에게 아무것도 잘못한 게 없었지만 그 아이가 하는 행동, 말투 등이 너무 싸가지 없어 보였다. 그래서 일부러 맛있는 급식 적게 주기 등 정말 유치한 수작을 부렸다.

그리고 4학년 때 남자아이 하나를 왕따시켰다. 지금 생각해 보면 내가 싫다는 이유로 나에게 짜증 나게 군다는 이유로 왕따를 시킨 경우가 많았다.

뿌린 대로 거둔다는 말이 맞긴 맞나 보다. 나는 6학년이 되어서 정말 믿었던 친구와 절교를 하고 그리고 다시 어울리기 시작한 아이들과도 절교를 했다. 그에 이어서 남자애들까지……. 난 갑자기 소심해졌다. 학교 오기가 싫었고, 남자애들이 괴롭히는 것도 싫었다. 심지어는 죽고 싶다는 생각까지 들었다. 그러자 내가 괴롭힌 아이들에게 미안했다. 다시는 다른 사람을 왕따시키지 않겠다. 그리고 다시는 이런 일이 일어나지 않았으면 좋겠다.

글을 다 읽은 한나가 내게 종이를 내밀었다. 아이들의 박수를 받으며 자리로 돌아가는 한나의 발걸음이 가벼워 보였다. 한나의 글은 나와 아이들에게 큰 감동을 주었다. 많이 힘들었을 텐데 속 깊게 고민한 한나의 어른스러움이 대견하게 느껴졌다.

"한나가 자기의 이야기를 솔직하게 들려주어서 너무 고마워요. 따돌리는 친구도 따돌림을 당하는 친구도 모두 고통을 받는다는 것을 잘 보여 주었어요. 용기를 낸 한나에게 다시 박수를 쳐줄까요?"

"선생님, 보금이 울어요!"

여자아이들이 호들갑스럽게 소리쳤다. 한나 뒷자리에 앉은 보금이가 연신 눈물을 닦아 내고 있었다. 보금이의 눈물이 아이들의 마음을 더욱 따뜻하게 만드는 것 같았다.

"자, 그럼 이번에는 따돌림을 시킨 친구들의 고백도 들어볼까요?"

남자아이들이 창일이를 가리키며 "창일이요! 김창일!" 하고 외쳤다.

창일이는 잠시 망설이더니 곧 의자를 힘껏 뒤로 밀치며 자리에서 일어났다. 창일이 이름을 부르던 아이들은 박수를 치며 소리를 질러 댔다. 아이들은 개그 감각이 넘치는 창일이를 재미있어했지만, 한편으로 겁내기도 했다. 대령이와 동준이를 따돌린 것도 창일이다. 아이들 얼굴에는 기대가 가득했다. 왕따를 시킨 창일이가 어떤 글을 썼을지 나도 무척 궁금했다.

창일이가 실내화를 찍찍 끌며 앞으로 나왔다. 하지만 막상 앞에 나오니 창일이 역시 긴장이 되는지 크게 한 번 숨을 내쉬더니 나를 보고 말했다.

"읽어요?"

나는 고개를 끄덕였다. 창일이가 글을 읽기 시작했다. 긴장한 탓인지 종이를 제 얼굴에 대었다 떼었다 하며 한 글자 한 글자 읽어 내려갔다. 자꾸 끊겼지만 목소리는 크고 힘이 있었다.

내가 왕따시킨 애들

내가 쌩 깐 애들은 대령, 재휘, 동준.

어느 날 조대령이 싫어졌다. 만날 뭐라고 하고 나를 짜증 나게 해서다. 그때 마침 재휘가 조대령을 쌩 까자고 했다. 그래서 쌩을 깠다. 조대령은 왕따가 됐다. 재휘하고는 싸워서 쌩을 까게 된 것이다. 동준이는 지금도 쌩 까고 있다. 싸가지 없어서 쌩을 깠다. 동준이는 지 멋대로 하고 욕을 많이 해서 쌩을 깠다.

창일이가 남자아이들 이름을 읽을 때마다 아이들은 재미있다는 듯 키득거렸다. 동준이는 아이들을 웃길 요량으로 '썩은 미소'를 지어 보였지만 애써 태연한 척하는 눈치였다. 나는 동준이가 다시 왕따가 되었다는 것을 전혀 몰랐기 때문에 조금 놀랐다.

"저번에 동준이하고는 화해하지 않았어요?"

내가 묻자 창일이는 잠시 생각하더니 대답했다.

"아…… 화해했다가 다시 쌩 깠어요."

"음…… 그랬구나. 그런데 창일아, 아까 내가 살짝 네 글을 보니까 왕따당했던 이야기도 쓰는 것 같던데, 그 글도 읽어 줄래?"

"아, 그거요? 쪽팔린데……. 예, 그냥 읽을게요!"

내가 왕따를 당한 경험

나도 학급에서는 아니지만 왕따를 당하고 있다. 날라리 여자애들이랑 남자애들이 나를 불렀다. 나는 따돌림당할 것 같은 불길한 예감이 들었다. 그래서 나랑 쌩 깔려고 불렀나 하고 생각했다. 근데 그게 실제로 이루어졌다. 나는 슬펐고 창피했다. 새로 들어온 날라리 애들 때문에 내가 쫓겨났다. 나는 처참하게 교실로 들어갔다. 걔네들은 내가 왕따당한 이유가 싸가지 없어서라고 했다.

"됐지요?"

창일이가 머리를 긁적이며 내게 종이를 주고는 들어갔다. 아이들은 창일이에게도 힘찬 박수를 보내 주었다. 예전에 내가 왜 날라리 아이들하고 어울리지 않는지 물었을 때 창일이는 그냥 놀지 않는 것뿐이라고 했다. 그런데 오늘 따돌림을 당했다고 고백했다.

"창일이에게도 아픈 사연이 있었네요. 그래도 우리 반 친구들이 창일이를 좋아해 주고 같이 잘 놀아 주어서 다행이에요.”

창일이는 자기 자리로 돌아가서 책상에 엎드렸다. 그때 창일이 짝꿍인 보금이가 손을 들었다.

“이제는 부탁하지 않아도 손을 번쩍번쩍 드네. 보금이 나오세요.”

한나가 글을 읽을 때 보금이는 눈물을 흘렸다. 보금이가 어떤 글을 썼는지 궁금했다.

나도 6학년 초에 우리 반 송한나를 따돌렸다. 왜냐하면 그때는 송한나의 안 좋은 점만 보였고 장점을 보지 않아 나 혼자만 ‘얘는 좀 나쁘다’ 이렇게 생각하고 따돌림을 시켰다. 따돌림당하는 애들은 신경도 안 쓰고 나만 생각해서 ‘쟤들은 그래도 다른 친구가 있잖아’ 이렇게 생각하며 대수롭지 않게 생각했었다. 이번에 자리를 바꿔 송한나랑 같은 조가 되었다. 그런데 몇 마디 말을 해보고 나니까 내가 생각한 것과 달리 나쁜 게 아니고 내 생각이 잘못됐다고 느꼈다. 요즘 우리 반에 따돌림 때문에 많은 일이 일어났다. 그중 가해자가 나라고 생각하면 송한나에게 너무 미안했다. 만약 내가 따돌림을 당했으면 학교도 안 나오고 그랬을 텐데……

보금이는 글을 잘 읽다가 거의 끝나갈 때쯤 와락 울음을 터뜨렸다. 아이들은 보금이가 우는 모습을 가만히 바라보았다. 잠시 후 울음을 그친 보금이가 다시 읽기 시작했다.

그래서 지금이라도 정말 사과하고 싶다.

다 읽고 내게 종이를 건네자 여자아이들이 "울지 마! 울지 마!" 하며 보금이를 위로해 주었다.

한나는 울지 않았다. 눈물을 참았는지 눈가가 붉었다. 한나는 보금이를 보고 환하게 웃었다. 보금이가 자리에 앉자 한나는 엎드려 우는 보금이의 등을 토닥였다. 나는 상상하지도 못한 소통과 화해, 용서의 장이 만들어지고 있는 우리 교실이 신비롭게만 느껴졌다. 아이들이 글을 읽을 때마다 감정이 복받쳐 내 눈에도 눈물이 고였다.

"자, 그러면 시간이 다 되었으니……."

말이 끝나기도 전에 스피커에서 끝 종이 울렸다.

"발표한 친구들, 고마워요."

순간 아이들이 웅성거렸다. 발표하고 싶은 아이들이 더 있는 모양이었다. 급식을 해야 하니 못다 한 발표는 5교시에 하기로 했다.

급식 당번들이 일어나자 그제서야 아이들도 의자에서 엉덩이를 떼고 일어났다. 한나를 따돌렸던 여자아이 몇몇이 보금이에게 가서 이야기를 나누고 있었다.

책상 위에 있는 아이들의 글을 정리하려는데 소민이가 종이를 내밀며 말했다.

"다 지웠어요."

처음에는 소민이 목소리가 잘 들리지 않아 무슨 말을 하는지 몰랐다. 소민이가 다시 말하는 것을 듣고 소민이가 내민 종이를 보았다. 글을 전부 지우고 아래쪽 빈 공간에 말 주머니 하나를 그려 놓고 거기에 짤막하게 글을 써놓았다.

왕따란? 왕따는 무엇이고, 왕따는 왜 생겨나는 것일까? 나는 왕따가 될까 봐 두렵다. 그러면서 또 남을 왕따시킨다. 이제 왕따 없는 세상이 되었으면 좋겠다.

평소 같으면 급식 순서를 정해 달라고 야단할 아이들이 밥 생각도 잊은 듯 삼삼오오 모여서 이야기를 하고 있었다. 그때 좀 전에 왔다 간 소민이가 다시 왔다.

"선생님, 안 되겠어요. 저 종이 한 장 더 주세요."

나는 말없이 종이 한 장을 주었다. 소민이는 종이를 덥석 받아 들고는 다시 써야겠다고 중얼거리며 서둘러 자리로 돌아갔다.

나는 아이들의 글을 다시 한 번 훑어보았다. 언제나 자신감으로 가득 차 있는 인실이의 글은 역시나 대충 쓴 흔적이 역력했다. 그런데 인실이가 와서 자기가 쓴 글을 찾아 달라고 했다.

"죄송해요. 제 글 좀 찾아 주세요. 다시 써야 될 것 같아요."

한별이도 새 종이를 달라며 부산을 떨었다.

평소보다 조금 늦게 점심을 먹고, 잠시 후 아이들과의 행복한 시간을 기다리며 자료실에서 잠깐 쉬었다. 날이 더워지면서 더 힘들었던 오후 수업을 오늘은 즐거운 마음으로 기다렸다.

5교시가 시작되어 교실로 들어가자 여느 때와는 달리 아이들은 모두 자리에 앉아 나를 기다리고 있었다.

"발표해요!"

남자아이들이 외쳤다.

"그래요. 아까 발표하겠다고 했던 사람 누구였지요?"

인실이를 시작으로 한별이가 차례로 발표를 했다. 인실이는 모든 여자아이들이 한나를 외면하기 시작했고, 민경이와 소민이도 무리와 멀어지게 되었다고 말했다. 한나를 따돌리는 중심 세력이라고만 생각했던 두 아이가 아이들 사이에서 또다시 외면당했다는 이야기를 들으니, 겉으로 드러나는 모양새와 사건의 본질은 다를 수 있겠다는 생각이 들었다. 아이들은 글을 통해 미안함을 전했다.

한별이 발표가 다 끝나자 요즘 몰려다니던 아이들과 소원했던 민경이가 손을 들었다. 민경이는 가장 눈에 띄게 한나를 왕따로 만든 아이다. 게다가 다른 아이들과 달리 민경이는 한나와 전혀 화해할 마음이 없어 보였다. 최근 들어 몰라보게 말수가 적어진 민경이에게 어떤 변화가 생겼을 거라는 짐작이 갔다.

나는 왕따는 아니고 그냥 베프(베스트 프랜드)에서 빠지게 됐다. 계속 붙어 다니면 좀 그래서 다른 애들하고 놀았다. 어느 날 아이들이 내 말을 씹었다. 나는 애들이 왜 나한테 그랬는지 이해가 되지 않는다.

민경이가 글을 다 읽자 여자아이들이 웅성거렸다. 민경이가 자리에 앉자 뒤쪽에 앉아 있던 인실이가 톡 쏘아 댔다.

"민경아, 그걸 왜 모르니? 내가 가르쳐 줄까?"

민경이 얼굴이 발갛게 달아올랐다.

"응, 그래, 가르쳐 줘."

민경이는 되받아치기는 했지만 인실이의 얼굴을 제대로 쳐다보지 못했다. 태연한 척하고 있지만 솔직하게 마음을 드러내지 않았기 때문에 다른 아이들처럼 홀가분한 것 같지 않았다. 민경이가 읽은 글은 점심시간에 다시 쓴 것이었다.

민경이는 원래 글에서 송한나를 절친에서 뺐을 때 여자아이들이 잘했다고 부추기며 점점 몰려들었고, 그 때가 송한나가 왕따, 전따, 찐따로 불리게 된 시작점이었다고 고백했다. 미례가 송한나를 비판했다면 왕따를 면했을거라는 이야기도 솔직히 털어 놓았다. 차라리 처음 썼던 글을 발표했으면 어땠을까 라는 아쉬움이 들었다.

이번에는 소민이가 발표했다.

6학년에 올라와서 나는 몇몇 친한 친구들이 생겼다. 우리는 여덟 명이 함께 다녔다. 그 후 아이들이 하나둘 빠지고 애들이 나를 빼려 한다는 것을 느꼈다. 지금은 난 다른 아이들과 다닌다. 보금이는 가끔 말도 하곤 한다. 그러나 지혜는 날 아예 무시하고, 날 째려보고 욕을 하곤 한다. 그래서 지혜와 서로 만나면 으르렁거리는 사이가 되었다. 솔직히 난 보금이, 한별이 이런 애들과 친해지고 싶은 마음은 적잖이 있다. 하지만 지금 다니는 친구들과도 참 좋다. 단짝이 아니어도 서로 사이좋게 지냈으면 좋겠다.

지혜는 소민이가 제 이름을 이야기하자 기분이 나쁜지 입을 삐죽거렸다. 지혜와 소민이 사이가 안 좋은 것이 한눈에 보였다. 나는 이번 일로 아이들 마음에 또 다른 상처가 생기는 건 아닐까 걱정이 되었다.

이번에는 동준이가 손을 들었다. 쾌활한 동준이의 표정이 어쩐지 하루 종일 어두워 보였다.

운동을 하고 들어와서 점심시간에 애들이랑 놀고 있는데 창일이가 갑자기 절교를 하자고 했다. 나는 창일이만 한 줄 알았는데 함께 놀던 애들이 차례차례 절교를 하자고 했다. 그래도 그때는 조금 괜찮았다. 창일이가 기훈이까지 나와 절교를 하라고 했을 때는 가슴이 울컥해서 눈물이 나왔다. 그 후 친구들이 3~4명밖에 없다. 걔들도 잃을까 봐 겁이 난다.

동준이가 서러운 듯 눈물을 흘리기 시작했다. 동준이는 잘 지내다가 요즘 들어 아이들과 잘 어울리지 않았다. 동준이가 우는 모습을 보니 마음이 아팠다.

그런데 소민이가 발표한 뒤부터 지혜와 창일이가 계속 장난을 쳤다. 눈에 거슬렸지만 발표하는 아이들 때문에 잠시 더 두고 보고 있었다. 그런데 동준이가 우는 모습을 보고 지혜와 창일이가 키득거렸다. 어이가 없기도 하고 화도 나서 지혜와 창일이를 보며 말했다.

"뒤쪽에서 웃고 떠드는 사람들은 뭘까?"

아이들이 지혜와 창일이 쪽을 돌아보았다.

"친구가 자신의 아픔을 이야기하는데 웃는 것은 예의가 아니라고 생각해요."

그때 지혜가 손을 들었다.

"저도 발표하려고요."

민경이처럼 궁지에 몰린 지혜는 자기방어를 하고 싶었던 것일까? 앞으로 성큼성큼 걸어 나온 지혜는 숨을 가다듬고 읽기 시작했다.

나는 5학년 때 꽤 친한 친구가 열 명 정도였다. 그런데 친했던 아이들이 나를 왠지 가지고 놀았다는 생각이 들었다. 진짜 기분이 나빴다. 그 친구들 때문에 기분 나쁜 일이 많았다. 여자애들이 짜고 나를 애먹였다. 그 수법을 알기에 더 기분이 상했다. 하여간 그 애들이랑은 사이가 좋지 않고 한 명과는 사이가 좋다. 그 애는 날 받아 주고 친절했기 때문이다.

5학년 때 왕따로 지냈기 때문에 6학년이 되어서 친구가 생길 줄 몰랐는데 좋은 친구들이 생겨서 다행이었다. 6학년이 되어서 송한나와 한소민을 좀 따를 시켰다. 그런데 지금 보니까 송한나는 착하다는 생각이 2∼3번 들었다. 한소민과는 별로 사이가 안 좋고 화해가 안 될 것 같기도 하다. 내 마음을 나도 잘 모르겠다. 미안해야 하는데 사실 정말 미안하다는 생각이 들지 않으니 미안하다고 말해도 그건 왠지 진심이 아닐 거란 생각이 든다.

하지만 한소민은 때때로 날 무시하고 나한테 악담을 많이 했다. 그래서 내가 상처를 많이 받았다. 송한나는 요즘에 어색하지만 친절하다. 다시 사이가 좋아지고 싶지만 잘 모르겠다. 나도 성격을 고쳐야겠다. 송한나와 한소민에게 내가 했던 나쁜 행동에 대해 미안하게 생각한다.

지혜는 감정이 복받쳐 읽는 것을 힘들어했다. 중간 정도 읽었을 때 울음을 터뜨렸고 목이 메어 한참을 읽지 못했다. 지혜는 예전에 따돌림을 당한 것을 고백했고, 6학년이 되어서 힘들었던 마음을 자세하게 썼다. 그리고 소민이와 으르렁대는 사이지만 미안한 마음을 가지고 있다는 것을 밝혔다.

나는 눈물을 꾹 참고 있었는데, 지혜의 글 때문에 결국 눈물을 흘렸다.

"수고했어요. 지혜의 글은 우리 모두에게 많은 걸 생각하게 해주었어요."

나는 앞자리에 앉은 미례를 바라보며 말했다.

"이번에 미례가 발표해 볼래요?"

미례는 내 눈을 피하며 고개를 숙였다.

그때 현수가 손을 들고 성큼성큼 걸어 나왔다. 현수는 진실되고 정의로운 아이다. 현수가 어떤 글을 썼을지 무척 기대되었다.

조대령은 아이들 사이에서 왕따 비슷하게 당하고 있었다. 무시당하고, 맞고, 힘든 고난을 겪었다. 그러나 조대령은 고난을 무릅쓰고 친구들에게 더 다가가서 먹을 것도 주고 친근하게 해준 결과 아이들도 대령이를 인정해 주었고, 대령이는 이제 왕따에서 벗어났다.

이건 기적이라고 볼 수도 없다. 누구나 이렇게 하면 벗어날 수 있다. 더욱 친근하게 다가가자.

대령이 이름이 나왔을 때 아이들이 환호성을 지르며 대령이를 돌아보았다. 대령이는 힘들었던 만큼 커다란 기쁨을 선물로 받았다. 숙연했던 교실에 활력이 넘쳤다. 아이들과 나는 손이 아플 정도로 손뼉을 치며 서로 격려했다.

"여러분의 용기를 정말 칭찬하고 싶어요. 아프고 속상한 일을 털어놓으면 건강해진다고 하죠. 앞으로도 힘들고 속상한 일이 있으면 함께 나누기로 해요. 오늘의 마음을 잊지 말고 서로 더욱 이해하고 배려하는 우리 반이 되었으면 좋겠어요."

종이 치자 아이들은 한나와 대령이에게 우르르 몰려갔다. 하지만 미례는 무표정한 얼굴로 눈을 몇 번 깜박거리더니 책상 위에 엎드렸다. 여자아이들은 한나 손을 서로 잡겠다고 실랑이를 벌이고 있었다. 한나는 활짝 웃고 있었다. 미례도 용기를 내서 발표했으면 좋았을 텐데……. 아쉬운 마음이 들었지만 어쩔 수 없는 노릇이었다.

밖에서 활동을 이어 가고 싶어 운동장으로 나가자고 했다. 아이들이 하나 둘 운동장으로 나갔다. 한나가 나가려다가 미례 곁으로 다가왔다. 그때 아이들이 한나를 부르자 뒤쪽으로 걸어갔다. 나는 미례의 등을 두드려 주었다.

미례는 울고 있었던 모양이었다.

"미례도 발표하지 그랬니?"

"아니에요. 괜찮아요."

미례가 애써 웃었다.

"속상해서 울었네, 뭘!"

"아니에요. 한나 때문에 운 거예요."

"한나가 너와 멀어질까 봐 걱정되니?"

"아니요. 한나가 너무 기특해서요. 정말로……."

그런 생각을 했다면 누구보다 기특한 건 미례였다. 한나가 왕따가 됐을 때 미례는 의리를 지켰고, 한나가 친구들과 화해하자 진심으로 좋아한 것이다. 미례는 한나와 친하게 지낼 때도 무조건 한나 편을 들지 않았다. 한나의 단점을 고쳐야 한다고 이야기를 많이 했다. 어쩌면 한나는 미례의 도움을 받아 왕따에서 벗어날 수 있었는지도 모른다.

미례는 생각이 깊은 아이라 마음이 놓였다. 하지만 한편으로 미례가 발표를 못한 이유가 단지 용기가 없어서였을까 하는 의구심이 들었다.

한나가 미례의 어깨를 두드리며 눈물을 닦아 주었다. 한나와 미례가 손을 잡고 교실을 나갔다. 아이들이 모두 빠져나간 뒤 미례의 글을 찾아보았다.

선생님은 우리에게 따돌림당했던 일, 시켰던 일, 그리고 그걸 극복했던 일을 적으라고 하셨다. 나도 왕따당한 적이 있다. 지금도 아이들에게 왕따 당하고 있다. 그건 내가 성격이 안 좋기 때문이라고 했다. 나도 그렇게 생각한다. 무슨 이야기를 쓸 수 있나? 생각하니까 갑자기 너무 화가 난다. 가슴이 아프다.

나는 그제서야 미례의 마음을 알 수 있을 것 같았다. 한나가 친한 친구지만 이제 따돌림을 당하지 않게 된 것이 부러웠던 것이다. 그리고 자신은 아직도 따돌림을 당하고 있다는 사실이 더 힘들게 느껴졌을 것이다.

나는 마음을 추스르고 아이들이 기다리고 있는 운동장으로 나갔다. 햇빛이 너무 뜨거웠다. 아이들이 나를 보자 달려왔다. 나는 친한 친구 말고 화해하고 싶은 친구와 손을 잡고 두 줄로 서라고 했다. 모두 짝을 찾았지만 미례는 혼자였다. 여자아이들이 서로 한나와 짝을 하겠다고 야단법석이었기 때문이다. 미례는 그 모습을 보고 웃으며 내게 말했다.

"선생님, 저 짝이 없어요. 선생님이 짝 해주세요."

애써 밝은 표정으로 걱정하는 나를 위로하듯 미례가 팔장을 끼었다.

아직도 갈 길이 멀구나. 그래도 오늘은 우리 모두 한 걸음 앞으로 내디
딘 것을 축하하자! 어느새 구름이 몰려와 태양을 가렸고, 시원한 바람
이 불기 시작했다.

_진정한 화해

여름방학이 가까웠다. 더위는 날마다 기승을 부려 오후가 되면 축축
늘어졌다. 마지막 사회 시간에는 전쟁과 분단의 근현대사 부분을 공부
했다. 나는 6·15남북공동선언을 설명하면서 아이들이 어제 화해한 것
과 닮은꼴이라고 말했다. 재휘는 "그러네요" 하며 깔깔깔 웃었다. 남
북 대표가 악수를 하고, 이산가족이 만나 기쁨을 나누고, 단일기를 들
고 함께 등장하는 남북 선수단의 모습을 집중해서 보았다. 나는 아이
들에게 마무리 활동으로 동시 쓰기를 제안했다. 주제는 '화해'로 하자
고 했다. 어제 글을 쓰고 발표한 일과 오늘 수업 한 것을 떠올려 시를
쓰자고 했다.

"멋진 시가 나올 것 같은 예감이 들어요."

"우리가 좀 하죠."

넉살이 좋은 동준이의 말에 웃음바다가 되었다. 아이들은 어느 때보
다도 진지했다. 모든 시에 아이들의 마음이 담겨 있어 하나같이 소중
했다. 이 아이들이 시인이 아니면 대체 누가 시인이란 말인가!

화해와 통일

한소민

너, 쟤랑 놀지 마
쟤는 나쁜 애야

수군수군 도란도란
남을 헐뜯는 소리

시끌벅적 학교에는
수많은 뒷담화가 북적거린다.

딩동댕동
4교시가 시작된다.
오늘은 왕따에 대해
알고 있는 것, 경험한 것 등을
이 종이에 적어 보겠어요.

선생님의 우렁찬 말씀에
쓰윽쓰윽
연필이 움직이는 소리

여러 명의 손이
발표 시간에 이어지고

수많은 아이들의
울먹이는 이야기

닫혔던 아이들의
마음이 열린다.

이제 우리 반은
화해로 북적북적

이제 우리 반은
하나가 되었다.

화해

장지혜

몇 주일 동안
오해를 했기에
뭐든지 안 좋아 보인 우리, 서로

눈물 주르륵 흘리며
서로의 잘못을 이해하며
서로의 자존심을 지켜 준 우리

사람은 싸우면서
친해진다고 하잖아요

그게 우리의 현실
모두 사라진 오해
따스한 눈빛뿐

화해 그후

김미례

그 시간 이후 많이 달라졌다.
한나는 보금이와 친해졌고
최재휘는 나를 따라고 하지 않는다.
많은 애들이 바뀌었다.
나는 그것이 너무나도 좋았다.
서로 수다도 떨고
놀기도 하고, 장난도 치고

하지만 가끔씩 이런 생각이 든다.
다시 욕하고 때리지 않을까?
절교하자 이러지 않을까?
우리의 그 끔찍한 일이 또 생기지 않을까?

그러나

우리는 달라졌다.

우리는 서로 믿고 산다.

우리는 이것만 있으면 된다.

믿음

안 되면 다시 하고 계속하면 된다.

그러면 그 굉장한 기적이 또 일어난다.

집으로 가는 길에 아이들의 얼굴을 하나하나 떠올려 보았다. 그동안 참 많은 일이 있었구나…….

아이들에게 나는 어떤 모습으로 비춰질까? 문득 고민이 되었다. 날마다 싸우지 마라, 욕하지 마라, 때리지 마라, 잔소리를 한다. 물론 아이들도 내 말이 틀리지 않다는 걸 알고 있다. 하지만 교실은 그야말로 살아남기 위한 전쟁터이다. 아이들에게 내가 하는 충고가 따돌림당하기 십상인 주문이 될 때도 있다.

어른들의 세계가 그렇듯 아이들의 세계도 힘이 지배하고 있다. 힘이 있어야 상처받지 않는다는 것을 아이들은 본능처럼 알고 있다. 교사가 나서서 물리적인 폭력을 없앴다고 해서 전쟁이 끝나는 것은 아니다. 아이들은 눈에 보이는 폭력 대신 교묘한 방법으로 모두의 고통을 덜어 줄 희생양을 만들어 내는 것이다.

따돌릴 대상을 발견하면 아이들은 여론을 부추기고 나쁜 소문을 퍼뜨려 그 대상을 고립시킨다. 이것은 일상의 소소한 갈등이나 둘이서 치고받는 싸움과는 전혀 성질이 다르다. 따돌림을 통해 집단에서 가치가 없는 존재라는 낙인을 찍는 것은 한 사람의 영혼에 상처를 남기는 일이다. 상처가 깊을수록 성장은 더디다. 그리고 마침내 따돌림당하는 아이 자신이 스스로 무가치한 사람이라고 믿게 된다. 세상에 이보다 더 큰 불행이 있을까?

집단 따돌림을 당하는 아이는 결코 특정 부류가 아니다. 누구라도 희생양이 될 수 있다. 그러니 아이들은 늘 긴장과 경계를 한다. 삶이 피곤할 수밖에 없다.

할 일이 차고 넘치는 교사들은 당장 눈에 보이는 문제들과 씨름하느라 다른 것은 보지 못한다. 따돌림의 뿌리에 조금도 다가가지 못하는 것이다. 갑갑하고 불행한 일이다.

갈수록 아이들은 다른 사람의 아픔에 공감하는 능력이 떨어지고 있다. 아니 점점 기회를 얻지 못하고 있다. 내 아픔을 느끼지 못해서 다른 사람의 아픔을 느끼지 못하게 될 때 과연 어떤 일이 벌어질까? 아이들의 병이 깊어질수록 이 작은 교실과 또 그들이 만들어 갈 사회는……. 생각만 해도 끔찍하다.

어른들 중에는 따돌림을 아이들이 성장하는 과정에서 겪는 성장통쯤으로 생각하는 사람들도 있다. 이런 생각은 아이들의 고통을 방관하는 태도이다. 이런 태도는 어른들이 만들어 놓은 세상의 부조리를 아이들에게 떠넘기려는 무책임한 변명일 뿐이다.

아이들의 생활은 그날 이후 눈에 띄게 달라졌다. 가장 크게 변한 아이는 한나다. 한나의 변화는 옷차림에서 두드러졌다. 마치 학기 초의 한나로 되돌아간 느낌이었다. 유행하는 옷들을 자신 있게 입고 다녔다. 이제는 제일 눈에 띌 정도로 반짝반짝 빛났다.

한나의 단짝이었던 미례는 별로 달라진 게 없었다. 쉬는 시간에도 아이들과 어울리지 못하고 늘 혼자 자리에 앉아 있기만 했다.

"미례야, 이제 아예 한나하고는 놀지 않는 거야?"

내가 슬쩍 물어보자 미례는 쓸쓸하게 웃으며 말했다.

"그렇게 됐어요."

미례의 책상에는 몇 주째 《열대어 키우기》란 책이 놓여 있었다. 요즘 미례의 일기에는 온통 물고기 키우는 이야기뿐이다. 그러고 보니 미례는 물고기와 닮은 구석이 많다. 개나 고양이 같은 애완동물과는 달리 물고기는 말이 없고 조용하다. 그리고 언제나 같은 자리에 머물러 있다.

그러던 미례에게도 기회가 찾아왔다. 미례 주변으로 아이들이 하나둘 다가왔다. 처음에는 힐끗 보고 지나갔다. 그러다 나중에는 미례 주변에 동그랗게 모여 앉아 미례와 이야기를 나누었다. 한나가 빠져나간 빈자리에 새 친구들이 찾아온 것이다. 미례에게 다가온 아이들은 미례와 마찬가지로 학급에서 숨죽여 지내는 아이들이었다.

_졸업을 앞두고

뜨겁던 여름이 지나고 가을이 찾아왔다. 분주한 하루하루가 지나갔다.

한나는 여자아이들 무리에 안착하면서 원래 괄괄한 성격으로 돌아갔다. 한나가 활발해지면서 교실이 무척 시끄러워졌다. 한나네 무리와 민경이네 무리는 확연히 나뉘었지만 더 이상 힘겨루기를 하지는 않았다.

무리를 지어 다니는 아이들끼리 크고 작은 다툼을 벌이기도 했다. 그래도 금세 화해하고 다시 어울렸다. 또 무리에 속하지 않은 여남은 아이들은 따로 또는 같이 별 탈 없이 잘 지냈다. 남자아이들은 피구에서 축구, 축구에서 농구로 운동 종목이 바뀔 때마다 무리 구성이나 아이들의 지위도 달라졌다.

2학기 들어서 나는 창일이와 한바탕했다. 하지만 창일이는 예전처럼 거칠게 나오지 않고 이내 수그러들었다. 나는 창일이의 반응을 이미 예상하고 있었다. 앞으로도 창일이와 부딪힐 일이 생길 것이다. 그러나 창일이와 나는 어떻게 풀어야 하는지 그 방법을 알고 있다.

서로 마음에 상처를 주는 대신 걱정하고 위로하고 존중하려고 노력하는 아이들의 모습이 대견했다. 글쓰기 활동 이후 아이들은 성큼 자라 있었다. 친구들의 솔직한 고백을 들으며 다른 사람의 아픔을 공감하는 힘이 커진 게 아닐까 하는 생각이 들었다.

나는 아이들과의 추억을 남기기 위해 문집을 만들고 있다. 글쓰기 활동 때 쓴 글과 화해를 주제로 쓴 시를 정리하고 있다. 우리의 한해살이가 어떻게 담길지 무척 기대된다. 나중에 아이들이 이 문집을 보면 어떤 기억을 떠올릴까?

어느 파시스트의 학창 시절 ──────────

내가 그 아이를 처음 만난 건 중학교 2학년 때였다. 내 운명에 큰 멍에를 지운 그 아이와의 만남이 어쩌면 그렇게 아무렇지도 않은 모습으로 다가올 수 있었는지…….

"야, 농구하러 가자!"

경민이는 내 옆에 있는 아이들을 모두 데리고 우르르 교실을 나갔다. 경민이의 모습은 '나를 따르라'고 말하는 장군 같았다. 나는 순간 멍해졌다. 바로 앞에 있는 나에게는 한 마디 말도 하지 않고 어떻게 저럴 수가 있지? 경민이가 혹시 나를 모르는 게 아닐까? 아니야, 그럴 리 없어. 경민이는 7반 반장, 나는 8반 반장. 서로 이야기해 본 적은 없어도 나를 모르지는 않을 텐데 왜 날 모른 척하지? 머릿속에서 갖가지 생각의 퍼즐들을 복잡하게 짜 맞춰 보았지만, 그 어느 퍼즐도 시원스럽게 완성되지 않고 나를 혼란스럽게 했다.

'아니야, 내가 너무 예민한 걸 거야. 황규명! 왜 이렇게 좀스러워 진 거야.'

나는 스스로 위로하면서 이 상황을 애써 이해하려고 했다.

다음 날이었다. 나는 용기를 내어 뒤를 돌아보며 경민이에게 인사를 했다. 어제의 내 생각이 괜한 오해였기를 바라면서.

"야, 강경민. 너 작년에 7반 반장이었지? 나 8반 반장이었던 황규명. 반갑다."

"응."

용기를 내어 겨우 인사를 했는데도 경민이는 나를 바라보지도 않고 짧게 대답했다. 무언가 나를 거부하는 냉랭함이 느껴졌다. '도대체 왜 나를 이렇게 냉정하게 대하는 거지?'

나중에 안 사실이지만 경민이는 나를 본 순간, 자신과 내가 너무나 비슷한 사람이라고 생각했다고 한다. 공부도 잘하고 운동도 잘하는 아이. 서로 마음이 통해서 친해질 수 있는 것이 아니라 너무나 비슷해서 없어져야 하는 아이. 이것이 경민이가 인식한 내 모습이었다. 나를 경쟁자로만 인식했던 경민이. 그 인식의 출발점은 내 비극의 시작점이기도 했다.

_전쟁은 소리 없이 시작되었다

"너, 이번에 반장 선거 나갈 거지?"

작년부터 내내, 아니 초등학교 때도 몇 번 같은 반이었던 동현이는 올해도 당연히 내가 반장 선거에 나갈 거라고 생각하면서도 경민이의 존재를 의식해서인지 내게 물어 왔다.

"응, 나가려고."

"야, 그러면 너도 애들한테 뭐 좀 해주고 그래야 되는 거 아니냐?"

"뭘 해줘?"

"경민이는 우리 반 애들한테 햄버거도 쏘고, 늘 붙어 다니는 애들은 자기 집으로 초대한다고 그러고……. 아무튼 선거에 꽤 신경 쓰는 것 같던데, 넌 너무 조용히 있는 거 아니냐?"

"담임 선생님이 햄버거 쏘고 그런 거 공약으로 걸지 말라고 그러셨잖아."

"아, 이런 초딩. 그래서 그 말을 곧이곧대로 지키느라고 아무 말도 안 하고 조용히 있었단 말야? 하여튼 너 고지식한 건 알아줘야 돼. 이런 꽉 막힌 자식. 그걸 알면서도 미리 말을 안 해준 내가 병신이지, 병신. 그래 내가 더 나쁜 놈이다, 나쁜 놈."

동현이는 가슴을 탁탁 치더니 나중에는 제 멱살을 잡으며 원맨쇼를 했다. 동현이는 나보다 내 일에 더 적극적이다. 나도 이런 동현이의 잔소리와 충고가 싫지 않았다. 아마 경민이의 냉랭함을 견딜 수 있는 건 나에게 동현이가 있기 때문일 것이다.

경민이와 그 패거리는 유치했지만 정말 열심이었다. 집집마다 전화를 해서 표를 부탁하기도 하고, 햄버거를 쏘겠다고 담임 선생님만 모르게 공공연히 말하기도 했다. 그러는 동안 동현이는 나에 관한 이상한 소문들을 듣고서 전해 주기도 했다. 이 아이들에게 담임 선생님의 규칙을 어기는 것쯤은 아무 일도 아닌 것 같았다.

동현이의 염려대로 경민이가 반장이 되었다. 두 표 차이로 이기긴 했지만, 어쨌든 승리는 승리니까. 동현이의 말대로라면, 경민이가 범생에, 앞뒤가 꽉 막힌 고지식한 나를 1라운드에서 멋지게 이겨 버린 것이다.

나는 왠지 불안한 느낌이 들었다. 아직도 경민이가 나를 불편하게 대해서일까? 이것이 경민이가 원했던 전쟁의 결과이고, 경민이는 승자가 아닌가? 그런데도 왜 경민이는 나를 불편하게 만드는 걸까?

경민이는 여전히 나를 차갑게 대했다. 무장 해제를 하지 않고 있는 것이다. 경민이가 나를 향한 전쟁을 계속할 것 같은 예감, 내 불안감은 아마도 거기에서 시작된 듯하다. 그렇지만 나는 본격적인 싸움을 시작하기도 전에 이미 지쳐 버렸다. 점점 더 불길한 예감이 들었다. 1라운드에서뿐 아니라, 2라운드, 3라운드에서도 그리고 마지막 라운드까지 모두 지는 게 아닌가 하는 생각마저 들었다.

경민이를 만나기 전에 난 언제나 자신만만했다. 정정당당하게 이길 자신이 있었다. 나 스스로 강하다고 믿었기 때문이다. 그렇지만 반칙을 당연하게 생각하는 라이벌은 피하고 싶다. 불행하게도 경민이는 교활하고 반칙을 좋아하는 라이벌이다. 왜 세상은 반칙을 하는 사람이 더 쉽게 이기도록 만들어진 걸까? 왜 이런 라이벌을 만나지 않고는 살 수 없는 것일까? 도대체 왜?

반장이 된 경민이는 정말 꼴불견이었다. 청소 시간에도 담임 선생님이 없으면 선생님의 지시봉으로 이곳저곳을 가리키면서 청소를 시켰다. 마치 자기가 대장이라도 된 것처럼. 왜 선생님들은 반장한테 청소를 감독하라고 할까? 나는 이 이상한 지배 구조가 싫다. 그런데 신기한 것은 경민이가 심하게 말하는데도 아이들이 경민이 말을 척척 잘 듣는다는 것이다. 경민이는 또 한 사람의 선생님이었다. 자존심이 상하지도 않나? 배알도 없는 놈들처럼 아이들은 경민이한테 굽실거렸다. 비굴해 보이는 아이들도, 잘난 척하는 경민이도 모두 싫었다.

경민이의 야심은 여기서 끝나지 않았다. 우리들 안에서 대장 노릇하는 것에 만족하지 않고 조금씩 조금씩 선생님의 권좌도 탐하고 있었다. 어느 날, 도덕 시간이었다. 도덕 선생님은 늘 하얀 와이셔츠의 소매를 걷어붙이고 다녔다. 큰 키에 깡마른 체구로 약한 인상을 풍겼는데, 희고 갸름한 얼굴에 금테 안경이 빛을 받아 반짝이면 아주 지적이라는 느낌도 들었다. 하지만 너무 원리 원칙만 고수하고 신경질을 잘 내서 수행 평가 점수에 욕심을 내는 도덕 부장 말고는 따르는 아이가 없었다. 그날도 아이들은 종이 치고 깡마른 도덕 선생님이 힘들게 앞문을 열 때까지도 시끄럽게 떠들고 있었다.

"왜 이렇게 시끄러운 거야?"

도덕 선생님이 관자놀이에 핏줄이 돋을 만큼 짜증스럽게 고함을 질렀다. 하지만 아이들은 열대 지방에 사는 한낮의 동물처럼 어슬렁거리면서 천천히 움직일 뿐이었다. 그 모습에 도덕 선생님은 더 화를 냈다.

"내 말 안 들려? 빨리 자리에 못 앉아?"

하지만 아이들은 귀찮은 듯 여전히 느리게 움직였다.

"야! 반장, 너희 반 이게 뭐야?"

도덕 선생님은 경민이를 바라보며 날카롭게 쏘아 댔다. 이 말을 들은 경민이가 몇몇 아이들을 쏘아보았다.

"야, 김성민!"

천천히 움직이던 성민이가 갑자기 움찔했다.

"야! 김성민, 빨리 앉아!"

성민이의 겁먹은 듯한 표정은 순식간에 다른 아이들에게도 전염되어 어느새 빠르게 자리가 정돈되고 있었다. 도덕 선생님의 입가에 아주 짧은 순간이었지만 만족스러운 웃음이 보였다.

"반장, 이렇게 해봐라, 이렇게. 내가 수업 시작하기 전에 늘 이렇게 준비해 놓는 거야."

결국 아이들을 정돈시킨 것은 경민이었다. 아이들은 도덕 선생님의 말보다 경민이의 말을 더 잘 듣는다. 도덕 선생님은 지원군을 만난 듯이 기뻐했지만, 모르는 것이 있었다. 바로 선생님의 자리를 경민이에게 내주었다는 사실. 도덕 선생님은 경민이를 칭찬함으로써 자신의 무능력함과 권위 없음을 공식으로 인정한 것과 다름이 없었다. 선생님은 정말 바보다.

한번은 교무실 청소 당번이어서 청소를 하고 있었다. 선생님들은 학생들이 있는데도 상관하지 않고 경민이에 대해 이야기를 하고 있었다.

"강 선생님, 선생님 반에 경민이라는 애 있죠? 그 자식 너무 나서는 거 아닌가?"

수학 선생님은 역시 날카로운 면이 있다. 그렇지만 수학 선생님 같은 분이 별로 없다는 게 세상의 불행이다.

"왜요? 무슨 일이 있으셨어요?"

담임 선생님이 놀라서 물었다.

"내가 있는데도 막 신경질을 부리면서 조용히 하라고 하는 거예요. 애들을 너무 휘어잡는 것 같던데요."

"강경민요? 난 걔가 그러니까 괜찮던데. 사실 강 선생 반 애들이 좀 드세긴 하잖아요. 나서서 교통정리 해주는데 뭐 어때서 그래요? 그 자식 리더십도 있어 보이고, 게다가 공부도 꽤 한다면서요?"

과학 선생님이 경민이 칭찬을 하면서 이야기에 끼어들었다.

"그래요? 걔가 공부도 잘하고 운동도 잘하는 건 알겠는데, 내가 보기에 반장으로서는 부족한 것 같아요."

"아니, 뭐가 부족해요?"

"뭐라고 할까? 그 뭐냐, 《우리들의 일그러진 영웅》에 나오는 엄석대 같다고 할까? 포용력도 좀 부족한 것 같고, 대장 노릇을 하려고 드는 것 같아요."

"선생님은 욕심이 너무 많아요. 애가 그 많은 걸 어떻게 다 갖춰요?"

"다들 경민이한테 관심이 많으시네요. 제가 경민이 부족한 부분은 잘 지켜보고 지도해 볼게요."

"선생님은 좋겠어. 반장도 부반장도 다 똑똑한 애들이잖아요. 부반장도 작년에는 반장했던 녀석이고. 그 녀석도 참 괜찮던데."

내가 옆에 있는데도 내 얘기까지 마구 해서 민망스러웠다. 수학 선생님처럼 경민이를 못마땅해하는 분도 있었지만, 선생님들 대부분은 경민이를 공부도 잘하고 리더십도 있는 멋진 아이라고 생각했다. 경민이를 보는 선생님들의 시선에는 언제나 흐뭇함이 배어 있었다. 경민이에 대해서 장님이기는 아이들이나 선생님들이나 마찬가지였다.

하지만 나에게도 승부욕이 있다. 잘못한 것도 없이 언제까지나 기죽어 지내지는 않을 것이다. 그렇지만 무슨 수로 이 이상한 세상에 나라는 존재를 알릴 수 있을까? 그렇지, 운동이 있다. 작년에 나는 우리 반에서 성적도 1등이었지만, 운동도 잘한다는 이야기를 많이 들었다. 그런데 문제는 경민이는 농구하러 갈 때 늘 나를 빼놓는다는 것이다. 빼놓는다기보다는 나에게 아예 말을 걸지도 않는다. 내가 그렇게 두려운가? 하기는 내가 축구하는 모습을 보면 두려워할지도 모르겠다.

드디어 기다리고 기다리던 체육 시간이 되었다. 이번 체육 시간에는 허들 넘기를 배웠다. 언제 봐도 멋진 체육 선생님은 우리에게 허들 넘기 시범을 보였다.

"와!"

"지대 멋지지 않냐?"

"간지 쩐다."

아이들의 표현은 단순했지만 얼굴 표정에는 부러움과 존경의 빛이 가득했다. 멋진 시범을 마친 선생님은 우리를 둘러보며 말했다.

"이렇게 자세를 낮추고 상체를 숙인 다음, 상체와 다리를 일직선에 가깝게 바짝 붙여서 이렇게 살짝 넘는 게 중요해. 이 지점에서는 도움닫기할 때 발판을 팍 차는 것처럼 몸을 위로 띄우는 거야. 그럼 어디 해볼 사람!"

아이들은 일제히 경민이를 지목했다.

"경민이 시켜 봐요."

"경민이가 누구니?"

"반장이요. 반장 시켜요!"

"그래, 좋아. 경민이 이리 나와서 해봐."

경민이는 나가더니 별점 5점을 팍팍 주고 싶을 만큼 가볍게 훌쩍 허들을 넘었다.

"아주 잘했다. 박수!"

경민이가 가뿐히 성공하자 아이들은 감탄사를 내질렀다. 선생님은 한 사람 더 시범을 보일 생각인지 우리를 둘러보았다. 이제 아이들 앞에서 화려하게 시범을 보일 차례가 왔다. 나는 아까부터 마음의 준비를 하고 있었다. 예상대로 아이들은 내 이름을 불러 주었다.

"규명이 시켜 봐요."

"규명이?"

"네, 부반장이요. 부반장 시켜 봐요."

나는 마지못해 나가는 척했다. 하지만 속으로 얼마나 기다렸던 기회인가! 교본처럼 잘하려고 노력했다. 아까 선생님의 말씀대로 자세를 낮추었다. 경민이보다 훨씬 더 큰 박수를 받을 거야. 발판을 꽉 차고 몸을 공중에 띄웠다. 그리고 다리와 몸을 붙여서 살짝 허들 바를 넘으려는 순간이었다. 마지막에 발이 허들에 살짝 닿고 말았다. 그 순간 허들이 '챙' 소리를 내면서 쓰러졌다. 아, 이런!

"하하하. 규명이 지대 웃겨."

"개폼 잡다가 넘어졌어. 진짜 웃겨."

아이들은 배꼽이 빠져라 웃어 댔다. 체육 선생님은 마지막에 발이 걸리긴 했지만 자세도 훌륭했고 아주 잘했다고 했다. 그렇지만 체육 선생님의 목소리는 아이들이 놀리는 목소리를 이기지 못하고 파묻혀 버렸다. 그동안 마음속으로 벼르던 '체육 대장'의 이미지도 아이들에게 보여 주지 못했다. 경민이 일당은 특히 크게 소리를 지르며 야유를 보냈다. 그날 이후 그들은 내게 '폼생폼사', '개폼'이라고 놀려 댔다. 분했다. 경민이가 나와의 관계를 전쟁으로 인식했다면, 지금까지 사건을 통해 볼 때 경민이가 유리한 고지를 점령한 것이 분명했다.

_모든 고지를 잃어 가다

우리 반 아이들 대부분은 누가 '어떤 내용'을 이야기 하는지에는 관심이 없고 '누가' 이야기하고 있는가에만 관심이 있는 것 같다. 똑같은 말을 해도 경민이가 이야기하면 애들은 더 호들갑을 떨었다. 누가 더 이야기를 잘 듣고 있었는지, 누가 더 경민이와 입장이 비슷한지, 경민이와 비슷한 생각을 가지고 있다면 누가 더 일찍부터 경민이와 같은 생각을 갖게 되었는지 내기하는 것 같았다.

체육 시간에 있었던 한 번의 실수가 가져온 이미지 손상은 너무나 컸다. 작년에도 그랬듯이 올해도 점심시간에 아이들과 축구를 하고 싶었다. 그래서 교실에 있는 아이들이 전부 들을 수 있도록 "축구하러 가자"고 말하면서 사물함에서 축구공을 꺼냈다. 그런데 너무 조용해서 뒤돌아보았더니 아무런 반응이 없었다. 그냥 말을 삼켜 버리기에는 너무 무안해서 다시 한 번 큰 소리로 말했다.

"야, 축구할 사람! 축구하러 가자!"

이때 경민이 패거리 중 하나인 민석이가 뒷문으로 들어오다가 나를 보았다. 내 말을 들었는지 나를 보자마자 대뜸 따지듯이 말했다.

"야, 누가 그런 낡은 시대의 스포츠를 하냐?"

"네가 하기 싫으면 그만이지 축구가 뭐 어떻다고 그래?"

"글쎄다. 축구는 좀 멋없지 않냐? 한 시간 내내 개처럼 헐떡거리면서 뛰어다니는 것도 그렇고. 폼이 안 나잖아? '폼생폼사'가 왜 그렇게 폼 안 나는 스포츠를 하실라고 그럴까?"

"그만둬. 하기 싫으면 안 하면 되잖아!"

나는 화가 나서 교실 문을 박차고 나오긴 했지만 좀처럼 기분이 풀리지 않았다. 경민이가 말하면 아무것도 아닌 일에도 낄낄대고 웃어 주던 녀석이 축구가 낡은 시대의 스포츠라고? 축구의 '축'자도 모르는 녀석. 비열하고 치사한 자식. 영혼을 모조리 악마에게 팔아먹은 자식!

경민이 패거리는 나를 괴롭히는 걸 자기네들의 의리로 삼은 걸까? 경민이는 그렇다 치더라도 경민이 패거리도 돌아가며 내 신경을 긁는 것을 무슨 행동 강령으로 삼은 것 같았다. 가끔 텔레비전 드라마를 보면 실력도 없으면서 윗사람에게 아부하는 회사원들이 나온다. 경민이 일당의 모습이 딱 그렇다. '악어새'와 같은 그 아이들의 얼굴은 회사원들의 얼굴과 결코 다르지 않다. 저 녀석들은 나중에 분명 저렇게 비열한 어른이 될 거야. 그런데 작년에 분명 나와 같이 축구를 했던 애들마저 왜 올해는 축구를 안 하려는 것일까?

도덕 선생님은 경민이가 공부도 잘하고 리더십도 있는 반장이라고 칭찬했지만 얼마 지나지 않아 자신의 권좌를 경민이에게 빼앗기고 말았다. 도덕 선생님은 이날도 역시 힘 없이 앞문을 '뺑' 하고 열며 들어왔다. 아이들은 여전히 떠들고 있었다. 이번에도 도덕 선생님은 경민이에게 보스가 행동 대장에게 지시를 하듯, '네가 알아서 조용히 좀 시켜라'는 의미의 눈빛을 보냈다. 하지만 경민이는 도덕 선생님의 눈짓을 모르는 척 무시해 버렸다. 이미 모든 선생님의 사랑을 받고 있는 경민이로서는 선생님 사이에서도 권력이 없어 보이는 도덕 선생님의 인정은 받지 않아도 그만인 것이다. 도덕 선생님은 아랫입술을 꼭 깨물더니 소리를 질렀다.

"도대체 너희들 지금 뭐하는 짓이야! 반장, 수업할 준비되면 교무실로 와!"

하지만 안타깝게도 아이들은 도덕 선생님이 앞문을 쾅 닫고 나간 뒤 10초 정도는 조용하더니 아무 일도 없었다는 듯이 계속해서 떠들었다. 경민이는 몇 번 신경질이 난 목소리로 조용히 좀 하라고 외쳐 댔다. 그러나 이미 분위기가 무르익었던 탓인지 아이들의 목소리는 좀처럼 조용해지지 않았다. 그때 나는 분명히 보았다. 경민이는 유독 한 아이만을 주목하고 있었다. 경민이는 모든 아이들이 와글와글 떠들고 있었지만, 자석에 끌리듯 성큼성큼 태영이에게 다가갔다. 그리고 마치 약속한 것처럼 아주 자연스럽게 주먹을 날렸다. 순간 교실이 조용해졌다.

"조용히 좀 하라구, 이 새끼야!"

경민이는 태영이를 때리고 나서 악을 썼다. 마치 태영이만 떠들어서 때렸다는 것을 강조하는 것처럼 경민이는 고함을 질렀다. 그러나 경민이의 목소리가 커지면 커질수록 그것이 태영이를 향한 것이 아니라는 생각이 들었다. 대신 태영이를 때릴 수밖에 없었다는 것을 너희들도 이해하라는 식의 비겁한 변명처럼 들렸다.

사실 태영이는 우리 반 애들 대부분이 싫어한다. 눈치가 없고 좀 만만해 보이는 애라고 할까? 너무 철없이 구는 것은 사실이지만, 그렇다고 태영이가 나쁜 녀석은 아니다. 어쨌든 경민이는 우리 중에 가장 만만한 태영이를 친 것이다. 나도 아니고 동현이도 아니고. 경민이가 정작 치고 싶은 사람은 자신을 은근히 무시하고 있는 나나 동현이였을 것이다. 그렇다면 이 일을 핑계로 나나 동현이를 치는 게 옳다. 하지만 경민이는 비겁하게도 태영이를 치면서 자기 권력을 과시하고 있는 것이다.

"내가 조용히 하랬지! 그런데 왜 떠들어?"

"그렇다고 치냐?"

"야, 수학 온다!"

우리 반의 소란스러운 소리를 듣고서 옆 반에서 수업을 하던 수학 선생님이 왔다. 태영이가 경민이에게 맞은 부위가 하필 눈이어서 그런지 순식간에 벌겋게 부어오르기 시작했다. 나는 그게 어쩌면 다행이라 생각했다. 다른 부위였다면 얼버무리고 지나갈 일을 선생님들이 알게 되면 경민이의 죄상이 낱낱이 밝혀질 것이 아닌가. 수학 선생님은 경민이를 데리고 교무실로 갔다. 나는 담임 선생님이 경민이를 어떻게 처리할지 무척 궁금했다.

교무실에서 담임 선생님과 경민이 사이에 어떤 대화가 오갔는지 모르겠지만, 종례 시간에 경민이와 담임 선생님이 함께 교실로 들어왔다.

"너희도 다 알다시피 오늘 경민이가 하지 말아야 할 일을 했어. 반장의 역할이 반 분위기를 조용히 만드는 것만은 아니야. 목적은 좋았다 하더라도 방법이 옳지 못했어. 경민이 어서 반성문 발표해."

경민이는 준비해 온 반성문—혹은 대본—을 죽 읽었다. 태영이를 때리고 반 분위기를 험하게 만들어서 미안하다, 다음부터는 폭력을 쓰지 않을 것이며 너희들도 떠들지 말아 달라는 부탁인지 명령인지로 읽기를 끝마쳤다.

담임 선생님은 태영이를 앞으로 불러서 경민이와 악수를 시켰다. 태영이는 내키지 않은 표정이었지만 선생님이 시키는 대로 했다. 그리고 그것이 전부였다.

이게 다 뭐야? 나는 무척 실망스러웠다. 경민이는 진지해 보이기는 했지만 그리 성의 있어 보이지는 않았다. 한마디로 연기하는 것 같았다. 입으로만 사과하면 뭐 하나? 그것은 갑자기 쏟아지는 빗줄기를 바라보면서 "비 오네" 하고 혼잣말을 하는 것과 다를 바가 없었다. 내가 생각하는 진정한 사과는 경민이가 태영이의 친구가 되어 주는 것이다. 그것도 어렵다면 경민이와 경민이 패거리가 태영이에게 친절하게 대해 줘서 우리 반에서 태영이의 위치를 높여 주는 것이다. 내가 괜히 경민이에게 트집을 잡는 것이 아니다. 엉터리 반성식을 한 날, 경민이 일당은 마치 보스가 출소할 때 두부를 들고 기다리는 부하들처럼 경민이가 청소를 끝내고 나오기를 복도에서 기다리고 있었다. 경민이의 표정은 아직 어두웠다.

"야, 기분 풀어."

아부쟁이 민석이가 경민이 어깨를 툭툭 치며 말했다.

"덜 떨어진 자식이 맞을 짓을 한 거지. 괜찮아."

"그래?"

경민이의 목소리가 갑자기 밝아졌다.

"태영이 봤냐? 눈탱이 밤탱이 됐더라. 하하하."

"눈탱이 밤탱이, 눈탱이 밤탱이. 하하하하하."

"경민이 주먹 센 건 알아줘야 돼. 하하하하."

반성이란 걸 모르는 애들 같았다. 분명히 경민이가 잘못을 했는데 경민이 패거리는 태영이를 자꾸 바보로 만들었다. 태영이는 경민이한테 맞고 나서 반에서 더 곤란한 처지가 되었다. 전에는 몇몇 애들만 태영이를 무시했는데, 이제는 거의 모든 애들이 대놓고 태영이를 무시했다. 물론 경민이 일당이 주도한 것이기는 하지만.

우리들의 조용한 전쟁이 계속되는 가운데 중간고사가 다가왔다. 이번 시험은 유난히 더 신경이 쓰였다. 반장 선거의 패배나 체육 시간의 쪽팔림 사건 때문이기도 했다. 하지만 그 이유가 아니더라도 꼭 뭐라고 말할 수 없는 이상한 절박함이 마음속에서 일어나고 있었다. 어쩌면 그것은 생존의 몸부림 같은 것이기도 했다. 나는 그동안에도 공부를 게을리하는 편은 아니었다. 그렇지만 이번 중간고사에는 더 신경을 썼다. 공책 정리해 둔 것을 꼼꼼히 살펴보고, 문제집도 더 많이 풀고, 학원 수업도 더 열심히 들었다.

그런데 경민이는 무사태평이었다. 믿는 구석이라도 있는 걸까? 학교에 오면 엎드려 자기만 했다. 쉬는 시간에는 그렇다 해도 때로는 수업 시간에도 잤다. 내가 알기로는 경민이는 학원에도 다니지 않았다. 그러면 혹시 밤새워서 공부를 하고 있는지도 모른다. 게다가 점심시간에는 꼬박꼬박 농구를 하러 나갔다. 도무지 공부하는 모습을 볼 수 없었다. 이상하긴 하지만 그래도 열심히 해야겠지? 너무 싱겁게 1등을 하는 거 아니야? 나는 속에서 슬슬 웃음이 나왔다.

마침내 지옥 같은 중간고사가 끝났다. 나는 가끔 화성인의 지구 침공과 시험이 없는 세상, 둘 중 어떤 것이 더 현실적인가 상상을 해보곤 했다. 굳이 고르라면 시험이 없는 세상이 더 가능성이 있어 보였다. 화성인이 지구를 침공하는 것은 화성인에게 달려 있지만, 시험을 볼지 말지는 지구인의 의지에 달려 있는 것이 아닌가. 물론 아주 많은 시간이 걸릴 것 같기는 하지만 말이다. 아무튼 이 냉정하고 비열한 시험이라는 제도는 언제쯤 없어질까?

드디어 시험이 끝났다. 어떤 과목은 시험 결과표를 칠판 옆에 붙여

놓기도 했고, 몇 과목은 교과 부장이 아이들에게 직접 점수를 불러 주기도 했다. 그런데 놀랍게도 경민이의 점수가 생각보다 훨씬 좋았다. 백점이 나올 때마다 아이들은 "누구야, 누구?" 하고 관심을 보이기도 하고 박수를 치기도 했다. 이럴 수가! 만날 농구만 하고 엎드려 자던 녀석이 언제 공부를 한 거지?

며칠 후 종례 시간에 담임 선생님이 성적표를 나눠 주었다. 내일까지 부모님 확인을 받아 오라는 선생님의 말씀에 여기저기서 야유가 터졌다. 그 와중에 아부쟁이 민석이가 대뜸 선생님께 질문을 했다.

"이번에 누가 1등 했어요?"

"경민이 아닐까? 아니면 규명이?"

경민이 패거리인 현진이가 나서서 말했다. 담임 선생님은 대답 대신 웃으면서 "민석이 등수도 애들한테 말해 줄까?" 하고 민석이에게 되물었다.

"안 돼요, 제발요!"

시험 보기 전 내 예상과는 정반대로 경민이가 1등을 했다. 머릿속이 하얘지는 것 같았다. 1등까지도 내주었으니 경민이에게 완벽하게 진 것이다. 공부도 운동도 그리고 아이들과 선생님들의 인정도 모두 경민이 차지였다. 다음 날 종례 시간에 경민이는 1등 턱으로 모든 아이들에게 햄버거와 콜라를 돌렸다.

"그럼 경민이가 1등 한 거네. 하하하하하."

경민이 패거리는 이미 다 알고 있었으면서 새삼스럽게 큰 목소리로 떠벌려 댔다. 경민이는 햄버거를 돌려서 자신이 우리 반에서 1등임을 공공연하게 알린 것이다.

학교가 끝나고 동현이와 버스 정류장으로 가는데 대뜸 동현이가 물었다.

"그럼 네가 2등 한 거야?"

"응."

"야, 1등 뺏겨서 속상하겠다. 그래도 2등이 어디냐? 내가 2등 했으면 우리 엄마가 날 업고 다니실 텐데. 아, 그래서 아까 경민이하고 친한 애들이 경민이네 집에 갔구나."

경민이는 친한 애들은 또 따로 불러서 1등 잔치를 하나 보다.

"현진이, 성식이 그리고 민석이. 또 누구더라? 아무튼 걔들은 너무 몰려다니는 것 같지 않냐? 경민이 꼬붕들 같애."

"야, 그래도 꼬붕이라는 말은 좀 심했다."

"그런가? 누구는 1등 했다고 한턱내는데 너는 2등 하고도 절친한 친구한테 한턱 안 쏘냐?"

"자꾸 아픈 데 건드리지 마라."

"나는 28등 했는데 2등 했다고 슬퍼하는 친구를 위로해 줘야 하다니……. 내 인생이 너무 불쌍하지 않냐?"

동현이는 나를 툭 치면서 기분을 풀어 주려고 애썼다. 고맙다, 동현아. 말은 하지 못했지만 마음속으로는 동현이가 내 곁에 있어서 천만다행이라고 생각했다. 동현이와 헤어지고 난 뒤 나는 다시 이런저런 생각에 빠져들었다. 경민이의 기세를 꺾을 기회를 모두 날려 버렸으니 앞으로 어떻게 해야 할지 막막하기만 했다. 하지만 아무리 생각해도 뾰족한 수가 떠오르지 않았다.

_마지막 보루가 무너지다

나의 단짝 동현이는 썩 괜찮은 아이다. 나뿐만 아니라 우리 반 대부분
의 아이들이 그렇게 생각했다. 경민이 패거리도 예외일 수는 없었다.
어느 날부터 경민이 패거리가 동현이에게 서서히 접근하기 시작했다.
나를 완전히 고립시키기 위해서였는지, 아니면 동현이와 정말 친하고
싶어서였는지는 알 수 없었다.

　나를 위로해 준 동현이가 고맙고, 어제 버스 정류장에서 한턱내라고
했던 말이 마음에 걸리기도 해서 점심시간에 매점에서 동현이에게 맛
있는 걸 사주고 싶었다.

　"동현아, 매점 가자. 이 형아가 한턱 쏠게."

　나는 동현이가 굉장히 좋아할 거라고 기대했다. 그런데 동현이는 내
눈을 피하면서 굉장히 난감한 표정을 지었다. 왜 그러지? 동현이가 무슨
말을 하려고 막 입을 여는 찰나, 저쪽에서 민석이가 동현이를 불렀다.

　"김동현, 농구하러 가기로 했지? 빨리 가자!"

　그제서야 나는 동현이가 왜 그토록 난처한 표정을 지었는지 알 수
있었다.

　"뭐, 약속했으면 얼른 가야지."

　당황스러웠지만 나는 내색하지 않으려고 애쓰며 간신히 말을 이었
다. 달리 할 말이 떠오르지 않았다. 동현이는 교실을 나가면서 나를 쳐
다보았다. 나에게 무척 미안해하는 것 같았다. 동현이가 내 앞에서 서
서히 멀어져 갔다. 이렇게 떠나가는 걸까? 아무렇지도 않은 척 노력했
지만 기분이 무척 이상했다.

점심시간이 끝날 무렵 온몸이 땀으로 범벅이 된 경민이와 패거리들이 교실로 들어왔다. 물을 벌컥벌컥 마시고 옷을 벗어 던지며 교실에 자기들만 있는 것처럼 큰 소리로 무용담을 늘어놓기 시작했다.

"야, 성식아. 동현이 이 새끼 지대 잘하지 않냐? 진짜 이렇게 잘할 줄 몰랐다."

"동현이가 있으니까 7반은 우리한테 상대가 안 돼."

"야, 동현아. 내일도 같이하자."

동현이는 내 눈치를 보는지 선뜻 대답을 못했다. 내가 예상했던 대로 오늘 한 번이 아니라 이 녀석들은 앞으로도 계속 동현이를 불러낼 것이다. 단짝 친구마저 빼앗아 가다니……. 잔인한 놈들.

그 뒤로 경민이 패거리는 농구할 때뿐만 아니라 경민이네 집에 놀러 갈 때도 동현이를 초대하는 것 같았다. 그때마다 동현이는 나와 같이 집에 가지 못하는 것을 굉장히 미안해하며 어쩔 줄 몰라 했다. 그래서 그런 날은 일부러 빨리 짐을 챙겨 나오거나 늦게 가야 한다고 핑계를 대기도 했다. 그렇게 경민이네 집에 몰려가서 놀고 온 다음 날이면 여지없이 큰 소리로 자기들끼리 얼마나 신나게 놀았는지 자랑스럽게 이야기하곤 했다.

'인생은 어차피 혼자다. 홀로 꼿꼿이 서는 것도 필요하지 않은가.' 나는 별별 문구를 다 만들어 가면서 스스로 위로했지만 소용이 없었다. 믿을 수가 없었다. 아니 믿고 싶지 않았다. 어떻게 동현이가 경민이와 한패가 될 수 있단 말인가. 그동안 내 처지가 거친 바다를 항해하는 작은 돛단배 같았다면, 지금은 그 돛단배마저 잃어버리고 험난한 바다를 홀로 헤엄쳐 가야 하는 처지가 된 것이다.

나는 동현이가 곤란해할까 봐 되도록이면 동현이와 마주치지 않게 피해 다녔다. 그러던 어느 날, 버스 정류장에서 우연히 동현이와 마주쳤다. 우리는 서로 서먹서먹해했다. 둘 다 무슨 말을 해야 할지 몰라 한참 동안 침묵이 흘렀다.

"요즘 공부 잘돼?"

"응."

순간 내 대답이 너무 냉정하게 들렸다. 속으로 '이게 아닌데' 했지만 딱히 할 말이 생각나지 않았다. 그런데 동현이가 다시 먼저 말을 꺼냈다.

"저…… 너 말이야."

"왜?"

"내 원망 많이 하지?"

"어…… 그냥. 그렇지 뭐."

"규명아."

오랜만에 동현이가 내 이름을 불러 주었다.

"나, 네가 생각한 것만큼 마음을 다 판 건 아니야."

"응?"

"네가 생각하는 것만큼 내가 경민이를 좋아하는 건 아니라고."

이건 또 무슨 말인가? 뭐라고 대답을 해야 할지 망설이는 순간에 동현이가 타고 갈 버스가 왔다. 동현이는 "나 먼저 갈게" 하면서 얼른 버스에 올라탔다. 버스 정류장에 남아서 한참 동안 동현이의 말을 곱씹어 보았다. 내가 원망하고 있는 걸 동현이는 알고 있었다. 동현이는 내가 원망할 만큼 자기 마음이 경민이에게 가 있는 게 아니라는 걸 이야기하고 싶었던 것 같다. 기분이 좋기도 하면서 또 서글프기도 했다. 오래 생각한 끝에 나는 그것이 동현이의 진심이라고 생각했다. 동현이를 믿자. 동현이도 지금 연기를 하고 있는 거야. 동현아, 이렇게 말해 줘서 고맙다!

경민이는 동현이를 포섭해서 자기 세력을 점점 키워 갔다. 그리고 또 한편으로 자기편이 아닌 대부분의 반 아이들에게는 냉정하게 대하면서 자기 마음대로 줄 세우기를 하고 있었다. 점심시간에 경민이가 교탁 앞으로 나오면 나머지 애들은 모두 책상에 엎드려야 했다. 모두 엎드린 분단 중에 경민이가 지목한 분단의 아이들만 밥을 받으러 나갈 수가 있었다. 경민이는 이렇게 해야 애들이 조용하다고 주장했다. 언젠가 한번은 은태가 경민이에게 왜 이렇게 해야 하냐고 대들듯이 물어본 적이 있다. 그랬더니 경민이가 대답하기도 전에 민석이가 나서서 야단이었다.

"야, 넌 좀 조용히 있을래?"

"그래, 넌 좀 조용히 있어라. 그게 도와주는 거야."

은태는 화가 나서 "물어보지도 못하냐? 괜히 난리야" 하고 신경질을 냈지만 이내 말끝을 얼버무렸다. 경민이한테 물어보았는데, 경민이 대신 여러 명이 벌떼처럼 자신을 공격해 오니 그 분위기에 질리기도 했을 것이다. 이어서 경민이 패거리인 성식이가 거들었다.

"우리가 질서를 잘 못 지키니까 경민이가 그렇게 하는 거지. 너도 빨리 밥 먹고 싶지 않냐? 그러면 좀 가만히 있어."

"그러게. 머리가 있으면 생각 좀 할 것이지. 머리는 뭐 데코레이션이냐?"

'데코레이션'이라는 말에 아이들이 모두 웃자, 은태는 "왜 나한테 그
래?" 하면서 얼굴이 새빨개졌다. 경민이가 무시하는 아이는 경민이 패
거리도 같이 무시했고, 우리 반 아이들도 모두 덩달아 그 아이를 무시
했다. 무시했다기보다는 완전히 병신으로 만들었다. 그렇지만 경민이
의 저주는 거기서 끝나지 않았다.

우리 반은 한 달에 한 번 제비뽑기로 짝을 바꾸었다. 가끔은 마음에
들지 않은 아이가 짝이 되기도 했다. 그럴 때면 처음에는 좀 싫은 내색
을 하기도 했다. 하지만 한 달이 지나면 대충 서로를 알게 되는 것 같
고, 처음 생각과는 다르게 조금은 친해지기도 했다.

그런데 경민이 패거리인 현진이가 아침에 일찍 온 순서대로 앉고 싶
은 자리에 앉자고 제안했다. 자기 짝이 태영이어서 그랬는지 모르겠지
만 하루빨리 자리를 바꾸고 싶다고 선생님께 큰 소리로 말했다. 선생
님은 친한 친구들끼리 앉으면 이야기하느라 수업에 집중하지 못한다고
반대했다. 그러나 순순히 물러설 현진이가 아니었다. 이렇게 하면 지
각하는 아이들도 없어질 것이고, 만약에 떠들거나 다른 문제가 생기면
그때는 다시 지금처럼 하면 되지 않겠느냐고 선생님을 설득했다. 결국
선생님은 현진이의 감언이설에 속아 넘어갔고, 그 다음 날부터 우리
반은 오는 순서대로 앉기로 했다.

그렇지만 말이 오는 순서대로지, 그 규칙은 제대로 지켜지지 않았다.
먼저 온 아이는 옆자리에 가방을 놓아서 친한 아이가 앉게 했고, 어떤
아이들은 자리를 맡으려고 가방을 아예 교실에 놓고 다녔다. 담임 선
생님도 설득한 아이들은 이제 자기들 마음껏 해도 괜찮을 거라고 생각
했다.

그런데 나흘째 되던 날 문제가 생겼다. 교탁 바로 앞에는 민구가 혼자 앉아 있었고, 4분단 맨 뒤에는 은태가 혼자 앉아 있었다. 선생님은 은태와 민구가 왜 혼자 앉아 있는지 물었다. 이번에도 민석이가 나서서 대답했다.

"민구하고 은태가 늦게 왔는데 빈자리가 두 개밖에 없었어요. 그래서 민구는 앞자리에 앉았고, 은태는 앞에 앉기 싫다고 맨 뒤로 책상을 들고 간 거예요."

민석이 이야기를 다 들은 선생님은 화가 난 듯 원래대로 제비뽑기로 짝을 정하라고 했다. 자기가 좋아하는 짝과 앉기 위해 다른 사람의 고통쯤은 아무것도 아니라고 생각하는 것 자체가 문제라고 했다. 그러나 경민이 패거리는 선생님 말을 귀담아 들을 녀석들이 아니었다. 녀석들은 단지 자기들 마음대로 상황이 돌아가지 않는 것에 대해 분개했다. 쉬는 시간에 모여서 은태와 민구를 흉보기 시작했다.

"야, 쟤들 봤냐?"

"누구, 누구?"

"누군 누구야, 은태하고 민구지."

"은태 찌질한 놈이 민구랑 같이 앉기 싫다고 뒤로 갔잖아."

"맞아, 맞아. 진짜 웃기더라."

"야, 태영이도 은태 싫어하는 거 아냐?"

"진짜 웃기는 놈들이네. 찐따 같은 놈들이 잘들 논다. 찐따 같아서 지들끼리도 싫은가 봐. 으하하하."

은태와 민구가 너무 안 됐다는 생각이 들었다. 은태가 민구를 거부한 이유는 민구가 따돌림을 받고 있었기 때문이었다. 은태는 민구하고 앉으면 아이들이 자기도 민구처럼 무시할지 모른다고 생각했다. 내가 보기에 애들한테 무시당하기는 둘 다 마찬가지인 것 같았다. 그렇지만 은태는 이런 식으로라도 자신이 민구보다 더 낫다는 것을 보여 주고 싶었던 것이다. 이렇게 경민이로부터 시작된 권력 싸움 놀이는 경민이가 나를 쓰러뜨리는 것에서 멈추지 않았다. 그것은 반의 상부에서 가장 하부의 한 아이까지 서열을 매기고 복종 관계를 정해야만 끝나는 잔인한 게임이었다. 지금 그 게임에서 마지막 서열을 정하는 라운드가 진행 중인 것이다.

어느 날 아침, 성원이가 학교에 안 왔다. 담임 선생님은 성원이 집에 전화를 해본 모양이었다. 집에서는 학교에 갔다고 하는데 학교에는 안 왔으니 걱정이 되는 것도 당연하다. 담임 선생님은 여러 번 성원이의 사정을 아는 사람이 없는지 반 전체 아이들에게 물었다. 하지만 대답하는 아이들이 아무도 없었다.

나는 이것이 우리 반에서 누가 마지막 서열인지가 밝혀지는 사건이라는 것을 직감했다. 성원이의 결석은 성원이가 할 수 있는 최대한의 반항이자 자기방어였을 것이다. 평소에 성원이를 우습게 알던 경민이 패거리는 돌아가면서 성원이를 놀려 댔다. 걸음걸이가 이상하다느니, 조그만 녀석이 겨드랑이에 털이 났다느니, 범생인 척한다느니 하면서 말이다.

성원이는 약해 보이긴 하지만 나름대로 자존심도 강하고 똑똑한 아이였다. 공부도 제법 잘했다. 경민이 패거리는 성민이의 이런 점이 더 아니꼽게 느껴졌는지 유독 성원이를 더 못살게 굴었다. 어제 점심시간에는 현진이가 밥을 먹고 자기 식판을 성원이에게 갖다 놓으라고 시켰다. 성원이가 싫다고 하자 현진이는 식판 갖다 놓으면 손가락이 부러지기라도 하냐며 욕을 시작하더니, 나중에는 "저 새끼는 인간성이 쓰레기"라는 등 모욕을 주었다. 성원이가 도대체 왜 그러냐고 화를 내자 현진이는 기다렸다는 듯이 성원이를 한 대 후려쳤다. 몸집이 작은 성원이는 순식간에 바닥에 나동그라졌다. 성원이가 악을 쓰며 대들었지만 이미 상대가 되지 않았다. 그래서 오늘 성원이가 학교에 나오지 않게 된 것이다.

어른들은 모를 것이다. 우리들끼리 벌이는 전쟁은 마치 암과 같다. 아파서 더 이상 못 참겠다고 소리를 지를 때는 이미 심각한 수준에 도달한 다음이다.

이틀이 지나고 나서 성원이가 다시 학교에 나왔다. 그동안 성원이 부모님이 여러 번 학교에 다녀갔다. 처음에는 우리에게 성원이 사정을 알고 있지 않느냐고 애원조로 물어보았다. 그러다가 현진이와 싸운 것을 알고 나서는 인간 대 인간으로 말하는데 그러면 안 된다고 훈계했다. 그리고 마지막에는 너무 밉지만 용서한다고 했다. 정말 용서를 했을까? 아마도 너무 심하게 혼냈다가는 현진이가 나중에 성원이를 해코지할지도 모른다는 염려를 했던 것 같다. 현진이를 비롯해서 그동안 성원이를 괴롭힌 아이들은 성원이 아버지에게 다시는 괴롭히지 않겠다고 울면서 약속했다. 그러나 경민이 패거리가 흘린 것은 악어의 눈물이었다. 다시 학교에 나온 성원이를 둘러싸고 경민이 패거리가 말했다.

"야, 네가 학교 안 와서 우리가 얼마나 고생했는지 아냐?"

"맞아. 너 때문에 담임한테 깨지고, 네 아빠한테 설교 듣고."

"또 나가라, 또 집 나가!"

"내가 너 괴롭혔냐, 괴롭혔어?"

그 이후로 아이들은 성원이를 없는 사람처럼 취급했다. 경민이로부터 시작된 권력 싸움은 드디어 완벽한 피라미드 형태를 갖추며 서서히 완성되어 갔다. 다만 한 사람이 문제였다. 바로 나였다. 그들은 나를 무시하기는 했지만, 마음대로 하지는 못했다. 피라미드에서 벗어나 독자 노선을 걷고 있는 내가 그 아이들에게는 꽤 불편한 존재였을 것이다. 그래서인지 경민이 패거리는 나를 친절하게 대하기 시작했다.

"야, 동현아 오늘 농구 같이하는 거지?"

현진이는 동현이에게 말을 하면서 괜히 나에게도 말을 걸었다.

"야, 규명아 너도 같이 가자. 너도 농구 꽤 한다면서."

나는 당황해서 어떤 말을 해야 할지 몰라 망설였다. 그때 동현이와 눈이 마주쳤다. 빨리 승낙하라는 눈빛이었다. 동현이는 적국에 볼모로 잡힌 왕자처럼 애처롭게 그것이 네가 사는 길 아니겠냐는 눈빛을 나에게 계속 보내고 있었다. 나는 우물쭈물 하다가 대답했다.

"응, 그래."

그제야 나를 바라보고 있던 동현이가 앞쪽으로 고개를 돌렸다. 나는 불안했지만 경민이 패거리의 제안을 받아들였다. 어쩌면 동현이의 간절한 눈빛이 아니더라도 기꺼이 이 제안을 받아들였을 것이다. 왜냐하면 나는 너무 외로웠기 때문이다. 그렇지만 악마에게 영혼을 팔아 버린 것 같은 느낌은 쉽게 사라지지 않았다.

_광기의 질주, 끝을 모르다

나를 포섭한 경민이는 더 이상 적군이 없는 완벽한 권력 구조를 완성했다. 그 이후 경민이의 무자비한 독주가 펼쳐졌다. 우리는 날마다 농구를 같이했고, 집에도 같이 갔다. 겉으로는 모두 즐겁고 행복해 보였다. 하지만 나는 괴로웠다. 경민이도 알고 보면 그렇게 나쁜 애가 아니라는 자기 최면을 계속해서 걸었다. 그렇게 나 자신을 속일 수 있었다면 얼마나 좋았을까……

우리들이 아무리 괴롭다 하더라도 밖에서 보면 별것 아니라고 생각할 수도 있다. 그 안에 있지 않고 밖에서 바라보면 말이다. 부모님들은 가끔 왜 그때 싫다는 말을 못했냐, 도대체 뭐가 두려워서 아무 말도 못하고 그렇게 쩔쩔맸냐고 야단치기도 한다. 정말 밖에서 보면 쉽다. 그런데 그것은 마치 암에 걸린 사람에게 암 세포만 죽이면 되지 왜 아프다고 엄살을 부리냐고 말하는 것과 같다. 마찬가지로 그렇게 쉽게 우리들의 문제가 해결될 수 있다면 세상에 '왕따'나 '따돌림'도 존재하지 않을 것이다.

그날도 종례가 끝난 뒤에 경민이 패거리와 농구를 하고 교실에 들어왔다. 운동장에서 교실에 들어올 때까지 계속 누가 얼마나 잘했는지, 누가 어시스트를 몇 개 했고, 누가 몇 골을 넣었는지 이야기하고 또 이야기했다.

"언제 봐도 경민이 저 자식은 진짜 잘해."

"뭐, 나만 그러냐?"

"하기는 규명이도 잘하긴 하지."

"이 두 새끼는 진짜 없어져야 한다니까. 이 새끼들 때문에 내 인생이 불쌍해지는 거야."

여기까지는 평소와 다름이 없었다. 이때 성식이가 불쑥 말했다.

"그런데 우리 이렇게 끝내기는 좀 허전하지 않냐? 뭐 재미있는 건수 없을까?"

"격투기 어때? 아니, 격투기 대신 이 형님이 여기 사물함 문짝 격파 시범 보인다. 잘 봐라, 아뵤!"

경민이는 이소룡 흉내를 내며 사물함 문짝을 박살 냈다. 성식이는 "브라보! 원 모어 타임!"을 외치며 박수를 쳤다. 경민이는 더 신이 나서 태권도 격파 시범을 하는 선수처럼 의기양양하게 사물함을 부쉈다. 몇 개를 더 부수자, 현진이가 경민이를 말렸다.

"야, 너 담임한테 죽으려고 그래? 그만 좀 해!"

"야, 너 왜 그래? 김 빠지게. 분위기 썰렁하게 만들지 말고 너도 한 번 해봐. 쾌감이 장난이 아니에요. 규명아, 너도 해봐."

경민이는 나를 계속해서 부추겼다. 어찌할 바를 모르고 망설이는 내 표정을 보고 있기가 민망했던지 동현이가 나섰다. 동현이는 나에게 사물함 문짝을 붙잡아 달라고 했다. 결국 나만 빼고 모두 격파를 했다. 여기저기 사물함의 나무 문짝이 널려 있고, 교실은 순식간에 격파 시범장처럼 변했다.

그 순간 나는 경민이의 광기를 보았다. 단순히 즐거움을 위해서인지, 아니면 자신의 힘을 과시하기 위해서인지 구별하는 것조차 무의미했다. 경민이는 폭력 그 자체라는 생각이 들었다. 광기에 사로잡힌 어린 파시스트. 경민이의 발차기에 '쫙' 하고 여지없이 부서지는 저 문짝이 어쩌면 내 모습과 닮았다는 생각을 하면서 경민이의 만행을 지켜보고 있었다. 문득 나는 여기에 없는 사람 같았다. 같이 나쁜 짓을 할 수도 없고, 그렇다고 떳떳하게 이 녀석들을 비난할 수도 없는…… 여기에 있지만 또 여기에 없는 나는 도대체 누구일까?

다음 날 아침, 교실에 들어온 아이들은 자기 사물함이 부서진 것을 보고 불평을 쏟아 냈다. 담임 선생님도 불같이 화를 내며 누가 이런 짓을 했냐고 물었다. 한동안 정적이 흘렀다. 그러다가 경민이 패거리 중 누군가가 "경민이가 그랬어요" 하고 말했다. 그러자 경민이도 같이 사물함 문짝을 깼던 아이들의 이름을 말했다. 경민이가 물어낸 사물함 문짝 개수는 공식적으로 열 장이었다. 그렇지만 경민이가 실제로 깬 것은 열 장도 훨씬 넘었다. 경민이에게는 문짝 값을 물어 주는 것이 그리 어려운 일도 아니었다. 돈으로 변상하면 그만이었다. 죄책감을 느끼는 것 같지도 않고 미안한 마음도 전혀 없는 것 같았다. 이후 사물함 격파 사건은 경민이의 수많은 무용담 가운데 하나가 되었다.

경민이에게는 브레이크가 없었다. 세상에 부러울 것이 없는 제왕. 경민이는 그래 보였다. 올 한 해 동안 경민이는 모든 것을 제압하고 모든 권력을 손에 쥔 파시스트가 되어 우리들의 작은 세상에 제왕으로 군림했다.

그렇게 일 년이 마무리되어 가고 있을 즈음 학생 회장 선거가 다가오고 있었다.

"경민이 학생 회장 선거 나간대!"

"오, 그래? 좋겠다, 자식."

"그렇게 부러우면 네가 나가라."

성식이가 웃으면서 민석이를 바라보았다.

"난 우정을 생각해서 안 나가는 거야. 마스크 되지, 성격 되지. 만약 내가 나가서 딱 당선되면 어떡하냐?"

"넌 성적이 안 되잖아."

민석이가 겸연쩍어하며 머리를 긁적였다. 그 모습을 보고 모두 유쾌하게 웃었다. 경민이는 거드름을 피우면서 다른 아이들의 부러움의 대상이 된 것을 즐겼다. 경민이가 입을 열었다.

"이번에 다른 반에서 유세할 때 좀 도와주라."

"알았어. 우리가 누구냐?"

"그런데 현진아, 잠깐 할 얘기가 있어."

경민이가 현진이를 복도로 따로 불러냈다. 복도로 나간 두 사람은 한참 동안 진지하게 이야기를 나누었다. 그 비밀스러운 이야기는 도대체 무엇이었을까? 나중에 안 사실이지만, 경민이는 선거 유세를 할 때 민석이를 빼기로 했다고 한다. 민석이는 성적도 별로고, 너무 노는 애라는 인상을 주기 때문이라는 것이 그 이유였다. 경민이 주변에는 여러 아이들이 있었지만 민석이는 그중에서 가장 친한 아이였다. 그러나 민석이를 선거 운동원으로 썼다가는 자기 이미지에 별로 좋을 게 없을 것 같다는 판단이 서자 곧장 민석이를 선거 운동원에서 뺀 것이다. 다른 아이들은 선거운동 기간 동안 큰 명찰 같은 목걸이를 자랑스럽게 목에 걸고 다녔다. 하지만 민석이는 좀처럼 보이지 않았다. 아마 민석이 나름대로 선거운동을 하고 있는지도 모를 일이다. 나는 경민이가 얼마나 냉혹한지 잘 알고 있다고 생각했다. 하지만 자기와 가장 친한 민석이를 선거 운동원에서 빼는 걸 보고는 정말 놀랐다. 경민이 곁에는 공부를 잘하는 아이가 없었다. 그러면 자기가 대장 노릇을 하기 어렵다고 판단했기 때문일까? 늘 공부도 못하고 놀기만 하는 민석이를 옆에 끼고 다녔다. 그런데 자신의 이익에 맞지 않으니까 바로 그 친구를 제외해 버렸다. 경민이는 정말 무서운 아이였다.

학생 회장 후보에는 경민이를 포함해서 총 네 명이 나왔다. 그중에는 외고에 진학하기 위해 점수를 따려고 나온 아이가 있는가 하면, 인지도가 별로 없는 아이도 있었고, 엄마 등쌀에 못 이겨 나온 듯한 아이도 있었다. 경민이를 제외하면 다 그저 그런 녀석들이었다. 뚜껑을 열어 봐야 안다지만 뚜껑을 열기도 전에 모두 경민이의 당선을 예상했다. 그래도 경민이 패거리는 열심이었다. 나에게 했던 것처럼 뒤에서 흑색선전을 하고 다녔는지 모르겠지만, 경민이의 지지층은 꽤 두터웠다. 경민이는 모범생 이미지와 카리스마 이미지를 적절히 조합해서 아이들에게 골고루 지지를 얻을 수 있었던 것이다. 경민이는 큰 표 차이로 학생 회장에 당선되었다.

"야, 축하한다. 완전 대박이다. 2등하고 표 차이가 엄청 났던 거 알지?"

"학생 회장 됐다고 이 형님들 잊지 마라."

"나 머리 좀 기르고 싶은데, 교문에서 걸려도 봐주면 안 되냐?"

"인마, 내가 그걸 어떻게 봐줘."

"학생 회장 됐다고 벌써 모른 척하네. 야, 무효야 무효. 선거 다시 해."

현진이의 너스레에 모두 한바탕 웃었다. 나를 비롯해서 선거 운동원 모두는 그날 저녁 경민이네 집에 초대를 받았다.

학기 초 반장 선거부터 시작해서 학년 말 학생 회장 선거까지 경민이는 완벽하게 승리했다. 반장 선거에서 지고 나서 느꼈던 막연한 불안감은 바로 이런 결과를 예감했기 때문이었나 보다. 올해는 말 그대로 완벽하게 경민이의 해였다.

반면에 나에게 올 한 해는 히틀러보다 훨씬 더 무섭고 두려운, 살아 있는 파시스트를 경험한 가장 괴로운 해였다. 예전에는 사람들이 왜 히틀러나 무솔리니 같은 독재자를 추종했는지 이해할 수가 없었다. 그러나 일 년 동안 절대 권력을 획득하고 그것을 유지하려는 경민이를 보면서, 또 나를 비롯해 경민이에게 복종한 모두의 모습에서 파시스트는 생각보다 가까이 있음을 알게 되었다. 파시즘은 우리들 일상에 깊숙이 자리하고 있었다.

_파시스트는 다시 돌아온다

3학년에 올라가면서 우리는 뿔뿔이 흩어졌다. 나는 이번에는 경민이처럼 비열한 라이벌을 만나지 않기를 무엇보다도 간절하게 바라면서 새 학기를 맞았다. 다행히 우리 반에서는 나를 경계하거나 내 신경을 거슬리게 하는 아이들이 없었다. 게다가 동현이와 같은 반이 되었다. 한때는 동현이가 무척 원망스럽기도 했다. 하지만 동현이는 험난한 시절을 함께 보낸 전우 같은 느낌이 든다. 기쁨과 슬픔을 같이했던 친구.

나는 이번에도 반장 선거에 나갔다. 나 말고는 예전에 반장을 해본 애들이 없었다. 부반장을 해본 애들은 두 명 있었다. 이런 여건 때문이었는지 나는 쉽게 반장이 될 수 있었다. 소문을 들으니 경민이도 반장이 되었다. 경민이의 소식을 멀리서 들을 수 있는 이 정도의 거리가 좋았다. 경민이네 반에서 나처럼 상처받는 아이가 없기를 진심으로 빌었다. 그것이 얼마나 사람을 미치게 하는지 잘 알기 때문이다.

또한 경민이도 이번에는 비열한 전략을 쓰지 않아도 될 만큼 여유 있고 포용력 있는 반장이 되기를 바랐다. 옆에 흉금을 터놓을 만한 친구 하나 없이 언제나 공부 못하는 만만한 민석이를 끼고 다니는 경민이도 어쩌면 불쌍한 녀석이다. 물론 자기가 선택한 길이긴 하지만…….

나는 다시 축구를 열심히 했다. 일 년 동안 제대로 못했지만 한 달도 되지 않아서 다시 감각이 되살아났다. 동현이도 그랬다. 동현이는 타고난 스포츠맨이다. 동현이는 말 그대로 공부만 빼고 나머지는 다 잘했다. 축구를 한 뒤 교실로 들어오는 길에 문득 경민이 생각이 나서 동현이에게 물었다.

"경민이 말이야. 요새 농구하러 안 나오더라."

"너 몰랐어? 걔네 반 애들이 경민이 욕 되게 많이 하고 다닌대. 경민이 완전 이상해졌어."

"왜?"

"하여간, 세상 물정 모르는 건 알아줘야 돼."

"왜 그러는데?"

"작년에 경민이가 수업 시간에 떠드는 애들 있으면 조용히 하라고 그랬잖아. 자기가 선생님인 것처럼. 그래도 애들이 아무 말 안 했잖아."

"그랬지."

"그런데 올해 6반 애들은 경민이가 그러면 막 욕한대. 거기다가 담임이 체육이잖아. 왜 있지, 애들이랑 만날 같이 축구하는 그 선생님. 반에서 같이 농구하는 애도 없는 것 같더라. 담임도 경민이한테 너무 나서지 말라고 은근히 그러나 봐."

"그래서 기가 꽉 죽어 있는 거야?"

"그냥 기죽은 정도가 아니라니까. 애들도 경민이한테 잘난 척하는 새끼라고 막 욕하고 다니고, 담임도 만만치 않고. 아무튼 괴롭게 됐나 봐. 작년에 우리 반에는 그런 애들 없었는데."

"그러게."

"게다가 걔네 반에 전교 1등이 있잖아. 경민이 완전 개털 됐어. 공부 잘하고 운동도 잘하는 경민이의 시대는 갔지 뭐."

아무렇지도 않은 척했지만 나는 내심 무척 놀랐다. 절대 권력의 소유자 같았던 경민이가 이렇게 무너지다니……. 경민이에게 절대 권력을 안겨 준 악어새들 때문에 경민이는 작년에 최상의 시대를 누렸다. 하지만 지금은 악어새들이 경민이 곁에 없는 것이다. 무인도에 떨어진 왕은 참으로 불쌍했다.

그러나 나에게 고통을 준 왕이 이렇게 어이없게 무너지는 모습이 유쾌하지만은 않았다. 그렇게 형편없는 아이 때문에 괴로워했던 시간들이 억울하기도 했다.

한번은 복도에서 경민이와 마주쳤다.

"규명아!"

경민이의 표정은 어두웠다. 이렇게 짧은 시간에 완전히 다른 사람처럼 변할 수 있는 것이 놀라웠다. 아니 자세히 보니 모든 것은 그대로였다. 다만 늘 자신만만하던 표정이 사라지자 경민이는 완전히 다른 사람처럼 보였다.

"규명아!"

내가 대답을 하지 않자 경민이가 다시 한 번 나를 불렀다. 경민이는 나를 '황규명'이 아니라 '규명이'라고 불렀다. 예전에 경민이에게서 풍기던 냉랭함은 찾아볼 수가 없었다.

"왜?"

이미 동현이한테 들어서 알고 있었지만, 귀찮다는 듯이 일부러 더 냉정하게 대답했다. 경민이가 예전에 나에게 그랬던 것처럼 말이다. 내가 짧게 대답하자 경민이는 당황했는지 순간 할 말을 잊은 듯하더니 겨우 말을 이었다.

"잘 지내?"

"그럼 잘 지내지. 그런데 왜?"

나는 최대한 말을 아꼈다. 경민이가 쩔쩔매는 모습을 보고 싶었다.

"요새 농구 안 해? 오늘 끝나고 농구 안 할래?"

"학원 가야 되는데."

"그래…… 그럼 어쩔 수 없지 뭐."

더 이상 할 말을 찾지 못하고 경민이가 돌아서 가버렸다. 처음 동현이에게 경민이 얘기를 들었을 때 불쌍한 마음이 들어 경민이를 한번 만나 볼까 생각도 했다. 하지만 곧 생각을 접었다. 내 말을 들을 것 같지도 않았지만, 그보다는 너도 좀 당해 보라는 마음이 더 컸다. 그리고 오늘 경민이에게 무뚝뚝하게 대하는 나를 보면서 그동안 경민이에게 가졌던 감정이 무엇이었는지 다시 한번 확인할 수 있었다.

경민이와 전쟁을 치르면서 나도 모르는 사이에 이렇게 냉정하게 변해 버렸다. 아이들은 다 싸우면서 크는 거라고 어른들은 말한다. 이 말도 틀린 말은 아니다. 나와 동현이는 확실히 그러니까 말이다. 그렇지만 세상에는 겪어 보았어도 절대로 줄어들지 않는 고통이 있다. 암에 걸린 아이에게 애들은 다 그렇게 아프면서 크는 거라고 말할 사람은 없을 것이다. 내가 겪은 고통은 나를 성숙하게 도와준 고통이 아니었다. 팔에 상처가 나면 약을 바르면 낫지만, 팔이 잘리기라도 한다면 결코 회복할 수 없다. 내가 겪은 것은 치명적인 고통이었다.

경민이와 전쟁을 치르면서 나는 많이 아팠고, 그 전쟁이 경민이의 승리로 끝나는 것만 같아 괴로웠다. 그러나 이제 경민이는 몰락했다. 그렇다면 저 어린 파시스트를 과연 패배자라고 할 수 있을까? 결코 그렇지 않다. 경민이를 경멸했던 내가 어느새 경민이를 닮아 버렸기 때문이다. 나는 경민이의 복제품인 것이다. 게다가 경민이는 공격을 받고도 또다시 살아나는 무시무시한 터미네이터처럼 언제든지 자기편이 모이기만 하면 다시 고개를 들 것이다. 그때는 지금보다 더 견고한 성을 쌓을 것이다. 사라지지도 않고 나에게까지 전염되어 자기 증식을 계속해 가는 이 무서운 힘의 실체는 과연 무엇일까?

이렇게 차갑게 변해 버린 나 자신도, 나를 이렇게 만들어 버린 경민이도 한없이 미웠다. 결국 우리들의 싸움에는 승리자는 없고 패배자만이 남았다.

김경태의 생존 수칙 ─────────

"내가 너한테 뭘 그렇게 잘못했어? 말해 봐, 말해 보라구!"

인적 드문 어두운 뒷골목에서 한 소년의 목소리가 울려 퍼진다. 분노에 찬 소년의 목소리는 울부짖음에 가까웠다.

"야, 찐따 같은 놈. 네가 그렇게 나오면 내가 무서워할 줄 알았냐?"

맞은편에 서 있는 작은 소년은 상대방의 절규에도 아랑곳하지 않고 야무지게 쏘아붙인다. 마치 다윗과 골리앗 같다. 구경하는 사람이라도 있었으면 저렇게 작은 애가 뭘 믿고 저렇게 덩치 큰 애한테 함부로 구는지 의아해했을 것이다. 그도 그럴 것이 작은 소년의 목소리에는 여유가 있고, 심지어 당당함까지 풍긴다. 그것이 덩치 큰 소년을 더 화나게 만든다.

"너 왜 만날 나 무시하고 애들 앞에서 쪽팔리게 해! 네가 뭔데?"

"어쭈, 버섯! 화내니까 무섭네."

여전히 작은 소년은 덩치 큰 소년을 놀리듯이 상대한다. 여기서 밀리면 안 된다는 계산이 작은 소년의 머릿속에 자리하고 있기 때문인지도 모른다. 딴청을 부리는 듯한 작은 소년의 태도는 피를 쏟을 듯이 온 힘을 다해 이야기하고 있는 덩치 큰 소년의 모습과 큰 대조를 이룬다.

"너, 죽여 버릴 거야!"

'찌르륵.'

덩치 큰 소년의 오른손에는 날선 학생용 커터 칼이 들려 있다. 소년이 오른쪽 호주머니에서 방금 꺼내서 엄지손가락으로 밀어 올린 조그만 칼이다. 하지만 작은 소년에게 커터 칼은 위협이 되지 않는다. 오히려 큰 덩치에 어울리지 않게 위협하려고 꺼내 놓은 것이 고작 연필 깎는 칼이냐는 비웃음이 작은 소년의 얼굴에 스쳤다.

"야, 무섭네. 그걸로 날 죽인다고? 놀고 있네."

"너, 죽여 버릴 거야. 찔러 버릴 거야!"

"그래, 찔러 봐, 찔러 봐. 병신 새끼! 찌르지도 못할 거면서."

작은 소년은 대담하게 가슴팍을 열어젖힌다. 상대방이 자신을 공격하지 못하리라는 확신을 가지고 있음에 틀림없다.

"그래, 죽여 버릴 거야!"

"엄청 무섭다, 엄청 무서워. 고작 커터 칼로 날 죽인다고? 그럴 용기도 없으면서. 병신 같은 게."

작은 소년은 한쪽 입꼬리를 올린 채 계속 비웃고 있다. 고작 저렇게 작은 칼로 날 어쩌겠어. 이 새끼는 저렇게 작은 칼도 휘두르지 못해. 작은 소년에게 덩치 큰 소년은 지지리도 못난, 꿈틀거리는 지렁이만도 못한 놈이었다. 평소에 아무 말도 못하고 당하는 녀석이 이런 어두운 골목에서 자기를 위협하고 있는 상황이 꼴사납기까지 했다.

"너, 진짜 끝까지……."

순식간의 일이었다. 방심하고 있는 작은 소년의 얼굴에 반짝하고 무언가 스치고 지나갔다.

"악!"

작은 소년은 자신도 모르게 얼굴을 감싸고 비명을 지르며 바닥에 주
저앉았다.

"저게, 저게……."

작은 소년의 얼굴에서 붉은 것이 줄줄 흘러내렸다. 덩치 큰 소년은
그저 멍하니 이 광경을 지켜보았다. 마치 꿈 속 같다. 내가 지금 무슨
짓을 한 거지? 무섭다. 덩치 큰 소년은 이제야 마법이 풀린 것처럼 서
서히 뒷걸음쳐 골목길을 빠져나갔다.

_경태의 생존 수칙 1 센 놈은 일단 피하고 본다

"경태야, 경태야!"

어머니가 경태를 부른다. 조금 전 거실에서 전화벨 소리가 들리더니
아마 경태를 찾는 전화였나 보다.

"태환이래."

경태 어머니는 언짢은 표정으로 수화기를 건넸다. 안 그래도 태환이
녀석은 오늘 눈에 많이 띄었다. 좀 노는 애? 반장이 되면 태클을 많이
걸 것 같은 애? 안 좋은 소문 때문에 더 그렇긴 했지만 아무튼 좋지 않
은 인상이었다. 그런데 이 시간에 왜 전화를 한 것일까? 경태는 의아
해하면서 전화를 받는다.

"경태냐? 나 태환인데, 너 이번에 반장 선거에 나올 거야?"

"응, 나갈 건데, 왜?"

"너 나오지 마."

"뭐?"

"나오지 말라고!"

경태는 당황스러웠다. 다짜고짜 반장 선거에 나오지 말라니 이게 무슨 아닌 밤중에 홍두깨 같은 소리인가? 어쨌든 왜 안 된다고 하는지는 알아야겠다.

"왜?"

"안 된다면 안 되는 줄 알아."

게다가 위협조의 말투다. 딱히 이유도 없이 무조건 나오지 말라니, 상식적으로 이해가 안 되는 상황이다. 하지만 그러겠다고 쉽게 포기하는 것도 남자로서 자존심이 상한다.

"야! 그런 게 어딨냐?"

"너, 내 말 안 듣고 나왔다가는 죽을 줄 알어."

"싫은데?"

"뭐, 싫어? 이 새끼가. 너 반장 선거 나오면 가만 안 둘 거야. 아는 형들한테 말해서 너 까라고 할 거야."

"뭐라고?"

경태가 전화하는 소리를 엿듣고 있던 경태 어머니가 대화 내용이 이상하게 들렸는지 경태 방에 들어와서 통화 중인데도 참견을 한다.

"경태야, 무슨 일인데 그래?"

"아무것도 아냐, 엄마."

경태는 다시 전화기에 대고 "나 전화 끊는다"고 말하고 얼른 전화를 끊어 버린다.

"아니긴 뭐가 아니야? 엄마한테 뭐 숨기는 거 있지?"

"아니라니까!"

"정말 아무것도 아니야?"

"그래. 그런데 엄마는 왜 남의 전화를 엿듣고 그래?"

경태에게 핀잔을 듣자 경태 어머니는 말문이 막혀 버린다. 경태에게서 속 시원한 대답을 듣기는 틀린 것 같다. 그래도 그냥 나가기가 아쉬워 경태에게 조심스럽게 말을 붙여 본다. 이렇게 눈치를 봐야 하다니 이럴 때는 자식이 아니라 상전이다.

"근데 태환인가 걔 말이야. 소문이 아주 안 좋던데? 담배도 피우고, 작년에 다른 학교 애들이랑 패싸움 하다가 경찰서까지 갔다면서."

"엄마가 그걸 어떻게 알았어?"

"어떻게 알기는. 엄마들이 그러더라. 근데 걔가 왜 너한테 전화를 했어? 무슨 일 있었던 건 아니고?"

"아이 참, 그냥 했대."

"엄만 걔가 전화하니까 기분이 별로 안 좋은데. 정말이지? 무슨 일 있는 건 아니지?"

"아무 일도 없다니까."

경태 어머니는 의심스러운 표정이지만 경태가 퉁명스럽게 대답하자 더 물어보지 못하고 경태의 방을 나간다.

경태는 침대에 몸을 털썩 눕힌다. 어떻게 해야 하지? 솔직히 태환이가 두렵다. 태환이는 학교에서도 노는 애들과 함께 다닌다. 뿐만 아니라 고등학교 형들하고도 같이 다니는데, 개중에는 학교를 그만둔 형,

누나들도 있어서 태환이의 든든한 배경 노릇을 하고 있다. 태환이 하나면 어떻게 해보겠는데……. 왜 나한테 이러는 거야? 어떻게 하지? 경태는 이 생각 저 생각을 하다가 머리가 아픈지 이불을 머리까지 뒤집어쓴다.

"이번 반장 선거에서는 김재형이 25표로 반장이 되었고, 강태환이 12표로 부반장이 되었고, 무효표는 1표입니다. 당선된 반장과 부반장을 위해 박수를 쳐주시기 바랍니다."

민용이가 반장 선거 결과를 발표했다.

"그런데 도대체 무효표를 던진 녀석은 누구야? 그것도 백지로. 선거가 장난인 줄 알아?"

강 선생의 짜증 섞인 호통 소리에 교실이 일순간에 조용해진다. 일사불란하게 움직이는 것을 좋아하는 강 선생에게는 한 표의 무효표도 용납되지 않는다. 그런데 자신의 소행이라고 자백할 아이가 없을 것을 뻔히 알면서도 강 선생이 고함을 치는 이유가 있었다. 자신은 이런 걸 그냥 넘길 만큼 호락호락한 사람이 아니라는 것을 보여 주기 위해서였다. 아마도 강 선생은 한 표의 무효표가 실수가 아니라 의도적인 의사 표현임을 모르는 것 같다. 만만한 사람이 아니라는 걸 보여 줬으니 됐고, 모처럼 자신이 좋은 분위기를 깼다고 생각했는지 강 선생은 얼른 말머리를 돌린다.

"중3씩이나 돼서 무효표 만드는 놈은 정말 한심하다. 아무튼 반장, 부반장 축하한다."

강 선생의 말이 끝나자 "와!" 하며 아이들이 모두 박수를 친다. 모두들 즐거워 보이는데 경태는 표정이 일그러져 있다. 며칠 동안 고민을 많이 하기는 했다. 중학교 3년을 내리 반장을 하고 싶었다. 그렇지만 이유도 말해 주지 않고 자신을 위협하는 태환이도 무서웠다. 뾰족한 수가 없었다. 백지로 무효표를 던지는 것밖에는 이 상황을 거부할 방법이 없었다.

어제는 우울해하고 있는 경태에게 민용이가 다가와서 왜 그러냐고 물었다. 한참을 아무것도 아니라고 잡아떼다가 결국 다 말해 버렸다. 말을 하고 나면 속이 좀 시원해질 것 같아서였다. 그런데 다 듣고 난 민용이도 난처한 표정을 짓기는 마찬가지였다. 태환이는 모두에게 껄끄럽고 두려운 상대였던 것이다. 모든 걸 다 말해 버리고 싶지만 그러면 안 될 것 같은 이 답답한 분위기. 표정이 일그러져 있는 경태에게 태환이가 아무 일 없었다는 듯이 다가와서 어깨를 툭 치며 말했다.

"야, 김경태. 매점 가자!"

"아냐, 됐어."

"가자니까."

경태는 가기 싫었지만 마지못해 일어선다. 경태와 태환이가 나가자 자리에 앉아 있던 경태 짝꿍 성학이가 눈을 반짝이면서 뒤에 있는 민용이에게 묻는다.

"야, 이민용. 이번에 경태 왜 반장 안 나온 거야?"

"왜?"

"아니, 경태 1, 2학년 때 계속 반장이었잖아. 이상해서. 공부만 하려고 그런가? 아니면 재형이가 너무 세서 안 나온 건가?"

"몰라, 인마."

민용이는 아무것도 모른다고 딱 잡아뗐다. 하지만 호기심 많은 성학이는 포기하지 않았다. 연신 "뭔가 있지?" 하고 물어보며 달려든다.

"아니, 왜 대답을 안 해줘? 네가 선거 관리원인가 그거였잖아."

민용이는 계속 입을 다물고 있다가 성학이가 하도 추궁을 하자 벌컥 화를 낸다.

"나오기 싫으니까 안 나온 거지. 그렇게 궁금하면 나한테 물어보지 말고 네 짝꿍이니까 네가 직접 물어봐."

민용이는 귀찮다는 듯이 일어선다.

"괜히 신경질이야."

성학이는 민용이의 뒷모습을 바라보며 삐죽거린다. 그 모습을 바로 보던 도현이가 '무엇이든 물어보세요'라는 표정으로 다가온다.

"야, 김성학. 뭐 때문에 그래? 내가 대답해 줄게. 나한테 물어봐."

"아니, 경태가 왜 반장 선거 안 나왔나 궁금해서 물어봤는데 민용이가 막 화내잖아."

"아! 난 또 뭐라고. 태환이가 경태한테 반장 선거 나오지 말라고 그랬대."

"뭐? 진짜, 진짜? 그렇다고 안 나와? 만약 그게 진짜면 이거 불법 선건데."

호기심 많은 성학이의 눈이 아까보다 더 반짝반짝거렸다. '불법 선거'라는 말에 도현이도 약간 움찔한다. 괜한 말을 했다는 생각이 들었다. 성학이는 도현이의 불편해진 마음을 아는지 모르는지, 연신 머리를 갸웃거렸다.

"그런데 넌 그걸 어떻게 알았어?"

"어떻게 알기는. 애들도 거의 다 알걸?"

"그래? 나만 몰랐네. 민용이 자식 정말 치사하다. 알고 있으면서 안 가르쳐 주고. 근데 그게 진짜라면 좀 이상하지 않냐? 경태하고 태환이 방금 매점 같이 갔잖아."

"미안해서 그런 거 아닐까?"

"야, 나 같으면 태환이가 꼴도 보기 싫을 것 같애."

"뭐 경태라고 마음이 편하겠냐? 태환이가 잘해 주니까 그냥 그러나 보다 하는 거지. 너 같으면 안 그러겠냐?"

"그런가? 너무 복잡하다. 뭐가 뭔지 잘 모르겠다."

이때 수업 시작을 알리는 종소리가 들린다.

경태의 생존 수칙 2 만만한 선생님한테는 개기고 본다

"야! 무슨 시간이야?"

"사회잖아."

준비물이 유난히 많은 사회 시간이다. 아이들이 급하게 사물함에서 책과 공책을 꺼내오느라 소란스럽다. 종이 울리자마자 사회 선생이 교실 문을 열고 들어온다. 아마도 종이 울리기 전부터 부지런히 걸어 온 것 같다.

"아니, 왜 이렇게 시끄러워? 그리고 저 빈 두 자리는 뭐야?"

"경태랑 태환이 자린데요."

이때 매점에 같이 갔던 태환이와 경태가 들어온다.

"너희들은 왜 이렇게 늦은 거야?"

두 사람은 각자 먹다 남은 햄버거를 등뒤로 감춘다.

"매점 갔다가 늦게 온 거야?"

"네, 줄이 너무 길어 가지고 어쩔 수 없었어요."

태환이가 변명을 한다. 변명이지만 사실이기도 하다. 그렇지만 사회 시간이라면 햄버거를 포기하고 그냥 왔어야 했다. 이런 불성실함을 그냥 넘길 사회 선생이 아니다.

"됐습니다, 됐고요. 둘 다 저기 옆에 가서 햄버거 높이 들고 서 있어."

엄숙한 사회 시간. 졸거나 사소한 장난도 절대 허용되지 않는다. 예배 시간처럼 엄숙한 이 시간에 경태와 태환이는 손을 들고 서서 듣고 있다. 사회 선생은 두 사람을 세워 둔 채 수업을 계속한다.

몇 분이 지났다. 고분고분하게 벌을 받던 경태와 태환이가 조금씩 몸을 움직이기 시작한다. 앞문 앞에 서 있는 태환이가 아이들을 향해 웃긴 표정을 짓자 몇 명이 킥킥거린다. 태환이가 이번에는 좀 더 대담하게 사회 선생에게 가운데손가락을 날려 본다. 그걸 보고 있던 아이들 몇몇이 더 키득거린다.

"누가 이렇게 키득거리는 거야? 그리고 너희 두 녀석, 벌받는 태도가 아주 불성실해!"

태환이는 표정을 싹 바꾸고 사회 선생의 눈을 피해 딴 데를 바라본다. 마치 자기에게 한 말이 아니라는 듯이. 사회 선생은 태환이의 딴청에 어이가 없다.

"야, 똑바로 해, 너!"

태환이가 딴청을 부리자 화가 난 사회 선생은 직접 태환이를 지목한다.

"네? 뭐요?"

"똑바로 하라고!"

"네?"

"이 자식이."

사회 선생은 점점 화가 나고, 그럴수록 태환이는 점점 여유를 부린다. 태환이는 순식간에 상황을 아주 우습게 만들어 버린다. 사회 선생의 위엄은 온데간데없고 아이들을 다그치는 좀스러운 사람처럼 보인다. 경태는 이 상황을 옆에서 웃으면서 즐기고 있다.

"너, 자꾸 이렇게 버릇없게 굴 거야?"

사회 선생의 표정이 굳어진다.

"아, 알았어요."

태환이는 귀찮다는 표정이다. 그렇지만 당신이 그렇게 화를 내니 나도 심각하게 벌을 받겠다는 자세를 취한다. 어쩌면 사회 선생을 우스꽝스럽게 만들어서 자신이 이렇게 교사도 마음대로 요리할 줄 안다는 것을 아이들에게 보여 주는 것으로 오늘 목표는 충분히 달성했기 때문인지도 모른다.

두 사람의 실랑이에도 아랑곳하지 않고 경태는 여전히 얼굴에 웃음을 띠고 있다.

"선생님, 저 진짜 제대로 했어요. 팔이 아파 죽겠어요."

약간은 애교 섞인 표정으로 경태는 사회 선생을 쳐다본다. 두 아이와 사회 선생의 실랑이를 지켜보는 아이들은 이 상황을 즐기고 있다.

태환이 같은 거만한 태도는 아니지만, 경태의 태도 역시 사회 선생을 어이없게 만든다. 그러나 경태는 그런 사회 선생의 눈치를 모르는 척하면서 계속 너스레를 떤다.

"선생님, 저 화장실에 갔다 오면 안 될까요? 아까 쉬는 시간에 못 가서요. 진짜 급한데……."

경태의 표정에는 장난기가 섞여 있다. 태환이는 그런 경태를 보고 고개를 숙이며 피식거린다.

"화장실? 빨리 갔다 와. 그런데 이 자식들은 어떻게 얼굴에 반성하는 기미가 하나도 없어?"

경태가 나가면서 태환이와 살짝 눈을 맞춘다. 경태와 태환이는 나쁜 짓을 함께 모의해서 성공한 악당들처럼 마주 보면서 웃는다. 이렇게 해서 두 아이는 한패가 된 것일까?

_경태의 생존 수칙 3 담임한테 대들지 못할 바에야
담임 편 애들이라도 공격한다

"너희는 3학년이야, 3학년. 지금이 굉장히 중요한 시기라는 건 다들 알겠지? 올 한 해를 어떻게 보내느냐에 따라 앞으로 너희들 인생이 달라진다. 일 년 동안 내가 할 일은 멍청히 딴 생각하다가 나중에 후회하는 놈들이 한 놈도 없게 하는 거라고 생각한다. 지금 내가 하는 말 무슨 말인지 알겠어?"

아이들은 소리 맞춰서 "예!" 하고 대답한다. 훈련을 잘 받은 군대 같다. 속으로는 이렇게 해야 종례가 조금이라도 빨리 끝날 것이라는 계산을 하면서. 그런데 오늘은 아이들의 기대와는 다르게 강 선생의 말이 계속 길어진다.

"그런 의미에서 오늘부터 깜지 한 장씩!"

여기저기서 야유가 터진다. 하지만 강 선생은 이미 예상했다는 듯이 아이들의 야유에도 결코 흔들리지 않는다.

"너무 하기는. 이 정도도 안 하고 시험을 잘 보기를 원했단 말이야?"

특별히 나서는 아이는 없지만 모두 낮게 "우" 하고 야유를 보낸다. 이때 경태가 나선다. 반장 선거 이후 담임의 안티 세력으로 나선 모양이다.

"선생님, 좀 있다가 하면 안 돼요? 다음 주부터요."

"좀 있다가 하기는. 밥도 다음 주부터 먹고, 키도 다음 주부터 크지 그래. 자, 엄살 그만 떨고 다들 집에 가. 그렇게 불평하는 시간에 한 자라도 더 쓰겠다."

'키' 얘기가 나오자 아이들이 키득거린다. 작은 키는 경태에게 콤플렉스였다. 그것을 교묘하게 이용하는 강 선생의 응대에 경태가 보기 좋게 당했다. 하고 싶은 말도 제대로 못하고, 게다가 아이들에게 웃음거리가 되자 경태는 기분이 무척 상했다. 그러나 경태의 반항을 지그시 눌러 버린 강 선생은 아이들의 야유를 뒤로 하고 웃으면서 교실에서 나간다.

경태가 화가 난 것은 당연하다. 아까 담임이 자신의 키 얘기를 할 때 웃었던 아이들이 죽이고 싶을 만큼 밉다. 경태가 몸을 돌려 태환이를 바라본다. 이제 두 아이는 '환상의 짝꿍'이 된 것 같다.

"미친 새끼, 짜증 나 미치겠다. 아, 진짜 깜지가 뭐냐고."

'미친 새끼'는 담임을 두고 한 말이다. 바로 옆 분단에 앉아 있는 반장 재형이는 이들의 대화를 못 들은 척한다. 담임을 옹호하는 말을 했다가는 바짝 독이 오른 경태에게 무슨 봉변을 당할지 모른다. 재형이뿐 아니라 반에서 공부 잘하고 모범적인 아이들은 태환이와 경태를 무척 싫어하지만 대놓고 내색하지는 못한다. 다만 태환이와 경태 앞에서는 말조심을 해야겠다고 마음을 졸일 뿐이다.

"그러게. 담임 잘못 만났어. 아, 짜증 나!"

네 마음을 누구보다도 잘 안다는 듯이 태환이가 경태 말에 맞장구를 쳤다.

"그래도 어쩔 수 없잖아."

그때 도현이가 눈치도 없이 혼잣말을 했다. 경태의 화풀이 상대로 제대로 걸려 버린 것이다. 도현이의 이 한 마디에 폭발 직전인 경태가 발끈한다.

"뭐라고?"

"아니, 어쩔 수 없다고."

"이 새끼, 담임 편드는 것 좀 봐."

"편들기는 누가 편들어. 어쩔 수 없다는 거지."

도현이는 어이없다는 듯이 맞받아친다. 그러나 막무가내로 덤비는 경태를 어찌해 볼 도리가 없다. 미친개한테 제대로 물린 꼴이다. 경태와 도현이가 말다툼을 벌이는데 태환이가 끼어들어 경태와 함께 도현이를 공격한다.

"넌 아까 경태가 담임한테 다음부터 쓰자고 할 때 아무 말도 안 했잖아?"

"뭐 나만 아무 말 안 했냐? 애들도 다 그랬지."

태환이는 억지를 부리며 도현이를 계속 윽박지른다.

"시끄러. 이 배신자 새끼야!"

"그래, 이 배신자야, 넌 이제부터 배신자야."

경태도 똑같이 따라한다. 수세에 몰렸지만 도현이도 지지 않으려고 애쓴다.

"지랄. 지들도 내일 다 써올 거면서."

그런데 갑자기 태환이가 자리에서 일어나면서 모든 아이들이 다 듣도록 큰 소리로 말한다.

"애들아! 이제부터 도현이는 배신자다. 알았지?"

도현은 투덜거리면서 가방을 챙긴다. 둘은 도현이를 노려보다가 도현이가 가버리자 서로 얼굴을 마주 보면서 악당들처럼 씩 웃는다.

_경태의 생존 수칙 4 빌붙을 거면 센 놈 편에 확실하게 빌붙는다

태환이는 집에 오자마자 컴퓨터를 켠다. 그리고 손을 씻으러 욕실에 간다. 컴퓨터가 켜질 때까지 앉아서 기다릴 수가 없다. 손을 씻고 와서는 교복을 갈아입지 않고 곧장 컴퓨터 책상에 앉는다. 교복도 안 갈아입고 컴퓨터한다고 엄마한테 혼나곤 하지만 한 귀로 듣고 한 귀로 흘리면 그만이다. 컴퓨터 게임을 하고 있는데 경태가 자꾸 메신저를 보낸다.

경태 : 깜지 다 썼음?

태환 : 어케 벌써 다 씀?

경태 : ㅋㅋㅋ

태환 : 웃지 마. 기분 나쁘거든? ㅋㅋㅋ

경태 : 중간고사 쫌 신경 쓰이지 않냐?

태환 : 아니, 전혀

경태 : 괜히 쎈 척하네

태환 : 쎈 척? ㅋㅋㅋ 그건 니 전문이고

경태 : ㅋㅋㅋㅋㅋ 좆나 짱나. 성적 떨어지면 담임한테 좆나 까이겠지?

태환 : 당삼.... 아~ 진짜 담임 잘못 만났어. 감자같이 생겨 가지고

경태 : 감자? ㅋㅋㅋㅋ 완전 지대로네.

태환 : 근데 나 스타하느라 바쁘거든. 메시지 그만 날려라

경태 : 나도 학원 가야겠다. 안뇽~ ㅋㅋㅋㅋ

태환이는 컴퓨터를 끄고 책상에 앉는다. 깜지를 쓰다가 볼펜으로 다른 종이를 죽죽 그어 버린다. 화가 나서 죽을 것 같다. "으악!" 하고 소리를 질러 본다. 은근히 대들 수도 있고 가지고 놀 수도 있는 사회 선생과는 달리 담임은 만만하지가 않다. 작년 형들한테 들은 말들도 있고. 하지만 성질을 참고 조용히 깜지를 하려니까 속에서 천불이 나는 것 같다. 공부는 정말 싫다.

경태가 태환이에게 연락을 하는 것은 하루 이틀 일이 아니다. 학교

에서도 거의 붙어 다니지만, 학교가 끝나고 집에 와서도 컴퓨터로 메시지를 계속 보낸다. 태환이는 경태가 그러는 것이 때로는 귀찮다.

경태는 처음에는 마지못해 태환이와 함께 다니는 것 같더니 이제는 자발적으로 복종하는 것 같다. 아이들은 태환이와 친한 척하는 경태를 꼴사납게 본다. 물론 경태 자신은 자기가 태환이와 동등한 위치라고 우기고 싶을 것이다. 하지만 누가 봐도 경태는 비굴해 보였다.

경태는 반장 선거에 나가지 않은 순간부터 이미 자신의 힘대로 세상을 살아가기가 불가능하다는 것을 깨달았는지도 모른다. 그리고 자신을 보호하기 위해서는 태환이보다 나은 배경은 없다고 생각했을 것이다. 그렇지만 경태가 태환이에게 더 빌붙기로 결심한 계기는 며칠 전 일 때문이었다. 그날 경태의 눈에 태환이는 영웅처럼 보였다. 믿는 구석이라도 있는지 조용하면서도 늘 자기주장을 거침없이 하는 민재가 태환이한테 맞서서 떡이 되었기 때문이다.

"야, 사회 수행 평가 왜 네가 안 하고 다른 애한테 시켜?"

태환이가 사회 수행 평가인 조사 숙제를 은태에게 시키자 그걸 본 민재가 태환이에게 한마디 했다. 태환이는 수행 평가뿐 아니라 봉사 활동도 다른 애들에게 시키곤 했다. 태환이가 이렇게 하는 건 어제오늘 일이 아니다. 그런데 새삼스럽게 민재가 시비를 걸고 넘어진 것이다.

"네가 뭔 상관이야? 내가 언제 너한테 시켰냐?"

"누가 나한테 시켰대? 왜 네가 해야 할 걸 남한테 시키냐고 그랬지?"

"너 진짜 할 일 없다. 넌 네 거나 잘해서 점수나 잘 받으셔. 남 일에 신경 *끄고*."

태환이는 퉁명스럽게 톡 쏴주었다. 예전에도 아이들에게 숙제를 시켰지만 옆에서 딴지 거는 애는 한 명도 없었다. 손을 좀 봐두지 않으면 안 되겠다. 일단 교실에서는 보는 눈이 있으니까 좀 그렇고, 다른 곳에서 만나자고 해야겠다.

　학교가 끝나고 태환이는 교실을 나가려는 민재의 가방을 낚아채면서 학교 옆 작은 산 밑에 있는 공터에서 좀 보자고 했다. 불리하다는 걸 뻔히 알지만 그렇다고 피할 민재가 아니었다. 녀석은 뭘 믿고 그렇게 당당한지 독립투사처럼 의연하게 태환이의 제안을 받아들였다.

　태환이는 그 자리에 경태를 데려갔다. 그곳에서 경태는 한 번도 제대로 때려 보지 못하고 흠씬 두들겨 맞는 민재를 보았다. 태환이는 가방을 벗어 던지더니 처음부터 발차기로 민재의 가슴팍을 공격해서 쓰러뜨렸다. 태환이는 주먹질과 발길질을 멈추지 않았다. 저렇게 개떡이 될 거면서 왜 태환이를 따라왔는지 민재를 이해할 수 없었다. 태환이는 말만 거칠게 하는 게 아니었다. 고등학생 형들과 어울린다고 하더니 싸움하는 폼이 벌써 달랐다. 마지막에 태환이는 민재를 발아래 깔아 놓고 가슴팍을 발로 밟으면서 말했다.

　"너 진짜 자꾸 짜증 나게 굴면 그땐 정말 제대로 밟아 버린다."

　경태의 눈에는 말을 끝내고 침을 뱉는 태환이가 무섭기도 하면서, 한편으론 이루 말할 수 없이 든든해 보였다.

경태의 생존 수칙 5 나 이외의 모든 것을 웃음거리로 만든다

"짐작했는지 모르겠지만 중간고사에서 우리 반이 1등을 했다."

"와!"

"깜지 덕인 줄이나 알아."

"우……."

강 선생은 3월부터 깜지를 시키더니 끈질기게 밀고 나갔다. 아이들과 강 선생 중 누가 더 센가 내기하는 것 같다. 고래 심줄이라는 표현이 딱 맞을 것 같다. 강 선생은 목표를 정하면 뚝심 있게 밀고 나가는 사람이다. 강 선생의 채찍질 때문인지 아이들 모두 중간고사는 그럭저럭 봤다.

"지금부터 성적표를 나눠 주겠다. 한 사람씩 나와라."

모두 긴장되는 순간이다. 한 사람씩 나와서 성적표를 받아 간다. 그러나 성적표를 받은 경태의 표정이 그리 밝지 않다.

"우리 반은 1등인데, 우리 반 운명이랑 자기 운명이 다른 녀석들이 있나 보네."

강 선생은 웃으면서 말한다. 이때 태환이가 손을 번쩍 들더니 질문을 한다.

"그런데 등수 말고 퍼센트가 써 있는데요. 높은 게 좋은 거예요, 낮은 게 좋은 거예요?"

"음, 그걸 설명 안 해줬네. 그건 1등부터 꼴등까지 등수를 백분율로 나타낸 거야. 숫자가 낮을수록 성적이 좋은 거지."

"그럼 93퍼센트면 못하는 거 맞죠?"

"잘한다고는 볼 수 없지."

"아하하하. 도현이 93퍼센트래."

"태환이 너도 성적 많이 떨어졌으면서 누구를 놀려?"

"그래도 전 93퍼센트는 아닌데요."

태환이가 볼멘소리를 한다.

"네가 그렇지 않더라도 다른 사람을 그렇게 놀릴 자격은 없어. 오늘 나눠 준 성적표는 내일까지 부모님에게 확인받아서 제출해. 알았어?"

아이들은 "우" 하며 야유를 보냈다.

도현이는 아까부터 버스를 기다리고 있다. 지친 표정이 역력하다. 학교에서 놀다가 왔는지 늦게 버스 정류장에 나타난 태환이가 도현이를 보자마자 놀리기 시작한다.

"야! 93퍼센트. 이제 가냐?"

"짜증 나게 할래?"

도현이는 화가 났지만 상대가 태환이라서 목소리를 죽인다. 이런 도현이의 모습을 태환이는 즐기고 있다.

"93퍼센트를 93퍼센트라고 부르지, 그럼 94퍼센트라고 부르냐?"

"너 같은 새끼하고는 얘기 안 해."

그때 마침 도현이를 구원하듯이 버스가 왔다. 도현이는 태환이를 외면한 채 얼른 버스에 탔다. 태환이는 여전히 웃으면서 도현이를 놀렸다.

"93퍼센트! 잘 가라."

태환이는 쳐다보지도 않는 도현이를 보면서 재밌어 죽겠다는 듯이 손을 흔들며 큰 소리로 말했다.

아이들을 놀리는 것은 태환이의 특기만은 아닌 것 같다. 경태는 이 방면의 전문가 같다. 경태는 교실에 들어오는 동훈이를 큰 소리로 부른다.

"야, 버섯 머리!"

옆에 있던 아이들이 일제히 웃는다. 동훈이는 화가 나서 경태에게 따지듯이 묻는다.

"내가 왜 버섯 머리야!"

"머리카락이 위에만 남아 있고 아래는 하나도 없으니까 완전 버섯이잖아. 야, 너 어디서 머리 잘랐냐? 혹시 싱싱야채?"

아이들이 또 웃는다. 동훈이는 얼굴이 시뻘게진 채 아무 말도 못하고 있다. 그래도 경태는 아랑곳하지 않고 계속 동훈이를 놀린다.

"우리 엄마가 어제 버섯전 해줬는데 엄청 맛있더라. 버섯! 너네 엄마는 버섯전 안 하시겠다. 아들을 전 부쳐 드시지는 않겠지?"

"그만해!"

소리를 질렀지만 동훈이는 더 이상 맞서지 못하고 화가 나서 교실에서 나가 버린다.

"버섯이 화나니까 무섭네. 민용아, 지금 무슨 시간이야?"

"나도 몰라. 햄한테 물어봐."

경태는 아이들에게 엉뚱하고 이상한 별명을 붙여서 부르기를 좋아한다. '햄'은 경태가 민재에게 붙인 별명이다. 민재 역시 이 별명을 기분 나빠 한다.

"야, 햄! 다음 시간 뭐야?"

민재는 못 들은 척 대답을 안 하고 계속 깜지를 하고 있다. 경태는 민재가 못 들은 척하자 약이 좀 오른 것 같다.

"야, 햄. 너 공부 좀 한다고 되게 잘난 척한다."

"나 지금 깜지 하고 있으니까 말 시키지 마라."

"아, 그러서요? 햄, 너무 건방진데?"

경태는 민재가 태환이에게 흠씬 얻어맞는 것을 본 뒤로 자신이 마치 민재를 실컷 때려 준 것처럼 민재를 무시한다. 민재는 말도 안 되는 경태 말에 대꾸하기 싫어서 조용히 교실 밖으로 나가 버린다.

경태 주변에는 이제 놀릴 만한 애들이 없다. 경태가 지나치게 놀려서 다들 피해 버린 것이다. 유일하게 민용이만 경태 주변에 앉아 있다. 민용이는 자기주장을 거의 하지 않는다. 이것이 민용이가 아이들과 잘 지내는 비결이기도 하고 또 단점이기도 하다. 경태는 민용이에게 혼잣말처럼 말한다.

"아, 깜지하기 귀찮아. 또 조금 있으면 기말고사 본다고 난리 치겠지? 시험은 왜 이렇게 자주 돌아오는 거냐?"

"그러게. 시험 없는 나라에서 살고 싶다."

"어쭈, 철학적인데? 너도 싱싱야채 나라에서 살아라."

민용이는 웃으면서 경태를 째려본다. 경태는 도망가면서 계속 웃고 있다.

_ 경태의 생존 수칙 6 담임 눈에 절대 띄지 않기

"야! 너 내 식판도 좀 갖다 주라."

부탁인 것 같지만 사실은 명령이다. '저 자식 또 나한테 시키네.' 영현이는 표정이 좀 굳어졌지만 하루 이틀 당하는 일도 아니다. 작년에도 태환이의 매점 심부름을 하거나 식판을 갖다 준 적이 있다. 그런데 올해는 태환이뿐 아니라 경태까지 자신을 마구 부려 먹는 것 같다. '내가 여기서 거부하면 어떻게 될까?' 이런 상상도 해보지만 싫다고 말할 엄두가 나지 않는다. 그렇게 힘든 일도 아니니까. 그리고 이렇게 당하는 사람은 자기뿐만이 아니다. 자신과 친한 동훈이나 경원이도 경태나 태환이 심부름을 자주 한다. 힘든 일이 아니기 때문에 거절하기가 더 어렵다.

점심 급식을 할 때 늘 맨 앞에 경태와 태환이가 선다. 이럴 땐 반장 재형이도 아무 말을 못한다. 가끔 경태와 태환이가 화장실을 다녀오느라 조금 늦게 줄을 서기도 한다. 다른 애들 같으면 이럴 경우 그냥 맨 뒤에 선다. 그러나 둘은 아무렇지도 않게 줄 앞쪽으로 간다. 그러면 모세의 기적처럼 줄이 갈라지면서 경태와 태환이가 저절로 맨 앞이 되는 것이다. 그런데 더 이상한 일은 경태와 태환이가 맨 앞에 서 있으면 둘과 친한 아이들도 슬금슬금 하나둘 앞으로 나온다는 것이다. 그러면 경태와 태환이는 이 애들을 못 본 척하면서 슬쩍 끼워 준다.

강 선생이 4교시 수업을 하는 날은 수업이 끝나면 배식을 지켜볼 때가 있다. 강 선생은 급식에 관한 규칙을 만들어 놓았다. 첫째 주는 1분단, 둘째 주는 2분단이 급식을 맨 먼저 받는 식이다. 그러면 한 달에 한 번씩 자리를 바꾸기 때문에 한 번씩은 공평하게 빨리 받을 수 있다. 이론은 완벽하다. 강 선생은 자신이 정한 규칙이 제대로 지켜지는지 살펴보고 싶은 것이다. 그 규칙이 완벽하게 지켜지는 경우도 있다. 강 선생이 지켜볼 때가 그런 때이다. 강 선생이 보고 있을 때 태환이와 경태는 언제 그랬냐는 듯 순서를 기다려 급식을 받는다. 아이들은 은근히 급식 시간에 담임이 있어 주기를 바란다. 그러나 늘 강 선생이 지키지는 못한다.

어느 날, 강 선생이 지나가다가 경태와 태환이 그리고 패거리가 급식 앞줄을 차지하고 있는 것을 보았다.

"너희들, 뭐야?"

"애들이 화장실 가서 늦게 와서 먼저 섰어요. 죄송합니다!"

경태는 겸연쩍은 듯 웃으면서 "죄송합니다"를 외치며 맨 뒤로 가서 섰다. 자신의 잘못을 금세 반성하는 아이를 나무랄 수는 없다. 강 선생의 눈에 경태나 태환이는 좀 나대기는 하지만 막돼먹거나 나쁜 녀석들은 아니었다.

하지만 강 선생은 경태나 태환이 그리고 그 패거리가 아이들에게 매점 심부름을 시키는 것을 모른다. 3학년 교실은 5층이어서 매점 가기가 힘들다. 쉬는 시간에 매점에 갔다 오면 쉬는 시간이 다 지나가고 없다. 처음에는 돌아가며 한 사람이 빵이나 과자를 한꺼번에 사왔다. 그러나 시간이 지나면서 매점에 가는 사람이 거의 몇 명으로 정해졌다.

'왜 나만 이렇게 해야 하지?'

동훈이는 매번 땀을 흘리며 매점에 갔다 오면서 이런 생각을 한다. 한번은 담임과 마주쳤다.

"동훈이는 매점에 너무 자주 가는 것 같다. 그러다 더 살찐다."

담임은 저렇게 먹을 걸 밝히니 뚱뚱할 수밖에 없다고 생각할 것이다. 동훈이는 아무것도 모르고 이렇게 말하는 담임이 야속하다. 매점 당번은 동훈이 말고 몇 명이 더 있고, 때로는 점심시간에 운동장에 축구하러 나가면서 매점을 들르기 때문에 강 선생이 쉽게 눈치를 챌 수 없다.

태환이와 경태는 강 선생과 교과 담임들을 감쪽같이 속이고 급식 새치기, 식판 갖다 놓기, 매점 심부름, 그리고 숙제, 수행 평가, 때로는 봉사 활동까지 아이들에게 시키고 있었다.

강 선생은 자신의 방법이 틀렸다고 생각한 적이 없다. 그는 반 아이들이 자신의 의도대로 착착 움직이고 있다고 믿었다. 그렇기 때문에 자신의 반에 폭력에 시달리고 있는 아이들이 있다는 것을 상상조차 하지 못했다. 강 선생은 왜 학교폭력이 일어나는지 이해하지 못했다. 그것은 교사의 권위가 강하면 쉽게 해결할 수 있는 아이들의 사소한 싸움이라고 생각했다.

'우리 반에 왕따? 어림 없지. 그런 자식 있으면 내가 뼈도 못 추리게 만들 텐데.'

강 선생의 눈에 학교폭력이나 따돌림이란 시원찮은 선생들 반에서나 일어나는 일이었다. 설령 그런 일이 있더라도 자신은 초전박살낼 자신이 있었다.

_경태의 생존 수칙 7 걸려도 장난이라고 둘러대면 그만이다

영어 선생은 공부하기 싫어 죽겠다는 표정으로 앉아 있는 5반 아이들 얼굴을 바라보고 있다. 시작종이 울리면 5반 아이들은 모두 자리에 앉아 있다. 그렇게 하지 않으면 담임에게 혼나기 때문이다. 영어 선생은

5반 담임이 개입하는 것이 오히려 불만이다. 자기 의지가 아니라 강압에 못 이겨 하는 것이기 때문이다. 영어 선생은 아이들의 관심을 끌기 위해 퀴즈로 수업을 시작한다.

"지금부터 퀴즈를 내겠어."

예상대로 아이들은 환호성을 지른다.

"퀴즈 하면 형님 아니냐."

경태가 잘난 척을 하면서 거들먹거린다. 태환이도 큰 소리로 말한다.

"선생님, 쉬운 걸로요!"

"쉬워. 잘 맞혀 봐. What is the smallest room in the world?"

영어로 퀴즈를 내자 아이들은 난감해한다. 경태는 영어 선생에게 들리도록 투덜댄다.

"아, 퀴즈도 영어야."

민용이는 알 수 없다는 표정을 짓다가 영어 선생에게 묻는다.

"무슨 뜻이에요?"

"잘 생각해 봐. 최상급 표현 배웠잖아."

영어 선생은 계속 '최상급'이라고 귀띔을 해준다. 민용이는 포기한 듯 앞에 앉은 반장 재형이의 어깨를 툭툭 치며 묻는다.

"재형아, 무슨 뜻이냐?"

"세상에서 가장 작은 방이 뭐냐는 거야."

"세상에서 가장 작은 방?"

답을 알았는지 민용이가 갑자기 손을 든다.

"Teacher, teacher. My room."

"Your room? Can you tell me why you think your room is

the smallest in the world?"

당황한 민용이는 재형이를 바라본다.

"선생님이 뭐라시냐?"

"왜 그렇게 생각하는지 설명해 보라고."

민용이는 웃으면서 일어선다. 민용이는 언제나 잘 웃는다.

"제 방은 진짜 작아요. 형하고 같이 써서 좁아서 미치겠어요."

"정답은 아닌데, 재치가 있네."

영어 선생도 민용이의 말에 우리말로 대답한다. 영어 선생의 칭찬을 들은 민용이는 앉으면서 주변 아이들에게 말한다.

"들었냐? 이 형님이 재치가 좀 있지."

아이들이 맞힐 기미를 보이지 않자 영어 선생은 이제 우리말로 귀띔을 해주었다.

"이건 난센스 퀴즈야. 너희들이 알고 있는 단어 중에서 room이 들어간 단어를 찾아보면 더 쉬울 텐데."

그러자 재형이가 손을 번쩍 들었다.

"그래, 재형이 말해 봐."

"Mushroom."

"정답!"

싱글벙글하는 재형이를 보면서 민용이가 말한다.

"야, 야비하게 나한테는 안 가르쳐 주고 너만 맞히냐?"

그러더니 영어 선생을 향해서 묻는다.

"그런데 그게 무슨 뜻이에요?"

"버섯이라는 뜻이잖아."

'버섯'이라는 말에 아이들이 웃음을 터뜨렸다. 영어 선생은 아이들이 웃자 무슨 일인가 싶어 묻는다.

"왜 웃지? 내가 말을 잘못했나?"

"그게 아니고요. 저희 반에 버섯이 있어요."

경태가 대답한다.

"너희 반에 버섯이 있다고? 교실에서 버섯을 키워?"

영어 선생의 말에 아이들은 더 크게 웃는다.

"사람 버섯이요."

평소에 자신의 모습을 잘 드러내지 않은 경태지만 지금은 자랑하고 싶어 안달이 났다.

"사람 버섯?"

"동훈이 머리가 완전 버섯이잖아요. 머리가 버섯하고 완전 똑같지 않아요? 아, 아니구나. 지금은 머리를 길었으니까 팽이버섯이네."

아이들이 아까보다도 더 크게 웃는다. 몇몇 아이들은 "팽이버섯이래, 팽이버섯" 하며 박장대소한다.

"그러면 안 되지."

"장난이에요, 장난. 재밌잖아요."

경태가 잘 쓰는 전략이다.

"그게 어떻게 장난이야?"

"선생님, 왜 그러세요? 우리 반 애들 다 그렇게 서로 놀리면서 놀아요."

영어 선생은 어이가 없다. 영어 선생의 표정이 굳어지자 눈치 빠른 경태는 입을 다물었다. 이럴 때는 가만히 있는 것이 최선이다. 사회 선생에게 대담하게 장난을 건 이유는 아이들 앞에서 그녀를 웃음거리로 만들 자신이 있었기 때문이다. 하지만 지금은 아니다. 그러나 만일 영어 선생이 꼬치꼬치 캐물어도 그냥 장난이라고 둘러대면 그만이다. 유사시에는 유들유들함이 필수다. 장난이라는데 제 아무리 선생님이라도 어쩌겠는가? 이것이 경태가 터득한 방법이었다.

그러나 아직 분위기 파악을 못한 태환이는 경태가 머뭇거리는 틈을 타서 말한다.

"그리고 우리 반에 햄도 있어요."

아이들이 더 큰 소리로 웃는다. 영어 선생의 찌푸린 표정의 의미를 아이들은 아직 잘 읽어 내지 못한다.

"글쎄, 머리 모양이 버섯하고 비슷할지는 모르겠지만, 내가 그런 소리를 들으면 기분이 나쁠 것 같은데. 그런데 햄은 또 왜?"

"소풍 갈 때 민용이가 민재가 가져온 햄을 하나 뺏어 먹었는데, 그것 때문에 민재가 울었대요."

"그렇다고 햄으로 부르면 쓰나. 특이한 별명이 재미있기도 하지만 좋은 별명으로 불러 주면 더 좋지 않을까?"

영어 선생은 진지하게 말한다. 하지만 상황을 파악하지 못한 아이들은 여전히 장난을 치려고 한다. 이때 눈치 없는 성학이가 나서서 결정타를 날린다.

"선생님, 93퍼는 어때요?"

"93퍼?"

"93퍼센트요."

"그건 왜?"

"중간고사에서 도현이가 93퍼센트 나왔거든요."

"다들 그만! 너희들 아주 못 쓰겠구나."

"장난인데 왜 그러세요? 우리 반에서는 다 그러는데."

_경태의 생존 수칙 8 어떤 상황이라도 미안하다고 말하지 않는다

"이 녀석들을 그냥……."

강 선생은 영어 선생과 이야기가 끝나기가 무섭게 교실로 달려갔다. 이야기를 다 듣기도 전에 5반 교실로 향하는 강 선생을 보면서 영어 선생은 괜히 말을 꺼냈나 싶었다.

교실에 들어선 강 선생은 대뜸 아이들을 향해 소리친다.

"모두, 여기 봐라. 요새 기분 나쁜 별명 불러 가면서 괴롭히는 놈들이 있다던데."

"누가 그래요?"

경태가 제 발이 저린지 묻는다.

"누가 말했는지가 그렇게 중요한가?"

"그냥 재미 삼아 그렇게 한 건데요."

이번에는 태환이가 시키지도 않은 자기변호를 한다.

"재미 삼아?"

"네, 별일 아니에요, 진짜."

"별일 아니라고? 어쨌든 별명 부른 건 사실이라는 거네?"

강 선생의 기세에 눌렸는지 태환이와 경태는 조용히 고개를 숙인다.

"심한 별명 부르고 놀린 놈들, 앞으로 나와."

아무런 반응이 없다.

"빨리 못 나와!"

태환, 경태, 민용이가 주뼛주뼛 일어선다.

"이것밖에 없어?"

경태가 억울했는지 다른 아이들 이름을 막 부른다.

"성학이 너 나와야지, 민성이도."

성학이는 경태의 고자질에 가만있지 않는다.

"내가 왜 나가?"

"너도 그랬잖아."

"내가 뭘?"

"너, 진짜 너무 하는 거 아니냐?"

"네가 먼저 그랬잖아."

"내가 어쨌다고. 네가 먼저 그랬지, 내가 먼저 그랬냐?"

성학이와 경태의 말싸움에 강 선생은 어이가 없다.

"조용히 못해, 이놈들아!"

강 선생이 소리를 버럭 지르는데도 태환이는 언제나 그렇듯이 경태 편을 드느라 여념이 없다. 태환이는 성학이와 민성이를 가리키며 일러 바친다. 그리고 네 명을 더 지목한다.

"잘들 한다. 이제 와서 안 그랬다고 발뺌하기는. 모두 나와!"

앞에 불려 나온 성학이는 불만이 많다.

"지가 먼저 그래 놓고……."

불만이 많은 것은 당연하다. 변명이 아니라 사실 누가 놀리기 시작했는지 아무도 기억하지 못하기 때문이다. 자기만 그런 것이 아니라는 안도감이 이들에게 죄책감을 없애 버렸다. 죄책감을 n분의 1로 나눈 아이들은 n이 한없이 커져서 지금은 죄책감이 0에 가까워졌다.

"다들 놀리고서 이제 와서 딴소리 하기는."

아홉 명이 앞으로 나온다. 담임이 어디까지 알고 있을까? 별명 부르는 것만 알고 있을까? 혹시 모든 걸 다 알고 있는 건 아닐까?

강 선생은 굳은 표정으로 한 사람씩 칠판 앞으로 나오라고 하더니 몽둥이로 때리기 시작했다. 아이들은 "억, 억" 소리를 낸다. 과연 죽음의 매로 알려진 '죽빵'의 위력은 대단했다. 끝까지 참아 내는 녀석들이 없었다. 아이들은 마음속으로 이것으로 쉽게 끝날 것 같지 않다고 예감했다. 그 다음 벌은 무엇일까? 부모님 모셔 오기? 한 달 동안 교실 청소? 운동장 오리걸음? 이 모든 것의 조합? 담임의 표정으로 보아서는 모든 벌을 다 받을 것 같다.

"자, 너희들은 반성하는 의미에서 앞으로 날마다 깜지 두 장씩!"

생각했던 것보다는 훨씬 가벼운 벌이다. 그러면 그럴수록 담임에게는 연기를 해야 한다.

"아! 너무해요."

"너무 하기는. 앞으로 또 이런 소란 피웠다가는 그때는 정말 재미없을 줄 알아."

담임이 나간다. 아이들은 잔뜩 긴장하며 또 다른 벌을 기다렸는데 오히려 너무 싱겁게 끝나 버린 것 같은 느낌이다. 용궁에서 빠져나온 토끼처럼 신이 난 경태는 동훈이를 닦달한다.

"야, 버섯. 네가 일렀냐?"

"내가 안 그랬거든."

"아, 그럼 누구지? 야, 햄! 너지? 요새 좀 이상하다 했어."

경태는 민재까지 건드려 본다.

"나 아니거든?"

민재는 자신은 그렇게까지 비열한 사람이 아니라는 듯 발끈한다. 억울하지만 비겁한 사람 취급받는 건 더 싫다.

"그럼 누구지? 혹시 영어가 꼬발랐나?"

경태가 이렇게 심문을 하는 데에는 다 이유가 있다. 영어 선생 때문이란 걸 뻔히 짐작하면서도 한 사람 한 사람을 지목하면서 마음을 불편하게 하는 데에는 다 까닭이 있다. 경태는 탐정처럼 눈을 번득이고 있는데 성학이가 울상이다.

"몰라. 너희들 때문에 우리까지 다 걸려 가지고 깜지 쓰게 생겼어."

이때 태환이가 민재와 동훈이에게 한마디를 날린다.

"지들도 재밌게 놀렸으면서 의리 없게. 야, 햄이랑 버섯, 93퍼까지 너네들 때문에 벌받은 거니까 내 숙제까지 해. 재형이 너 담임한테 이르면 너도 가만 안 둬."

자기들이 벌로 해야 할 깜지를 동훈이를 비롯한 다른 아이들에게 맡겨 버렸다. 한 사람씩 심문한 경태의 속셈은 바로 이것이었다.

_경태의 행동 수칙 9 반항하는 녀석은 밟고 또 밟는다

동훈이 방 앞에서 동훈이 어머니가 동훈이를 부르고 있다.

"동훈아, 동훈아, 밥 먹어."

"안 먹을래. 배 안 고파, 엄마."

평소에는 저녁 시간이 되기도 전에 부엌을 들락날락거리는 동훈이가 오늘은 방 안에서 두문불출이니 동훈이 어머니는 이상한 생각이 든다. 그래서 방문을 열고 들어간다.

"왜 배가 안 고파?"

"응, 아까 학교 끝나고 애들이랑 뭐 사 먹었어."

"그래? 그래도 조금만 더 먹지."

"배고프면 이따가 먹을게."

"그래, 그럼. 그런데 우리 아들 너무 공부 열심히 하는 거 아니야?"

동훈이 어머니는 동훈이 책상에 놓인 깜지를 힐끗 보면서 말한다.

"아, 아니야."

"담임 선생님이 지금도 깜지 숙제 내주고 그러시니?"

"아, 아니, 이제 습관이 돼서. 이렇게 쓰면서 공부가 더 잘돼."

"그렇구나. 그럼 이따가 배고프면 엄마한테 말해."

동훈이는 어머니가 문을 닫는 걸 보고 괴로운 듯 책상에 엎드린다. 다른 사람 벌 숙제를 대신해 주고 있는 자신의 신세가 한탄스럽다.

분주한 아침, 담임이 들어오기 전까지 5반은 정글 같다. 태환이가 싸늘한 어투로 동훈이에게 따지듯이 묻는다.

"야, 버섯! 내 깜지 써왔어?"

동훈이는 천천히 깜지를 가방에서 꺼낸다. 싫은 소리 한 마디 못하지만 너무나 굴욕적이어서 얼굴 표정이 어둡다.

"야, 햄! 너는 내 깜지 써왔어?"

이번에는 경태가 민재에게 묻는다.

"내가 네 걸 왜 하냐?"

민재는 만만치가 않다. 경태는 짜증이 난다.

"야, 내가 어제 해오라고 그랬잖아."

"내가 왜 해?"

경태와 민재가 말씨름을 하는 동안 태환이는 옆에서 왔다 갔다 하면서 경태의 화를 돋운다.

"경태, 너 오늘 담임한테 죽었다."

"아, 짜증 나. 이 새끼가 사람 잡네. 야, 지금이라도 빨리 써!"

경태가 몹시 화가 났다. 하지만 민재도 물러서지 않는다.

"내가 네 걸 왜 쓰냐고? 네가 잘못한 일로 깜지 쓰는데 왜 내가 써 줘야 되냐고?"

"이 새끼가 진짜."

경태가 민재의 얼굴을 친다. 얼굴을 한 대 맞은 민재도 씩씩거리며 따진다.

"내가 네 종이냐?"

"그래, 내 종이다, 어쩔래. 햄 주제에. 햄 하나에 찔찔 짜는 자식아!"

경태의 말이 끝나기가 무섭게 민재가 이번에는 경태를 친다. 경태가 입술을 손으로 훔친다. 피가 난 듯 입에서 비린 맛이 느껴진다. 경태는 약간 당황했다. 민재는 여기에서 그치지 않고 고래고래 소리를 지르며 대든다.

"너, 진짜 변했어. 정말 이상해졌다고!"

"시끄러!"

"네가 용기 있었으면 반장 나왔으면 됐잖아. 네가 반장 못 됐다고 왜 태환이랑 애들 괴롭히고 난리야!"

"네가 뭘 안다고 까불어!"

이때 태환이가 둘 사이에 싸움이 벌어진 걸 보고 신이 나서 소리친다.

"경태야, 날려 버려, 날려!"

태환이의 응원에 용기가 났는지 예전에 태환이가 그랬던 것처럼 민재를 바닥에 눕히고 떡이 되도록 주먹질을 해댄다. 아이들이 우르르 몰려와 구경을 하고 있다. 깜지를 해야 하는 민용, 태환, 성학이도 어느새 경태 편이 되어 응원을 하고 있다.

"경태야, 날려! 날려!"

경태는 내친 김에 옆에서 구경하고 있던 동훈이에게도 주먹질을 한다.

"넌 뭐야? 버섯이 왜 구경하고 난리야?"

졸지에 동훈이도 경태에게 얻어맞았다. 깜지도 써다 바쳤는데 도대체 뭘 잘못한 건가? 아이들은 싸움을 말릴 생각도 없이 경태의 원맨쇼를 즐기고 있다.

이때 교실에 들어온 재형이는 분위기가 심상치 않은 걸 보고 곧장 교무실로 달려간다.

"선생님, 선생님! 크, 큰일 났어요. 애들이 심하게 싸워요!"

"뭐? 이 자식들이."

강 선생이 바람처럼 빠르게 교무실을 나간다. 뒤꽁무니를 물끄러미 쳐다보고 있던 사회 선생이 입을 연다.

"드디어 올 것이 왔군."

사회 선생은 그럴 줄 알았다는 듯이 입을 연다.

"제가 괜히 이야기했나 봐요."

영어 선생은 모두 자기 때문인 것 같아 마음이 좋지 않다.

"그런 생각하지 마. 어차피 곪아 터져야 할 일이었어."

사회 선생은 대수롭지 않게 영어 선생의 걱정을 일축해 버린다. 그리고는 이제 생각났다는 듯이 5반 이야기를 계속한다.

"그런데 수업 분위기 말고 동훈이란 애 머리 봤어?"

"왜요? 길어서요? 지난번에 안 그래도 강 선생님한테 혼나는 것 같던데요."

"그냥 긴 게 아니라 아주 머리를 땋아서 쪽을 져도 되겠어."

"제가 보기에는 머리를 기르고 싶어서가 아니라 짧게 자르면 아이들이 범생 같다고 놀리나 봐요. 5반 애들 전부가 동훈이 보고 '버섯'이라고 부르더라고요. 한번 머리를 짧게 잘랐을 때 그렇게 놀리기 시작했나 봐요. 경태라는 애가 자기 마음에 안 드는 애들은 다 이상한 별명 지어서 부른대요."

"땅꼬마 같은 자식이 덩치로 안 되니까 별 걸 가지고 애들을 다 괴롭히네."

"땅꼬마요?"

"경태는 입만 살았잖아. 그나저나 강 선생 힘들어서 어쩌나?"

"웬걸요? 선생님도 학기 초에는 5반 애들 잘 맡았다고 칭찬만 하셨잖아요. 5반 문제는 강 선생님만 빼놓고 다 알고 있을걸요?"

영어 선생이 학기 초에 사회 선생이 했던 말을 생각해 내고 말한다.

"애들이 이렇게 변할 줄 알았나? 애들은 언제 어떻게 변할지 모르는 거야. 강 선생 반은 늘 공부도 1등, 체육대회도 1등이었는데 올해는 좀 이상하네. 강 선생이 이렇게 힘들어하는 거 본 적이 없어."

"너무 똑같은 방식이라 그런 거 아닐까요? 깜지와 매."

"깜지와 매? 무슨 시 같네. 설마……. 이번 애들이 대찬 거지."

여전히 사회 선생은 강 선생을 두둔한다.

"아무튼 강 선생님 오시면 술이라도 한잔하자고 해야겠어요."

"그거 괜찮네."

이때 강 선생이 들어온다. 강 선생은 들어오자마자 의자에 털썩 주저앉는다.

"참 어이가 없으려니까……."

"누가 그런 거예요? 애들은 괜찮아요?"

영어 선생이 궁금해서 묻는다.

"한 녀석이 입술이 많이 찢어져서 보건실로 내려보냈어요."

"아휴, 저런……. 요즘 좀 이상하다 했어."

사회 선생이 안타까운 표정으로 혀를 끌끌 찬다.

"올해는 왜 이렇게 힘들죠? 이번 놈들은 왜 이렇게 드센지……."

"그러게요. 안 그래도 강 선생이 이렇게 힘들어하는 거 처음 본다고 그랬어."

더 이상 말을 하고 싶지 않은지 강 선생은 담배를 피우고 오겠다며 교무실 밖으로 나간다.

강 선생은 영어 선생, 사회 선생과 술을 마시면서도 마음이 풀리지 않았다. 오히려 자존심이 상했다. 적당히 마시고 집에 들어와 샤워까지 했는데도 나른한 취기로 기분이 좋아지기는커녕 머리가 아파 오는 것 같다.

"여보, 전화받아 봐요."

"누구야?"

"잘 모르겠는데요. 어른 목소리인데, 아주 급한가 봐요. 우는 것 같기도 하고. 아무튼 빨리 받아 봐요."

강 선생의 부인은 조심스럽게 전화를 강 선생에게 건넨다.

"제대로 물어보고서 전화를 바꿔 주든지 하지."

강 선생은 투덜거리며 전화를 받는다.

"네, 전화 바꿨습니다."

"선생님, 경태가…… 경태가요."

강 선생은 울음소리 때문에 무슨 말인지 잘 알아듣지 못한다.

"네? 뭐라고요? 잘 안 들려요."

"선생님, 저 경태 엄만데요. 여기 병원인데, 경태가 많이 다쳤어요."

잘 알아들을 수 없었지만 얼핏 경태가 다쳤다는 얘기 같았다.

"경태가 다쳤다고요? 어떻게 하다가요?"

울음을 겨우 참아 가며 경태 어머니가 말을 잇는다.

"동훈이라는 애가 칼로, 칼로…… 어흐흐흐흐."

이게 무슨 말인가? 경태 어머니의 말이 머릿속에서 맴돌았다. 동훈이가 칼을 휘둘러 경태가 다쳤다는 말인 것 같다.

"경태 어머니, 지금 어디세요? 어느 병원이에요?"

병원 이름을 전해 들은 강 선생은 쏜살같이 옷을 갈아입는다. 강 선생은 아이들이 괴물처럼 느껴졌다. 늘 해오던 방식으로 최선을 다했을 뿐인데 그 방식이 먹히지 않는 것 같아 답답했다. 어디서부터 어떻게 가닥을 잡아야 할지도 모르겠다. 아내의 걱정스러운 배웅을 뒤로 한 채 현관문을 나서면서 강 선생은 씁쓸함을 곱씹는다.

'도대체 뭐가 잘못된 거지? 난 언제나 최선을 다하는데 뭐가 문제지……'

그래도 연극은 계속된다 ——————

"샘, 있잖아요. 지민이랑 강혁이, 성재 그리고 경원이까지 학교 그만 뒀대요."

"그래?"

고등학교에 진학한 후 오랜만에 찾아온 제자에게서 녀석들 소식을 들었다. 나는 아무렇지도 않은 듯 대꾸했지만, 그 녀석들의 소식은 이미 마음에 큰 찰랑거림을 만들고도 남았다.

"왜?"

"그냥요. 이유는 잘 모르겠어요. 언제 걔들한테 이유가 있었어요?"

'저는 선생님 편이에요'라는 표정으로 항상 나를 바라보았던 이 아이는 녀석들이 꽤나 내 속을 썩였다는 걸 아는 까닭에 대신 화를 내며 녀석들 소식을 전해 주었다.

일 년 전 이 아이들과의 만남을 떠올려 본다. 아니 떠올리기조차 싫은 기억들이다. 기억의 저편으로 밀어 넣어 버리고 싶지만, 바람결에 들려온 녀석들의 사연은 불편한 기억을 하나둘 떠오르게 한다. 괴롭다. 그리고 부끄럽다. 마음 한 켠이 벌써 부끄러움으로 번져 가는 것 같다.

일 년 전 그 아이들을 처음 만났던 날이 떠오른다. 산더미처럼 쌓인 책이며 자료들 앞에서 우리 반 명렬표를 조용히 내려다보고 있을 때, 영어를 가르치는 이 선생이 '반 구성원이 환상'이라면서 부러워했지. 그랬다. 나는 이 선생의 호들갑스러운 감탄이 부끄러우면서도 내심 기분이 좋았다. '반장감이 없어 보인다'는 충고도 했지만, 그땐 그 말이 들리지도 않았다.

'올해는 정말 잘해 봐야지.'

그때의 긴장감, 설렘. 여기까지만 기억하고 싶다. 나는 내 이야기를 하는데도 꽤 많은 용기가 필요하다. 왜 광대들이 연극할 때 탈을 쓰는지, 왜 배우들이 얼굴에 한 겹을 입힌 듯한 짙은 분장을 하는지 이해할 수 있을 것 같다. 나는 그때의 나를 '그녀' 또는 '한은영'으로 치환하지 않고서는 내 이야기를 꺼낼 수 없을 것 같다. 이것이 내 부끄러운 기억을 이야기하는 방식인 것이다.

_침묵하는 아이들

여러 가지 자료들을 앞에 두고 열심히 살펴보는 교사들의 모습에서 학기 초의 분주함이 묻어났다. 어떤 작가는 4월을 두고 '잔인한 달'이라 했다지만 교사들에게는 3월이 가장 잔인한 달이다.

"어머, 한은영 샘은 좋겠다. 환상이다, 환상."

명렬표를 받아 든 교사들은 아이들 이름을 쭉 살펴보고서 서로에게 한마디씩 건넸다. 일 년을 함께할 녀석들이다. 영어 교사는 그녀에게

서 3학년 9반 아이들의 명렬표를 빼앗듯이 가져가 대충 훑어보더니 호들갑을 떨었다.

"왜요? 뭐가 환상이에요?"

그녀는 영어 교사의 호들갑에 영문을 알 수 없어 되물었다.

"샘 반 명단을 딱 보니까 환상이네. 사고 칠 녀석들이 거의 없어 보이잖아. 뭐 이 정도면 환상이라고 봐야지? 근데 어쩌나? 반장감이 없어 보인다."

특별히 사고 칠 녀석이 없는 반. 어쩌면 모든 교사들은 이런 반을 원하는지 모른다.

'그래, 드센 애들보다야 얌전한 애들의 조합이 훨씬 나에게 잘 맞을 거야.'

그녀는 누구를 설득해야 하는 것도 아닌데, 주어진 상황이 최고의 선물이라고 스스로 마음을 북돋아 본다. 지금은 어느 때보다 이런 식의 자기최면이 필요한 시간이다.

"예전에 마음고생을 해서 그런가? 선생님 정말 여유 있어 보이네. 올해는 잘되길 바라요. 한 샘, 파이팅!"

그녀의 뒷모습을 보면서 영어 교사가 웃으면서 말했다.

아이들과 처음 만나는 순간이다. 이 순간은 아이들뿐 아니라 그녀에게도 무척 설레는 시간이다. 그녀가 교실에 들어오자 아이들은 삼삼오오 모여 있다가 대화를 멈추고 그녀를 물끄러미 바라보았다. 그런데 아이들의 분위기가 너무 경직된 것 같은 느낌이었다. 그녀는 첫날이라서 그럴 것이라며 마음속에서 생겨나는 여러 가지 의구심을 애써 잠재우려고 노력하지만 생각만큼 잘되지 않았다.

"얘들아, 안녕. 만나서 반가워."

그녀는 애써 태연한 척 인사를 해보지만 아이들은 여전히 아무 말 없이 그녀를 바라보기만 했다. 순간 할 말을 잃은 그녀는 출석을 부르기로 했다. 침묵을 깨뜨리는 방법이기도 했지만, 아이들의 이름과 얼굴을 빨리 익히고 싶기도 했기 때문이다. 한 사람, 한 사람의 이름을 부르며 얼굴을 확인했다. 이윽고 출석 확인이 끝났다.

"우리 반은 너무 조용한 것 같네. 그럼 오늘 임시 반장 해볼 사람!"

여전히 아이들은 말없이 그녀를 물끄러미 바라보기만 했다. 교실의 공기는 그녀의 말을 다 흡수해 버리는 듯하다. 그녀는 이내 갑갑증을 느끼기 시작했다.

"다들 이야기하는 걸 조금 부담스러워하는 것 같네. 그러면 선생님이 종이를 나눠 줄 테니까 각자 올해 가장 이루고 싶은 소망을 적어 봐. 그리고 그 아래에는 서로에게 가장 바라는 점, 우리 반이 일 년 동안 잘 지내기 위해 필요한 규칙을 한번 적어 보자."

아이들은 종이에 뭔가를 열심히 써 내려갔다. 교실 안은 연필 소리만 가득해 마치 수능 시험장에 온 듯한 느낌마저 들었다. 아이들은 자신의 목소리를 잘 내지는 못하지만 그녀의 요청에는 한마디 질문도 없이 열심히 써 내려갔다. 드디어 교탁 앞에 비밀스럽게 접힌 종이쪽지 35개가 모였다.

"자, 그럼 친구들은 어떤 바람을 갖고 3학년 9반에 모였는지 한번 볼까?"

반에서 10등 안에 들기, 전교 1등 하기……. 주로 성적에 관한 것들을 소망으로 적어 놓았다. 누군가가 '우주 정복'이라고 쓴 것을 읽어 주자, 처음으로 아이들이 전부 웃었다. 두 번째 질문에는 시비 걸지 않기, 폭력 금지, 남의 물건 훔쳐 가지 않기 등 자신이 그동안 당해 왔을 법한 곤란이나 또 겪고 싶지 않은 일들을 적어 놓았다. 그녀는 하나씩 읽어 준 다음, 말을 이어 나갔다.

"주로 성적에 관한 것들을 많이 적은 것 같은데, 공부 잘하는 건 모두의 소망이겠지? 그러면서도 남에게 피해 주지 않기, 배려하기 등도 적은 것 같아. 선생님이 가장 중요하게 생각하는 것은 반의 '화목'이야. 서로 배려하고 즐겁게 생활하면서 우정을 쌓는 것보다 중요한 일은 없다고 생각해. 너희들은 그것을 위해 우리가 지켜야 할 약속들을 적은 거고. 올해 같이 생활하면서 즐거운 일이 많았으면 좋겠어."

지난해 아이들 사이의 따돌림으로 고생한 교사답게 그녀는 반 아이들의 소망을 '반의 화합'이라는 말로 마무리지었다. 어쩌면 그것은 아이들의 소망이 아니라 그녀의 강력한 바람이었기 때문일 것이다. 아이들의 표정이 처음보다는 약간 풀린 듯하다. 그렇지만 첫 순간부터 그녀를 불편하게 만들었던 침묵의 커튼이 쉽게 열리지는 않았다. 그녀는 무거워진 마음으로 교실 문을 나섰다.

'너무 조용하다. 이상하다, 이상해.'

서로 경계하고 눈치 보는 듯한 분위기의 정체는 뭘까? 그녀는 고개를 연신 갸웃거리면서 교무실로 발걸음을 옮겼다.

_작은 파문

눈치작전 같은 이상한 긴장이 흐르는 날들이 지나가고 있었다. 학교의 일정에 맞춰 3학년 9반에서도 반장 선거일을 공고했다. 그런데 아무도 후보로 나오는 아이가 없었다. 학년이 올라갈수록 아이들은 조금 더 개인적인 경향을 띠기도 하지만, 첫날에 아이들이 보여 준 그 침묵의 답답함을 실감한 그녀는 여유 있게 아이들을 기다릴 수가 없었다. 가만있다가는 반장 선거 자체가 불가능할지도 모른다. 조급해진 그녀는 반장감을 물색하기 위해 개별 면담을 해보기로 했다.

"1, 2학년 때 반장을 해본 적이 없긴 하지만, 성격도 그렇고 여러 가지로 선생님이 보기에는 네가 반장을 잘할 수 있을 것 같은데."

모범생 이미지를 풍기는 영재를 교무실로 불러 조용히 의중을 떠보았다.

"아니에요. 올해는 조용히 살래요."

영재는 무안하리만치 그녀의 제안을 딱 잘라 거절했다.

"망설이는 특별한 이유라도 있니?"

"아니요. 그런 건 없어요. 그냥 공부 열심히 하면서 조용히 살려고요."

"혹시 올해 우리 반에 특별히 꺼리거나 부담스러운 친구들이 있어서 그런 건 아니고?"

"네, 딱 보니까 나쁜 애들은 없는 것 같아요. 별 것도 아닌 일로 막 시비 걸고, 주먹 좀 쓴다고 수행 평가나 숙제 같은 거 시키는 그런 애들 있잖아요."

"그럼 작년엔 그런 애가 반에 있었다는 뜻인가?"

"네? 네, 조금요. 근데 누군지는 말씀 드리기가……."

"근데 작년에 왜 담임 선생님한테 말씀 안 드렸어?"

"작년 담임 선생님요? 말해 봤자 소용없었어요. 만날 종례 시간에 매만 때렸는데요, 뭘."

"그랬구나. 말도 못하고 정말 힘들었겠구나. 그렇지만 올해 그런 일이 있으면 선생님한테는 비밀로 하지 말고 꼭 알려 줘. 알았지?"

"네."

"근데 정말이야? 정말 그 애가 우리 반에 있는데 말 못하는 건 아니지?"

"그럼요, 없다니까요. 그래서 올해 우리 반 애들 보고 기분이 너무 좋았어요. 살 것 같아요."

"살 것 같아?"

"네, 정말 살 것 같아요."

"정말 힘들었나 보구나. 걔가 누구였는지 나중에 말할 수 있을 때 선생님한테 살짝 얘기해 주면 좋겠다. 네 말대로 이미 다른 반이 됐으니까. 그건 그렇고 작년에 같은 반이었던 애들이 우리 반으로 많이 온 것 같던데, 친한 친구 많아서 좋겠네."

"네, 작년 반에서 많이 왔어요. 한 여덟 명쯤 될걸요? 그런데 4반에서 온 애들은 더 많아요. 저희 반에서 온 애들이랑 합치면 스무 명 가까이 될 거예요. 아는 애들이 같은 반 되니까 좋죠. 근데 저 이제 가봐도 되죠?"

"응, 그럼 잘 가."

그녀는 교무실을 나가는 아이의 뒷모습을 물끄러미 바라보았다. 4반과 8반에서 온 아이들을 모두 합하면 열여덟 명. 4반과 8반이라…….
아이들 사이에서 한 교사는 1분 종례로, 다른 교사는 매 때리는 종례
로 유명했다. 어쩌면 반 아이들의 눈치 보는 분위기가 예전 반에서 겪
은 부정적인 경험에서 온 것이 아닐까? 숙제를 대신 시키는 아이가 있
어도 종례 시간에는 다른 이유로 매만 때리는 교사, 종례 시간도 거의
없이 방치된 아이들. 영재의 이야기가 사실이라면 지금 9반에 모인 아
이들은 그런 정글 같은 반에서 조용히 힘겹게 살아온 피해자들의 집단
이 아닐까? 그녀는 조심스럽게 이런 추측을 해보았다. 그녀는 자기 반
이 된 아이들의 무표정하고 어두운 얼굴들을 떠올리면서 올해 이 아이
들의 행복이 자신의 어깨에 달려 있다는 생각이 들어 한숨이 나왔다.

　그녀의 걱정대로 자기 소개서를 게시판에 붙이는 후보자가 없어서
선거 날 당일까지 후보자를 받는 사태가 벌어졌다. 그녀는 초조한 마
음을 아이들에게 내보이고 싶지 않았지만 자신도 모르게 초조해지는
것을 어쩔 수가 없었다. 그러나 그녀의 걱정과는 다르게 반장 선거는
무사히 진행되었다. 막상 반장 선거가 시작되자 네 명의 아이들이 후
보자로 나섰다. 아이들은 겉으로는 아무 관심이 없어 보였지만 학급
인터넷 카페에서 서로 의견을 주고받았던 모양이다.

　하지만 불행히도 이 선거를 유일하게 성실하게 준비했던 성찬이는
낙선하고 말았다. 성찬이는 후보자 가운데 자기 소개서를 게시판에 붙
인 유일한 후보였다. 그러나 아무도 게시판에 자기 소개서를 붙이지
않자 하루 정도 붙여 놓고는 슬며시 떼어 낸 것을 그녀는 모르고 있었
다. 선거 당일에도 준비해 온 연설문을 가장 힘 있게 읽은 아이도 성찬
이었다. 그렇지만 아이들은 그런 성찬이 대신 민호를 선택했다. 성찬

이의 모범생 이미지가 낙선한 이유 중에 하나였지만, 성찬이가 낙선한 더 큰 이유는 다른 데에 있었다. 민호와 작년에 같은 4반이었던 아이들이 가장 많았던 것이다.

부반장은 이지민이 되었다. 지민이는 작고 마른 체구에 공부도 그다지 잘하는 편이 아니고, 수업 시간에도 자주 떠들어서 지적을 꽤 많이 받는 아이였다. 지민이는 반장 선거에 아무도 나서지 않자 주변 친구들이 추천해서 못 이기는 척 나왔다고 했지만, 마지막 순간에는 "나 좀 꼭 뽑아 줘"라고 웃음 섞인 말로 자신의 다급한 마음을 표현하기도 했다.

민호가 반장이 된 건 그렇다 해도 지민이가 부반장이 된 것은 좀 의외라는 말이 있었다. 그래서였을까? 중학교에 들어와서 공식적인 권력이라곤 한 번도 잡아 본 일이 없고 걸핏하면 떠들어서 친구들과 교사들에게 핀잔을 듣는 지민이는 모범생 아이들과는 다른 방식으로 살아가기로 마음먹은 것 같았다.

조용하던 교실에서 지민이의 존재는 조금씩 파문을 일으켰다. 조용한 호수 위에 아주 작은 나뭇잎이 하나 떨어져도 금세 물결이 일어나는 것처럼 조용한 아이들이 많은 3학년 9반에서는 지민이의 작은 행동에도 금방 물결이 일렁였다.

지민이가 한 아이의 어깨를 툭 치고 지나갔다.

"야, 뭐야?"

지민이가 일부러 자기 어깨를 치고 갔음을 눈치 챈 아이는 황당한 표정으로 지민이를 노려보았다.

"내가 뭘? 뭘 꼬라 봐?"

지민이는 사과는커녕 오히려 더 화를 낼 기세다.

"네가 지금 나 치고 지나갔잖아!"

"그래서?"

"미안하다고 해야 되는 거 아니냐?"

"나 하나도 안 미안하거든? 내가 지나가는데 네가 막고 서 있었잖아."

"열받게 하네. 누가 누구를 막고 서 있어? 너 나랑 맞장 뜰래?"

"그래, 치고 싶으면 쳐봐. 내가 이번에 수술 좀 받았거든. 돈 있으면 쳐봐."

"이 새끼가 진짜. 너 같은 새끼랑 상대 안 하니까 그냥 꺼져!"

"치지도 못하는 병신 새끼가."

지민이는 실컷 약을 올려놓고 생각보다 상대가 강하게 나오자 당황했는지 쓱 지나가 버렸다. 지민이는 작년에 허리 디스크 수술을 받은 적이 있다. 지민이는 자신의 약점을 상대방을 위협하는 무기로 삼을 만큼 확실히 약은 면이 있다. 외모나 공부에서 뒤처지는 지민이는 아이들이 자신을 좀 알아줬으면 좋겠고, 때로는 아이들 위에 군림하고 싶다는 소망을 이렇게 표현하고 있는 것이다.

지민이가 지나가자 엉뚱하게 당했던 그 아이는 짝꿍과 지민이 이야기를 하고 있었다.

"하, 진짜. 저걸……."

"야, 그냥 네가 참아. 쟤랑 상대 안 하는 게 좋아."

"지난번에도 슬쩍 치고 지나가기에 그냥 실수인가 보다 하고서 그냥 아무 말 안 했거든? 그런데 오늘도 저 새끼가 가만있는 사람 건드리잖아. 짜증 나게."

"누가 아니래. 저 자식 얍삽한 건 알아줘야 돼. 그냥 네가 참아. 쟤 사회 선생님한테도 함부로 하잖아. 센 애한테는 꼼짝도 못하면서 약해 보인다 싶으면 저래. 그래도 네가 맞장 뜨자니까 아무 말 못 하고 가는 거 봐. 이제 너한테는 시비 안 걸 거야."

"저 새끼 원래 저러냐?"

"아니, 작년까지는 안 그랬어. 왜 올해 저 난리를 치는지 모르겠어. 지가 부반장 됐다고 그런가?"

지민이는 아이들 한 명 한 명을 상대로 기 싸움을 벌이고 있었다. 자신보다 센가, 약한가, 재미있는가, 재미없는가, 무시해도 좋은가, 무시할 수 없는가 등 간단한 몇 가지 항목들로 반 아이들을 재편성하고 있었다. 새 학년의 교실에는 이렇게 교사의 레이더에는 잡히지 않는 아이들끼리의 기 싸움이 조금씩 조금씩 진행되고 있었다.

_축구부 아이들

3월은 일 년 중 지각과 결석이 가장 적다. 3월은 교사들과 아이들에게도 모두 긴장되는 달이기 때문이다. 특히 소극적인 아이들이 모여 있는 3학년 9반에서는 좀처럼 지각하는 아이가 없었다. 누가 처음으로 지각을 하게 될까? 그것은 3학년 9반에서는 지각 이상의 큰 의미가 있을 것이다. 긴장을 깬 첫 주인공은 축구부 아이들이었다. 지민, 강혁, 형준이가 가쁜 숨을 몰아쉬며 교실로 헐레벌떡 뛰어 들어왔다.

"세 사람, 지각!"

"선생님, 저희는 축구하느라 늦은 건데 좀 봐주시면 안 돼요?"

지민이가 같이 들어온 아이들의 힘을 등에 업고 그녀에게 날카로운 목소리로 대들듯이 이야기한다. 지민이는 누가 센 사람인지 알아보는 데 특별한 능력이 있는 것 같다. 언제부터인지 지민이는 축구부 아이들과 어울리기 시작했다. 어울린다기보다는 빌붙는다고 해야 맞을 것이다.

"안 돼."

"왜 안 돼요?"

이번에는 형준이가 나섰다.

"아침에 놀다가 늦게 들어온 건데 너희들만 특별 대우 해줄 순 없지."

"그래도 가방은 교실에 놓고 나갔다가 늦게 들어온 거잖아요?"

"가방이 대신 수업 듣는 것도 아니고, 너희들이 직접 들어와야 학교에 온 거겠지?"

셋 다 말은 못하지만 불만스러운 표정이었다.

"왜 대답이 없어?

그녀가 다그치자 세 아이는 마지못해 "네" 하고 겨우 대답했다. 그러나 그녀가 교실에서 나가자마자 불만을 마구 터뜨렸다.

"아, 짜증 나!"

지민이가 먼저 입을 뗐다.

"말도 안 돼. 우리가 왜 지각이냐고?"

강혁이도 불만 섞인 목소리로 말했다. 참모처럼 가만히 듣고 있던 형준이가 드디어 말을 했다.

"야, 그냥 무시하고 내일도 늦게 오자."

강혁이도 지민이도 충성을 맹세한 악당같이 비장한 자세로 서로 마주 보았다.

그 다음 날 아침에 교실을 소란하게 만든 것도 역시 세 아이였다. 다만 조금 달라진 것은 오늘은 경원이와 경민이까지 합세해서 다섯 명이 지각을 했다는 점이다.

"지각!"

그녀의 말에 어제 지민이가 했던 것과 똑같이 강혁이가 이의를 제기했다.

"왜 지각이에요?"

"왜 지각인지는 어제 설명한 것 같은데."

"진짜 교실까지 올라오기 힘들어요. 좀 봐주세요. 제발요."

이번에는 경원이가 제법 애교스러운 목소리로 간청했다.

"안 돼!"

어제는 지민이가 반항하듯 물어봤다면 오늘은 강혁이와 경원이가 그녀에게 따지듯이 질문을 해댔다. 여전히 같은 내용의 질문을 말이다. 순번을 바꿔 가면서 날마다 계속되는 같은 질문은 그녀를 지치게 한다. 왜 아이들은 날마다 똑같은 잘못을 하고 똑같은 질문을 반복하는 걸까? 나랑 실랑이를 벌이는 게 재밌나? 하지만 벌받고 야단맞는 게 뭐가 재밌겠어. 그렇다면 이 애들은 왜 날마다 이런 소리를 들어 가면서 늦는 거지? 그녀가 골똘히 생각에 잠겨 있을 때 누군가 그녀를 불렀다.

"선생님!"

강혁이다. 풀이 죽어 있어야 할 녀석이 아무렇지도 않게 그녀를 불렀다.

"또 뭐?"

"물 좀 먹고 오면 안 돼요? 더워 뒈지겠어요."

"그럼 빨리 갔다 와."

이번에는 지민이가 말했다.

"샘, 저도 화장실이요. 급해요."

"무슨 민원이 이렇게 많아? 빨리 갔다 와!"

3학년 9반 아이들은 축구부 아이들의 소란을 새로운 구경거리 보듯 바라보고 있었다. 무슨 일에도 나서 본 적이 없는 아이들로서는 어쩌면 이런 종류의 소란이라도 부릴 수 있는 호기가 자신에게도 있었으면 좋겠다고 생각하고 있는지도 모른다. 교사에게 야단을 맞는 것으로 끝난다 해도 말이다.

_선생님 괴롭히기

오늘은 웬일로 축구부 아이들이 지각을 하지 않았다. 날마다 축구하느라 늦게 들어와서 벌을 받아도 서로 얼굴을 바라보며 싱글벙글해서 오히려 벌을 주는 그녀가 화가 날 지경이었다. 수업 준비를 하고 있는 아이들을 살펴보는데, 강혁이가 대뜸 자랑을 했다. 강혁이는 그녀가 1학년 때도 가르쳤던 아이인데, 많이 자란 탓도 있겠지만 1학년 때의 귀엽고 애교스러운 이미지와는 달리 지금은 반항적인 느낌을 풍겼다.

"선생님, 아침에 2반이랑 축구해서 완전 발라 줬어요."

"우리 반이 축구를 잘하나 보네. 근데 좀 더 빨리 들어왔으면 좋겠어."

"알았어요. 근데 우리 반 축구부가 3학년에서 제일 잘할걸요?"

"자랑 그만하고, 이제 수업 준비해야지. 1교시가 사회네. 빨리 수업 준비합시다."

"사회 시간 지대 재미없어요. 만날 잔소리만 하고. 그치 않냐?"

옆에서 듣고 있던 아이들이 "맞아, 맞아" 하면서 맞장구를 쳤다. 아무도 감히 말할 수 없었던 괴로움을 먼저 말해 주었다는 듯이.

"너희가 잘하면 잔소리를 하실까?"

"몰라요, 만날 잔소리예요. 지겨워. 그리고 저만 그런 것도 아니에요."

강혁이는 사회 교사 흉내를 내며 노골적으로 흉을 보았다. 여기저기서 아이들이 키득거렸다. 이때 강혁이가 웃으면서 지민이를 고자질했다.

"야, 이지민. 너 지난번에 사회 선생님한테 뚱뚱하다고 그랬잖아."

"아니거든. 선생님이 가려서 칠판이 안 보인다고 그랬거든."

"선생님이 뚱뚱해서 칠판 안 보인다고 그런 거잖아. 선생님, 이지민 오늘 청소시켜요!"

"에이 씨, 그만하라고!"

"선생님은 안 봐서 모르겠지만, 그게 오해였다면 선생님께 좋은 행동을 보여 드려서 오해를 풀어 드리면 되지, 안 그래? 자, 오늘은 더 열심히 공부하고. 다들 책하고 공책 빨리 꺼내야지?"

그녀는 수업 준비를 지시하고 나오면서 생각했다. '그런데 왜 하필

사회 선생님께 저럴까?'

사회 교사는 누가 봐도 온화한 인상이었다. 아이들이 이런 교사들의 말을 잘 안 들을 때가 있지만, 강혁이와 지민이는 말을 안 듣는 것을 넘어서 아이들 앞에서 사회 교사를 놀림감으로 만들고 있다.

'저 녀석들 좀 이상해. 축구부 녀석들이 모두 똘똘 뭉쳐서 이상한 짓을 꾸미는 것 같아. 나쁜 짓 하면 옆에서 맞장구 쳐주고. 그치만 애들이 단순하게 행동한 건데 너무 안 좋은 쪽으로 생각하는 건 아닐까?'

아이들의 행동들을 바라보는 그녀의 머릿속이 복잡해졌다.

점심시간에 교사 식당에 갔더니 과학 교사가 그녀에게 다짜고짜 물었다.

"한은영 선생님, 강혁이는 어떤 애예요?"

"왜요? 무슨 일 있었어요?"

"자고 있어서 깨웠더니 아주 짜증 난 표정을 짓는 거예요. 그래도 잠을 깨긴 깼어요. 그런데 이번에는 옆에 있는 아이한테 쪽지를 돌리면서 키득거리는 거예요. 아, 좀 창피하지만 '저 년'이라는 말이 써 있는 쪽지였어요. 애들한테 이런 소리까지 듣고…… 참, 기가 막히더라구요. 근데 더 이상한 건, 같이 쪽지를 돌려 본 놈들 전부가 미안해하기는커녕 내가 무슨 저희들 비밀을 훔쳐본 것처럼 잔뜩 입을 내밀고 있는 거예요. 왜 그 몇 명 있죠? 강혁이랑 지민이 또 누구더라? 경원인가? 하여간 여럿이에요. 근데 애들이 왜 그렇죠?"

옆에서 듣고 있던 송 선생이 가세했다. 종례 시간에 매 때리기로 유명했던 그 선생이다.

"강혁이요? 혹시 작년에 우리 반이었던 강혁이요?"

"맞아요. 선생님 여기 계셨네? 작년에 선생님 반이었던 강혁이요. 선생님이 걔 좀 에이에스(AS) 하세요."

'에이에스'라는 말이 주는 어감 때문인지 심각했던 분위기가 살짝 누그러졌다.

"에이, 설마……. 걔가 얼마나 새가슴인데."

송 선생은 절대로 그럴 리 없을 거라고 그녀가 미처 말을 꺼내기 전에 과학 교사의 질문을 단숨에 일축해 버렸다. 그러한 대화가 답답했는지 늘 조용히 있던 사회 교사가 오랜만에 자신의 의견을 이야기했다.

"아니에요, 선생님. 강적이에요, 강적. 오늘은 숙제 안 해 와서 때렸더니 뒤돌아보면서 '씨팔!' 그러더라구요. 참 기막히더라구요. 화가 난 건 전데, 불러서 얘기를 하고 싶어도 오히려 제가 잘못한 것처럼 아주 삐친 표정을 짓는 거예요. 강혁이가 저에게 왜 그러는지 잘 모르겠어요. 한 선생님이 걔 상담 좀 해주실 수 있으세요?"

"그랬어요? 죄송해요."

"아니, 선생님이 왜 죄송해요?"

"우리 반 애들이 선생님한테 너무 버릇없게 군 것 같아서요. 마음 푸세요. 일단 제가 한번 얘기해 볼게요."

절대 그럴 리 없다고 완강히 부인하던 송 선생도 좀처럼 남의 허물을 이야기할 줄 모르는 사회 교사의 말에 할 말을 잃고 머뭇거렸다.

"어, 진짜 이상하다. 걔가 완전히 변했나 보네. 아주 조용한 편은 아니었어도 문제를 일으키거나 그러지는 않았는데. 뭐, 자랑은 아니지만, 작년에 우리 반에 워낙 거물들이 많았잖아요. 거기에 비하면 걔는 피라미도 아니었어요."

송 선생의 지적대로 아이들은 작년 반에서와 다른 모습을 보이고 있다. 그녀의 걱정은 아마도 그곳에서 시작된 것 같다. 작년과 다른 모습. 갑자기 변한 아이들의 행동에 뭔가 이유가 있을 거라고 추측을 해 보지만 확실한 이유를 알 수가 없다. 너무 애처롭다는 생각에 애들한테 무작정 잘해 주기만 했나? 그래서 아이들이 너무 만만하게 보는 건 아닐까? 호되게 잡지 못해서 아이들이 고삐 풀린 망아지처럼 날뛰는 것은 아닐까 하는 죄책감이 그녀의 마음속에서 고개를 들었다.

사회 교사의 부탁도 있었지만, 아무래도 강혁이의 행동이 심상치 않다고 느낀 그녀는 교무실로 강혁이를 불렀다.

"강혁아, 사회 숙제 안 해 와서 사회 선생님이 혼내셨는데, 그때 '씨팔'이라고 욕했다는 게 사실이니?"

"아니, 사회 선생님이 잘못 들으신 거예요."

"그럼 네가 그런 말을 안 했는데 선생님이 오해하신 거라고?"

"아니, 그게 아니라요. 숙제를 했는데 집에 놓고 왔어요. 그래서 매를 맞게 되니까 너무 속상하잖아요. 그래서 실수로 그런 말이 나온 거예요. 선생님한테 그런 게 정말 아니에요."

"너는 지금 그게 혼잣말이라고 하지만, 상대방이 들었을 때는 이미 혼잣말이 아니야. 그러니까 네가 그 말에 대한 책임을 져야 해. 알겠어?"

"네……."

"그리고 과학 시간에 쪽지 돌린 건 도대체 뭐야? 같이 키득거린 놈들은 누구야?"

"다시는 안 그럴게요. 한 번만 봐주세요."

"도대체 과학 선생님한테 왜 그러는데?"

"그냥요. 그냥 싫어요. 다른 애들도 다 싫어할걸요?"

"선생님은 지금 강혁이 네 생각을 물은 거야. 그리고 다른 놈들 누구? 같이 쪽지 돌린 녀석들 누구야?"

"지민이랑 형준이 그리고 경원이랑 경민이요."

"축구부 동지들? 너희들은 우정을 이상한 쪽으로 발휘하고 있다. 축구부 모두 오늘부터 한 달간 청소다. 알았어?"

"네?"

"왜?"

"아니에요."

"아니긴, 지금 억울하다는 거야?"

"아니에요. 청소할게요."

이야기가 너무 쉽게 끝나 버린 느낌이다. 잡아떼기라도 하면 눈물 나게 혼내려고 잔뜩 벼르고 있었는데 생각보다 순순한 강혁이의 태도에 그녀는 더 이상 할 말을 잃어버렸다. 축구부 아이들은 크고 작은 문제를 일으켰지만 교사의 지도에는 순응적이어서 오히려 깊이 파헤칠 수 없게 만든다. 어쩌면 이것이 전략인지도 모른다. 강혁이를 보내 놓고 골똘히 생각에 잠겨 있는 그녀에게 학년 부장 교사가 놀리듯 말을 꺼냈다.

"와, 한 선생 반이 1등이야, 1등! 굿이에요!"

"뭐가 1등인데요?"

"선도부 교문 지도에서 걸린 녀석들 명단이 넘어왔는데, 한 선생 반이 1등이네."

"아이 참, 놀리지 마세요."

이 말을 듣고 그녀가 자리에서 벌떡 일어서자 부장 교사가 약간 당황스런 표정을 지었다.

"화났어, 한 선생? 어디 가?"

"1등 반 지도하러 갑니다!"

옆에서 부장 교사와 그녀를 바라보고 있던 사회 교사가 그녀의 안좋은 표정을 보고 저녁 식사를 제안했다.

"한 선생님, 너무 속상해하지 마세요. 그리고 이따가 저랑 술 한잔해요. 아셨죠?"

"좋아요."

"두 사람만 이러기야? 오늘 저녁 같이하자구!"

"부장님이 쏘신다면야 저희는 항상 오케이죠."

_두 얼굴의 아이들

그녀는 아이들의 생활이 점점 무질서해지고 있음을 느꼈다. 외모에 신경을 쓰는 것은 그 나이 아이들의 자연스러운 모습이라고 해도 그것이 교사에 대한 저항과 궤도를 같이하는 것은 왜일까?

"모두 자리에 당장 앉아!"

평소에 그녀가 들어와도 돌아다니며 어수선한 분위기였는데, 그녀의 목소리에 힘이 들어간 걸 느꼈는지, 사람의 발자국 소리에 순식간에 자기 구멍을 찾아가는 갯벌의 게들처럼 아이들은 얼른 자리에 앉았다.

"자기 머리가 길다고 생각하는 사람 일어나!"

아이들이 하나둘 일어났다. 그녀는 아이들이 자신의 상태를 파악하고 있다는 것이 내심 놀라웠다. 그러나 끝까지 아닌 척하고 앉아 있는 아이들도 있다. 조금 더 기다리다가 그녀는 몇몇 아이들을 지적했다.

"거기, 양심 불량. 경원이랑 경민이도 일어서!"

그녀는 모두 일으켜 세우고 말을 계속했다.

"그동안 시간은 충분히 주었다고 생각한다. 내일까지 자르고 와라. 머리 긴 사람들은 일단 앉고. 또 오늘 슬리퍼 신고 학교에 온 사람 일어서!"

강혁이와 형준이가 일어섰다.

"운동장에서 신던 슬리퍼를 신고 실내에 들어오면 교실이나 복도에 얼마나 흙먼지가 날리겠어? 자기 편한 것만 생각하고 다른 사람들은 흙먼지 마셔도 된다고 생각하는 사람들은 완전히 양심 불량이야. 이 사람들, 오늘 청소! 그만 앉아. 또 요새 가방 안 들고 학교에 오는 사람들이 있다고 하더라. 오늘 가방 안 가지고 온 사람들 일어나!"

강혁이와 지민이 그리고 또 한 아이가 일어섰다.

"이 사람들도 역시 같이 청소!"

갑자기 형준이가 손을 들고 질문했다.

"선생님, 근데 오늘 아침 축구하다가 지각해서 이미 걸렸는데 어떡해요?"

"저는 가방하고 머리 두 개 걸렸는데, 어떡해요?"

지민이가 그 뒤를 이었다.

"아, 2관왕이시라고? 그럼 두 배로 열심히 청소! 또 거기 강혁이는 왜?"

"저는 세 개 걸렸는데요. 어떻게 해요?"

"3관왕도 계셔? 뭘 어떻게 해? 너도 마찬가지야, 인마."

학교 규칙을 어겨서 혼나는 녀석들 대부분이 축구부다. 아이들 사이에서 영향력을 행사하는 아이들도, 교사들에게 지적받고 혼나는 아이들도 대부분 축구부다. 전에 같은 반이었던 아이들과 축구에 관심이 있는 아이들이 모여서 축구를 하는데, 그 모임은 운동을 같이하는 또래 집단 이상의 큰 의미가 있다.

벌 청소를 하는 아이들은 뭐가 그리 신이 나는지 청소를 하면서도 싱글벙글이다. 이 모습을 지켜보고 있던 그녀가 교실에서 나가자마자 지민이가 먼저 말을 꺼냈다.

"야, 우리 머리 잘라야 하는 거야?"

"그럼 어떡하냐? 은영이가 안 그러면 가만 안 둘 것 같지 않냐?"

경민이도 불만스럽다는 듯이 담임 교사를 흉보았다.

"은영이가 우리한테 이럴 수 있는 거냐? 진짜 배신이야, 배신. 완전 망실, 망실이라고요."

머리에 관심이 많은 경원이가 크게 불만을 드러냈다.

"은영이가 그렇지 뭐, 별 수 있냐? 착한 척은 혼자 다 하고. 선생들은 다 똑같아."

옆에 서 있던 형준이는 여느 때처럼 조용히 이야기했다. 형준이는 큰 키 때문인지, 낮고 굵은 목소리 때문인지 아니면 거친 말투 때문인지 뒷골목의 보스 같은 분위기를 풍겼다. 이때 지민이가 뭔가를 알아냈다는 듯이 까불거리면서 강혁이를 놀려 대기 시작했다.

"강혁이 너는 3관왕이 뭐냐?"

"너나 잘해. 넌 반의 화합을 위해 신경 쓰셔야 할 부반장께서 이게 뭐냐?"

"반의 화합? 하하하하하. 아, 형님, 한 번만 봐주십쇼."

아이들이 웃는 사이에 형준이는 입술을 꼭 깨물며 다짐하듯 말했다.

"은영이 그년 어쨌든 실망이다. 다 이해해 줄 것 같더니. 아, 두발 자유는 언제 되는 거냐고?"

교실에서 아이들과 실랑이를 벌이고 교무실에 들어온 그녀는 의자 위에 몸을 털썩 내려놓았다. 그러다가 문득 책상 위에 뭔가가 놓여 있는 것을 보았다. 예쁜 편지지에 손으로 눌러 쓴 글씨가 눈에 들어왔다. 그녀의 눈이 천천히 편지글을 따라가고 있었다. "스승의 날 축하드려요. 내일 잘 쉬시고요. 속 많이 썩여서 죄송합니다. 올해 잘 부탁드려요." 늘 조용하지만 표범같이 날카로운 눈으로 그녀를 바라보던 형준이에게서 받은 편지라 그녀는 잠시 의아해했다.

'평소에 말이나 좀 잘 들으시지.'

그녀는 혼잣말을 하다가 불빛이 깜빡거리고 있는 핸드폰을 열어 보았다.

"어? 문자도 왔네. 형준이 이 녀석. '샘, 스승의 날 학교 안 나와도 되죠? 선생님 감사합니다.' 이렇게 예쁜 구석도 있네. 도대체 어느 모습을 믿어야 하는 거야?"

아이들이 그녀를 교실에서 대하는 태도는 교무실에서와 굉장히 다르다. 형준이의 경우도 그렇다. 아이들은 이렇게 교실에서 점점 가면을 쓰고 이중적으로 행동하고 있다. 그 이유가 뭘까? 아이들이 담임이라고 좋아하나? 하지만 말투는 그렇게 예의 바르거나 호의적이지도 않은데? 아이들에 대해 잘 알고 싶고 속속들이 이해해 주고 싶은 그녀의 욕심과는 다르게 아이들은 쉽사리 이해하기 힘들었다.

_그게 바로 센 척이야

퇴근을 하려고 주섬주섬 짐을 챙기고 있는 그녀에게 부장 교사가 말을 건넸다.

"저녁 먹고, 한잔해야지?"

부장 교사는 농담처럼 했던 아까의 말을 잊지 않았는지 그녀에게 저녁 식사를 제안했다.

"그럼 부장님이 쏘시는 거죠?"

옆에서 바라보고 있던 과학 교사가 더 호들갑스럽게 분위기를 잡았다. 부장 교사는 그녀에게 뭔가 할 말이 있는 것 같았다. 학교라는 울타리가 만들어 준 인연이긴 하지만 이들의 우정은 오히려 학교 밖에서 깊어지는 것 같다.

"한 선생, 요즘 고민 많지?"

부장 교사가 먼저 운을 뗐다.

"아이, 자식들이 왜 이렇게 말을 안 듣는지 모르겠어요."

"한 선생은 만날 애들 생각만 하지? 그래도 잘 안 풀리고?"

"아니, 어떻게 아셨어요? 실은 궁금한 게 있는데요. 저희 반 애들이 머리도 안 자르고, 다른 선생님들한테 막 하고 그러잖아요. 근데 애들이 원래 그런 녀석들이 아니라는 거죠. 제가 뭔가 잘못하고 있는 게 아닌가 하는 생각이 드는 거예요. 작년에는 다들 순했다고 하니까요. ”

“한 선생, 올해가 몇 년째지?”

“4년차인데요. ”

“그건 말이야, 남자애들의 생리를 알면 쉽게 이해할 수 있어. 남자애들은 처음에 상대방을 딱 만나면 기 싸움에서 지지 않으려고 센 척을 좀 하지. ”

“센 척이요?”

“그래, 센 척. 생각해 봐. 머리 안 자르는 이유가 뭘까? 예전처럼 ‘신체발부 수지부모’ 하던 시대도 아닌데 말이야. 또 선생님들한테 막 대하는 이유는 뭘까? 자기 힘을 과시하려고 선생님들을 이용하는 거라고. ‘봐라, 나는 이 정도다’ 하고 말이야. ”

“자기 힘을 과시하기 위해 교사도 이용해요? 일부러 반항하고요?”

“그래, 그래. 훌륭한 학생이네. 금방 이해하네. ”

“비행기 태우지 마세요. 저 정말 심각해요. ”

“그래, 그래 보였어. ”

“근데 또 궁금한 건요, 왜 유난히 그 애들만 센 척이 심한 거죠? 걔들은 다른 애들에 비해 잘나고 싶은 욕심이 많은 거예요?”

“욕심? 욕심이라……. 그런 욕심은 다 있지. 음, 혹시 인정 욕구란 말 들어 봤어?”

“네, 들어 봤어요. 그런데 혹시 걔들 행동이 인정 욕구 때문에 그렇다는 건가요? 하지만 그런 방식으로는 저한테 인정 못 받을 텐데요. ”

“왜 꼭 한 선생한테 인정을 받고 싶어 한다고 생각해?”

“예?”

"인정받고 싶어 하는 대상이 다른 거라고. 한 선생이 아니라, 아이들한테 인정받고 싶은 거야."

"아이들요?"

"응, 같은 반 아이들. 친구들한테도 좀 힘 있는 사람으로 인정받고 싶은 거야. 그치만 걔들만 인정 욕구가 강한 건 아니야. 한 선생 반에 조용하고 말 잘 듣는 애들 있지?"

"네, 있죠."

"걔들도 인정 욕구가 있다는 걸 잊으면 안 돼."

"근데, 그 아이들은 왜 제 말을 잘 듣죠?"

"그건 한 선생한테 인정받고 싶어서 그런 거지. 조용히 말 잘 듣는 방법으로 말이야. 인정받고 싶어 하는 건 다 똑같은데, 누구한테, 어떤 방법으로 인정받고 싶어 하느냐, 이것만 다른 거라고. 알겠어, 한 선생?"

"아, 그렇구나."

"그럼 오늘 강의는 여기까지. 어때? 오늘 한 수 배웠지? 아니, 두 순가?"

"두 수도 훨씬 넘죠. 멋진 강의 감사드립니다."

"그럼, '센 척'과의 전투, 잘해 봐."

'센 척이라……. 센 척.' 계속 이 말을 중얼중얼거리면서 그녀는 아이들의 지난 행동을 머릿속에서 느린 화면으로 '다시 보기'를 해보았다. 확실히 부장 교사의 말에 일리가 있었다.

'그래, 다 센 척이었어.'

술자리를 한 다음 날, 그녀는 이제 소년들의 세상을 다 이해할 수 있을 것 같은 자신감에 찬 모습으로 교무실 책상에 앉아 있었다. 하지만 모처럼 찾아온 그녀의 평온한 기분을 급하게 뛰어 들어온 한 아이가 순식간에 깨뜨려 버렸다.

"선생님, 정현이가 성재랑 싸워요. 교실에서요. 빨리요!"

헐레벌떡 뛰어가 보니 두 아이가 여전히 싸우고 있었다. 그녀는 두 아이를 억지로 떼어 낸 다음 교무실로 불렀다. 성재가 코피를 닦느라 화장실에 간 사이 정현이 혼자 교무실에 왔다. 정현이는 축구부이기는 하지만 좀처럼 학급 규칙을 어기거나 하는 식으로 그녀의 주의를 끌어 본 적이 없다. 오히려 모범적이고 예의가 바른 아이라 그녀는 늘 저 녀석은 왜 저렇게 말썽 피우는 녀석들과 같이 다니는 걸까 하고 의아하게 생각했다. 정현이는 아직도 분이 풀리지 않았는지 씩씩거리면서 이야기를 하기 시작했다.

"선생님, 성재가 얼마나 나쁜 앤지 아세요? 애들한테 돈 뺐고요, 안마하라고 그러고요. 매점 심부름 시키고요. 진짜 난리도 아니에요."

"그럼 오늘 싸우게 된 이유가 성재가 애들한테 나쁜 짓을 해서 그렇다는 거야?"

"네, 오늘도 저한테 매점 갔다 오래요. 그래서 싫다고 그랬더니 주먹을 날리는 거예요. 저도 그래서 가만히 있을 수가 없었죠, 뭐."

"그랬어? 선생님이 성재 얘기도 들어 봐야 할 것 같다. 정현이는 일단 교실에 가 있어."

정현이의 이야기를 들은 그녀는 아이들 사이에 벌어진 갈등의 윤곽선을 가늘게 그려 보았다. 성재가 들어오자 그녀는 정현이의 이야기 때문이었는지 다소 날카로운 목소리로 캐묻기 시작했다.

"가까이 좀 와. 오늘 싸운 이유가 뭐야?"

"정현이가 먼저 시비를 걸었어요. 때리는데 가만히 있을 수 없잖아요?"

"정현이가 먼저 시비를 걸었다고? 그런데 성재야, 애들한테 돈 뺏고 안마하라고 시킨 적 있어, 없어?"

"아, 그거요. 만 원짜리 깨기 싫어서 돈을 빌렸는데 갚는 걸 깜빡했어요."

"그럼 돈이 없었던 건 아니네. 돈이 있는데도 빌리고, 그리고 안 갚고. 돈 빌린 애들도 순진하게 생긴 애들이던데, 혹시 그 애들을 은근히 무시하는 마음이 있었던 건 아니고?"

"아, 그거는……."

고개를 숙이고 아무 말이 없었다. 성재에게는 특별히 아이들을 괴롭힐 이유가 없는 듯했다. 성재가 정현이를 만만하게 보고 부장 교사의 말처럼 '센 척'을 해보고 싶었던 것일까? 학급에서 특별히 어울리는 애들이 없고 독자 노선을 추구하고 있는 성재가 축구부 정현이를 건드린 것은 확실히 이상했다.

며칠이 지난 어느 날, 그녀는 매점에 같이 가는 정현이와 성재를 보았다. 내심 안심이 되었다. 이제 화해한 것 같아 한시름을 놓은 그녀는 정현이를 따로 불러 슬쩍 물었다.

"정현아, 성재랑 매점 같이 가는 거 봤는데, 화해한 거야?"

"화해는요, 성재가 자꾸 친한 척해요."

"그럼 화해한 건 아닌데 그냥 같이 다니는 거야?"

"웃는 얼굴에 침 못 뱉는다고요, 진짜. 자꾸 친한 척하니까 그냥 같이 놀아 줘요. 축구부 애들도 성재를 별로 싫어하는 것 같지 않고요.”

“정현아, 그럼 너는 성재가 싫은 거야?”

“네, 그렇게 마음에 드는 건 아니에요. 그치만 저한테 피해를 주는 건 아니니까요.”

“좋아하지도 않으면서 그냥 같이 다닌다고? 너무 위선적이다. 정현이는 왜 친구들이랑 같이 다녀?”

“같이 있으면 재밌고요. 또 뭔가 걸려도 친구들이랑 같이 걸리면 마음이 좀 편하다고 그래야 되나? 하여튼 그래요.”

“그런데 정현이랑 몰려다니는 애들 중에는 네가 싫어하는 애도 있던데?”

“다 친한 건 아니고요. 그중에서 몇몇은 더 친하고 나머지는 안 그렇고 그래요.”

“여럿이 있으면 든든하겠지만, 혼자 있을 때도 멋진 사람이어야 되지 않니?”

정현이는 쑥스럽다는 듯이 겨우 “네” 하고 대답했다.

“정현이는 혼자 있을 때 자신이 얼마나 강한 사람인가 좀 생각해 봐라. 숙제다. 알았어? 성재가 너랑 친한 친구들한테는 못된 짓 안 하는 거지?”

“그럼요. 완전히 졸병처럼 잘해요, 저희한테는.”

“졸병처럼 군다고?”

“네, 알고 보면 완전히 허접한 자식인데요. 지난번에 애들 괴롭힌 건 그냥 세 보이려고 그랬던 것 같아요. 찌질이로 보이기 싫으니까요.”

정현이의 마지막 말이 그녀의 머릿속에 계속 어지럽게 맴돌았다.

'그냥 세 보이려고.'

학년 부장의 조언을 들은 이후로 그녀는 반 아이들의 모든 문제 행동들이 '센 척하는 연기'와 관련이 있다는 걸 알게 되었다. 축구부 아이들의 지각이나 교문 단속에 걸리면서도 굳이 긴 머리를 고수하는 모습 등 아이들의 많은 행동들이 술술 이해가 되었다. 그런데 이번 성재와 정현이의 싸움조차 '센 척' 연기의 연장 선상에 있다는 생각에 미치자 소름이 끼쳤다. 온몸에 다른 새의 깃털을 꽂고 마치 자신의 모습인 양 뽐내는 아이들의 모습은 아이들이 아니라 권력을 향해 나아가는 짐승들처럼 보였다. 이것이 모든 아이들이 살아가기 위해 하는 짓들이란 말인가?

성재는 정현이와 싸운 뒤 축구부 아이들과 친하게 지냈다. 성재가 싸운 목적은 정현이와 싸우기 위해서가 아니었다. 그녀가 생각한 것처럼 그것은 일종의 화해이기도 했지만, 한편으로는 성재가 축구부의 일원으로 영입되어 가는 과정이기도 했다. 다른 아이들을 괴롭히고 교사를 골탕 먹이는 것은 축구부 아이들만이 할 수 있는 용기 있는 행동들이라 생각한 것이다. 이제 축구부 아이들에게 성재는 통과의례를 무사히 거친 '신참'이었다.

_센 척을 '센 척'이라 말해 버리신다면

성재가 무리를 해서라도 축구부에 편입되고 싶었던 이유는 3학년 9반이라는 공간을 축구부라는 작은 물고기들의 집단이 접수하고 말았기 때문이다. 작은 물고기들이 모여서 큰 물고기 흉내를 내고 있는 연기 게임. 일탈 행위를 통해 우정을 만들어 간다고 믿고 있는 아이들. 그들은 지금 '센 척'이라는 거대한 연기 게임을 하고 있는 것이다.

왜 반이 이렇게 흘러가고 있는 것일까? 여러 교사들의 부러움을 받았던 반이 이렇게 엉망으로 되어 버린 것일까? 권력 추구가 인간 본성이라고 해도 지금 상황은 모두 자신의 책임으로밖에 인식되지 않았다. '지금 이 상황을 중단시키지 않으면 안 돼.' 드디어 그녀는 조회 시간에 비장한 목소리로 아이들을 향해 이야기하기 시작했다.

"지금 너희들의 행동은 센 처하는 것이고, 연기라 생각한다. 너희들은 예전에 친구와 선생님들에게 뭔가 인정받기를 원했지만 그렇지 못했어. 그걸 지금 이렇게 표현하고 있는 거야. 이제 그런 행동들을 그만했으면 좋겠다."

"저희가 어떻게 SC, 아니 센 척하는데요?"

형준이가 모르는 척하며 질문을 한다. 자신들 사이에서 이미 '센 척'이라는 말은 'SC'라는 말로 통하는 모양이다.

"친구들한테 세 보이려고 약해 보이는 선생님들한테 반항하는 거, 또 선생님이 없을 때 선생님 이름 함부로 부르는 거, 머리 기르는 거, 슬리퍼 신고 학교에 오는 거, 학교 규범 무시하는 거, 그리고 나름대로 공부 열심히 하면서도 실업계 갈 거라고 미리 말하고 다니는 거, 그런 거다."

"머리 긴 게 왜 센 척이에요?"

"이 정도로 난 학교 규범을 무시할 수 있다는 걸 보여 주고 싶은 거지."

"머리 긴 건 개성 아니에요?"

평소에 머리에 관심이 많은 경원이가 발끈했다.

"그래, 개성일 수도 있겠지. 그런데 짧은 머리도 개성일 텐데, 왜 짧은 머리를 가지고 귀두컷이라고 무시하고 비웃지? 범생 같아서 그런 거 아닌가? 그러면 반대로 머리 기르려고 하는 건 있어 보이려고 그런 거 아니야?"

순간 축구부 아이들의 표정이 굳어졌다. 평소에 그녀 앞에서 비위를 잘 맞추던 축구부 아이들은 자신들의 연기에 가장 잘 속아 주던 그녀가 실은 자신들의 행동을 가장 잘 간파했다는 것이 놀랍고도 숨 막히는 듯했다. 이제 더 이상 연기로 상대방을 속일 수 없다는 것, 그리고 무엇보다도 자신들의 무의식적이고 본능적인 정치 활동을 의식적인 언어로 끌어올린 것도 아이들에게는 두려운 일이었다.

그녀는 깊은 한숨을 쉬었다. 아이들의 이런 세계를 모른 채 자신을 누나나 엄마 대하듯 하는 아이들이 더 예쁘지 않았을까? 어쩌면 그냥 속아 주는 게 더 낫지 않았을까? 그것이 어리석은 생각이고 이미 되돌릴 수 없는 일이라는 것을 알면서도 어디에다 마음을 둘 수 없어 그냥 그런 생각을 해보는 것이다.

그녀는 순진하게도 이제 아이들의 센 척 연기는 없어질 것이라고 기대했다. 그녀의 얼굴을 보기가 민망해서라도 더 이상 센척을 할 수 없을 것이라고 믿었다. 그러나 아이들은 자신들의 행동을 지적받았다고 해서 센 척 연기를 일순간에 그만두지는 않았다.

"아, 왜 그래요. 저 원래 이러거든요."

지민이는 오히려 노골적으로 저항했다. 어떻게 해서 쌓아 올린 이미

지인데, 지민이는 그녀의 한마디로 현재의 영화를 버리고 옛날로 돌아가고 싶지 않았다. 한번 맛본 권력의 단맛은 지민이를 더 거세게 반항하는 아이로 만들었다. 지민이는 자신은 원래 이렇다는 것을 강조하면서 그전보다도 더 삐딱하게 굴었다.

그러나 한동안 명현 반응처럼 심해졌던 지민이의 삐딱한 행동도 시간이 지나면서 차츰 줄어들기 시작했다. 연기도 봐줄 사람이 있어야 하는 법이다. 이제 교실에서 지민이의 연기에 속을 아이들은 없었다. 잠시 같이 다니던 축구부 아이들 때문에 지민이를 바라보는 시선이 조금 달라졌는지는 모르겠지만, 아이들은 오래지 않아 3학년이 되기 이전의 지민이의 모습을 기억 속에서 되살려 냈다. 반 아이들은 축구부 아이들의 센 척 연기를 지적하기 시작했다. 사회 교사를 괴롭히는 지민이의 센 척 연기에는 '쟤 또 시작이야' 하는 눈빛으로 바라보았고, 축구부가 지각을 할 때면 '아직도 센 척이야' 하는 시선으로 바라볼 수 있게 된 것이다.

이제 속는 사람이 점점 없어지자 센 척 연기에 지치기도 했을 것이다. 또 큰 물고기처럼 보이기 위해 모여든 작은 물고기들이지만 그 사이에서 어찌 내분이 없을 수 있겠는가. 너무 거대해진 자신들의 집단을 감당하기도 힘든 데다가 아이들의 반응도 예전 같지 않아서 그런지 축구부 아이들의 센 척 연기는 1학기 말에 접어들자 시들해지고 있었다.

_잠복기

방학 동안 아이들은 몰라보게 자란다. 몸과 더불어 정신도 가파르게 성숙한 뒤 개학과 함께 학교로 돌아온다. 그녀는 여름방학 한 달 동안 얼마나 아이들이 자랐을까 하는 기대와 더불어 교사의 레이더망에 걸리지 않게 아이들은 얼마나 비밀스럽게 자기들의 세계를 만들어 갈까 은근히 걱정도 되었다.

드디어 2학기가 시작되었다. 그리고 한 달이 지났다. 그녀의 걱정과는 다르게 아무 일 없이 물 흐르듯이 하루하루가 지나갔다. 축구부 아이들도 너무나 조용했다. 적어도 겉으로는 그렇게 보였다. 그 고요함이 오히려 어색할 지경이었다. 아이들은 겉으로는 센 척을 그만두기로 한 것 같았다. 적어도 3학년 9반 안에서 센 척 연기는 통하지 않게 되었으니 말이다. 센 척 연기가 중단된 것은 다행이지만, 축구부 아이들은 생기를 잃은 듯한 표정이었다.

3학년 9반에서 수업을 한 여러 교사들도 축구부 아이들이 아주 호의적이지는 않지만 예전처럼 반항하지 않는다는 이야기를 전했다. 그렇지만 그녀는 아직도 속이 시원하지 않았다. 일단 아이들이 연기를 중단했지만 언제든지 다른 모습으로 나타날 것 같은 걱정이 아직도 남아 있었기 때문이다. 그녀는 수업 시간, 쉬는 시간, 점심시간, 아이들의 표정과 말투 따위를 놓치지 않으려고 애썼다. 그녀의 관찰은 집요할 정도였다.

그런 그녀의 노력을 알아주기라도 하듯이 아이들은 자신들의 센 척 연기의 잔여분을 고스란히 그녀에게 흘리고 있었다. 어느 날, 그녀는 학급 인터넷 카페에 들어가서 대단한 유물을 발견한 고고학자처럼 그동안 품었던 의구심의 증거를 발견했다. 그녀는 하나하나 내용을 읽기 시작했다.

글쓴이 : 원재

글쓴 날짜 : 2007년 *월 *일 18 : 24 : 29

글 제목 : 도대체 누가 내 글을 지운 거냐고?

글 내용 : 야, 내가 지난번에 올려놓은 소녀시대 사진 누가 지웠어?

RE : (강혁) 내가 지웠다. 왜 꼽냐? 닌 머리가 있냐? 소녀시대 사진을 우리 반 게시판에 올리면 어떡 하냐? 다른 데에다 올려야지.

RE : (지민) 맞아, 맞아. 원재 네가 잘못했네.

RE : (원재) 그럼 다른 곳에 올리라고 말했으면 내가 옮겨 놨을 거 아니야. 니가 뭔데 함부로 지워?

RE : (강혁) 나, 우리 반 게시판 담당자다, 왜.

RE : (원재) 게시판 담당자면 다냐? 왜 남이 올린 거 함부로 지워?

RE : (경현) 맞아, 내가 올린 글도 지난번에 보니까 없더라. 내 글은 왜 지운 거냐? 자기가 올린 글이 없어지면 얼마나 기분 나쁜 줄 아냐?

RE : (강혁) 네 글도 그냥 지웠다. 지우고 싶어서. 게시판 담당자면 다다, 왜. 그리고 게시판에 탑재하기 전에 니 뇌에 개념부터 탑재해.

RE : (지민) 게시판 아닌 곳에 올리면 삭제하는 거 당연한 거 아니야?

RE : (강혁) 진짜 짜증 나.

RE : (지민) 누가 아니래.

학급 인터넷 카페의 게시판 담당인 강혁이가 자기가 평소에 싫어하는 원재의 자료를 마음대로 지워 버린 것이다. 이 두 사람의 싸움에 지민이는 노골적으로 강혁이 편을 들고 나섰다.

'지민이 녀석 여전하네.'

그녀는 지민이와 강혁이를 교무실로 불렀다.

"왜요?"

"왜 부르신 거예요?"

두 아이는 전혀 이유를 알 수 없다는 듯이 물었다.

"너희들 여기 좀 볼래?"

인터넷 화면을 본 두 아이의 얼굴이 순식간에 굳어졌다. 그러나 곧 아무렇지도 않은 듯 그녀를 바라보며 강혁이가 물었다. 강혁이는 확실히 더 대담한 구석이 있다.

"이게 왜요?"

"잘못 올려서 지운 건데, 왜 그거 가지고 그러냐는 표정이네."

"맞아요. 제가 게시판 담당이잖아요. 내용에 안 맞는 거라서 지워 버렸는데요."

"강혁아, 너는 원재랑 별로 사이가 안 좋은 것 같은데, 아니야?"

"맞아요."

"그리고 경현이 글도 지워졌다고 하던데, 경현이도 강혁이랑은 안 친한 애고. 그럼 글을 잘못 올려서 지운 게 아니라, 싫은 아이의 글이라서 지운 게 더 맞는 게 아닐까?"

"어쨌든 걔들이 먼저 잘못했잖아요. 왜 잘못 올려놓은 걸 지웠는데 저한테만 뭐라고 그러세요?"

"강혁이가 열심히 하고 있는데 선생님한테 이런 말 들으면 좀 억울하기도 하겠지. 근데 우리가 왜 학급 카페를 만들었는지 알지? 지민아, 네가 말해 봐."

"반의 화합이요."

"그래, 잘 대답했어. 반의 화합이야. 그러면 자기 일에 충실하는 것도 중요하지만, 자꾸 이렇게 안 친한 애들한테 싫은 댓글 올려놓고 그러니까 카페에 애들이 잘 안 들어오잖아."

"근데 저는 왜 부르셨어요?"

옆에 서 있던 지민이는 사기에게는 전혀 해당되지 않는 말인가 싶었는지 자기가 여기에 온 이유를 전혀 알 수 없다는 듯이 퉁명스럽게 물었다.

"지민이 역시 반의 화합에 반대되는 행동을 한 것 같아."

"제가 뭘요?"

"지민이는 왜 강혁이 말에 무조건 동의하지?"

"무조건 동의한 거 아니에요. 잘못했으니까 잘못했다고 한 거죠."

"그래, 지민이 말이 부분적으로는 옳아. 그런데 여기 이 글 좀 볼래?"

"뭐요?"

"강혁이 글 아래에 네가 동의하는 글이 올라가 있고, 여기도 그렇거든? 내용에 동의하는 게 아니라, 어떤 사람인가만 보는 거 아니야?"

"아니에요, 진짜 아니에요!"

"그래, 아니길 바란다. 어쨌든 강혁이한테도 선생님이 방금 말했지만 왜 우리가 학급 인터넷 카페를 만들었는지 한번 생각해 봤으면 좋겠다. 친구들의 우정도 좋지만, 그게 너무 좁은 범위에만 작용하고 다른 사람들한테는 다 미움을 받는 우정이라면 좀 더 생각해 봐. 친구의 범위를 좀 넓혔으면 좋겠다고. 알았어?"

두 아이는 흔쾌히 받아들이지는 못하지만 뭔가 잘못을 들킨 것 같은 표정을 짓는다.

"그런 의미에서 두 사람은 원재하고 경현이한테 사과하고 3일간 복도 청소!"

"3일이요? 와, 진짜 너무해요!"

"너무하기는. 친구 마음에 상처 준 거에 비하면 아주 약한 벌이지."

그날 방과 후에 두 아이는 복도 청소를 하고 있었다. 언제나처럼 복도 청소를 시켜도 둘은 너무나 즐거워했다.

축구부 아이들은 다른 아이들에게는 그렇게 호의적이지 않지만 별다른 문제를 일으키고 싶지 않은 눈치였다. 반 전체 분위기와 잘 어울리지 않고, 어정쩡하게 학급의 물줄기를 따라오고 있을 뿐이었다. 그녀는 축구부 아이들이 반 아이들이나 교사들을 괴롭히지 않는 지금의 상태, 언제 전쟁이 다시 일어날지 모르는 휴전 상태에 일단은 만족했다. 하지만 축구부 아이들을 3학년 9반이라는 큰 물줄기에 합류시킬 방법을 찾지는 못했다. 하기는 이처럼 작은 사건들 하나하나에 신경 쓰고 대처할 수 있는 여유를 갖는 것만 해도 어디인가? 게다가 지금은 아무 일도 일어나지 않고 있지 않은가? 그녀는 적어도 자신의 반에서는 '따돌림'이나 '센 척' 연기는 사라졌다고 믿었다. 하지만 그 방심이 그녀의 발등을 찍게 될 줄은 정말 몰랐다.

_그래도 연극은 계속된다

2학기 들어서 3학년 9반에는 지각을 하면 받는 새로운 벌칙이 생겼다. 벌 청소에다가 늦은 시간만큼 책을 읽고 가야 하는 것이다. 하지만 그래도 지각은 좀처럼 줄어들지 않았다. 이날은 지민이를 비롯해 형준이, 강혁이가 줄줄이 지각을 했다. 교실 앞문에 서서 그녀는 지각한 아이들을 체크했다.

"지금부터는 지각!"

"아!"

억울하게 늦은 아이들의 표정이 말이 아니다. 그녀는 이 아이들의 표정을 못 본 척하고 나머지 아이들을 향해 말했다.

"자, 재밌는 책들 다들 가져 왔겠지? 다들 책 읽자."

아이들은 책을 꺼내 읽기 시작했다. 시간이 꽤 지났다. 이때 지민이가 천천히 교실로 들어왔다.

"지민이도 오늘 4시까지 독서!"

"아, 안 돼요. 저 오늘 빨리 가봐야 돼요."

"빨리? 왜?"

"치과 가야 돼요. 예약했어요."

"그런 사정 있는 사람이 지각을 하면 안 되지?"

지민이의 표정이 어두워졌다. 벌이 지나친 걸까? 그녀는 단순한 벌이라고 생각했는데 지민이의 표정이 유난히 어두워진 것이 자꾸 신경이 쓰였다. 종례 시간이 되었다.

"아침에 지각했던 사람들 있지? 책 읽고 선생님한테 4시에 확인받고 가야 된다.”

“아!”

“그러게 집에 빨리 가고 싶어하는 녀석들이 지각은 왜 해?”

“선생님, 저 오늘 치과 가야 해요.”

“좋아, 그럼 지민이는 내일 남도록 해. 내일 4시까지.”

지민이는 치과 가야 한다고 핑계를 대면 오늘 그냥 갈 수 있을 줄 알았는지 그새 실망하는 표정이 됐다.

‘저 녀석 표정이 왜 저렇지? 내가 너무 깐깐하게 굴었나? 그래도 지민이한테만 그런 건 아니니까 지민이도 이해할 거야.’

“오늘은 몇 조가 청소지?”

“2조요.”

“그래, 그럼 2조 청소하고, 나머지 사람들은 빨리 집에 가자.”

“교실 청소 다 끝나면 원재가 선생님한테 와.”

청소를 끝냈는지 원재가 그녀를 부르러 교무실로 왔다. 그녀가 복도로 나서는데 저쪽에 낯익은 얼굴이 보였다. 지민이였다.

‘저 녀석 치과 예약 했다고 청소도 못 한다더니?’

그녀가 오는 걸 모르고 3반 앞에서 서성거리던 지민이는 그녀를 보자마자 쏜살같이 달아났다.

“이지민!”

그녀의 목소리를 듣고 지민이가 설 리가 없다.

‘병원 예약 때문에 빨리 가야 된다고 그러더니, 청소도 안 하고 다른 교실 앞에서 서성대다가 나한테 들켜서 도망친 건가?’

다음 날 그녀는 며칠째 심각해진 지민이의 표정이 자꾸 눈에 들어왔다. 어제 자신을 보고 놀라서 도망간 모습도 지워지지가 않아서 지민이와 따로 이야기하는 시간을 갖기로 했다.

"지민아, 오늘은 책 읽고 갈 수 있지?"

"네."

"근데 너 어제 왜 선생님 보자마자 도망쳤어?"

"병원 가야 된다고 거짓말 해서요."

"그래? 그럼 치과 안 가도 됐었어?"

"네. 근데 오늘은 진짜 가봐야 돼요."

"알았어. 그런데 어제 그냥 빨리 갈 수 있었잖아. 왜 3반 교실 앞에서 있었어?"

"3반이 안 끝나서요."

"3반에서 누구를 기다리고 있었는지 말해 줄 수 있어?"

"아, 왜요?"

갑자기 지민이의 표정과 태도가 바뀌었다. 도대체 뭘 숨기고 싶은 거지? 지민이의 반응이 약간 당황스러웠지만, 그럴수록 뭔가 있을 것이라는 기대를 갖게 했다.

"왜긴 왜야? 청소 안 하고 도망간 녀석보고 선생님이 그것도 못 물어 봐? 누구야? 누굴 기다렸는데?"

지민이의 짜증스러운 반응에 그녀도 인내심을 조금 잃은 듯했다. 지민이는 한참을 뜸을 들이다가 독립투사가 어려운 자백을 하듯 말을 내뱉었다.

"정욱이요."

"아, 3반의 정욱이? 정욱이랑 친해?"

"네."

"정욱이랑 어떻게 친해졌어?"

"그냥요."

어느 순간부터 지민이의 대답이 단답형으로 바뀌었다. 그럴수록 그녀의 질문은 길어졌다.

"지민이가 듣기 싫은 말일 수도 있는데, 정욱이가 지난번에 다른 학교 애들이랑 싸워서 경찰서 갔던 거 알아?"

"네."

"그래도 정욱이랑 친해지고 싶었어?"

"네."

"왜?"

"그냥요."

"그냥? 애들 말로는 정욱이가 학년에서 일장이라고 그러던데. 지민이가 정욱이랑 같이 다니고 싶어 하는 혹시 다른 이유가 있는 거 아니야?"

"뭐요?"

"세 보이려고. 같이 다니면 좀 더 세 보일까 싶은 거 아니야?"

여태껏 조용히 고분고분 대답하던 지민이가 갑자기 흥분해서 목소리가 커졌다. 그 순간 그녀도 당황했다.

"선생님은 다 아시는 것 같으면서도 아무것도 몰라요."

"뭘 모르는데?"

"선생님이 아무리 센 척하지 말라고 해도, 안 하는 애들이 어딨어요? 안 그런 애들만 진짜 병신 된다고요."

"하지만 센 척은 센 척일 뿐이야. 강한 사람이 되는 것과는 달라. 그리고 왜 애들한테 센 척을 해야 된다고 생각해?"

"전 보통 사람들이랑 다르게 살 거예요. 선생님은 잘 몰라요. 어떻게 그냥 살아요. 그리고 선생님이 아무리 노력하셔도 어쩔 수 없어요. 애들이 센 척하는 건 막지 못하실 거예요. 저희는 계속 이렇게 살 거예요."

그녀는 급소를 얻어맞은 느낌이 들었다. 이 아이가 지금 무슨 말을 하고 있는 것인가? 우리 반이 내가 감시해서 만든 무풍지대였다는 말인가? 이런 세상에서 센 놈이 되거나, 그것도 안 되면 센 척이라도 해야 살아남을 수 있다고? 그녀는 눈앞이 캄캄해졌다.

"그래, 잘났다, 잘났어. 그렇게 잘난 녀석이 혼자 다니지, 왜 다른 애들한테 빌붙어서 센 척이나 하고 그래? 선생님들 괴롭히는 걸로는 왜, 모자라? 안 되겠어?"

내가 지금 무슨 말을 하고 있는 거지? 하지 말아야 할 말들이 입 밖으로 튀어나왔다. 이 말은 지민이 말에 대한 대답도 아니고 그녀가 하고 싶은 말도 아니었다. 이게 아닌데 하면서도 그녀 역시 상처받은 마음에 아무 말이나 내뱉고 있었다. 그것은 순식간에 비수가 되어 지민이의 마음에 꽂혔다.

"에이, 씨!"

지민이는 이를 꽉 물더니 거칠게 교무실 문을 열고 나가 버렸다.

"아니, 저 자식이!"

교무실을 박차고 나가는 지민이를 붙잡으려고 일어섰다가 그녀는 다시 자리에 주저앉았다. 지민이가 그녀에게 무섭게 대들었던 사실보다 자신의 노력과 수고가 송두리째 무너지고 있다는 느낌이 그녀를 괴롭혔다.

그동안 얼마나 유심히 살펴왔는가. 그녀는 작은 소요에도 민감하게 반응해 온 자신의 노력에 흐뭇해하면서 3학년 9반에서는 센 척이 사라졌다고 믿고 있었던 것이다. 그런데 그게 아니었다.

그녀는 자존심의 상처를 입었지만 자신의 상처만을 따지고 있을 때가 아니었다. 지민이와 다시 대화를 시도해야 한다. 아이들을 가르치는 것은 얼마나 큰 용기가 필요한가. 그녀는 새삼스레 이런 생각이 들었다. 하지만 그녀의 모든 말들이 지민이에게는 얼마나 궁색한 변명처럼 들릴까?

"그러면 지민이는 경찰서 같이 가는 우정을 선택할 거야? 나쁜 짓 같이 하는 우정을 계속 유지할 거냐고?"

이건 너무 궁색한 변명 같았다. 말을 하면서도 이건 아니다 싶었다. 지민이의 마음을 그 어떤 말로도 풀 수 없을 것 같았다. 그런 그녀에게 지민이가 의미 있는 말을 했다.

"저도 몰라요. 왜 이렇게 됐는지 저도 몰라요. 하지만 멈출 수가 없어요. 혼자 있으면 왕따가 될 것 같고, 같이 있으면 내가 아닌 것 같고……. 도대체 뭐가 뭔지 모르겠어요."

지민이도 즐겁지만은 않았구나. 속으로는 많이 괴로워하고 있었구나. 솔직히 자기 마음을 말해 준 지민이가 고마웠다. 그러면서도 그녀는 새로운 불안감에 휩싸였다. 스스로 멈출 수 없는 수레에 올라타 버린 지민이. 지민이는 이제 밖을 향해 손을 내미는데, 나는 이 아이들의 질주하는 수레를 멈출 수 있을까? 아니, 그럴 수 없다면 지민이라도 무사히 그 수레에서 내리게 도와줄 수는 없을까? 다급해진 그녀는 지민이의 부모님과 상의해 보기로 했다.

"무슨 일이시죠?"

그녀는 수화기에서 흘러나오는 지민이 어머니 목소리에서 자신에게 별로 호의적이지 않다는 것을 느낄 수 있었다.

"저, 지민이 문제로 전화드렸어요."

"지민이가 또 뭐 잘못했어요?"

지극히 방어적인 자세였다.

"지민이 친구 관계에 대해서 상의드릴 게 있어서요. 지민이가 요새 정욱이라는 애랑 같이 다니는데, 그 애가 애들 패싸움으로 경찰서까지 간 적이 있거든요."

"그래서요?"

지민이 어머니의 냉랭한 반응에 그녀는 쉽게 할 말을 찾지 못했다.

"애들 친구 관계이긴 하지만 좋은 일이 아닌 것 같아서요."

"남자애들이 다 그렇죠 뭐. 선생님이 아직 어려서 너무 예민하신 거 아니에요?"

지민이 어머니는 아직 무슨 사건이 일어난 것도 아닌데 그녀가 너무 앞서 간다고 생각하고 있었다. 아마도 지민이가 공부도 못하고 까부니까 담임도 지민이를 탐탁하지 않게 여긴다고 생각했다. 그런 피해의식 때문에 지민이 어머니는 그녀의 걱정을 완전히 다른 방향으로 이해해 버렸다.

담임 교사를 미덥게 여기지 못하는 마음이 다 드러나는데도 통화 마무리는 "선생님만 믿을게요. 우리 지민이 많이 사랑해 주세요"로 끝맺었다. 지민이 어머니는 지민이의 행동은 청소년기에 누구나 겪는 일이라고 생각하는 것이다. 모든 부모는 자녀들이 착하고 순수하다고 믿는다. 하지만 그 믿음은 또 얼마나 맹목적이고 어리석은가.

그녀는 지원군이 없는 싸움을 하고 있다고 생각했다. 부모님도 괜찮다는데…… 올해 아무 일이 없기만을 기대했다. 일 년 내내 지속되는 아이들과의 기 싸움에 어느새 그녀는 이렇게 소심해져 있었다. 그녀는 '오늘도 무사히'를 바라는 불안한 마음으로 아이들의 모습을 살피면서 하루하루를 살아가고 있었다. 하지만 그런 불안감이 현실로 나타나는 데에는 그리 오랜 시간이 걸리지 않았다.

"한 선생, 전화받아 봐요. 경찰서래."

부장 교사가 걱정스러운 표정으로 전화기를 건넨다.

"네, 3학년 9반 담임입니다. 누구신데요? 아, 네. 뭐라고요? 오토바이 절도요? 누가요? 몇 대나요?"

한참 동안 통화를 하더니 그녀는 전화를 끊고서 멍하니 서 있었다. 부장 교사가 그녀의 표정을 살피면서 조심스럽게 물었다.

"무슨 일이야?"

"저희 반 강혁이랑 지민이, 성재, 경원이 그리고 3반 애들 셋이서 몇 달 동안 오토바이를 훔쳤대요. 가끔 타고 다니기도 하고요. 그러다가 다른 사람한테 팔기도 했대요."

"3반 애들 누구? 정욱이?"

"네, 정욱이랑 승윤이, 강민이요."

강혁, 지민, 성재…… 그녀는 멍한 표정으로 여러 아이들 이름 중에서 자기 반 아이들의 이름만 골라서 되뇌이고 있었다.

그녀는 학년 초 잘해 보리라는 다짐을 후회했다. 또 센 척 연기를 발견하고 교실에서 중단시킨 걸 후회했다. 그렇게 하지 않았다면 아이들이 다른 반 애들과 기꺼이 어울려 다니면서 자신을 망치지도 않았을 것이다. 말도 안 되는 후회인 줄 알지만 지금 아이들이 벌인 엄청난 일을 감당할 자신이 없었다. 바람이 가득 차 있는 고무풍선처럼 한 곳을 누르면 다른 한 곳이 부풀어 오를 수밖에 없는 아이들의 욕망은 무엇일까? 지민이의 외침처럼 그래도 연극은 계속될 수밖에 없는 것일까?

　그녀는 허탈한 표정으로 경찰서를 향해 유령처럼 교무실을 빠져나가고 있었다.

나이팅게일의 일기 ─────────

내가 그녀를 처음 만난 날은 재작년 이맘때쯤이었다. 모교이기도 한 이곳 남자 중학교는 거꾸로 가는 시곗바늘처럼 과거를 떠올리게 했다. 십오 년 전과 다를 게 없는 초록색 벽지에 가난해 보이는 소파가 여전히 교무실을 지키고 있었다. 우리 때 아이들이 그린 에너지 절약 포스터 액자에는 뿌연 먼지가 내려앉아 있었다.

발걸음을 옮겨 곧 우리 반이 될 1학년 6반 교실을 둘러보려 할 때였다. 맞은편 복도 끝 교실에서 책상 여러 개를 동시에 끄는 불쾌한 소음이 들려왔다. 편안한 차림을 한 여선생님이 낡고 고장 난 책상들을 힘겹게 복도로 끌어내고 있었다. 자기 반의 책걸상을 빈 교실의 멀쩡한 것과 바꾸고 있었다. 그렇게 한참을 고물상에서 쓸 만한 중고품을 찾는 듯한 모습으로 빈 교실을 어슬렁거리다, 멀쩡한 것을 발견할 때면 보물이라도 발견한 듯 크게 웃었다. 대수롭지 않은 일에도 좋아하는 재미있는 사람 같았다.

_ 이경원 선생님

이미 교무실에는 많은 선생님들이 업무 분장을 위해 모여 있었다. 신규 교사를 궁금해하는 모습이 전입생을 쳐다보는 아이들 같았다. 모두가 자리에 앉을 즈음 한 선생님이 숨을 헐떡이며 들어왔다. 복도에서 본 그 선생님이었다. 땀에 젖은 얼굴에서 피곤함이 묻어났다. 여전히 커다란 미소를 지은 채 회의 자료를 뒤적이며 자신의 업무를 확인하고 있었다.

나는 생활지도부로 배치되었다. 초임이라고 해도 봐주지 않는 곳이 학교라는 선배들의 조언을 떠올렸다. 선배들은 학교 업무와 수업 그리고 아이들과의 어려움을 모두 스스로 해결해야 한다고 했다. 편안함도 잠시, 무능해 보이면 안 된다는 생각이 스쳤다. 허리를 곧추 세우고 의자를 앞쪽으로 당겼다.

맞은편에는 머리칼이 희끗한 생활지도부장이 위엄 있게 앉아 있었다. 육중한 체구에서는 어떤 완력 같은 것이 느껴졌다. 그는 간혹 옆에 놓아둔 골프채를 휘두르며 어깨를 풀곤 했다. 정문 앞에서 그가 팔짱을 끼고 가만히 서 있으면 규칙을 어긴 아이들이 제풀에 놀라 꼬리를 감춘 강아지가 된다는 소문이 틀리지 않을 것 같았다.

"선생님은 학생회와 교문 지도 그리고 학교폭력 예방과 관련한 일을 하시면 됩니다. 주로 힘쓰는 일이지 뭐. 하다가 잘 모르면 전임자에게 물어봐요."

생활지도부장은 간략히 내 업무를 설명해 주었다. 부드럽지만 절도 있는 목소리였다. 이 몇 마디가 그가 오늘 내게 한 말의 전부였다. 힘

쓰는 일이라……. 내가 1학년에 배치된 것도 아이들의 생활지도 때문이었다. 학생부는 아이들을 겁주는 곳이고, 겁먹은 아이들은 며칠 동안 사고를 치지 않았다.

내가 학교 다닐 때, 학생부에 다녀온 애들은 별 하나를 단 것처럼 으스댔다. 그때 그 녀석도 그랬다. 그 녀석은 반성할 줄을 몰랐다. 진실을 아는 사람은 나와 그 녀석뿐이었다. 아니 진실은 나만 알았는지도 모른다. 지금도 그 애를 생각하면 씁쓸한 기억이 떠오른다. 녀석으로부터 도망치려 했던 기억이 아직도 선명하다. 녀석들 무리를 피해 다급히 학생부로 뛰어 들어갔을 때 나는 입이 떨어지지 않아 그대로 서 있었다. 녀석들이 교무실 밖에서 나를 기다리고 있을 거라는 두려움은 선생님이 곁에 있는 현실을 뛰어넘는 것이었다.

그 녀석과 학교가 내게 살아가는 방법을 알게 해주었다. 그것은 스스로 강해지는 법을 찾는 것이었다. 강하지 않으면 도태되었다. 내가 살기 위해 다른 사람과의 경쟁에서 승리해야 했다.

"문 좀 열어 주세요."

기억하고 싶지 않은 과거를 털어 내고 싶은 순간, 문 밖에서 인기척이 났다. 희미하게 두어 번 두드리는 소리에 자리에서 일어났다. 문을 열고 보니 아까 복도에서 봤던 그 선생님이었다. 그녀는 양손에 자료 뭉치를 잔뜩 들고 서 있었다. 뛰어왔는지 가쁜 숨을 연신 몰아쉬었다. 언뜻 보기에 1학년들과 서 있으면 그 속에 파묻힐 것처럼 작은 체격이었다. 하지만 다소 각이 진 작은 얼굴은 다부져 보였고, 가늘고 길게 뜬 눈매는 선해 보였다. 짧게 친 머리가 활달하고 천진난만한 소년 같은 매력을 풍겼다. 키가 작으면 굽이 높은 실내화를 신어도 좋으련만 그녀는 낮은 단화를 신고 있었다.

"선생님이 학생회 맡으셨죠?"

"예, 방금 생활지도부장 선생님께 들었어요."

그녀는 내 책상 위에 자료 뭉치를 내려놓았다.

"지금 시간 있으세요? 전 지금 넘겨 드리고 싶은데……."

그녀는 지금 인수인계를 해야겠다는 생각에 나를 찾아온 것 같았다. 학교는 수업을 하고 아이들을 보살피기만 하는 곳이 아니었다. 교사는 아이들을 가르치는 본연의 업무 이외에 학교 행정과 관련한 많은 업무를 처리하는 관료이기도 했다. 선배들은 1년차는 무조건 시키는 대로 하면 된다고 했다. 일단 그녀의 말부터 들어봐야 했다.

"저는 작년에 학생회와 신문 동아리를 맡았던 이경원이라고 해요. 작년에 학생회에서 한 일이 좀 많아서 자료를 보면서 차근차근 말씀 드려야 할 것 같아요. 작년에 우리 학교가 인권 연구 학교여서 학생회 활동을 하기가 좀 수월했어요. 올해는 선생님께서 첫 발령이시라 담임 과 수업에 충실하시다 보면 아이들의 자치 활동을 지원하는 일이 만만 치 않을 거예요. 저야 선생님께서 학생회를 활성화하시겠다는 의지가 있다면 언제나 도와드릴 수 있고요."

"저는 학생회에 별로 관심이……."

나는 다른 사람이 요구를 하면 습관적으로 뒤로 물러나는 경향이 있다. 내가 계획한 일이 아닌 이상 말려들거나 관여하기 싫어한다. 더군다나 지금은 때가 아니다. 학교생활에 적응하는 것만으로도 나에게는 큰 스트레스였다. 이 선생님의 낯빛은 조금 실망하는 듯했다. 빈말이라도 생각해 보겠다고 할 걸 그랬나 하는 생각이 스쳤다. 하지만 학생

회는 정말 생각도 경험도 해보지 않은 분야다. 내가 달가워하지 않는 것을 짐작했던 것인지 아니면 거절에 익숙한 것인지, 이 선생님은 대수롭지 않은 듯 말을 이어 갔다.

"제가 너무 성급했나요? 그래도 작년 활동과 연계되는 것이 중요할 것 같아서요. 일단 작년에는 회장단을 중심으로 집행부가 있어서 일주일에 한 번 집행부 회의, 한 달에 한 번 대의원 회의가 있었어요. 두발에 관한 규정을 학교에 어떻게 요구할지에 대한 회의가 대부분이었죠. 학생들이 설문 조사와 토론회를 직접 준비하고 학칙 제·개정위원회에 참여했어요."

이 선생님의 속도감 있는 말투가 귀에 꽂혔다. 이 선생님은 지난 일 년 동안 학생회 지원 교사로 활동했던 일들이 떠오르는 모양이었다. 마치 거리에서 지나가는 사람을 붙들고 설교하는 전도사처럼 자세히 설명하려 했다. 이 선생님은 자신이 중요하다고 생각하는 일을 철저히 계획하고 준비하는 사람 같았다. 내 일도 적극 도와줄 것처럼 보였다. 그러나 나는 아직 이 선생님의 도움을 받아들일 준비가 되어 있지 않았다.

"자치 교육은 회의하는 과정을 통해서 이루어진다고 보시면 돼요. 회의를 하다 보면 아이들이 무엇을 어떻게 실천할지에 관한 의견이 나오거든요. 지금 당선된 학생회 회장과 부회장은 그 과정을 잘 알고 있어요. 졸업한 집행부와 함께 평가 간담회를 했거든요. 아마 마음의 준비는 다 되어 있을 테니 그 아이들과 학생회 사업에 대해 회의를 해보시면 바로 선생님 업무를 파악할 수 있을 거예요. 보통은 그냥 대의원 회의를 열어 건의 사항만 받고 끝내지만요."

"저는 선생님처럼 못할 것 같은데요."

"뭐, 그건 선생님의 선택이에요. 학교에서는 학생회를 잘 꾸려 간다고 칭찬하지도 않고 못한다고 타박하지도 않을 테니까요. 저는 학생 자치가 중요하다고 생각해서 좀 열심히 했어요. 하시다가 어려운 일 있으면 언제든지 말씀하세요. 전 선생님 업무가 우리 학교에서 제일 중요하다고 생각해요."

어떤 사실에 대해 단정지을 수 있다면, 그 분야를 잘 알고 있거나 관점이 확고한 경우일 것이다. 이 선생님은 '선택'이라고 말했지만 한편으로는 학생 자치를 꼭 해야 한다고 강조하고 있었다.

작년 생활지도부장은 이 선생님이 자기중심으로 업무의 우선 순위를 둔다고 못마땅해했다. 교장과도 마찰이 많았다. 특히 학생회 예산과 두발 자유에 대한 학생들의 의견을 전달할 때마다 불협화음이 일어나곤 했다. 이 선생님은 교장실을 수시로 찾아가 싸우거나 설득하기도 했다. 학교 관리자들은 이 선생님을 눈엣가시로 생각했고, 협조하지 않는 교사로 낙인찍었다.

이 선생님 역시 상명하달식 관리 방식을 고수하면서 권위로 교사들을 누르려고 하는 관리자들에게 불만이 많았다. 그녀는 교육청과 교장이 강요하는 학교 문화를 단호히 거절했다. 그녀는 아래에서부터 소통이 이루어지는 민주주의의 원칙을 좋아했다. 관리자와 교사가 의견을 나누며 더 나은 합의점을 찾아가는 학교 문화가 만들어지기를 바랐다. 그러나 우리 학교는 관리자를 아버지 모시듯 하는 작은 학교였다. 가족주의 문화와 관료적 구조가 혼합되어 있는 학교에서 이 선생님은 아웃사이더처럼 보였다.

반면에 아이들은 이 선생님이 의견을 자유롭게 말할 수 있는 환경을 만들어 주어서 좋아했다. 학생회 활동을 했던 아이들은 졸업한 뒤에도 이 선생님을 찾아오곤 했다. 그러나 부장 교사들의 따가운 시선과 '당신만 애들 생각하냐'는 주위의 질책은 아마 이 선생님을 힘들게 했을 것이다.

이 선생님은 이런 힘든 과정을 이겨 내고 거둔 성과를 내가 이어 가기를 바랐을 것이다. 하지만 나는 학생 자치를 모른다. 반장은 학교를 자주 드나드는 엄마를 둔 아이들이 하면 그만이었다. 학생은 교사, 학교 제도와 규범에 따르는 수동적인 존재일 뿐이다. 아이들이 자라 사회에 나가도 마찬가지다. 아이들은 사회라는 거대한 조직과 제도 속에서 수동적으로 살아가게 된다. 실력으로 우위에 설 때 주도권을 잡을 수 있다. 따라서 아이들이 주체가 된다는 것은 교육적으로 의미 있는 일이지만, 사활을 걸만큼 중요한 일은 아니다. 내가 속한 학교도 관료적으로 움직이는 곳이다. 나 역시 주어진 업무에 충실하면 그만이다. 무엇보다도 나는 이제 갓 발령을 받은 초보 교사고, 당장 오늘부터 전 학년의 수업 준비를 해야 한다. 이 선생님이 어떤 교육 철학을 가진 교사인가는 내게 별로 중요하지 않다. 그리고 또 학생 자치가 아이들 삶에 그렇게 중요한 영향을 주는지 이 선생님만큼 공감할 수 없었다.

_의심하는 교사

아이들이 재잘거리는 소리가 복도에 가득했다. 교실 문을 열고 들어가자 아이들은 조용해졌다. 탐색에 나선 고양이처럼 나를 바라보는 아이들의 시선에는 호기심이 가득했다. 순진하고 초롱초롱한 눈망울들. 나도 모르게 얼굴이 달아올랐다. 넥타이 매듭을 매만지며 숨을 한 번 크게 쉬었다. 아이들에게 내 소개를 했다. 하지만 준비했던 말들이 머릿속을 굴러다니며 입구를 찾지 못하고 있었다. 어떤 말을 했는지 다 기억나지 않지만 좋은 선생님이 되겠다는 약속을 하며 교실을 나온 것 같다.

새 학기를 시작하는 3월은 교사들에게 가장 바쁜 달이다. 특히 아이들에 대한 정보를 조사하고 환경 미화 같은 학급 분위기를 만드느라 눈코 뜰 새가 없다. 커피를 마시거나 화장실을 가는 것도 수업이 빈 시간에 잠시 짬을 내야 가능했다.

이경원 선생님 반의 수업을 마치고 교실을 나올 때마다 다른 반 수업을 마치고 자기 반으로 들어오는 이 선생님과 마주치곤 했다. 이 선생님은 항상 눈이 안 보일 정도로 웃고 있었고, 장난스럽게 아이들을 툭툭 건드리기도 했다. 무언가에 골똘히 빠져 있는 아이들에게는 다정하게 질문을 건넸다. 아이들에게 친구처럼 다가가거나 때로는 엄마 같은 느낌을 주었다. 어떤 때는 아이들과 같이 유행하는 가수의 춤을 따라하기도 했다. 다른 반 수업을 하러 가도 이 선생님은 복도에서 마주치는 모든 아이들에게 아는 체를 했다. 이 선생님의 모습은 늘 활기찼고, 그 기운이 반 아이들에게도 전염되는 것 같았다.

그러나 이 선생님은 아이들이 잘못을 했을 때나 누군가를 따돌리는 것을 보았을 때 표정이 완전히 달라졌다. 봄처럼 부드럽고 활기찬 이면에는 겨울처럼 싸늘한 냉정함이 엿보이곤 했다. 그녀의 어깨는 세상의 걱정을 짊어진 듯 무거워 보였고, 늘 무언가 골똘히 생각하고 있었다. 이 선생님의 표정은 변화무쌍했다. 이 선생님의 친절함은 확고한 생각과 신념에 따라 철저하게 계산된 그녀만의 방식이었다.

이 선생님은 쉬지 않고 움직였다. 모두가 퇴근하고 없는 교무실에서도 그녀의 메신저는 항상 켜져 있었다. 숙직 기사님도 포기했는지 핀잔을 주다가도, 결혼은 언제 할 거냐며 농담을 건네곤 했다. 요 며칠 이 선생님은 누군가와 심각하게 통화를 하곤 했다. 며칠 뒤 학비 감면 대상인 학생 명단을 올리라는 업무가 주어졌다. 이 선생님 반은 11명이나 지원을 받았다. 이 선생님은 학부모와 전화 상담을 하지 않는 날에는 아이들과 시간을 보냈다. 학급회 선거 일정이 발표되자 선거관리위원회를 만들어 아이들과 회의를 하거나 선거 공고 포스터를 만들기도 했다.

퇴근을 하고 복도를 지나가는데 2반 아이들의 웃음소리가 들렸다. 정문으로 통하는 화단을 가로지르다 고개를 들어 2반 교실을 올려다보았다. 2반 교실에서 새어 나오는 불빛들은 네모난 교실들 사이에서 별 모양처럼 빛났다. 좋은 선생님이 되는 것이 꿈인 나에게 이 선생님의 유별난 활동은 신선하게 다가왔다. 이 선생님이 오늘은 무슨 일로 땀을 흘리는지, 오늘 따라 발소리는 왜 이렇게 크고 빠른지, 2반에서는 어떤 일이 일어나는지, 내가 모르는 교육의 장이 펼쳐지는 것 같아 궁금해지기 시작했다. 그러다 보니 이 선생님의 교육 철학이 무엇인지 알고 싶어졌다.

이 선생님의 교육 방식은 다른 교사들과는 달랐다. 행정 업무를 언제 하는지는 모르겠지만, 이 선생님은 거의 안 하는 것처럼 보였다. 쉬는 시간마다 교실에 와서 아이들과 이야기를 나누거나 아이들의 모습을 가만히 지켜보곤 했다. 어떤 날은 복도나 교무실에서 아이들과 진지하게 이야기를 하는 모습도 볼 수 있었다. 수업 시작을 알리는 종이 울려도 계속 아이들의 말에 귀를 기울였다. 자기 반 아이들뿐만 아니라 다른 반 아이들에게도 관심이 많았다. 그러다 보니 아이들은 시시콜콜한 모든 일을 이 선생님께 말했고, 이 선생님은 그것을 해결하기 위해 분주히 뛰어다녔다.

이 선생님은 아이들이 새 학기에 잘 적응하도록 3월부터 5월까지 바쁘게 움직였다. 그 덕분에 아이들은 온실 속의 화초와 같은 편안함을 느끼는 것 같았다. 이 선생님은 초등학교를 갓 졸업한 아이들에게는 무엇보다 교실에서 편안할 수 있도록 안전 욕구가 충족되어야 한다고 했다. 하지만 어떤 아이들은 교사의 지나친 간섭이나 개입을 감시처럼 느낄 수 있고, 아이들이 스스로 풀어 갈 수 있는 일도 담임에게 의존하는 잘못된 습관이 생길 수도 있었다. 또 교사가 자신들의 세계를 침범하는 것을 불쾌하게 생각하는 아이들도 있을 터였다. 그래서 이 선생님이 굳이 안 해도 되는 일까지 나서는 것이 아닌지, 너무 집착하는 것은 아닌지 조언하고 싶을 때도 있었다.

"저는 선생님이 자신을 좀 챙기면서 살았으면 좋겠어요. 선생님을 보면 꼭 그렇게까지 해야 하나 싶은 생각이 들어요."

"아이들은 저를 '의심하는 교사'라고 부르기도 해요. 아이들만의 코드가 있기 때문에 때로는 제가 건드리는 것을 원하지 않아요. 하지만 아이들과의 관계가 4월에 모두 결정된다는 것을 아세요? 새 학기가 시작되면 아이들은 자기 위치와 소속을 찾기 위해 머리와 마음과 몸을 분주히 움직이죠. 그러다가 4월이 되면 관계가 굳어져 어느 정도 안정감을 찾는 구조가 만들어져요. 아이들끼리 만든 구조에 평화와 화목, 공동체의 가치를 넣어 주려면 아이들 삶에 개입할 수밖에 없어요."

아이들보다 본인을 먼저 돌보며 살라는 말이 메아리가 되어 돌아왔다. 이 선생님의 목소리는 피곤해서 잔뜩 쉬어 있었는데, 자신은 의식하지 못하는 것 같았다. 오히려 내게 학급을 운영하는 방법을 알려 주고 싶었는데 마침 말을 시켜서 고맙다는 듯 신이 나 있었다.

"지금 아이들의 관계를 성장시키는 데 필수 영양소인 비타민과 칼슘을 만들고 있어요."

이 선생님의 학급 운영 목표는 '공동체의, 공동체에 의한, 공동체를 위한 폭력 없는 학급'이었다. 목표 지향적이고 외향적인 이 선생님은 학교 시간표를 무시한 채 자기가 맞추어 놓은 시계에 따라 움직였다. 그녀가 이토록 정열을 바치는 '공동체'라는 것이 얼마나 대단한 것인지 감을 잡을 수가 없었다. '아이들의 관계와 삶을 공동체적으로 묶는 것이 가능할까? 학급의 문제들을 공동체의 힘으로 해결한다는 건 무슨 뜻일까? 전체가 시키는 대로 다 해야 한다는 거야, 뭐야?' 생각할수록 골치가 아팠지만, 그래도 이 선생님의 열정에는 혀를 내두를 수밖에 없었다.

돌이켜 보면, 사실 그녀의 열정과 아이들에 대한 사랑은 나에게 강력한 자극제가 되었다. 그녀의 열정을 따라갈 수는 없지만, 나도 좋은 선생님이 되겠다는 약속을 지키기 위해 이 선생님만큼 노력했다. 내가 선택한 방식은 '공부'였다. 가난한 지역에 사는 아이들일수록 교육이 아니면 성공할 수 없다. 지금부터 대입을 준비시켜야 한다. 성적에서 앞서지 못하면 서울 아이들과의 경쟁에서 밀릴 수밖에 없다. 나는 성적이 떨어지는 아이들을 모아 수업이 끝난 뒤에 영어와 수학 공부를 시켰다. 이 두 과목은 고등학교 성적의 성패를 좌우한다. 또 가고 싶은 대학을 정하게 한다. 아이들과 서울에 있는 명문대를 견학하기도 했다. 다른 교사들은 영어와 수학만을 중시하는 내 방식을 의아해했다. 하지만 내 방식이 틀리지 않았다는 것을 아이들이 곧 이해하게 될 것이다.

그렇다고 우리 반 아이들에게 공부만 시킨 것은 아니었다. 점심시간에는 아이들과 축구를 했고, 휴일에는 가끔 학교에 나가 야구와 농구를 했다. 우리 반 아이들은 나를 잘 따랐다. 다른 과목은 성적이 낮았지만, 영어와 수학만큼은 상위권 성적을 유지했다. 아이들이 성적에 신경 쓰고, 내가 아이들과 잘 놀아 준다고 학부모들이 칭찬을 하게 되면서 나는 이 방식이 틀리지 않았음을 확신했다.

이 선생님은 우리 반 아이들의 말과 행동이 담임인 나를 많이 닮았다고 했다. 주도하는 아이들뿐 아니라 여러 아이들의 다양한 목소리가 드러났으면 좋겠다고 충고하기도 했다. 하지만 우리 반은 그 어떤 반보다 단합도 잘되고 질서도 잘 잡혀 있었다.

_그녀의 일기

이번 겨울방학은 유난히 추웠다. 근무하는 날이라 학교에 와보니 아이들이 없어서인지 썰렁했다. 교장과 교감 선생님은 마침 출장 중이었다. 긴장이 풀려서인지 몸이 금세 녹는 듯했다. 일 년을 돌아보며 개인적인 시간을 보내기에 아주 좋았다. 습관적으로 이 선생님의 자리에 눈길이 갔다. 아마 이 선생님의 책꽂이에서 다른 선생님들과 다른 특별한 무언가를 찾으려고 한 것 같다. 일기장처럼 보이는 공책을 꺼내 펼쳤다. 공책에는 아이들의 생활이 자세히 적혀 있었다. 아이들을 관찰하고 탐색한 내용이 매순간 기록으로 남겨져 있었다.

보통 교단 일기라고 하면 아이들과 있었던 즐겁고 소소한 일들을 나열하는 것이 보통인데, 이 선생님의 일기는 사뭇 다른 느낌이었다. 교사로서 느끼는 보람을 적은 자기만족적인 글도 아니었다. 자세히 보니 생각만해도 골치가 아픈 '학교폭력'이 주제인 연구 공책이었다. 교실에서 일어난 갈등을 해결하기 위해 다양한 실험을 한 이야기가 쓰여 있었다. 대단했다.

문득 1학기 때 우리 반에서 일어난 사건이 떠올랐다. 부반장이 한 학기 내내 아이들을 때리고 돈을 빼앗은 사건이었다. 어느 날 반에서 힘깨나 쓰는 수민이가 부반장에게 얻어맞고 울고 있었다. 수민이가 평소 잘 우는 아이였다면 부반장에게 주의를 주고 그냥 끝내 버렸을지도 모른다. 하지만 보통 일이 아니라는 직감이 들어 조사를 해본 결과, 전말을 알게 되었다. 나는 부반장을 눈물이 쏙 빠지도록 혼낸 뒤 부반장직을 그만두게 했다. 부반장 선거를 다시 치렀고, 아이들과 잘 어울리는 기석이가 부반장이 되었다. 우리 반 반장은 지도력이 있고 아이들을 모으는 능력이 있는 아이였다. 반장과 친한 기석이가 새로 부반장으로 뽑혔으니 학급은 나 없이도 잘 굴러가는 것 같았다. 그러나 아이들은 반에서 일어나는 문제를 내게 직접 말하지 않았다.

이 선생님이라면 이 사건을 어떻게 풀었을까? '연극의 탈을 벗길 거야!'라는 다소 자극적인 제목이 쓰인 겉장을 넘기자 2002년부터 현재까지 6년차 교사로 살아오는 동안 경험한 학교폭력에 관한 이야기들이 펼쳐졌다.

2002. 6. 23.

누가 교실에서 이런 일이 일어난다고 상상할 수 있을까? 너무도 충격적인 일이라 차마 입에 담을 수 없다. 담임이라는 사람이 한 달 동안 아이들 대부분이 알고 있는 사실을 모르고 있었다. 명성이가 말해 주지 않았다면 그냥 모르고 지나갔을 것이다.

5교시 체육 시간, 체육복을 갈아입은 아이들은 운동장에 나가지 않았다. 교실에서는 비밀스럽게 모의가 이루어지고 있었다. 누군가가 "야!" 하고 소리 지르자 체육복을 갈아입던 희석이를 토끼 몰듯 텔레비전 뒤로 밀어 넣었다. 그러고는 희석이의 바지를 벗기기 시작했다. 희석이는 울며불며 발버둥을 쳤지만 목소리는 허공에 묻힐 뿐이었다. 아무도 도와주는 사람은 없었다. 설사 옆 반 아이들이 이 소리를 들었다고 해도 이 상황을 말리려고 했을까? 아이들은 버둥대는 희석이의 두 팔과 두 다리를 붙잡았다. 옆에서 웃고 있던 의민이가 최신형 휴대전화를 자랑이라도 하듯 가방에서 꺼냈다. 휴대 전화 카메라를 갖다 대며 서로 눈빛을 주고받았다. 그것으로 잔인한 놀이가 끝이 났다. 희석이는 바지를 주섬주섬 추어올렸다. 울음은 그쳤지만 너무 억울하고 수치스러웠을 것이다. 나중에 아이들은 사진을 돌려 보았다. 사진과 함께 이 일은 삽시간에 아이들 사이에 퍼져 나갔다.

희석이는 내게 한마디도 해주지 않았다. 희석이뿐 아니라 희석이 어머니도 이미 이 일을 알고 있었다. 모두 다 알고 있는 일을 나만 몰랐다. 어머니는 작년에 아이가 폭행당한 사실을 담임 선생님에게 말했는데 그 뒤 더 큰 보복을 당했다고 했다. 희석이가 혼자 참고 견디기에는 너무나 끔찍한 일이었다. 희석이 어머니는 그저 남자아이들 사이에서 흔히 있는 짓궂은 장난이라며 희석이를 달랬다. 그러면서도 전쟁터에 내보내는 심정으로 희석이를 학교에 보냈다. 피해자인 희석이가 오히려 고개를 숙이고 다녀야 했다. 참으로 어이가 없었다. 어머니는 아무것도 할 수가 없었다고 했다. 학교폭력은 교사들도 해결할 수 없다는 어머니의 말씀이 내 가슴에 박혔다.

2004. 4. 7.

희석이는 졸업 후 공업고등학교에 입학했다. 내게 가끔 전화를 해서 잘 지내고 있고 친구도 생겼다며 걱정하지 말라고 했다. 그 뒤로도 몇 번 전화를 해서 여자 친구가 생겼고, 키가 많이 컸고, 학교에서 시비 거는 아이를 몇 대 때렸다고 말했다. 전과가 있는 복학생에게 우연히 의리를 지킨 뒤부터 센 아이들과 어울리게 되었다고도 했다.

희석이에게 일어난 많은 사건들이 주마등처럼 스쳐 갔다. 문제가 생겼을 때마다 아이를 보호하려고만 했기 때문에 따돌림을 막지 못했다는 결론에 이르렀다.

3학년에 올라갈 때 반 배정에 많이 신경을 썼지만 희석이는 약자의 굴레에서 벗어나지 못했다. 아이들은 나에게 인정받거나 혼나지 않으려고 희석이를 잠시 친구로 받아 주었을 뿐이었다. 나 혼자 아이를 보호하는 것은 너무 무모한 일이었다. 내가 희석이의 영원한 담임이 될

수는 없었다. 만약 희석이가 자신을 받아들이는 작은 집단에 속했다면 더 잘 적응하지 않았을까? 친구들에게 인정받고, 그 집단 안에서 자기 자리를 찾도록 돕는 것이 더 바람직했을 것이다. 나 혼자가 아니라 아이들과 함께할 수 있는 다른 방법을 시도해야 했다.

희석이 이야기는 이 선생님이 초임 교사 때 처음으로 경험한 따돌림 사건이었다. 이후 이 선생님은 학급 운영의 중점을 학교폭력을 예방하는 것에 두기 시작한 것 같다. 일기에서 이 선생님은 담임 교사 혼자 피해자를 보호하는 방식이 잘못되었다는 것을 깨달았다고 고백했다.

그래서 다음 해부터는 아이들 관계에 주목했다. 개인이 집단에 속하도록 하고, 집단과 집단 사이는 열려 있도록 하는 것을 목표로 학급 운영을 시도한 것이다. 이 선생님은 아이들 속에서 자연스럽게 만들어진 소집단과 소집단 간의 관계를 분석했다. 연구 공책에 따르면, 아이들의 소집단은 만들어졌다가 내부의 갈등 혹은 외부 환경으로 변화되기도 하고, 집단 간 갈등으로 결속력이 높아지기도 했다. 소집단은 이 선생님이 벌여놓은 학급 활동에 의해 때로는 스스로 역동적으로 변해갔다. 이 선생님은 소집단들 사이에 벽이 생기지 않도록 그리고 소집단이 따돌림을 주도하지 않도록 늘 신경을 썼다. 그 결과, 아이들 사이의 갈등은 원만하게 해결되곤 했다.

그러나 이 선생님에게도 위기는 찾아왔다. 2004년에 폭력을 행사하는 아이들이 주도하는 학급을 맡게 된 것이다. 이 아이들은 새 학기 첫 주에 있었던 학급회 선거에 개입하는 것에서부터 자신들의 힘을 과시했다. 이 선생님은 이들의 개인적인 성향과 집단의 성격을 긍정적으로 변화시키기 위해 노력했다. 그리고 정의로운 아이들이 학급 분위기를 주도할 수 있도록 끈질기게 활동했다.

2004. 4. 15.

우리 반은 끝이 보이지 않는 막막한 동굴 속 같았다. 난 입구를 찾지 못하고 갇힌 채 지쳐 가고 있었다. 소리치면 메아리만 되돌아왔다. 나는 외로웠다. 내 잔소리에 유일하게 반응하는 녀석들이라고는 홍진이와 석주뿐.

홍진이와 석주는 내 인내심을 시험하려는 악동 같았다. 두 악동이 내게 대꾸하면 바보 같은 아이들은 누가 조종하는 로봇처럼 실없이 웃었다. 동조하는 듯한 그 억지스런 웃음소리가 듣기 싫었다. 때로는 이 웃음이 조롱처럼 느껴졌다.

아이들은 수업을 방해하고 약자를 깔보는 농담을 즐겼다. 아니 즐기는 것인지 즐기는 척하는 것인지 알 수 없었다. 악동들이 유치하고 기분 나쁜 유머를 시작하면 그것에 보조를 맞추듯 아이들은 웃었다. 아니 웃어 주었다. 그러면 홍진이와 석주는 더욱 신이 나서 떠들어 댔다. 그 모습을 보면서 아득한 심연에 빠지는 듯했다.

작년에 같은 반이었던 이 악동들은 그동안에도 많은 아이들을 괴롭혀 왔다. 학교 밖에서는 서로 다른 생활을 하고 있지만 교실에서는 동지가 된 양 짝을 이루었다. 자신들의 이익과 목적을 달성하기 위해 교묘하게 행동했다. 아이들에게 시비를 걸다가 교사에게 들키면 장난이었다고 둘러댔다.

시간이 갈수록 악동들은 노골적으로 아이들을 괴롭혔다. 나쁜 행동을 해도 피해를 당한 아이들이 교사에게 말하지 못한다고 판단했기 때문이다. 또 교사보다 자기들이 아이들에게 더 강하고 쉽게 영향을 미칠 수 있다고 판단했기 때문이다. 모둠 활동을 함께하는 진표네 무리와 결합하면서 세력은 점차 커졌다. 내가 의도한 자치 활동은 이런 것이 아니었다!

홍진이와 석주만이 문제는 아니었다. 이미 3월에 힘을 보여 준 진표를 어떻게 지도해야 할지, 그리고 센 척하는 아이들에게 비굴하게 구는 아이들의 연기를 어떻게 멈추게 할지 막막했다. 불안하고 한 치 앞도 보이지 않는 안개 속에 손발이 묶인 것 같은 날들. 혹시라도 상처받은 아이가 나를 믿고 말해 주기를 기다릴 수밖에 없는 안타까움. 뭔가 꿈틀대고 있는 음흉한 교실에서 혹시 자신에게 올지 모르는 화살을 피하기 위해 숨죽이고 있는 졸렬한 아이들을 어떻게 흔들어 깨워야 하는가? 사막을 걷고 있는 나. 나는 교사가 맞는가? 도대체 내가 무엇을 할 수 있을까? 내가 패배할 것이 확실하다.

2004. 5. 13.

온갖 감언이설로 설득해 끌고 오다시피 한 안면도 자연체험학습장. 학년 부장 말대로 놀이공원으로 체험학습을 갔다면 우리 반은 한 줄기 기회마저 놓쳤을 것이다. 학년 부장이 반대했지만 나와 마음이 맞는 선생님 세 분은 안면도 체험학습을 준비했다. 사실 아이들도 놀이공원으로 가자고 난리였다. 놀이공원에서는 공동체가 필요 없다. 아이들의 머릿속에는 친구들과 제한된 시간 안에 가능한 많은 놀이기구를 탈 기대만 가득할 것이다. 반면에 따돌림을 당하는 아이들은 넓은 놀이공원만큼 큰 구멍이 가슴에 하나 더 생길 것이다. 소풍 날 하루만큼은 아이들과 나, 그리고 아이들 사이에 권력 투쟁이 아닌 평화로운 시간을 보내고 싶었다. 제비뽑기로 어쩔 수 없이 가게 되었다는 거짓말을 해서라도 아이들을 갯벌에 집어넣고 싶었다.

그런데 약속 시간이 지나도록 용준이가 나타나지 않았다. 전화를 했더니 할머니는 용준이가 안 가겠다고 한다며 당황해했다. 용준이 삼촌에게 용준이를 무조건 데리고 오라고 부탁했다.

'바보 같은 자식…….'

용준이는 입을 꾹 다문 채 가는 내내 아무 말도 하지 않았다. 어제 저녁까지 들떠 있던 녀석이 돌연 마음을 바꾼 이유를 도무지 알 수 없었다. 입에 김밥을 넣어 주며 즐겁게 놀다 오자고 달랬다.

아이들은 놀이공원에 대한 미련을 떨치지 못했다. 그러나 인절미 만들기와 승마 체험을 하자 찌푸린 얼굴에 호기심이 어리기 시작했다. 떡 매질을 하고, 잘생긴 말을 서로 타보겠다고 하면서 말똥 냄새가 풍기는 이곳으로 끌고 온 나를 용서하지 않았을까? 녀석들은 카메라를 보고 활짝 웃으며 V자를 만들었다.

"어머나, 인절미 써는 것 좀 봐. 아줌마가 사위 삼고 싶을 정도로 예쁘게 썰었네."

조용하기만 했던 진수가 아주머니의 칭찬을 받자 주목받기 시작했다. 아주머니는 가지런히 썬 인절미를 진수 입에 넣어 주었다. 그동안 존재감이 없었던 영진이는 짚신 만들기 프로그램에서 꼰 새끼를 길게 연결했다. 영진이와 진수가 약속이라도 한 듯 자연스럽게 양쪽 줄을 잡고 돌리자 그 안으로 하나둘씩 뛰어들기 시작했다. 너나 할 것 없이

"꼬마야, 꼬마야"를 한목소리로 외치며 호흡을 맞추었다.

아이들은 무엇보다 안면도의 갯벌을 가장 좋아했다. 부드러운 갯벌에 뛰어들어 온몸이 까매질 때까지 넘어지고 뒹굴며 신나게 놀았다. 아침에 속을 태웠던 용준이는 수영이와 친해져 언제 그랬냐는 듯이 즐거워 보였다.

오늘의 행복은 이것으로 끝이 아니었다. 학교에 도착하자마자 회식도 사양하고 현호가 신청한 라디오 프로그램에 출현하기 위해 집으로 달려갔다. 현호도 녹음을 하기 위해 반 아이들과 함께 응원을 준비했다. 아이들은 "현호! 힘내세요. 우리가 있잖아요"라며 응원가를 연습했고, 철희는 요리 솜씨를 발휘해 아이들에게 스파게티를 만들어 주었다.

우리 반 아이들은 밤 10시가 되자 라디오 앞에 옹기종기 모여 앉아 있었다.

"중간고사 이후 가라앉은 반 분위기를 끌어올리기 위해 신청했어요."

현호는 진행자가 묻는 말에 또박또박 답했다. 그러나 그 대답은 사실이 아니었다. 우리 반 분위기는 학기 초, 진표가 자기가 민 반장 후보가 무효표를 던진 상현이 때문에 떨어졌다며 화장실에서 상현이를 때린 뒤부터 줄곧 가라앉아 있었다. 그동안 대답동아리(수업 시간에 대답하는 아이들의 모임)를 만들어 이런 분위기를 바꾸어 보려고도 했다. 한번은 대답동아리에서 '수업 시간에 대답하기 어려운 이유'에 대해 토론한 적이 있었다. 아이들은 별일 아닌 일에도 지나치게 웃고 반응하는 것, 한 사람이 실수를 하면 반 전체가 크게 망신을 주며 놀리는 것, 떠드는 몇몇 아이들이 수업 분위기를 망치는 것 등을 지적했다. 이 때문에 오히려 공부하려는 아이들이 피해를 보고 있다는 것이었다. 그러나 대답동아리는 대답할 때를 놓치거나 대답하고 싶은데 대답할 수 있는 분위기가 아니었다는 이유로 없어지고 말았다. 이런 활동이 현호의 생각에 영향을 미쳤는지도 모른다.

현호의 말은 전파를 타고 우리 반 아이들에게 전해졌다. 내 속이 다 뻥 뚫리는 것 같았다. 진행자들과 인터뷰를 마치고 이어진 스피드 퀴즈에서 나와 현호는 환상의 호흡을 자랑하며 15문제 중에 13문제를 맞혔다. 우리 반에 곧 디지털 카메라와 전교생이 먹을 수 있는 바나나 1,400개가 도착할 것이다.

갯벌 소풍에서 나눈 즐거움과 우리 반을 위해 현호가 선사한 훈훈함은 단순한 추억이 아니다. 사막 한가운데서 그토록 갈망하던 오아시스를 발견한 것 같은 느낌이다. 어쩌면 이 일이 우리 반이 변하는 전환점이 될 수 있을지도 모른다. 한 가닥 빛이 뿌연 안개 속을 뚫고 들어오는 것 같다!

2004. 5. 16.

갯벌 체험과 라디오 프로그램 출연이 우리 반의 분위기를 바꾸어 놓았다. 교실에 활력이 느껴지기 시작했다. 반장과 부반장을 중심으로 한 조기 축구 팀도 반에 활력을 불어넣었다. 좀처럼 말문을 트지 못했던 아이들이 조금씩 말을 하기 시작했다. 교실이 시끌시끌해졌다.

아이들은 홍진이와 석주가 벌이는, 상대를 얕잡아보는 유치한 장난에 관심을 덜 갖는 듯했다. 대신 라디오 프로그램에 참가하면서 주목을 끌었던 현호 주변에 아이들이 조금씩 모여들기 시작했다. 그렇다고 석주와 홍진이 중심의 분위기가 완전히 바뀐 것은 아니었다. 나중에 안 사실이지만, 신체검사 때 홍진이는 K-1을 흉내 냈답시고 아이들을 불러 모았다. 그리고 진표 무리인 기준이와 진표한테 맞은 적이 있는 상현이를 불러냈다. 기준이는 아이들 앞에서 센 척하기를 좋아했고, 상현이는 덩치만 컸지 순했다. 아이들은 한 편의 쇼를 보듯 둘러앉아 응원을 하거나, 정해진 원 밖에서 휴대 전화로 사진과 동영상을 찍었다. 반장과 몇 명은 망을 보았다. 모두가 공모해 만든 무대에서 상현이가 혼자 힘으로 벗어날 방법은 없었을 것이다. 내가 교실에 들어섰을 때는 정현이가 원 안에서 춤을 추고 있었고, 아이들은 박수를 치며 구경하는 상황으로 바뀌어 있었다. 당시에 아이들은 나를 속였지만, 나중에 동영상을 돌려보다가 나에게 들키고 말았다.

학급의 분위기가 좋아지는 것 같다고 해서 방심하면 안 된다. 아직 매듭짓지 못한 일들이 남아 있는 한 언제든지 문제가 생기는 법이니까. 미묘한 상황이 연출될수록 진표 무리와 가까워지고 있는 홍진이와 석주가 아이들을 괴롭히는 것 같다는 의심은 더욱 커졌다.

그러던 중 상담 순서를 손꼽아 기다렸다는 태민이가 처음으로 입을 열었다. 번호 순서대로 상담을 하고 있던 터라 태민이는 기회를 엿보고 있었다. 홍진이와 석주는 2학년 때 태민이를 괴롭힌 적이 있었다. 태민이는 수업 시간에 적극적이고, 서기를 맡아 교사들과 친밀한 아이였다. 공부를 잘 가르쳐 주고 성실해서 아이들 사이에서 어느 정도 인정을 받고 있었다. 굳이 다른 아이와 비교했을 때 차이점이 있다면 나이답지 않게 독실한 크리스천이라는 것뿐이었다. 홍진이와 석주는 남들이 이상하게 볼 수 있는 부분을 끄집어내어 태민이의 약점으로 만들려고 했다.

"다른 건 다 참을 수 있어요. 그런데 함부로 가방에서 성경책을 꺼내 다른 애들 앞에서 웃음거리로 만드는 것은 참을 수가 없어요. 며칠 전에는 석주와 진표가 영어 듣기 평가 답을 알려 달라고까지 했어요. 이건 선생님께 말씀드려야 할 것 같아서 상담할 날을 기다렸어요."

태민이가 답을 알려 달라는 요구를 거절해서 그나마 다행이었다. 홍진이와 다르게 석주와 진표는 성적에 관심이 많았다. 그동안 석주는 홍진이와 함께 선생님을 난처하게 하거나, 한 아이를 우스꽝스럽게 따라해서 반 아이들의 관심을 끌려고 했다. 그런 석주가 이제는 진표와 힘을 모아 반에서 소동 수준을 넘어서는 행동을 한다는 것은 심각한 문제였다.

지금이라도 할 수만 있다면 홍진이와 석주를 각각 다른 반으로 갈라 놓고 싶다. 이 둘을 어떻게 함께 올려 보냈단 말인가. 작년 담임들이 야속하기만 하다. 아이의 문제를 감정적으로 보면 속만 탄다는 것을 잘 알고 있다. 혼내고 상담을 해도 소용없는 녀석들에게 실망하면 아무것도 해결할 수가 없다. 이럴 때일수록 머리로 생각하고, 악동들의 의도를 긍정적으로 바꿀 수 있는 방법을 찾아야 한다.

최홍진

① 수업 중 갑자기 노래를 하거나 선생님을 흉내 내는 등 독특한 행동으로 남들과 다름을 과시하고 싶어 함.

② 학교에서 남들이 다 하는 공부 또는 성적으로 인정받기를 거부함. 어른과 학교 사회의 몰개성에 대해 비판적임. 비주얼 락과 같은 자신만이

심취할 수 있는 분야를 과시함.

③ 남들과 다른 특별한 행동으로 다른 아이들을 웃기고 자기 행동을 강화하는 데서 정당성을 찾음.

④ 개성이 없거나 순종적인 아이를 답답하다는 이유로 폭행함(아홉 차례 연속해서 뺨을 때림)—때린 이유도 당당히 밝힘.

⑤ 친하지 않은 아이들을 건드리거나 욕 등의 센 척을 하면서 탐색함.

⑥ 편부 가정이지만 아버지가 헌신적임.

이석주

① 수업에 집중하지 않고, 대답하는 아이에게 야유를 보냄. 상대를 험담하거나 싫어하는 별명을 부름—의도적인 수업 방해.

② 인정받기 위해 애를 쓰고, 다른 아이가 인정받으면 상대를 깎아내리는 발언을 함.

③ 비교적 안정되고 성적을 강조하는 가정에서 자람. 높은 성적을 받고 싶어 함.

④ 축구, 복싱 등 운동으로 인정받고 있고, 자신이 못하는 부분은 남의 탓으로 돌리는 경향—부러움, 시기, 질투가 많음.

다르다! 반항적이고 도전적인 홍진이. 그것을 뒷받침하고 분위기를 띄우는 석주. 홍진이와 석주는 바늘과 실 같은 관계인 줄만 알았다. 그렇지만 홍진이는 개성으로, 석주는 성적과 운동으로 인정받고 싶어 하는 점이 다르다. 난 그들 나름의 우정이 존재할 줄 알았다. 그런데 혹시 각자 원하는 목표를 이루기 위해 친구가 된 것은 아닌지 의심이 들었다. 인정을 받아야 한다는 목표가 일치하고, 상대의 인격을 무시하는 장난과 센 척이라는 수단이 일치함으로써 생기는 공생관계……. 어쩌면 둘 사이에 우정이란 처음부터 존재하지 않았을지도 모른다. 두 아이가 선택한 수단으로는 원하는 인정이라는 목표를 이룰 수 없음을 깨닫게 해 주어야 한다. 그리고 서로 다른 방법으로 자기 목표를 이룰 수 있는 길을 찾게 해 주어야 한다.

2004. 5. 18.

엎드려 있는 용준이와 세진이를 흔들어 깨우며 하루를 시작했다. 주말 내내 머리가 아팠지만 오늘 아침에는 홍진이도 석주도 태민이도 달라 보인다. 여전히 홍진이는 삐딱하게 앉아 있지만, 그 역시 오래가지 못할 것이라는 확신이 들었다. 이제 수술을 시작할 때다.

상담실에 들어선 석주는 덩치와 어울리지 않게 순한 양 같았다. 선생님들은 구릿빛 얼굴에 꾹 다문 입술이 사내답게 생긴 얼굴이라고 했다. 하지만 지금 그런 모습은 어디에서도 찾아볼 수가 없다. 낯선 곳을 방문한 사람처럼 두 무릎에 가지런히 손을 얹은 채 두리번거렸다. 이미 석주 어머니와는 전화 상담을 했기 때문에 어머니가 석주에게 당부를 했을 것이다. 가정환경이 안정되어 있는 아이를 지도할 때는 부모의 도움을 받는 것이 효과적이다.

"근데 이런 것도 다 괴롭힌 거예요?"

"그럼! 때린 것만 폭력은 아니지. 싫어하는 별명 부르기, 비난하기, 시비 걸기, 성경책을 꺼내 웃음거리 만든 것 등 모두 다……."

내 말을 듣고 나서 석주는 한풀 꺾였다. 게다가 옆에는 홍진이도 없었다.

"네가 그것을 괴롭히는 거라고 생각하지 않는다면 더 심한 잘못을 하고도 잘못한 줄 모를 거야. 영어 듣기 평가 답까지 보여 달라고 했다며? 목격자가 있었으니 다행이지 태민이까지 빵점 맞을 뻔했다."

흠칫 놀라는 녀석을 보니 오히려 마음이 놓였다. 상담을 한창 하고 있는데, 교직원 회의가 있다는 방송이 흘러나왔다. 이 중요한 순간에 회의가 무슨 의미가 있는지 모르겠다. 교감은 어떤 교사가 회의에 불참했는지 점검하고 있을 것이다. 석주에게 어떤 아이들을 어떻게 괴롭혔는지, 혹시 그 아이들에게 하고 싶은 말은 있는지, 이 일들을 어떻게 처리했으면 좋겠는지 쓰라고 하고는 회의에 들어갔다.

회의는 두 시간이나 걸렸다. 석주가 몇 자 써놓고 나를 기다리다가 그냥 집에 가버렸을 거라고 체념했다. 요즘 아이들은 진정으로 반성할 줄 모른다. 아니나 다를까, 동향이라 빛이 잘 들어오지 않는 상담실은 불이 꺼진 채 문이 열려 있었다. 그러면 그렇지. 반성문이라도 보려고 문을 열었다. 그런데 캄캄한 상담실에서 누군가가 웅크린 채 뭔가를 끄적거리고 있었다!

"어머! 석주야, 아직까지 쓰고 있는 거야?"

"네, 이제 조금만 쓰면 돼요."

"녀석, 불 좀 켜고 하지. 나는 벌써 집에 간 줄 알았는데……. 책임감 있는 모습이 대견하다. 평소에도 이렇게 진지했으면 이런 일 없잖아."

석주는 쑥스러운지 아무 말도 하지 않고 고개를 숙인 채 반성문을 마저 썼다. 석주를 오해한 나 자신이 부끄러웠다. 석주는 진심으로 자신이 괴롭힌 열세 명의 아이들에게 사과하는 글을 쓰고 있었다.

"왜 이 친구들을 괴롭혔니?"

"짜증도 나고 재미도 있고……. 잘 모르겠어요."

"솔직히 너보다 다들 잘났으니까 짜증이 났지? 근데 네가 그렇게 한다고 해서 네가 더 잘나 보이거나 강해 보이는 건 아니야. 애들은 너를 '남을 헐뜯고 괴롭히는 애'로 여길 뿐이야. 목격자 얘기 듣고 사실을 확인하려고 태민이를 만났는데, 성경책 사건 때문에 밤에 잠도 잘 못 잔대. 그리고 네가 착한 줄 알았다고 그러더라."

목격자가 있었다는 것은 선의의 거짓말이었지만 석주는 말없이 수긍했다. 피해를 당한 사람 입장에 서 보는 것, 친구에게 용서를 받기 위해 해야 할 일을 생각해 보는 것이 지금 석주가 해야 할 일이었다. 석주는 내 말을 듣고 낙심하는 듯 보였다. 인정받고 싶은 욕구가 강한 아이에게 더 이상 상처가 되는 말은 하지 말아야겠다는 생각이 들었다. 내가 일방적인 조언을 하는 것으로 끝나는 마무리가 늘 마음에 걸렸다.

"너는 우리 반에서 최고로 운동을 잘하잖아. 애들이랑 축구하면서 친구를 많이 사귀었으면 좋겠어. 홍진이와는 스타일도 좀 다르고 밖에서도 안 만나잖아. 홍진이 말고 다른 아이들과도 좀 더 친해져 봐. 지상이를 전교 1등으로만 보면 걔랑 평생 친구 못해. 다른 면도 보고 자기와 공통점도 찾아봐야 친구가 되는 거야. 네가 다른 아이의 장점을 봐주면 네 장점도 봐줄 거고. 너와 지상이가 축구할 때 투톱으로 뛰면 정말 멋있을 것 같은데……."

축구는 석주가 인정받고 싶은 분야다. 석주가 홍진이 외에 다른 친구들과 축구를 하면서 어울리고, 다른 친구들에게 인정받을 수 있다면 석주의 행동은 바뀔 수 있을 것이다.

"제가 함부로 대한 아이들이 열세 명이에요. 내일 사과할게요."

멋쩍은 듯 말하는 석주를 이제는 믿을 수 있었다. 그것은 석주를 체념했던 마음에 대한 보상이었다.

"제가 쓴 편지 좀 복사해 주세요. 집에서 연습해서 내일 애들 앞에서 읽을게요."

복사한 편지를 가지고 집으로 향하는 녀석의 어깨가 듬직해 보였다. 석주가 아이들 앞에서 용기를 낸다면 '남을 괴롭히는 아이'에서 '자기 잘못을 반성할 줄 아는 용감한 아이'로 새롭게 태어날 수 있을 것이다. 석주가 참 고마웠다.

2004. 5. 30.

뜻하지 않은 석주의 공개 사과에 아이들은 깜짝 놀란 듯했다. 역시 박수가 나왔다. 가장 놀란 아이는 홍진이었다. 그때 홍진이의 표정을 잊을 수가 없다. 녀석은 놀란 토끼 눈을 하고 석주를 뚫어져라 쳐다보았다. 아마도 이제는 자기 차례라고 생각했을 것이다. 나는 석주와 상담하면서 느낀 감정을 아이들에게 설명했다. 어두운 상담실에서 쪼그린 채두 시간을 고민한 석주의 이야기도 해주었다. 나중에 아이들에게 물어보니 '용감하다', '지켜봐야 한다'는 반응이었다. 조기 축구 팀의 꾸준한 활동, 갯벌 체험과 라디오 프로그램 출현 그리고 석주의 사과……. 반분위기가 조금씩 변하자 아이들은 더 이상 침묵하지 않았다.

홍진이가 자신의 방식이 이제 우리 반에서 통하지 않는다는 것을 깨닫기를 바랐다. 석주와는 달리 홍진이는 솔직한 대화와 가정방문을 거부했다. 홍진이와 친한 다른 반 아이와 함께 상담을 시도했지만 장난을 치며 피하려고만 했다. 홍진이는 개성 없고 답답하다며 시비를 걸고 센 척을 한 것은 생각이 안 나서 못 쓰겠다고 했다. 결국 다른 반 아이의 뺨을 이유 없이 때린 행위에 대해 체벌을 했다. 그제서야 느릿느릿 자기가 괴롭힌 아이들의 이름을 적어 내려갔다.

"자존심이 상해서 미안하다는 말은 못해요."

"너는 네 자존심만 알고 다른 사람은 자존심이 없는 줄 알지? 똑같이 잘못했는데 석주는 용기 있게 애들 앞에서 다짐을 했고, 넌 그렇지 않았어. 석주는 반성하는 아이가 되었고, 너는 잘못을 모르는 뻔뻔한 아이로 남는 거야. 공개 사과를 못하겠으면 개인적으로 사과해. 사과했는지는 내가 확인할 거야."

아이가 진심을 보이든 보이지 않든, 사과는 피해를 당한 아이의 자존심을 회복해 주는 하나의 과정이었다. 나는 반성할 줄 모르는 아이와 소통하는 방법을 찾을 수 없었다. 홍진이처럼 가볍게 말하는 아이에게는 가볍게 응수해야 한다. 하지만 나는 이상하게 홍진이와 마주하면 더 진지해졌다.

"앞으로는 유치하게 다른 애들 흉보는 것으로 웃기려고 하지 마라. 이제는 안 통해. 애들은 혹시 자기가 웃음거리가 될까 봐 억지로 웃어 주는 거야. 네 유머를 불편해한다고. 계속 그렇게 하면 결국 네가 따돌림을 당하게 될 거야."

"저 친구 있는데요."

"석주? 아까 말했잖아. 아이들이 인정하는 것처럼 석주는 착하게 변해 가고 있어. 그러니 너도 석주처럼 수업 시간에 집중하고 애들에게도 친절하게 대하고, 학급 일에도 참여해야 해."

이제 아이들은 홍진이를 석주와 다르게 대했다. 석주는 자기 잘못을 반성하는 아이로, 홍진이는 더 이상 괴롭히지는 않지만 별로 친해지고 싶지 않은 아이로 생각했다. 홍진이의 유치한 유머는 진정되는가 싶더니 다시 살아나기도 했다. 그렇지만 아이들은 예전처럼 호응해 주지 않았다. 반성을 모르는 홍진이 때문에 반 아이들은 더 혼이 났다. 남을 비난하는 비열한 개그에 동조하고 있어 홍진이가 반성을 못하는 것이라며 아이들을 나무랐다.

석주와 홍진이의 행동을 바로잡는 과정에서 한 가지 배운 것이 있다. 아이들은 반에서 좋은 이미지로 인정받기를 바라고 나쁜 이미지로 낙인찍히는 것을 두려워한다는 것이다. 아이들은 혼이 나면 잘못을 인정하기 전에 잘못을 저지르는 아이로 찍히는 것을 먼저 걱정한다. 두 아이가 강도를 높여 가며 계속 나쁜 행동을 할 수 있었던 것은 아이들이 그것을 허용했기 때문이다. 늦게나마 그런 행동은 우리 반에서 용납되지 않고, 남을 괴롭히는 일이 자기 자신에게 불이익이 된다는 사실을 깨달았으니 악동들은 더 이상 같은 잘못을 반복하지 못할 것이다.

2004. 6. 7.

석주와 홍진이가 사과한 이후 잠시 미뤄 두었던 집단 상담을 진행했다. 서로 이해하는 폭이 넓어지면서 모둠의 결속력도 강해졌다. 학급 운영위원회에서 급식 당번과 배식량이 차이가 있다는 문제가 제기되었다.

"급식 도우미는 배식이 다 끝난 다음 맨 나중에 받아야 하잖아요. 근데 아이들에게는 음식을 조금씩 나눠 주고, 남은 것을 다 가져가는 게 문제인 것 같아요."

학습 부장 재성이의 의견에 많은 아이들이 동의했다. 이 문제를 학급 회의에 상정하기로 했다. 우리 반은 이제 진표가 속한 급식 도우미 활동을 지적할 수 있을 만큼 성숙했다! 평등한 구조로 가는 것은 좋은데 진표가 이를 받아들일지가 걱정이었다. 진표는 학기 초 반장 선거에서 자신이 원하는 후보가 낙선하자 무효표를 던진 아이를 폭행한 적이 있었다. 혹시라도 진표가 자신에 대한 도전이라고 생각해서 주먹질을 할지도 모를 일이었다.

"모두 즐겁게 점심을 먹자는 뜻으로 회의하는 거니까 다른 사람의 이야기를 잘 들어 보고 현명하게 풀어 보자. 급식 도우미들도 자신의 생각을 발표하는 것이 좋을 것 같다."

잘 웃지 않는 얼굴에 이목구비가 뚜렷한 진표는 가만히 있어도 무게가 느껴졌다. 진표는 교실에서 야단을 치면 나에게 대들다가도 교무실에 오면 바로 죄송하다고 말했다. 교실 안에서 자기 이미지만큼은 존중해 달라는 애원 같아 보이기도 했다.

학급 회의는 다소 긴장된 분위기 속에서 진행되었다. 사안과 대상 자체가 민감했기 때문이다. 갑자기 진표가 손을 번쩍 들었다.

"처음 반찬을 나누어 줄 때 급식 도우미들이 양을 제대로 조절하기 힘들어. 만약 처음부터 충분히 나누어 주었다가 나중에 부족하면 어떻게 해?"

"그럼 더 떠오면 되지."

"야, 급식 도우미들은 밥 안 먹고 반찬만 떠다 주냐? 그리고 가지러

가면 없다고 그런단 말이야."

이때 재성이가 양쪽의 입장을 모두 대변해 주는 방법을 제안했다.

"급식 도우미들이 배식하고 남은 음식을 조금 더 받되, 다 가져가지는 말고 더 먹고 싶은 아이들에게 먼저 나눠 주는 거야."

재성이의 제안에 많은 아이들이 동의했다. 나머지 안건들도 일사천리로 처리되었다. 급식 순서는 평소에 하던 대로 각 부서별로 돌아가면서 먹는 것으로 하고, 급식 당번이 4교시 끝나자마자 칠판에 급식 순서를 적어 놓기로 했다.

재희가 마지막 발언을 하고 싶은 사람은 손을 들라고 하자 진표가 손을 들었다.

"급식 도우미들도 열심히 할 테니까 너희들도 다 먹고 급식 판을 차곡차곡 쌓아 줘."

마침내 진표도 우리의 질서를 받아들였다. 아니 주체가 되어 질서를 함께 만들어 가고 있었다. 지상이는 오늘 정한 내용을 번호를 붙여 칠판에 써놓았다. 그 노력 덕분인지 우리 반은 다른 반에 비해 그나마 공평하게 급식을 할 수가 있었다. 물론 며칠은 점심시간의 달콤한 휴식을 포기하고 아이들을 지켜봐야 했지만 말이다.

2004. 10. 20.

기선이가 전학 오고 한 달이 좀 넘어서 다시 따돌림이 시작되었음을 알게 되었다. 기선이는 2학기가 시작될 때 전학을 왔다. 며칠 감지 않은 듯 착 달라붙은 머리카락과 얼굴에 비해 작은 이목구비, 육중한 몸과 더듬거리는 말투는 소심하고 둔해 보였다. 기선이는 어쩐지 만만해 보였다. 아이들이 질문을 해도 반응이 없었다. 따돌림을 당할까봐 걱정이 되었지만 우리 반 아이들을 믿었다. 기선이가 적응하는 데 시간이 필요할 것 같았다.

10월에 농촌 봉사 활동을 할 기회가 생겼다. 이번 기회에 아이들과 1박 2일을 함께 보내면 기선이에게도 친구가 생길 수 있을 것 같았다. 그러나 농촌 봉사 활동을 다녀온 뒤에도 기선이의 상황은 나아지지 않았다. 그리고 언제부턴가 아이들 사이에 수상한 소문이 돌기 시작했다.

"혼자 중얼거려……."

"머리에서 냄새가 나……."

"이상해……."

이상한 아이가 전학 왔다는 소문은 삽시간에 다른 반까지 번져 갔다. 다른 반의 좀 노는 녀석들은 우리 반에 들러 기선이를 흘끔 쳐다보고 키득거렸다. 기선이는 자기가 어떤 일을 당하고 있는지 크게 신경 쓰지 않는 것처럼 보였다. 기선이 어머니도 아이가 혼잣말을 할 뿐 전에 다니던 학교에서 따돌림을 당한 적은 없다고 했다. 기선이에 대해 근거 없이 유언비어를 퍼뜨리는 것은 분명히 폭력이었다.

2004. 11. 15.

아이들 성적도 분위기도 좋고 2학기도 끝나가는 마당에 따돌림 문제가 생길 줄은 몰랐다. 지난 일 년 동안 폭력 없는 반을 만들기 위해 노력했다. 그런데 또다시 안개 속을 걷고 있는 것 같았다. 소문의 진원지를 찾기는 쉽지 않았다. 그러던 중 실마리를 풀어 줄 사건이 일어났다. 제비로 짝을 뽑는데 기선이의 짝이 된 민채를 보고 재성이가 놀려 댔다. 민채 역시 싫은 기색이 역력했다. 어이없게도 아이들은 민채를 위로하고 있었다. 나는 보다 못해 폭발하고 말았다.

"지금 뭐하는 짓이야? 기선이 교무실에 가 있어."

기선이를 내보낸 뒤 그동안 하고 싶었던 이야기를 쏟아 냈다.

"지금부터 너희들이 다른 학교에서 금방 전학 왔다고 상상해라. 알 겠지? 너희들에게는 친구도 없어. 급식도 수업 방식도 모든 것이 다 낯설어. 친절히 설명해 주는 친구도 없어. 말 한 번 걸어 보고는 자기 들끼리 수군대는 것 같아. 너희들한테 이상한 냄새가 난대. 그리고 그 저 대꾸한 것뿐인데 혼자 중얼거린다고 이상한 눈으로 쳐다봐. 너희들 을 계속 이상한 아이로 몰아가고 있어. 심지어 얼굴도 모르는 다른 반 아이들이 찾아와 동물원의 원숭이 보듯 낄낄댔어. 복도를 걸을 때도 화장실을 갈 때도 다른 반 아이들이 쳐다봐. 선생님이 짝을 바꾼다고 하기에 이번에는 짝이 친구가 되어 줄 거라고 기대했어. 그런데 새 짝 이 된 아이는 대놓고 짜증 난 얼굴을 하고, 주변 애들이 안됐다며 놀리 기 시작해……. 자, 기분이 어떻겠니?"

"무서워요."

"학교 오기 싫어요."

끔찍한 장면을 본 것처럼 아이들의 대답은 즉각적이었다.

"너희들은 기선이가 학교 오기 싫게 만들고 있어! 기선이가 너희들 을 때렸니? 아니면 돈을 뜯었니? 혹시 잘못한 게 있니? 그렇게 평화와 화목을 말했건만 일 년 동안 도대체 뭘 배운 거야? 너희가 무슨 짓을 했는지 알아? 멀쩡하고 착한 아이를 바보로 만들었어. 동조한 녀석들, 무관심한 녀석들 모두 가해자야. 그리고 무슨 일이 있어도 유언비어

퍼뜨린 놈 내가 꼭 찾아내고야 말 거야!"

아이들은 역지사지가 잘 되지 않는다. 끝까지 자기 입장과 감정만 중요할 뿐이다. 반성과 배려, 책임 같은 가치를 이해시키려면 감정을 이입할 수 있도록 소설처럼 이야기를 해야 한다. 간접적이지만 '자기가 경험하고 있는 상황이라면'이라는 상상을 하면서 상대를 이해할 수 있도록 해야 한다. 때로는 죄책감을 느끼게 해 감정이 움직이도록 해야 한다.

말을 끝낸 뒤 기선이에게 잘못한 점과 친구로서 어떤 점을 도와야 할지에 대해 글쓰기를 시켰다. 생각을 정리하는 시간을 주고 싶었다.

아이들이 집으로 돌아간 뒤 민채에게 전화를 걸었다.

"민채는 친절한 아이라서 기선이 짝이 되면 좋겠다고 생각했는데, 아닌가 봐?"

"사실은 잘해 주려고 했는데, 애들이 이상한 애라고 그래서 못했어요."

집단 따돌림은 착한 아이들마저 발목을 잡고 있었다. 이제야 유언비어의 진원지를 찾을 수 있을 것 같은 예감이 들었다.

"누가 그러는데?"

"정수하고 기범이요. 걔들이 대놓고 기선이한테 욕하고 그랬어요."

"또 다른 애들은?"

"걔들이 다른 반 애들도 데리고 왔어요."

"때리지는 않았어?"

"때리는 건 못 봤지만, 기선이 앞에서 더럽다고 말하고 병신이라고 툭툭 쳤어요."

"기선이는 어떻게 하고 있었는데?"

"그냥 가만히 듣고만 있었어요."

"알았다. 진작 좀 말해 주지. 다시는 그런 일이 없어야 하니까 잘해 주기로 마음먹었다면 우리 모두 기선이를 편안하게 해주자."

아이들과 전화 상담을 하면 솔직한 이야기를 들을 수 있다. 정수와 기범이가 쓴 글을 찾아보았다. 하지만 두 아이가 쓴 글들은 너무 짧고 진정이 없었다. 씁쓸한 기분이 들었다. 따돌림 문제를 생각할 때마다 영화 〈에이리언〉이 떠오른다. 죽여도 죽여도 끊임없이 찾아오는 에이리언 같은 악몽에 이젠 정말 지친다. 끊이지 않는 악몽 같은 저주……

2004. 11. 17.

저주의 마법을 풀 수 있는 열쇠는 우리 모두에게 있다는 생각을 했다. 모두가 이 문제를 일으켰으니 모두가 풀어야 한다. 정수와 기범이를 깨닫게 하고, 기선이에게 진심으로 사과하게 하고, 기선이를 돕고, 학급을 화목하게 만드는 것도 모두의 몫이다. 나는 단지 길을 열어 줄 뿐이다.

평소 정수와 기범이와 친한 아이들 중에 주관이 뚜렷한 인찬이, 석주와 홍진이에게 괴로움을 당한 적이 있는 태민이, 반장과 부반장인 재희와 지상이, 그리고 정수와 기범이를 한자리에 불렀다. 아이들은 원탁에 빙 둘러앉았다. 기범이와 정수의 의자는 따로 놓았다. 기범이는 반성하는 빛이 보였지만, 정수는 여전히 떨떠름한 표정으로 앉아 있었다. 아직 두 아이에게는 말할 기회를 주지 않았다.

"오늘 우리가 모인 이유는 정수와 기범이가 기선이를 괴롭힌 일을 어떻게 마무리하면 좋을지 조언을 해주기 위해서야. 그러기 전에 정수와 기범이가 어떤 일을 했는지 알 필요가 있겠지?"

정수와 기범이가 쓴 글을 아이들과 돌려 보았다. 아이들은 나쁜 소문 퍼뜨리기, 대놓고 욕하기, 여러 아이들 앞에서 창피 주기, 시비 걸기 등 그동안 두 아이가 기선이를 괴롭힌 사실을 확인하고 충격을 받은 듯했다.

"우선 읽어 본 느낌을 말해 볼까?"

나는 아이들에게 돌아가면서 발언할 기회를 주었다.

"애들도 아무 생각 없이 웃고 그랬는데 이렇게까지 심한 줄 몰랐어요."

"기선이가 힘들었을 것 같아요."

이제야 아이들은 기선이의 입장에서 생각하기 시작했다.

"보통 이런 일을 당하면 어떤 심정일지 태민이가 용기 내서 말해 보자."

"난 학기 초에 석주하고 홍진이한테 괴로움을 당했어. 좋게 생각해 보려고 했는데 더 이상 참을 수 없었어. 하루하루가 지옥 같고, 전학 가고 싶었어. 내일은 걔들이 나를 어떻게 할까 늘 고민했거든. 하지만 지금은 괜찮아."

태민이는 더듬더듬 어렵게 말을 이어 갔다. 태민이에게는 힘든 고백인 줄 알면서 심정을 말해 달라고 미리 부탁한 터였다. 아이는 용기를 내어 수락했다. 아이들은 동정어린 눈빛으로 태민이를 바라보았다. 평소 태민이를 호의적으로 생각했던 정수와 기범이도 태민이의 말에 고개를 숙였다.

"정수와 기범이가 앞으로 어떻게 했으면 좋겠니? 인찬이부터⋯⋯."

"기선이에게 부족한 점은 있어. 그런데 세상에 완벽한 사람은 없어. 친구의 장점부터 보려고 했으면 좋겠어."

정수는 가장 친한 친구인 인찬이의 말에 진지한 태도를 보였다. 평소 아이들 사이에서 주목받고 싶었던 정수는 홍진이가 학교에 나오지 않자 점차 '리틀 최홍진'처럼 행동하기 시작했다. 홍진이처럼 교사에게 맞서지는 못했지만 머리 모양과 복장, 거친 언행으로 시선을 끌고 싶어 했다.

정수는 인찬이의 잘생긴 외모와 멋진 머리 스타일을 부러워했다. 인찬이는 정수 위에 군림하려고 하지 않았고, 정수는 그런 인찬이를 무척 좋아했다. 기범이는 정수를, 정수는 인찬이를 동경하는 것 같았다. 그래서 아마 정수는 내 말보다는 인찬이의 말에 더욱 귀를 기울였을 것이다.

인찬이는 국제관계나 정치 문제에 관심이 많았다. 나에게 질문도 자주 했고, 가끔 방과 후에 토론을 하다가 가기도 했다. 정수는 인찬이의 느리고 여유 있는 행동을 옆에서 묵묵히 기다려 주었다. 정수는 인찬이가 내 눈치를 살피느라 자신을 배신한 것이 아니라, 온전히 자기를 위해 바른 말을 하고 있다고 믿었을 것이다. 이야기와 반성이 진지하게 진행되는 것 같아 해결 방법을 생각해 보자고 제안했다.

"사태를 어떻게 마무리하면 좋을까?"

"일단 사과를 해야죠. 직접 말하기는 쑥스러울 테니까 편지를 써서 기선이한테 주면 좋겠어요."

"전에 석주가 했듯이 애들 앞에서 다짐을 했으면 좋겠어요. 석주가 발표한 이후에 애들이 석주를 괜찮게 보는 것 같거든요."

"기선이의 장점을 찾아보는 것도 했으면 좋겠어요. 애들이 기선이에 대해 잘 몰라요."

아이들의 제안에 대해 정수와 기범이는 어떻게 생각하는지 물었다. 두 아이는 그렇게 하겠다고 했다. 정수가 쓴 편지에는 앞으로 친구의 장점을 먼저 보고 나쁜 소문을 퍼뜨리지 않겠다는 다짐이 들어 있었다. 기범이는 동생이 따돌림을 당한 적이 있는데, 자신이 동생을 괴롭힌 아이와 다를 게 없다며 눈물을 흘렸다. 정수와 기범이는 내일 아이들 앞에서 사과 편지를 발표할 테고 아이들은 또 박수를 칠 것이다.

공책을 잠시 덮었다. 눈을 들어 창문 사이로 들어오는 햇살을 보았다. 차가운 겨울바람이 햇살 속에 스며들어 잠잠해지고 있었다. 날이 풀리는가 싶더니 기상청의 예보대로 오늘 오후에는 눈보라가 칠 것 같다.

학교폭력 문제는 살을 에는 칼바람처럼 쉬어 가는가 싶으면 또다시 몰아치고, 소강상태가 되는가 싶으면 세차게 불어닥쳤다. 손 쓸 틈도 없이 번져 가는 전염병처럼 한 아이에게 집중되던 따돌림은 중단되는가 싶으면 다른 아이에게 옮겨 갔다. 학년이 달라져도 마찬가지였다. 악순환의 고리는 쉽게 끊어지지 않았다.

하지만 이 선생님은 포기하지 않았다. 그녀는 학급의 화목을 도모하는 아이들의 소집단을 적극 인정해주었다. 때로는 회의나 활동을 통해 아이들의 집단을 만들어 내기도 했다. 그리고 그들에게 지원을 아끼지 않았다. 여기에는 말로 다 표현할 수 없는 그녀의 헌신적인 노력이 녹아 있었다. 고민하고 계획하고 조직하고 격려하고 준비하고 실행하고 마무리짓는 모든 단계에 보이지 않게 그녀가 있었다.

보통 아이들의 폭력적인 문화는 교사가 배제된 채 굳어져 버린다. 폭력의 실체가 수면 위로 드러나고, 가해자와 피해자가 명백해진 뒤에야 아이들의 무대에 교사라는 존재가 등장한다. 만약 폭력적 상황이 반복된다면 교사들은 빙산의 일각만 다룬 셈이라고, 이것으로 폭력 문제를 해결했다고 보는 것은 잘못되었다고 이 선생님은 늘 말하곤 했다.

실체를 제대로 알려면 따돌림 문제를 역사적으로 접근해야 한다고도 했다. 지금 일어난 사건이라고 해서 현재 문제로만 보아서는 안 된다는 것이다. 아이들은 과거 경험에 따라 다른 방식으로 관계를 맺는다. 때문에 이 선생님은 따돌림과 관련한 아이들의 과거 경험을 상담을 통해 알고자 했다. 아이가 따돌림을 당한 적이 있는가, 친구를 괴롭힌 적이 있는가, 있었다면 어떤 일이 계기가 되었나, 주변에서 따돌림을 당하는 친구를 보고 어떻게 행동했는가 하는 질문을 통해 아이들의 속마음을 알아보았다. 결국 따돌림은 과거의 일이 풀리지 않았거나 혹은 편견과 소문 때문에 일어난 것임이 밝혀진다.

현재 시점을 뛰어넘는 시간에 대한 통찰은 공간을 보는 시각에도 적용되었다. 이 선생님은 학급의 구조를 관통해 보려고 노력했다. 아이들 집단 내의 역학 관계를 분석한 뒤에, 불평등한 권력 구조가 균형을 이루도록 다양한 프로그램을 적용했다. 아이들에게는 끊임없이 평등한 관계를 제안했고, 권력이 여러 아이들에게 배분되는 것을 가장 중요하게 여겼다. 그리고 집단 간에는 소통을 통해 오해와 편견의 원인을 차단하고자 했다.

이 선생님의 학급 운영에서 소통은 한 아이의 시간과 공간을 다른 아이들의 그것과 연결하는 중요한 수단이었다. 소통을 위해 학급 자치의 요소를 학급 운영에 매순간 끌어들였다. 그러나 일상적이고 구조적인 폭력의 세계는 바위처럼 단단했다. 그녀는 그 구조를 쉴 새 없이 건드리고 흔들어 댔다. 정의감이 있는 아이들을 모았고, 자연스럽게 권력의 중심이 이동할 수 있는 길을 만들었다.

이 선생님은 혁명가 같았다. 결국 아이들은 이 선생님의 뜻을 따랐고, 자신들이 원하는 학급의 모습을 만들고자 노력했다. 아이들이 서로 다르다는 것을 인정하고 배려하며, 부족한 부분은 서로 나눌 수 있도록 최선을 다했다. 그들은 졸업을 앞두고 시간이 얼마 남지 않았을 때도 따돌림 문제를 해결하기 위해 노력했다.

나는 이 선생님의 드라마 같은 이야기를 떠올리면서 박수를 보내지 않을 수 없다. 그러나 그녀에 대해 경외심을 느끼는 만큼 쉽게 제거되지 않는 악의 싹에 대한 두려움도 느꼈다. 사실 그녀도 그것에 대한 완벽한 해답을 찾은 것 같지는 않았다. 최선을 다했는데 왜 폭력은 없어지지 않는 것일까? 안타깝게도 외적인 문제들, 가령 행정, 학교장의 권위, 교육 과정, 정부의 교육 정책, 가정환경, 언론의 영향력, 사회 풍토 등은 이 선생님이 통제할 수 있는 영역이 아니었다.

그렇다면 이 문제는 영영 해결할 수 없는 것이 아닐까? 내가 이 선생님이라면 아마 여기서 그만두었을 것이다. 악순환은 전쟁과도 같은 것이다. 한쪽이 없어지거나 끝나야 멈추는 상황. 정의를 포기할 것인가, 아니면 끝까지 싸울 것인가……. 골리앗보다 거대한 사회 구조를 다윗보다 심약한 개인이 깨겠다고 맞서는, 이길 수 없는 게임이다. 아마 이 선생님도 이것을 잘 알고 있었을 것이다.

그러나 불행하게도 학교는 이 선생님 같은 사람이 우대받는 곳이 아니다. 소통과 자치를 중시하는 이 선생님은 경쟁에서의 승리와 성적을 중시하는 학교에서 이상주의자일 뿐이다. 학교에서 관리자들에게 인정받지 못하는 아웃사이더일 뿐이다. 아이들을 위해 사회 구조와 싸우는 교사가 몇이나 될까? 나 역시 끝까지 싸우겠다고 덤벼들 용기도 능력도 없다. 그저 우리 반에서 따돌림이나 괴롭힘이 일어나지 않길 바라는 소박한 욕심밖에 없다.

이 선생님은 나이팅게일 같다. 쥐와 벼룩이 들끓고 부상병들의 오물이 넘치는 전쟁터 야전병원, 누구도 지원하지 않는 이곳에 뛰어든 용감하고 헌신적인 여인. 밤새 등불을 밝히며 환자를 포기하지 않았던 나이팅게일의 사랑을 이 선생님은 학교에서 보여 주고 있었다. 나도 아이들을 사랑하지만 이 선생님의 사랑과는 무언가 다르다.

_배신

다음 해에 이 선생님은 학교를 옮긴 후 순회 교사가 되었다. 그러나 폭력에 대한 문제의식과 탐구심은 여전했다. 담임을 하지 않았기에 오히려 아이들 관계를 객관적으로 관찰할 수 있었다. 여러 반의 특성과 아이들 사이의 폭력을 대하는 교사들의 태도를 비교 관찰했다. 나는 그 가운데 다음 이야기가 가장 슬프게 다가왔다.

2005. 11. 7.

빠르게 걷는 발소리가 교무실 문 밖에서 들려왔다. 미닫이문이 열리자 강 선생님은 숨을 고르며 거울에 얼굴을 비춰 보았다. 무슨 일인지 강 선생님 얼굴엔 눈물 자국이 남아 있었다.

"선생님, 괜찮으세요? 무슨 일이세요?"

강 선생님의 팔을 꽉 잡았다. 늘 힘들어하던 강 선생님을 안쓰럽게 지켜보고 있던 터라 나도 모르게 과장된 행동이 튀어나왔다. 다행히 싫은 내색 없이 강 선생님은 아이들에게 느낀 소외감을 말하기 시작했다.

"현장학습 장소를 정하고 있었어요. 현정이는 놀이공원을 가자고 했고, 유미는 학교 근처 극장에서 영화를 보고 공원에서 놀자고 했어요. 현정이는 유미가 남자 친구와 약속이 있어서 그렇다며 놀이공원으로 가자고 주장한 거예요. 선생님도 아시겠지만, 현정이와 유미가 우리 반에서 목소리가 제일 크잖아요. 둘이 계속 큰 소리로 싸우는 거예요. 제가 아무리 조용히 하라고 해도 들은 척도 하지 않았어요. 여기에 동조하는 애들이 웅성대면서 교실은 난장판이 되고 말았어요. 제 목소리는 허공에 묻혀 버렸지요. 순간 제가 투명인간이 된 것 같았어요. 도저히 참을 수 없어서 교실을 뛰쳐나와 버렸어요. 우리 반…… 정말 어떻게 해야 할지 모르겠어요."

선생님은 충격을 받은 듯 연신 흐르는 눈물을 닦아 냈다. 내가 순회 교사라 적극적으로 도움을 주지 못해서 미안했다.

나는 강 선생님 반 아이 중에 국어를 좋아해 자주 이야기를 나누곤 하는 민선이를 만나 보았다.

"담임 선생님이 많이 속상해하셔서. 너희들 너무 심한 거 아니야?"

"걔들이 잘못했죠. 그런데 담임 선생님은 너무 착해서 우리를 어떻게 못해요. 우리 세계를 잘 모르시는데 우리한테 뭐라고 할 수 있겠어요."

강 선생님에 대한 아이들의 편견은 굳어져 있었다. 강 선생님은 공부 잘하고 지도력이 있는 아이를 신임했지만, 이 아이가 따돌림을 주도할 줄은 몰랐던 것이다. 강 선생님은 아이들을 괴롭히는, 이른바 센 아이들에게 권력을 빼앗긴 듯 보였다. 아이들은 강 선생님을 무시하기 시작했다. 어떤 아이도 담임 선생님에게 진실을 얘기해 주지 않았다.

아이들은 선생님보다 주도하는 아이들 눈에 띄지 않게 조심했다. 이 아이들이 주도해 담임 선생님 앞에서는 진실을 숨기는 연기를 하기도 했다. 이들은 원희와 신형이, 지수를 무시하고 유언비어를 퍼뜨리며 심심풀이의 대상으로 삼았다. 이런 구조는 일 년 동안 견고해졌다. 이 단단한 구조가 원희와 신형이, 지수가 외로운 섬에서 빠져나오지 못하도록 만든 원인이었다. 더불어 오늘에서야 강 선생님은 자신도 원희, 신형이, 지수와 같은 처지라는 것을 알게 된 것이다.

공책을 펼친 채 한참 동안 멍하니 있었다. 믿었던 아이들에게 느꼈던 배신감이 다시 생생하게 떠올랐다. 설마 이런 상황이 나에게도 올까? 교사가 느끼는 상처는 아이들도 느끼고 있을 터였다. 이 선생님의 글에서 교사의 소외감 못지않게 상처를 받았을 아이들이 보였다. 만약 내가 이 상황에 놓였다면 아마 내 상처에 매몰되어 아이들을 돌보지 못했을 것이다.

센 아이들은 권력 지향적이고 지배성이 강했다. 다른 곳에서 충족하지 못한 욕구나, 좀 더 많은 욕구를 충족하기 위해 권력을 가지려고 했다. 내 학창 시절에 기억나는 친구들 중에는 힘으로 다른 사람을 제압하려 했던 녀석들이 꽤 있었다. 선생님들은 우리의 문화를 전혀 눈치채지 못하거나 대수롭지 않게 여겼다. 그래서 선생님이 나가고 없는 교실에서는 그 녀석들이 왕처럼 굴었다. 단지 차이점이 있다면, 그때는 선생님이 없을 때만 왕인 반면에, 지금은 선생님이 있어도 아이들이 왕처럼 행동한다는 것이다. 교사는 어느 우화에서처럼 고양이를 믿고 생선 가게를 맡긴 주인 꼴이 되어 버렸다. 고양이는 결국 주인마저 쫓아낼 만큼 힘이 커져 버렸다. 교사가 아이들에게 속아 교실에서 외면당하는 모순된 상황이 연출되고 있는 것이다. 돌아보면 누구나 그런 시절을 겪었다. 그러나 교권이 실추된 요즘, 아이들이 교사마저도 자신들의 권력 투쟁의 대상으로 삼고 있는 것이다. 충격이 아닐 수 없다.

이 선생님에게 우리 반 부반장이 한 학기 동안 아이들을 괴롭히며 돈을 요구했던 일에 대해 말한 적이 있었다. 이 선생님은 대뜸 그 아이가 만나는 상급생 혹은 다른 학교 아이들은 없냐고 물었다. 그다지 큰일이 아닌 것 같은데, 그녀는 솥뚜껑 보고 놀란 사람처럼 되물었다. 그녀는 자신의 경험에 비추어 여러 가능성을 두고 사건을 살피고 또 살폈다.

"우리 반 부반장은 그런 애가 아니에요."

"아니, 혹시나 해서요. 폭력 문제는 그 자체가 전부가 아니거든요. 깊숙이 들어가 보면 전혀 다른 사건인 경우가 많아요. 1학년 때부터 꼬인 문제가 3학년 때 드러날 수도 있고, 다른 집단이나 힘이 센 다른 아이가 조작한 일일 수도 있어요. 그러니까 여러 경우의 수를 두고 두

루 살펴볼 필요가 있죠.

가해자 집단을 찾을 때 현상을 한 번 더 뒤집어 의심해 볼 필요가 있어요. 그 위에 혹시 누군가 있는지, 이 아이의 가해 행동에는 그럴만한 이유가 있는 것은 아닌지……. 결국 피해자, 중간 가해자, 가해자들이 드러나기도 해요. 가장 꼭대기에 있던 가해 아이는 지역의 깡패들과 연결되어 있기도 해요. 폭력 문제는 여러 면으로 접근하지 않으면 원인을 찾을 수가 없어요."

나는 학교에서 나오는 교우 관계 조사 설문지를 아이들에게 작성하게 하고, 상담실에서 나누어 주는 관계도만 참고했다. 수학여행 때 같이 앉고 싶은 아이, 같이 앉기 싫은 아이 등을 물어보고 이름을 적는 것이었다. 싫고 좋음이 분명한 요즘 아이들에게 적합한 설문지라고 생각했다.

그러나 이 선생님은 강함과 약함을 구분하려는 아이들의 성향 때문에 권력층이 존재할 것이라고 가정하고 그것을 찾아냈다. 신기하게도 이 선생님의 분석은 맞아떨어졌다. 그래서 결국 폭력 관계의 배후까지 발견할 수 있었던 것이다.

이 선생님이 진행하고 있는 학생 자치 활동들도 이 모든 상황을 고려해서 이루어지고 있었다. 분석을 습관처럼 하는 이 선생님의 성향은 대상을 가리지 않았다. 자기 반 아이들에 대한 분석을 넘어 다른 반을, 학생 개인을 넘어 교사 개인까지 포함하고 있었다. 그리고 이 선생님은 이것을 낱낱이 기록해 놓았다. 이 선생님의 글이 한편으로 무섭게 느껴졌다.

_조해리의 창

나는 계속해서 이 선생님의 일기를 읽어 나갔다. 그녀의 독특한 필체, 관찰과 분석, 실천, 탐구는 다음 해 4년차에 담임을 맡았을 때도 계속되었다. 이번에는 조해리의 '마음의 창'이라는 심리학 이론을 통해 아이들을 분석해 놓았다. 그동안의 기록은 감탄할 만했지만, 어둡고 부정적인 내용들이라 불편했던 것이 사실이다. 왜 세상을 이렇게 복잡하게 보는지 거부감이 들기도 했다. 그러나 조해리의 '마음의 창' 이론으로 분석한 것은 그럴듯해 보였고 공감이 가는 면도 있었다. 아마 그녀의 다소 산만했던 분석도 과학이라는 틀 속에서 정리되어 가고 있는 것 같았다.

2006. 6. 13. 개방형인 병식이

교무실에서 미술 선생님이 다급히 시간표를 확인하고 있었다.

"6반 애들이 없어졌어. 별관하고 본관을 다 찾아봤는데 한 명도 안 보여!"

미술 선생님은 연로하시지만 교육에 대한 열정은 젊은 교사 못지않은 어머니 같은 분이었다. 선생님의 긴 한숨이 내내 마음에 걸렸다. 혹시나 하고 6반 교실에 가보았지만 아이들은 없었다. 수업을 마치는 종이 친 다음에야 선생님은 애들이 모두 화장실 곳곳에 숨어 있었다는 사실을 알았다. 아이들은 크게 혼났지만, 곧바로 무슨 일이 있었냐는 듯 배꼽을 잡고 웃어 댔다. 이 어이없는 사건의 중심에는 최병식이 있었다.

병식이는 일진은 아니었다. 준수한 외모에 공부도 어느 정도 해서 교사들 사이에서는 '악동' 수준의 장난꾸러기로 통했다. 그러나 병식이에게 한번 놀림의 대상이 되면, 그 아이는 따돌림을 당하고 말았다. 아이들은 놀림거리가 되지 않기 위해 자기가 먼저 남을 놀리는 길을 택했다.

아이들은 병식이의 행동이 옳다고 생각하지 않으면서도 병식이를 따랐다. 병식이는 1학년 때 전교 부회장 선거에서 떨어졌다. 병식이가 장애가 있는 친구를 괴롭힌 적이 있었기 때문이었다. 하지만 2학년에 올라와서 피자를 사겠다고 하자, 아이들은 병식이를 부반장으로 뽑았다. 병식이의 주특기는 아이들을 곤경에 빠뜨리는 것이었다. 한 아이의 가방을 숨겨 놓고 다른 아이들과 낄낄대고 웃었고, 문 뒤에 아이를 가둬 놓고 책이나 신발, 우유통을 던지기도 했다. 또 의자에 압정을 놓아두고 아이들을 강제로 앉게 했다. 약한 아이 취급을 받기 싫었던 아이들은 장난인 것처럼 같이 웃고 넘어갔다. 아이들은 병식이에게 걸리면 그냥 재수 없다고 생각하고 말았다. 아이들이 병식이보다 더 무서워하는 아이는 용우였다. 용우는 센 척이 아니라 정말로 센, 우리 학교 일진이었다.

용우는 무단결석과 조퇴를 반복했다. 나는 어느 날 용우에게 방과 후에 남아서 수행 평가를 하자고 했다. 하지만 용우는 그냥 집에 가버렸다. 다음 날 용우는 자기가 집에 갔다고 내게 말해 준 아이의 **뺨**을 사정없이 때렸다. 선생님께 자기를 나쁘게 말했다는 것이 그 이유였다. 폭력이 난무하는 6반의 분위기가 용우의 폭력을 더욱 자연스럽게 만들어 주고 있었다.

하루는 6반에서 수업을 할 때 '정의에 대하여'라는 제목으로 아이들에게 글쓰기를 시킨 적이 있었다.

"정의란 옳은 것은 옳다고, 잘못된 것은 잘못됐다고 말할 수 있는 용기이다. 내가 일 년 동안 지켜본 결과, 6반에는 정의란 없었다. 마지막으로 용기 있는 모습을 보여 줬으면 좋겠다. 그래야 병식이나 용우가 더 이상 나쁜 행동을 하지 못할 테니까."

나는 아이들에게 그날 있었던 폭력을 공개하면서 반에서 일어난 일들에 대해 글을 쓰게 했다. 불행인지 다행인지 용우의 자리는 비어 있었다.

- 병식이는 우리 모두가 자기에게 맞춰야 한다고 생각하는 것 같다. 항상 먼저고 우선이다. 예전에 어떤 애 필통을 밖으로 던진 적이 있다. 자기 것이 아니면 부러지든 어떻게 되든 상관없다고 생각한다.
- 병식이가 수업 시간이나 쉬는 시간에 민창이 가방을 빼앗아서 애들이랑 돌리면서 웃었다.
- 앞문 뒤에 친구 한 명을 가두고 책이나 신발, 우유통을 던지며 장난을 쳤다.
- 청소할 때 마포질하는 애들 중에 혼자만 하고 나머지 두 아이는 집에 가거나 선생님이 올 때만 하는 척을 했다.
- 1학기 때 의자에 압정을 놓아두고 애들이 앉기를 기다렸다. 당하면 웃었고, 당하지 않으면 아이들을 때렸다. 압정이 있다는 것을 말해 주면 나도 아이들한테 맞을까 봐 말을 안 했다. 그리고 친구가 압정에 찔려 아파할 때 친구들과 같이 웃었다.

- 병식이하고 용우는 늘 자신의 권력이 세다고 시비를 걸었다. 그러나 당하는 사람이 늘 더 맞거나 놀림받는 게 대세였고, 아무도 말리지 않았다.
- 용우는 갑자기 전화가 왔다면서 다 닥치고 있으라고 하기도 했다. 그러면 모두가 조용히 했다.

3학년에 올라와서도 병식이의 행동은 나아지지 않았다. 아이들 역시 글을 쓸 당시에만 진술했을 뿐이다. 새로운 반, 새로 부임한 선생님, 병식이 위주의 질서로 굳어진 학급에서는 다를 게 없었다. 병식이는 공부 잘하고 얌전한 아이들을 자신의 동조자로 만들었다. 자기 옆에 앉히거나 수업 시간에 자기와 같이 떠들게 만들었다.

때로는 따돌릴 아이를 지목하기도 했다. 누군가 발표할 때 "싸대지마, 나대지 마" 하면서 그 아이를 따돌리는 분위기로 몰아갔다. 먼저 시비를 건 뒤에 당한 아이가 오히려 맞거나 놀림을 받곤 했다.

병식이는 말수가 적고 얌전한 선훈이 같은 아이들을 끼고 다녔다. 작년에는 선훈이 휴대 전화로 여자 선생님들 치마 속을 찍다가 걸려 징계를 받았다. 선훈이는 휴대 전화를 빌려 주었다는 이유로 함께 징계를 받았다.

병식이는 징계를 받은 뒤 학교 규정에 따라 반장 후보가 되지 못하자 노골적으로 한 아이를 반장으로 밀었다. 병식이를 잘 알고 있던 반장 후보의 엄마는 병식이를 집으로 초대해 많이 도와달라고 부탁했다. 6반 반장은 조용하고 묵묵한 편이라 그저 교사들에게만 반장일 뿐이었다. 교사가 없는 교실에서 이미 병식이가 권력을 장악하고 있었다.

6반은 어느새 병식이가 직접 개입하지 않아도, 장난 수준을 넘어선 괴롭힘이 일상화되어 있었다. 선생님들에게 꾸중을 들어도 아이들은 얼굴도 붉히지 않았다. 수업을 하기 어려울 정도로 분위기가 나빴다. 그래서 할 수 없이 체벌을 하기도 했다. 그러나 맞은 아이는 전혀 아프지 않다는 표정으로 아이들을 웃기고 말았다.

나는 6반이 걱정되었다. 학기 초에 몇 명을 불러놓고 병식이 이야기를 했다. 아이들은 병식이의 욕심을 알고 있었지만 아무도 병식이를 막지 못했다. 문제의식이 있던 아이들도 그 문제를 드러내지 못했다.

2006. 9. 5. 고립형인 형수

여름방학이 지나고 우리 반은 짝을 바꾸기로 했다. 짝을 바꾸기 전에 짝의 매력을 다섯 가지 적어 게시판에 공개했다. 숨은 매력을 찾아서 자신의 좋은 이미지를 알리도록 하기 위해서였다.

"좋은 점과 매력을 잘 찾는다는 건 친구를 따뜻한 시선으로 볼 줄 아는 착한 아이라는 뜻이겠지?"

짝의 특징과 매력을 발견하지 못하거나 장난삼아 쓴 아이들은 있지만, 일부러 나쁘게 쓴 아이는 없었다. 그런데 유일하게 형수가 "내 짝은 오타쿠다"라고 적어 냈다. 형수의 짝인 태현이는 어렸을 때 유사 자폐 진단을 받은 적은 있지만 성실하고 책임감이 있는 착한 아이다. 형수는 매번 앞자리에 앉아야 할 정도로 시력이 나빴지만 얌전한 편이라서 태현이와 잘 어울릴 수 있겠다고 생각했다. 그런데 상대를 비꼬는 말로 쓰기도 하는 말을 여러 차례 쓰다니 좀 의외였다.

형수와 상담하던 날, 형수에게 태현이를 어떻게 생각하는지 물었다.

형수는 작년에 아무 소리 못하던 태현이가 지금은 선생님 마이크를 잡고 자리에 앉으라고, 숙제 내라고 소리치는 것이 아니꼽다고 했다.

"태현이가 나대는 게 싫어요. 다른 애들도 다 그렇게 생각하고 있어요."

"누구나 자기 의견을 내고 싶어 하지. 태현이도 자기 의견을 말할 권리가 있어."

"작년에는 안 그랬는데, 올해 변했어요. 전 덜떨어진 애랑 같은 반이라고 욕먹은 적도 있어요."

형수의 표현은 직설적이었다. 태현이와 같은 반인 것 자체가 부담스러운 것 같았다.

'우리 반이 태현이를 욕할 만한 분위기는 아닌 것 같은데……'

활발한 자치 활동으로 태현이에게도 할 일이 주어진 터였다. 각자 맡은 일에 최선을 다하고 자신의 개성을 드러낼 수 있어야 한다고 강조해 왔다. 우리 반에 피해를 주지 않는다면 어떤 모습도 허용할 줄 알아야 한다고 했다. 형수의 말은 내가 판단하는 우리 반의 모습과 달랐다.

형수가 올해 행동이 달라졌다고 지적한 아이가 한 명 더 있었다. 태현이처럼 1학년 때부터 따돌림을 당했던 계상이였다. 계상이는 3학년이 되어서는 활발한 모습을 보여 주고 있었다.

"계상이는 작년에 가출한 적이 있어요. 그때 계상이가 다른 학교 애들한테 자기가 일짱이라고 거짓말했대요. 그것 때문에 노는 애들이 졸업식 날 계상이를 패겠다고 했어요. 아마 졸업식 때 걔들한테 맞을걸요."

"벌써 일 년이 넘었고, 걔들과는 상관없잖아?"

형수는 때리겠다고 했던 아이들보다 오히려 계상이를 더 이해할 수 없다고 했다. 내가 설마 하는 표정을 짓자 "분명히 졸업식 날 맞을 거예요" 하고 확신 있게 말했다. 형수는 태현이와 계상이의 긍정적인 변화를 받아들이고 싶어 하지 않았다. 어쩌면 그동안 내가 잘못 판단했을 수도 있다는 생각이 들어 형수와 상담을 한 뒤 다른 아이들도 만나 보았다.

그러나 형수의 말은 사실이 아니었다. 태현이가 앞에서 말하는 것을 싫어하는 아이들도, 계상이가 졸업식 날 맞을 거라고 생각하는 아이들도 없었다. 무엇보다 작년보다 더욱 활발해진 태현이와 계상이의 행동이 이를 확실히 증명하고 있었다.

형수는 혼자만 그렇게 생각하는 것일까? 반 아이들은 형수를 숫기가 없고 눈에 잘 안 띄는 모범생으로 알고 있었다. 사실 나조차도 이번 상담을 통해 형수의 성격을 알게 되었다. 형수는 고집이 세고 주장이 강한 아이였다. 다른 아이들에게 자기 마음을 표현하는 데 서툴렀던 형수는 다른 아이들과 잘 소통하지 못했다. 형수는 유일하게 친한 친구들 앞에서만 자신 있게 말했다. 형수의 친구들은 주장이 강하지 않고 양보를 잘하는 성향이었다. 그들은 형수의 왜곡된 생각과 표현까지도 받아주었다. 형수가 믿는 세상은 다른 사람은 모두 알고 있는데, 자기만 모르는 반쪽짜리 세상이었다. 그런 친구들이 곁에 없으면 형수는 어떻게 될까? 그 자신이 따돌림의 피해자가 되지 않을까?

2006. 11. 17. 크레믈린형 성엽이

학급운영위원회(학급 부서장들의 회의 기구)에서 숙제나 벌 청소를 대신해 주고 돈을 받는 아이들이 있다는 이야기가 나왔다. 성엽이가 벌 청소를 하는 아이들 대신 청소를 해주고 돈을 받기로 했다. 하지만 돈을 주겠다고 약속했던 아이들이 차일피일 미루자 힘이 센 진철이에게 대신 받아 달라는 부탁을 했다. 수고비를 주겠다는 조건으로 말이다. 다행히도 진철이는 이를 달가워하지 않았다.

나에게 호되게 혼이 난 성엽이는 내가 자기를 나쁘게 보고 있다고 틈만 나면 투덜거렸다.

"내가 널 아끼니까 더 멋진 사람이 되라고 혼낸 거지. 성엽이는 비판을 수용할 줄 모르는구나?"

사실 성엽이의 불만은 학기 초로 거슬러 올라간다. 녀석이 상당히 나를 의식하고 있음을 느끼고 있었다.

"왼손에는 피자, 오른손에는 햄버거! 이 박성엽, 뽑아 주라!"

3학년에 올라오자마자 성엽이는 반장이 되기 위해 이리저리 뛰어다녔다. 이번에 반장이 된다면 중학교 3년 동안 반장을 했다는 명예가 남는다. 하지만 올해는 사정이 좀 달랐다. 친한 친구이자 모범생인 강일이가 있었다. 강일이를 견제하기 위해서 강일이보다 어떻게든 표를 많이 얻어야 했다.

나는 반장 선거 전 '우리 반 대표는 어떤 사람이어야 하는가'라는 제목으로 설문 조사를 했다. 설문지에는 '먹을 것을 사달라는 아이'도 있었다. 성엽이는 내가 자기를 경계하고 있다고 생각했을 것이다. 결국 다급해진 성엽이는 선거 유세 때 보드게임을 풀겠다고 공약했지만 강일이에게 밀려 낙선했다.

반장이 되지는 못했지만, 그동안 성엽이는 능수능란하게 자기를 돋

보이기 위해 노력해 왔다. 자신은 누구보다 상황을 잘 알고 지능적으로 대처할 수 있다고 믿고 있었다. 성엽이의 부모님은 고학력이었고 가정형편도 꽤 넉넉한 편이었다. 귀공자 같은 외모에 값비싼 시계를 차고 다녔다. 어머니가 엄격한 편이라 성엽이는 순종적인 아들이었다. 하지만 학교에서는 아이들에게 침을 묻히고, 먹다 남은 우유를 일부러 썩히고, 공중전화 수화기를 내려놓는 장난을 치는 엉뚱한 아이였다. 성엽이는 '특이하고 장난이 심한 녀석. 하지만 머리가 좋아 공부 잘하는 녀석'으로 통했다.

성엽이는 악동의 모습을 감추고 교사들에게는 예의 바르게 행동했다. 그리고 자기 이미지에 손상을 입었을 경우 억울해했다. 며칠 전 성엽이가 상담 도중에 갑자기 울었다. 태현이가 한문 선생님에게 장난이 심하다고 말을 한 것 때문에 태현이가 밉다고 했다. 그러더니 "제 이미지가 나빠지는 것을 참을 수 없어요" 하면서 눈물까지 흘렸다. 그 모습은 이미지 관리라면 목을 매는 성엽이가 연기를 하는 것처럼 보였다. 이렇게 성엽이는 부모와 교사 그리고 반 친구들에게 인정받기 위해 노력했다.

1학년 때 성엽이는 담임이 질서와 성적을 중시하는 학급의 반장이었다. 성엽이 담임 선생님은 학생들과는 거리를 두어야 한다고 강조하던 분이었다. 권위적인 선생님에게 성엽이는 아주 예의 바르고 리더십이 있는 학생이었다. 그리고 아이들도 성엽이의 리더십을 인정했다.

그러나 2학년 때 성엽이는 아이들끼리 심하게 괴롭히는 반이 되었다. 공교롭게도 용우와 병식이가 같은 반이었다. 성엽이는 또 반장이 되었다. 하지만 1학년 때와 상황이 완전히 달랐다. 모범생으로는 인정받을 수 없었고, 반장이 되는 과정도 쉽지 않았다. 애들을 괴롭히지만 공부를 잘하고 더군다나 피자까지 사겠다는 병식이가 출마한 상태였다. 그래서 성엽이는 햄버거를 사겠다고 말해 버렸고, 병식이와 근소한 차이로 반장이 되었다. 아이들은 반장을 뽑은 것이 아니라 피자와 햄버거를 두고 저울질을 했다. 때문에 반장이라는 지위로 얻을 수 있는 권력은 무의미했다.

아이들은 폭력적인 아이들에게 걸리지 않기 위해 전전긍긍했다. 폭력과 비난이 일상화된 교실에서 성엽이는 약한 아이들을 괴롭히는 반장이 되는 길을 선택했다. 어느새 성엽이는 재미로 일삼아 아이들을 괴롭히는 무리와 하나가 되었다. 성엽이는 아이들과 함께 선생님들 차에 우유를 던지기도 했다. 또 자신의 세력을 과시하기 위해 따돌림을 당하는 아이를 마구 때리기도 했다. 그러나 성엽이는 많은 고민을 했다. 당시 수업 시간에 썼던 '정의에 관한 글쓰기'에서 성엽이는 자신의 심경을 이렇게 밝혔다.

텔레비전에 나오는 것처럼 모두가 부러워하는 모범생이 되고 싶었다. 학기 초에는 정말 성실하게 일했다. 그렇지만 모두들 나를 인정해 주지 않았다. 나 자신에게 화가 났다. 텔레비전에 나오는 것처럼 모두가 부러워하는 모범생이 되기 위해 열심히 노력했지만 생각대로 되지 않았다. 모범적인 친구들과 어울렸고, 그들처럼 되고 싶었지만 아무리 노력해도 나와는 무언가 달랐다. 그래서 나는 힘센 친구들과 어울렸다. 반장이었지만 아이들을 괴롭히는 데 앞장섰다. 또한 힘센 친구들이 약한 아이들을 괴롭힐 때 그것을 제재하지 않았다. 어차피 내 말을 듣지 않을 거라고 생각했고,

나도 같이 괴롭히는 입장이었기 때문이었다. 그 결과 지금과 같은 어중간한 상태가 되고 말았다.

성엽이는 모두가 우러러보는 사람으로 인정받고 싶은 아이였다. 하지만 올해 우리 반은 여러모로 성엽이를 갈팡질팡하게 만들었을 것이다.

먼저 담임인 내가 자신의 의도를 간파하고 있다는 사실이 가장 큰 장애가 되었을 것이다. 성엽이는 연기를 하면서까지 인정을 받으려고 했다. 지금도 충분히 가진 것이 많은데 성엽이의 욕심은 끝이 없어 보였다. 아이의 창의력과 성실함이 결합된다면 더할 나위 없이 좋았을 것이다. 하지만 성엽이는 그 능력을 다른 사람 눈에 띄기 위한 장난으로 만들어 버렸다. 아쉽게도 우리 반에 성엽이의 장난에 맞장구를 쳐 줄 아이는 없어 보였다.

우리 반은 학급운영위원회를 중심으로 운영되었고, 힘이 센 진철이나 유머가 넘치는 성찬이도 작년과는 달리 성엽이의 장난에 동조하지 않았다. 오히려 "그만 좀 해. 선생님 짝 좀 바꿔 주세요. 완전 사이코예요." 하고 불만을 이야기하기도 했다.

그렇다고 아이들이 성엽이의 욕망을 간파한 것은 아니었다. 성엽이는 주도면밀했고, 자신의 의도를 감쪽같이 숨겼다. 지금도 성엽이는 학급에서 정의롭고 봉사를 잘하는 강일이와 친하게 지내며 재기를 꿈꾸고 있는 듯했다. 강일이는 이 사실을 모르고 나에게 "성엽이는 장난이 좀 심해서 그렇지 속은 착한 아이"라고 말했다. 성엽이가 잘못했을 때 말고는 혼낸 적도 없는데 말이다.

나는 과연 어떤 유형의 사람일까? 이 선생님은 성엽이를 실리를 추구하는 계산적인 크레믈린형으로 묘사했다. 따지고 보면, 나에게는 사람들의 시선을 그다지 중요하게 생각하지 않으면서 내가 하고 싶은 것을 즐기는 나만의 세계가 있다. 내가 좋아하는 일, 내가 사랑하는 가족만 지킬 수 있다면 주변의 시선쯤은 아무 상관 없다. 그렇다고 형수처럼 세상을 모른 채 바보처럼 사는 인간형은 아니다. 내 귀는 늘 세상을 향해 열려 있다. 내가 간섭받고 싶지 않은 것처럼 누군가의 삶에 개입하는 것은 질색이다. 단지 나를 위해 열어 둘 뿐이다. 그래서 학교 돌아가는 일, 다른 교사들의 수업 능력, 아이들을 대하는 태도 등에 관심이 많다. 내가 이 선생님의 연구 공책에 집중하는 것도 내가 신중형에 가까운 모습으로 세상을 보고 있기 때문은 아닐까?

그렇다면 이경원 선생님은 어떤 유형일까? 그녀는 개방형 인간이다. 감추는 것이 없어 보였다. 남들이 비난을 하든 질투의 시선을 보내든 자신이 옳다고 생각하는 일들을 말과 글로 표현했다. 이 선생님은 에너지의 원천이라고 얘기하는 연구 모임 활동에 적극적이었고, 촛불시위와 같은 사회문제를 표출하는 현장에 있었다.

"여기 남들이 모르는 진실된 자신에 관한 정보가 있다고 해요. 과거, 현재의 생각, 욕구, 경험, 관심, 감정 같은……. 개인은 자신의 정보를 많은 사람들에게 공개하거나 숨기거나, 부분적으로 개방하거나 위장하기도 하지요. 그리고 그를 아는 사람들은 그에 대해 잘 알고 있거나 전혀 모르거나, 부분적으로 알고 있거나 잘못 알고 있기도 하고요. 그런 시각들을 교차해 조해리는 자기도 모르고 남도 모르는 경우, 자기도 알고 남도 아는 경우, 남은 아는데 자기만 모르는 경우, 자기는 아는데 남은 모르는 경우로 자기 개방 모형을 나누었죠. 아이들도 이 네 가지 방식으로 의사소통하고 세상을 보고 있을 겁니다.”

이 선생님은 이 말을 하면서 2006년도의 병식, 형수, 성엽이와 2002년도의 희석이를 떠올렸을 것이다. 병식이는 자기도 알고 남도 아는 절대 권력을 꿈꾸는 아이다. 마치 영화 〈반지의 제왕〉의 사우론처럼 모든 반지를 지배할 절대 반지를 갖고 싶어 하는 아이 같다. 그녀는 언젠가 병식이에 대해 언급한 적이 있었다. 우연히 졸업한 병식이를 만났는데 기분이 많이 상했다고 했다.

“이해할 수가 없어요. 그렇게 얘기했는데, 아이는 놓지 않더라고요. 최병식이라고 졸업생인데 고등학교 가서 반장이 됐다고 보란 듯이 말하더라고요. 병식이가 있었던 반은 늘 사건 사고가 끊이지 않았어요. 병식이가 아이들을 많이 괴롭혔어요. 게다가 이상하게도 그 반 아이들도 병식이와 똑같이 변해 갔죠. 결국 사물함을 깨고 대걸레로 천장을 부수고 졸업해 버렸어요. 며칠 뒤 병식이가 우리 반 애들에게 담임이 누구냐고 묻더니, 나에게 자기가 아직도 애들 괴롭히고 산다고 전하라고 했다는 거예요.”

아무도 대담하고 거침없는 병식이의 행동을 막지 못했다. 병식이는 영화 〈공공의 적〉에 나오는 주인공처럼 냉혈한이면서 권력 지향적인 사람들의 전형을 보여 주는 것 같았다. 어떤 이는 〈공공의 적〉에서 보여 주는 권력 사회의 모습이 한국 사회의 현실을 적나라하게 드러냈다고 했다. 그렇다면 병식이는 한국 사회에서 살아남는 방법을 알려 주는 모델이었다.

병식이는 힘 있는 아이들뿐만 아니라 힘 없는 아이들도 이용했다.

자기 의도를 분명히 보여 주어서 공포심을 갖게 한 뒤 통제했다. 자기가 지배할 수 있는 사람임을 보여 주었다. 이용하고 버리는 식이었다. 부모에게 자신의 모습이 알려지는 것은 두려워했지만 끊임없이 자기 집단을 만들어 힘을 키웠다.

그렇다면 형수는 어떨까? 형수는 우리 사회의 구경꾼들의 모습을 보여 주었다. 형수가 알고 있는 것과 실제는 많이 달랐다. 아이들은 형수의 본 모습을 잘 몰랐고, 형수 역시 모든 아이들에게 자신을 보여 주지 않았다. 마치 안 보이는 눈 대신 큰 귀가 있어 다른 사람이 듣지 못하는 세상을 다 듣는 것처럼, 자기가 보는 세상만이 옳다는 굳은 신념을 갖고 있었다.

형수는 자기 나름대로는 지능적으로 행동했지만 세상의 일부만 보는 대표적인 구경꾼이었다. 방어막을 치고 피해의식을 갖고 세상을 보기 때문에 좁은 시야로 인간관계를 보았다. 형수는 자신의 약점을 숨기기 위해 자기를 무조건 포용해 주는 아이들하고만 놀았다. 형수는 이 속에서만 마음껏 의사를 표현하고 주장했을 것이다. 형수에게 돌아오는 모든 대답은 결국 메아리에 불과했다. 혼자만의 메아리를 듣고 자신이 대화를 하고 있다고 생각했다. 이 선생님이 말했듯, 형수는 '남은 아는데 자기만 모르는' 고립형의 소통을 하고 있었다.

이경원 선생님은 이 아이들 가운데 성엽이를 가장 걱정하는 것 같았다. 병식이나 형수는 충고를 해주는 좋은 친구들을 만나면 변화할 수 있었다. 하지만 성엽이는 자기만 알고 남은 모르게 소통하기 때문에 애초부터 좋은 친구를 만날 수 있는 기회가 없기 때문이었다.

성엽이 이야기는 '세상에서 가장 멋진 여우'라는 우화를 떠올리게 했다. 여우는 숲속에서 가장 날쌔고 영리하고 욕심 많은 동물이었다. 자신의 모습을 가장 아름답게 꾸미는 것을 최상의 목표로 삼았다. 높은 곳에서 내려다보고 싶었던 여우는 뱀의 긴 몸이 부러웠다. 그래서 자고 있는 뱀 옆에서 자신의 몸을 길게 늘여 보았다. 뱀보다 길어지고 싶다는 욕망으로 숨을 크게 쉬고 목을 길게 뺐지만 뱀을 따라갈 수 없었다. 결국 너무 욕심을 부린 여우의 허리는 끊어져 버렸다.

그러나 성엽이는 우화 속의 여우처럼 되지 않았다. 어쩌면 성엽이는 여우보다 더 냉정한 존재일지 모른다. 게다가 성엽이는 심리 게임에 통달했고, 인간관계에서 자기 판돈을 늘리는 일에 능숙했다. 센 아이들에게 인정받지 못하면 허울뿐인 반장밖에 못 된다고 생각하자 나서서 아이들을 괴롭힐 정도였다. 끊임없는 인정 욕구로 점철되는 마키아벨리즘 같은 것일까? 성엽이는 최대 행복을 위해 또 팔방미인이라는 인정을 받기 위해 지능적으로 자신의 모습을 다듬었다.

우화에 등장하는 여우보다 훨씬 욕망이 큰 여우라면 자고 있던 뱀을 물어 죽이지 않았을까? 아마 여우는 죽은 뱀을 나무에 걸고 더 높은 곳을 향할 것이다. 결국 자신의 자원을 최대한 사용해 꼭대기에 오를 것이며, 아래를 내려다보며 자기만족에 빠져 살 것이다.

마지막으로 나는 그녀의 일기 맨 처음에 등장하는 희석이를 '자기도 모르고 남도 모르는' 시선으로 세상을 보는 아이라고 생각한다. 희석이는 자기가 당한 끔찍한 일들을 장난이라 여겨야 했고 자신을 드러낼 수도 없었다. 해가 바뀌어 센 아이들과 어울리며 문제아처럼 보이려 했을 때는 스스로가 강해졌다고 여기기도 했다. 하지만 그것은 착각이었다. 누구도 희석이를 강한(권력이 있는) 아이라고 생각하지 않았다.

강약으로 가르는 세상 때문에 자기조차 정체성을 모른다면 이 얼마나 슬픈 일인가? 어쩌면 이 선생님이 찾고 있는 '진실'이라는 것도 미지의 영역이 아닐까? 진실을 알고 진실을 말하는 학급이 이 세상에서 어떤 모습으로 존재할 수 있을까?

_반성

그 이후의 기록은 이 선생님과 내가 만났던 작년의 일이었다. 2007년의 기록은 공동의 목표를 설정해 끊임없이 이야기를 만들어 가는 학급 운영에 대한 것이었다. '진정한 우정'이라는 주제로 진실을 찾아 회의를 했고 화해의 마무리를 했다. 그 안에도 아이들의 깊숙한 내면까지 이해하려고 했던 이 선생님의 사랑이 듬뿍 담겨 있었다. 아이들의 삶을 기록하면서 따돌림 없는 교실을 만들기 위한 고뇌가 숨어 있었다.

그러나 이 선생님의 연구 공책을 읽으며 두 가지 의문이 들었다. 하나는 이 기록이 이 선생님만의 특수한 경험일 수 있다는 점이다. 나는 모든 아이들이 어른들이 가질 법한 권력욕과 지배욕을 가지고 있다는 점에 동의하기 어렵다. 이 선생님의 부정적인 시선이 때로는 옳을 수도 있다. 그러나 사회를 권력 지향적으로만 설명하려 하는 것이 문제인 것 같았다. 다원화된 사회에서 사람들은 권력만을 추구하지는 않기 때문이다. 그리고 권력이라는 용어보다는 '권위'라는 표현이 더 적절할 것이다. 사람들은 더 나은 삶을 위해 능력을 발휘하며 경쟁에 뛰어든다. 경쟁은 대체로 공정하며, 여기서 승리하는 사람에게 주어지는 것이 권위이다. 권위를 통해 계층이 형성되는데, 사회적 합의가 이를 가능하게 하고 있다고 생각한다.

또한 모든 교사들이 이 선생님 같은 불운을 겪는 것도 아니다. 나는 비록 초임 교사이지만 순수한 아이들과 만든 아름다운 추억을 기억한다. 그것은 꿈이 아니라 내가 직접 경험한 현실이었다. 이 선생님이 아이들을 권력 관계와 지배 구조로 보면 볼수록 그녀의 불운은 현실이 될 뿐이다.

그리고 이 선생님의 이런 분석이 그녀의 시선을 지나치게 예민하게 만드는 것 같다는 생각이 들었다. 6년차인 이 선생님도 이제는 자신을 돌아볼 때가 되었다. 그녀의 관점에서 보면, 학창 시절, 특히 남학생들의 교실에서 일어나는 수백 가지의 일들을 폭력이라고 의심해 봐야 한다. 그러나 다르게 생각해서 그 일들을 아이들이 자라면서 스스로 이겨 내야 할 과정으로 여긴다면, 경쟁 사회의 강자로 살아남기에 더욱 유리하지 않을까? 때로는 이 선생님 스스로 스트레스를 자초하는 것처럼 보여 안타까운 마음이 들 때가 있었다.

하지만 이 선생님의 일기를 보면서 나는 아이들의 고통도 모른 채 자기만족에 빠져 일 년을 보내지는 않았는지 돌아보게 되었다. 내가 하늘이 선물한 천사라며 자랑처럼 우리 반을 말할 때 이 선생님은 보이는 게 전부가 아니라고 충고했다. 나는 그 말조차 조언으로 받아들이지 못했다. 이제는 이 선생님이 왜 쉬는 시간마다 교실에 들러 아이들을 관찰하고, 아이들 관계를 세심하게 살폈는지 조금은 이해할 수 있었다.

그리고 보면 이 선생님은 아이들에 대해 모르는 게 없었다. 우리 학교 모든 아이들에게 관심을 가졌다. 그녀는 아이들의 관계를 관찰하고 분석하는 일을 좋아했고, 수업 시간이든 쉬는 시간이든 가리지 않고 아이들의 대화와 행동에 눈과 귀를 모았으며, 집단 상담이나 학급운영위원회를 통해 관계에 대한 정보를 수집하기를 즐겨했다. 또 아이들이 서로를 어떻게 인식하고 있는지를 알려고 했고, 관계의 구조를 그림으로 그려 중요한 자료로 삼았다. 이런 활동들이 모두 아이들 사이에 일어나는 폭력을 예방하고 발견하기 위한 것이라고 믿고 있었다.

실제로 이 선생님은 수업에 들어가서 수집한 내용을 바탕으로, 1학년 모든 반에서 일어나고 있는 학교폭력을 직접 발견해 담임 선생님들에게 알려 주곤 했다. 동료 교사들은 이 선생님에게 학급에서 일어나는 따돌림을 포함한 폭력 문제를 해결할 수 있는 방법과 자기 반의 권력 구조에 대해 묻곤 했다. 물론 몇몇 교사들은 이 선생님의 활동을 이해하지 못했다. 아이들의 세계에 관심도 없었고 개입하고 싶어 하지도 않았다.

정부가 학력만을 강조할수록 이 선생님은 거기에 반항이라도 하듯 아이들 정서를 보살피는 데 더욱 에너지를 쏟았다. 어느 날, 연구 부장이 이 선생님에게 격앙된 목소리로 말했다.

"이 선생님만 참 교사라고 생각해요? 대의를 좀 생각해요. 다른 선생님들은 다 하는 자율학습 감독을 도대체 왜 안 한다는 거예요?"

"제가 교장 선생님께 직접 말씀드릴 테니 여기서 소리 지르지 마세요."

이 선생님이 자리를 피하려고 하자 연구 부장은 더욱 흥분했다. 방과 후 학교와 자율학습을 혼자 끝까지 거부하는 이 선생님에 대한 불만을 노골적으로 드러냈다.

"자꾸 제게 말을 시키시니까 말씀드리는 건데요. 저는 강제로 실시하는 자율학습에 반대하고, 반 아이들과 남아서 할 일이 많아서 감독도 안 하겠다는 말입니다. 그리고 저만 잘났다고 한 적도 없으니 그런 식으로 말씀하지 마세요."

이 선생님은 감정을 자제하며 차분히 말했다. 학교에서 강조하는 대의는 강제로라도 아이들에게 공부를 시키는 것이고, 이 선생님에게 대의란 아이들에게 편안하고 행복한 학교생활을 만들어 주는 것이었다. 그녀는 그 차이를 누구보다도 잘 알고 있었다. 뿐만 아니라 승진을 코앞에 두고 있기에 관리자가 지시하는 대로 해야 하는 연구 부장의 처지도 이해하고 있었다. 방과 후 학교는 강사가 있어야 하지만, 수업 시수와 업무가 과중한 우리 학교에서는 강사로 나서는 교사들이 거의 없었다. 이 선생님은 오히려 여유 있게 연구 부장의 짜증을 들어주었다. 상황을 지켜보고 있던 나는 이 선생님 입장에 동의했다. 나서서 이 선생님 편을 들어주지는 못했지만…….

아이들이 친구 관계가 원만하고 교실을 편안하게 느끼면, 그 다음에 비로소 학습 능력이나 재능을 발휘해 보려는 자아실현의 욕구가 생길 것이라고 이 선생님은 말해 왔다. 반면에 아이들이 무기력하고 교실에서 두려움을 느끼는 상황이라면 억지로 시키는 공부와 과도한 경쟁으로 인해 더욱 상황이 악화될 것이라고 믿고 있었다. 선생님의 정성 때문인지 이 선생님 반 아이들은 시험을 앞두고 스스로 남아 공부를 하다 가기도 했다. 그럴 때면 선생님은 아이들과 함께 공부도 하고, 배가 고프면 라면도 끓여 먹었다. 스스로 하는 공부에 재미를 느낀 아이들은 학년이 올라가서도 자율학습을 신청하기도 했다.

물론 어떤 아이는 자신의 영역에 개입하려는 이 선생님에게 저항하기도 했다. 특히 괴롭힘이 일상화된 교실의 문화를 주도하는 아이들이 그랬다. 이런 아이들을 보면서 아무 도움도 줄 수 없어 무력감과 자포자기를 반복해야 했던 시간도 있었다. 하지만 이 선생님은 아이들의 삶을 꼼꼼히 기록하며 감정보다는 이성으로, 마음보다는 머리로 아이들의 힘겨운 처지를 이해하려고 노력했다.

이 선생님의 연구 공책은 아이들의 숨겨진 삶의 모습을 보여 주는 것이기에 더욱 의미가 있었다. 권력을 차지하려는 아이들의 경쟁은 따돌림과 폭력을 낳는다는 것이 그녀의 결론이었다. 힘을 과시하는 센척과 약자를 누르며 얻은 우월한 지위를 향한 동경이 자아와 인간관계를 왜곡시키고 있다고 했다.

언젠가 술자리에서 아이들에 대한 뒷담화를 늘어놓던 동료 교사에게 이 선생님이 한마디를 던졌다.

"그게 어디 애들 잘못이겠어요? 다 어른들 잘못이지. 어른들은 그렇게 안 사나? 이 사회가 그러니까 애들도 똑같이 배우는 거잖아. 문제는 이런 썩은 구조에서 애들을 어떻게 살리느냐 하는 거야."

취기가 올라 금세 검붉어진 그녀의 얼굴에서 고뇌를 보았다. 이 선생님은 교실이 권력 지향적인 사회의 축소판이 되었다고 말하고 싶어 했다. 그리고 아이들이 사랑했던 한 기간제 교사에 대한 이야기를 꺼냈다. 그 분은 교육청 라인으로 들어온 다른 기간제 교사에게 밀려 쫓겨났다고 했다.

"상급 기관의 권력에 쩔쩔 매고 있으니 자기보다 아래 직급은 얼마나 우습겠어? 정규직 교사와 비정규직 교사의 차별, 협조를 가장해 권위적으로 시키는 교무 회의와 교육청 공문들……. 권력의 세계는 순수하게 아이들을 사랑하며 살고 싶은 교사들도 꼼짝 못하게 만드는 능력이 있단 말이야. 아이들도 마찬가지겠죠? 생존을 위해 매순간 선택해야 해. 권력을 가질 것인가, 빼앗길 것인가, 가진 자의 편에 설 것인가, 빼앗긴 자의 희생을 방관할 것인가를……."

중얼거리는 이 선생님의 목소리에서 허무가 느껴졌다.

"어제 제가 가르쳤던 아이가 죽었대요."

이 선생님의 눈이 흐려졌다. 제자에게 연락을 받고 앨범에서 얼굴을 찾아보고는 이상한 마음이 들었다고 했다.

"죽음이…… 정말 믿고 싶지는 않지만 한편으론 믿겨지네요."

이 선생님은 잠시 말을 멈추었다. 이야기를 더 듣고 싶었지만 이 선생님이 다시 이야기할 때까지 기다렸다. 그 아이는 고등학교에 올라가서 중간고사를 보다가 3교시 시험을 마친 뒤 교실에서 뛰어내렸다. 유서도 남기지 않은 채…….

"선생님, 그 아이가 왜 죽음을 선택했을까요? 선생님도 성적 비관이 사인이라고 생각해요? 아마도 학교에서는 아이가 성적이 안 좋아서 그랬다고 했겠죠? 중학교 때 그 아이는 항상 웃고 있었어요. 늘 조용한 아이였는데, 담임 선생님 말로는 따돌림을 당했다고 했어요. 그 아이는 감정을 숨기고 살았던 거예요."

아마도 이 선생님은 아이가 따돌림을 견디지 못해 결국 죽음을 선택했다고 말하고 싶은 것 같았다. 중학교 내내 어쩌면 초등학교 때부터 아이는 힘들었을 것이다. 경쟁이 더 치열한 고등학교에서 아이는 더 버틸 수 없었을 것이라며 말을 잇지 못했다. 아이의 얼굴이 떠오르는 듯 허공을 바라보며 한숨을 쉬었다.

"따돌림당해서 죽었다고 하는 것보다 성적을 비관해서 죽었다고 하는 것이 학교나 부모의 죄책감을 덜어 주겠지요?"

청소년들이 자살을 했을 때 언론에서는 주로 성적 비관이 이유라고 보도한다. 따돌림을 당해 괴로워하다가 목숨을 끊었다는 보도는 이따금 들을 수 있을 뿐이다. 교육 개혁과 교원 평가 등이 논의될 때마다 학교폭력은 언론의 자극적인 이슈로 등장한다. 하지만 사건의 본질을 파헤치거나 근본적인 대책을 세우는 것에는 무관심했다. 학교가 아이들의 삶을 외면할수록 따돌림에 희생되는 아이들은 늘어만 간다. 이 선생님은 이런 아이들에 대해 깊은 죄책감을 느끼고 있었다. 그녀의 절망감은 깊었다. 아이들에 대한 무관심과 아이들의 삶보다는 성적순으로 줄 세우는 교육, 이것에 노예가 되어 버린 학교가 그녀를 가장 괴롭게 했다.

문득 후득후득 빗방울이 떨어지는 소리가 들렸다. 창밖을 보니 눈보라가 아니라 차가운 겨울비가 내리고 있었다. 눈이 온다면 포근해질 텐데 비가 내리는 것을 보니 당분간 추위가 이어질 것 같다. 퇴근 시간이 가까워졌지만 쉽게 일어서지 못했다. 한 방 얻어맞은 기분이 들어 머릿속이 멍했다. 이내 마음을 정리하고 자리를 털고 일어났다.

_판도라의 상자가 열리다

지난해는 아이들과 학교에 대해 알아 가는 과정이었다. 한 해를 겪어 봤으니 이제는 먼저 준비하고 만들어 가야 한다. 중학교 3학년을 맡은 뒤 내 각오도 단단해지는 것 같다. 더욱이 이곳은 비평준화 지역이라서 곧 고등학생이 될 아이를 둔 부모들의 절박감은 더욱 심했다. 내 목표는 우리 반에서 한 명도 이 지역에서 가장 수준이 낮다고 알려진 학교에 보내지 않는 것이다. 무엇보다 영어와 수학 실력을 올리는 것이 중요하다. 가난한 지역에 사는 우리 아이들에게 성적은 인생을 바꿀 수 있는 결정적 요소가 될 수 있다.

반 배정을 본 선생님들은 김윤재와 강태주가 우리 반이 된 것을 보고 한마디씩 했다. 작년에 2학년 수업이 없었던 터라 나는 두 아이에 대해 잘 몰랐다. 윤재와 태주는 아이들을 괴롭히고 폭행한 사건으로 우리 학교뿐 아니라 이웃 학교에서도 문제가 된 아이들이라고 했다. 다른 반 센 아이들 무리와 함께 다녔기 때문에 아이들도 두려워했다. 그 질서가 3년째 유지되고 있어서 더욱 문제였다.

어쨌거나 나는 윤재와 태주에게 우리 반 애들은 건드리지 말라고 타일렀다. 내 뜻을 알았는지 아이들을 괴롭히지 않았다. 윤재와 태주는 아침 독서 시간에 영어 단어도 열심히 외웠다. 진학 상담과 틈틈이 진로 상담을 할 때도 두 아이는 그리 소극적이지 않았다.

퇴근 후 영어 문장을 뽑고 수학 문제를 요약하는 일이 일상이 되어 버렸다. 자습 시간마다 시험과 채점을 반복하는 것이 때로는 힘에 부치기도 했다. 하지만 아이들이 잘 따라 주어서 보람을 느꼈다. 수업 시간에 대답하는 아이들은 없지만 떠드는 아이들도 없었다. 아이들은 내 뜻에 공감하고 내 스타일대로 움직였다. 아이들을 통제하는 데는 규율이나 체벌로 두려움을 주기보다 성적이 인생에서 가장 중요한 것이라고 주입하여 스스로를 통제하게 하는 것이 더 효과적이라는 것을 나는 알고 있었다. 우리 반은 누가 뭐라고 해도 나에게는 최고의 반이었다.

이 선생님은 나와 다른 방식으로 3월을 맞이하고 있었다. 환경 미화 준비가 한창이던 어느 날, 선생님은 복사기 앞에서 뭔가를 열심히 편집하고 있었다.

"선생님, 뭐 하세요?"

"우리 반 아이들 1인 1역할 표를 만들고 있어요. 우리 반 애들은 다 부장이에요. 참, 아이들과 급훈을 정했는데 정말 좋아서 선생님께 자랑하고 싶어요. 담양 소쇄원으로 수학여행 다녀왔잖아요. 그때 우리 반 애들이 대나무 앞에서 사진을 찍었거든요. '아이들에게 대나무 뿌리가 어떻게 생겼냐고 물었죠. 그리고 서로 연결되어 있는 대나무 뿌리와 올곧게 선 대나무 줄기에 대해 이야기했어요. 아이들이 '서로 올바르게 서려면 함께 손을 잡아야 한다'고 말하더군요. 그래서 우리 반 급훈이 '함께 올곧은 대숲처럼'이 되었어요."

봄 날씨답지 않은 훈훈한 바람에 목련나무의 연둣빛 잎들이 가볍게 흔들렸다. 한 번도 대숲의 향을 맡아 본 적은 없지만 은은하고 그윽한 생명력이 느껴지는 듯했다.

새 정부 들어 보충수업 형의 방과 후 학교와 자율학습은 강제성을 띠었다. 아이들도 교사들도 더 큰 부담을 느꼈다. 그러나 이 선생님은 전혀 개의치 않고 꿋꿋이 공동체를 말하고 있었다.

"역시 선생님은 아이들에게 의미 있는 이야기를 많이 해주시네요. 선생님 반 아이들은 느끼는 게 참 많겠어요. 우리 반은 급훈도 정하지 않았는데……."

"그래요, 선생님. 나름대로 열심히 하시니까 힘내세요."

이 선생님과 나는 서로 각자의 교육관을 존중했다. 그러나 그녀는 내가 아이들에게 성적과 경쟁만을 강조하는 것에 대해 심각하게 우려하기도 했다. 특히 내가 입버릇처럼 "이 사회에서 살아남기 위해서는……"이라고 말할 때면 불편한 기색을 감추지 못했다. 마찬가지로 나 역시 이 선생님이 성적보다는 따돌림 문제에만 집중하는 것 같아 아쉬움이 들었다. 아이들 일에 일일이 개입하는 것에 대해서도 전적으로 동의하는 것은 아니었다. 그러나 이 선생님이 아이들을 진심으로 사랑하고 아낀다는 사실은 한번도 의심한 적이 없다.

이 선생님은 가끔 우리 반에 대해 말해 주곤 했다. 꼼꼼히 필기하는 아이들의 눈빛이 고3 같다고 했다. 딴짓은 안 하지만 너무 조용해서 조금은 적응하기 어렵다고도 했다. 5월이 되자 서서히 무기력한 아이들이 눈에 띈다고 우려하기도 했다.

그러나 우리 반은 대체로 공부를 안 하는 아이들이 조용하기 때문에 수업하기 좋은 반이라는 평가를 받고 있었다. 이 선생님은 혹시 윤재와 태주 때문에 아이들이 눈치를 보는 게 아니냐고 했다. 언제부턴가 이 선생님의 예민함이 불편하게 느껴지기 시작했다. 윤재와 태주는 다른 아이들과 특별히 다르지 않았다. 이 선생님이 두 아이를 너무 나쁘게 생각하는 것 같아 섭섭하기도 했다.

"선생님, 혹시라도 아이들 앞에서 두 아이를 의심하지 말아 주세요.

제가 이기적이어서 그런지 모르지만, 반 아이들한테는 그러지 말라고 여러 번 얘기했거든요. 그런 일 없을 거예요."

"혹시나 해서 말씀드린 거니까 신경 쓰지 마세요. 애들 앞에서는 그런 표현 안 할게요. 기분 상했다면 미안해요."

냉랭한 내 태도에 이 선생님은 조금 당황스러워하는 눈치였다. 그일이 있은 뒤에 한동안 이 선생님과 아이들에 대한 이야기를 하지 않았다. 내가 싫어한다는 사실을 안 이 선생님은 먼저 말을 건네는 일이 뜸해졌다.

6월 기말고사 성적은 기대했던 만큼은 아니었지만, 우리 반은 상위권에 속했다. 성적이 올라간 몇 명의 아이들과 부모님들이 내게 고마움을 표시했다. 나는 더욱 힘이 났다. 하지만 윤재와 태주는 점점 공부에 흥미를 잃어 가는 것 같았다. 의욕이 없는 아이들을 끌고 가기란 쉽지 않았다. 윤재와 태주 친구들의 목소리가 점점 커지는 것 같았지만 내 앞에서만큼은 순한 양이었다. 여전히 내가 우리 반 아이들이 최고라고 말하면, 이 선생님은 담임 눈에 좋아 보여 다행이라고만 대답할 뿐이었다.

그렇게 1학기가 흘러갔다. 태양을 머리에 얹은 듯 무더운 어느 날이었다. 여느 때처럼 수업을 마치고 교무실에 들어오는데 철민이가 이 선생님에게 혼나고 있는 것이 보였다. 이 선생님은 담임인 내가 지나가는데도 아랑곳하지 않고 철민이를 계속 야단쳤다. 철민이는 고개를 푹 숙이고 있었다. 다른 아이들의 시선을 의식하며 애써 아무렇지 않은 척했다. 이 선생님이 철민이에게 소리쳤다.

"네가 동욱이 뺨을 때렸기 때문에 널 때렸어. 왜 친구 뺨을 때렸니?"

철민이가 복도에서 동욱이 뺨을 때렸다는 것이다. 철민이는 변명도 하지 않고 연거푸 "죄송합니다"는 말만 했다.

"센 척한 거야? 동욱이는 너에게 뺨을 맞고도 표정 변화가 없던데. 너, 처음 때린 거 아니지? 너 같은 애들 너희 반에 많지?"

철민이는 고개를 끄덕였다. 순간 뒤통수를 얻어맞은 것처럼 멍했다. 철민이에게 어떤 애들이냐고 따져 묻고 싶었다. 철민이는 숙제와 심부름을 시키거나 심지어 대놓고 폭행을 하는 아이들의 이름을 말하기 시작했다. 자기만 그런 것이 아니라고 변명도 했다.

"사실은 저도 호성이한테 자주 맞아요. 걔는 장난이라고 하는데 발로 걷어차는 게 어떻게 장난이에요?"

호성이는 윤재 무리였다. 문득 복도에서 격투기를 흉내 내던 장면이 떠올랐다. 철민이는 가해자이면서 동시에 피해자였다. 이 선생님은 철민이가 하는 말을 받아 적고 있었다. 아이들 사이에서 가장 약한 아이라고 통했던 승헌이에게 한 폭력은 차마 말 못할 정도로 끔찍했다. 폭력을 당한 아이는 승헌이뿐만이 아니었다. 철민이는 약해 보이지 않으려면 어쩔 수 없었다고 했다. 철민이는 무리에 속해 있지만 그 아이들의 행동을 경멸하는 투로 말했다. 상상도 못한 끔찍하고 엄청난 이야기에 몸서리가 쳐졌다.

"네 말을 들어 보니까 폭력을 당하면 그 아이한테 항의하는 것이 아니라 자기보다 약한 아이한테 화풀이를 했네. 혹시 너희 반에 서열이 있다고 생각하니? 만약 그렇다면 서열을 그림으로 그릴 수 있겠니?"

"우리 반 전부 그릴 수 있어요."

철민이는 확신에 찬 듯 그리기 시작했다. 이 선생님은 이름 옆에 어떤 아이들을 어떤 방식으로 괴롭혔는지 화살표로 나타내고 설명을 덧붙이라고 했다. 철민이는 그림을 그리다가도 문소리가 날 때마다 돌아보았다. 문 쪽을 힐끔 쳐다보던 철민이의 눈이 나와 마주쳤다. 철민이는 펜을 떨어뜨렸다.

"지금 쓰기 어려우면 수업 끝나고 다시 만날까?"

철민이는 고개를 들지 못했다. 자기가 모든 것을 말했다는 것이 알려질까 봐 겁이 난 것 같았다. 이 선생님은 일단 철민이를 교실로 보내자고 했다. 수업 시작종이 울린 지 10여 분이 흘렀다. 당혹스러워하는 나에게 이 선생님은 조용히 말을 건넸다.

"이제라도 알았으니 다행이에요. 방과 후에 철민이하고 이 그림을 마저 그리고 좀 더 얘기해 보세요."

이 선생님은 철민이가 그리다 만 우리 반의 모습을 보여 주었다. 가장 정점에는 김윤재, 두 번째 서열에는 강태주가 있었다. 내가 없는 교실에서 아이들은 그들만의 질서를 만들어 살아가고 있었다. 끔찍하게도 이 선생님이 의심했던 가상이 현실로 증명되는 순간이었다. 두 아이를 중심으로 폭력이 감춰져 있었다는 믿지 못할 사실이 내 눈앞에 드러났다.

"선생님, 아직은 다른 선생님들께 말하지 마세요. 더 밝혀내야 할 일들이 많아요. 만약 지금 생활지도부에 넘긴다면 가장 심각한 승헌이 사건 하나만으로 징계만 내리고 말 거예요. 반 아이들이 어떻게 폭력을 묵인해 왔는지 확인한 다음에 방법을 찾아야 해요."

이 선생님의 말이 잘 들리지 않았다. 충격과 배신감으로 온몸이 떨렸다. 하지만 다른 좋은 방법이 떠오르지 않았다. 이 선생님이 이끄는 대로 할 수밖에 없었다.

방과 후에 남으라고 했지만 철민이는 수업이 끝나자 집으로 가버렸다. 이 선생님은 예상했던 일이라며 철민이가 네 번째 서열이라고 지목한 반장 종완이를 부르는 것이 좋겠다고 했다. 영문을 모르겠다는 얼굴을 하고 있는 종완이를 보자 화가 머리끝까지 치밀어 올랐다. 반장이 심부름꾼이 되어 아이들을 괴롭혔다는 것은 더욱 용서할 수 없었다.

"너는 반장인데도 그 아이들이 시키는 대로 다 하고, 숙제도 알아서 해주었지? 그리고 센 척하려고 그 애들과 함께 반 아이들을 괴롭혔고. 선생님들에게 숨겨 왔던 너희들의 폭력을 지금부터 다 밝혀야 한다. 그것이 네가 살 길이고 반장으로서 할 일이다. 이 그림을 네가 완성해라."

이 선생님의 불호령이 떨어지자 종완이는 철민이가 그리다 만 그림을 그리기 시작했다. 삼각형 안을 여덟 개의 층으로 나누었다. 그리고 괴로움을 당한 자기보다 아래 서열의 아이들을 향해 화살표를 그었다.

"너도 애들한테 괴로움을 당한 적이 있니?"

"초등학교 때 아이들한테 조금……."

"그러니까 누가 강하고 약한지 너무 잘 알겠구나. 그러면 옳은 일인지 잘못된 일인지 판단을 했어야지."

잠시 주춤하는 아이에게 사실대로 적으라고 할 뿐 어떤 말도 할 수 없었다. 강약의 질서는 초등학교 때부터 자리 잡혀 있었다. 아이들 세계의 감춰진 질서는 이 선생님이 연구 공책에서 말한 개미굴과 같은 것이었다. 개미는 인간이 발견하기 어려운 은밀한 곳에 굴을 파고 자기들만의 왕국을 건설한다. 이 세계를 지배하는 아이들이 누구인지는 아직 모른다. 하지만 나의 가장 큰 실수는 윤재와 태주, 그리고 반장 종완이를 믿었다는 것이다. 반장을 통해 반 분위기를 파악하려고 한 것과, 내가 보는 우리 반이 전부라고 믿은 과신도 내 눈을 흐리게 했다. 배신감만큼이나 죄책감이 몰려와 가슴이 답답했다.

종완이는 그림을 다 그렸다. 그림은 마치 커다란 피라미드처럼 보였다. 가장 위에는 김윤재가 있었고, 그 아래는 강태주, 또 그 아래는 호성이와 철민이를 비롯한 열다섯 명의 아이들 이름이 있었다. 이 선생님은 종완이에게 종이를 주면서 어떤 식으로 괴롭혔는지 사건들을 쓰라고 했다. 그러고는 종완이의 기록을 바탕으로 질문을 만들었다.

"강태주는 왜 김윤재 밑에 있는 거야?"

"윤재가 초등학교 때 애들이랑 태주를 따돌린 적이 있었어요. 그리고 윤재 누나 남친이 노는 형이에요."

"그렇구나. 셋째 서열 아이들은 어떤 아이들이야? 서로 친해?"

"윤재랑 친한 애들이에요. 착하지만 애들에게 심부름을 잘 시켜요. 재호랑 성희는 약한 애들을 정말 많이 괴롭혀요. 따귀를 때리고는 장난이었다고 말하고…….."

"그럼, 너는?"

"윤재 숙제를 대신 해주고 그랬어요. 저도 애들을 괴롭혔어요."

종완이는 자기보다 아래 서열에 있는 몇 명을 찍었다. 위 서열의 애들한테 당하면 좀 더 잔인한 방식으로 아래 서열의 아이들을 괴롭혔다.

"어떻게 괴롭혔는데? 아까 네가 말한 세 번째 아이들처럼 말이지?"

앞서 철민이는 종완이가 앞장서서 애들을 괴롭혔다고 말했다. 하지만 종완이는 나서서 할 아이가 아니었다. 종완이는 옆에서 누군가가 조금만 부추기면 별 생각 없이 행동으로 옮길 수 있는 녀석이었다. 배후가 있을 것 같다고 생각해서인지 이 선생님은 종완이를 다그쳤다.

"너, 똑바로 말해. 윤재가 시킨 거야?"

"윤재는 직접 때린 적 없어요. 그런데 하라고 시켰는데 하지 않으면 욕을 하면서 화를 냈어요. 태주는 심부름 시켰는데 안 하면 화내고 때리는 거 봤어요."

종완이는 자기가 속한 서열과 그 위 서열 아이들의 잘못을 솔직히 말하지 않는 것 같았다. 손이 부르르 떨렸다. 내게 신호조차 보내지 않고 아이들한테 저항해 보지도 않았다. 마치 당연한 일인 양 윤재와 태주에게 당하기만 한 아이들의 심리를 이해할 수 없었다.

"셋째 서열의 아이들은 윤재하고 태주랑 친한 애들이에요. 윤재와 태주 뒤에서 얻은 후광 효과죠. 재호나 성희는 처음에는 애들과 친하지 않았지만 독립적으로 아이들을 괴롭히면서 친해졌을 거예요. 방과 후에도 같이 돌아다니다 보니까 더욱 친해지지 않았겠어요? 다른 아이들의 눈에는 한 덩어리처럼 보이겠죠."

이 선생님은 개미굴의 구조로 아이들의 관계와 심리가 어떻게 작동하는지 설명했다.

"그럴 수도 있겠네요. 종완아, 너는 아까부터 규민이가 가장 심하게 이 애들을 괴롭혔다고 했어. 왜 그런 거 같니?"

종완이가 그린 그림에서 규민이는 넷째 서열에 속했다. 이 선생님은 종완이가 여덟째 서열에 표시한 승헌이, 재형이, 창민이를 가리키며 물었다.

"규민이는 승헌이가 자기 샤프를 망가뜨렸다고 소문을 냈어요. 또 미술 준비물을 맡겨 놓았는데 잃어버렸다고 이자 붙여 갚으라고 하면서 때린 적도 있어요. 창민이하고 재형이는 규민이한테 뺨도 맞고 발로 걷어차였어요. 아마 재형이가 규민이 심부름을 가장 많이 했을 거예요."

"그런데 왜 규민이는 셋째 서열이 아니야? 그 정도로 괴롭히면 너희들과 다를 게 없잖아? 학기 초에 같이 집에도 가고 그랬잖아?"

"전에 규민이가 윤재한테 두들겨 맞았거든요. 대들어서……."

머릿속이 하얘지는 것 같았다. 윤재는 그 존재만으로 아이들에게 거대한 성이었다. 윤재는 약한 아이들에게 직접 주먹질을 하지 않았다. 하지만 그의 질서에 저항하면 어떤 일을 당하게 될지 아이들은 짐작하고 있었다. 규민이는 그 후로 윤재 무리 안에 들어갈 수 없었다.

"어쩌면 윤재에게 당한 이후로 규민이가 애들을 더욱 괴롭혔을 거예요. 윤재 무리에 들어가고 싶어서였을 수도 있고, 윤재와 별도로 반에서 세 보이고 싶었겠지요. 그런데 윤재 무리가 너무 거대하니까 규민이는 강하다고 인정받지 못하고 센 척했다는 비난을 받게 된 거죠."

이 선생님의 해석은 그럴듯해 보였다.

"종완이는 규민이 일에 대해서는 잘 말했는데, 네가 한 일이나 윤재나 태주가 한 일에 대해서는 구체적인 게 없네. 규민이가 만만해서 그렇구나? 선생님, 이거 반 애들한테 다 물어봐야 할 것 같아요. 애가 말을 다 안 해주네."

종완이의 얼굴이 굳어졌다. 사실대로 말하지 않은 일들이 드러날까 봐 두려운 듯 보였다. 그것은 나도 마찬가지였다. 이 선생님은 경찰 같았다. 아니 언론사 기자 같기도 했다.

물끄러미 종완이가 그린 그림을 바라보았다. 이 선생님은 이 그림을 '학급의 카스트'라고 이름 붙였다. 위 서열로 올라가기 위해서는 아이들 앞에서 강하다는 것을 보여 주어야 했다. 공부는 잘 못해도 착하고 성실한 아이들 이름이 다섯째 그리고 여섯째 줄에 있었다. 눈에 띄지는 않았지만, 봉사상 후보로 마음속에 정해 두었던 아이들이었다.

"여기에 있다가 얘들을 괴롭혀서 위로 올라가기도 해요."

종완이는 맨 아래 서열을 가리키며 말했다. 이 아이들은 '찌질이들'이라는 소리를 들을까 봐 뭉쳐 다니지도 않았다. 가슴이 먹먹했다. 이 아이들에게는 괴로움을 당해도 풀 수 있는 대상이 없었다.

종완이에게 더 이상 나올 이야기는 없다며 그냥 보내자는 이 선생님의 제안에 동의했다. 이 선생님은 종완이의 어깨를 토닥이며 한마디 던졌다.

"수고했다. 이제는 잘못에 대한 벌을 받고 용서를 구할 일만 남았어."

이 선생님은 반 아이들에게 진술을 받자고 했지만 윤재와 태주의 눈치를 보느라 아이들이 과연 솔직하게 말할 수 있을지 의구심이 들었다.

"애들이 말을 할까요?"

"이 그림에 나와 있는 서열에 따라 세 그룹으로 나누죠. 선생님이 첫째 서열부터 셋째 서열 애들과 생활지도부실에서 이야기해 보세요. 넷째 서열은 상담실에서, 다섯째부터 마지막 서열까지는 교실에서 제가 진술을 받죠. 제 수업 시간과 선생님 수업을 붙여서 그 시간에 해보죠.

그런데 선생님, 다 밝혀지기 전까지 부장 선생님께 말하지 않는 게 좋겠어요. 지금 모든 아이들이 다 관련되어 있으니까 더 확실한 증거를 확인하는 것이 급할 것 같아요."

이 선생님의 판단이 옳은 것 같았다. 하지만 난 이 선생님만큼 용감하지 못했다. 눈앞에서 벌어질 일들을 감당할 엄두가 나지 않았다.

"종완이 그림을 보셔서 아시겠지만, 문제의 핵심에는 윤재가 있어요. 윤재가 일짱 자리에서 내려와야 해요."

"하지만 윤재는 규민이 때린 것 말고는 직접 괴롭힌 일이 없잖아요. 아이들이 스스로 두려워한 것이 윤재 잘못인가요?"

"결과만 놓고 말할 수는 없어요. 직접 때리지는 않았어도 평소에 위협적인 이미지를 보여 주었다면 윤재가 잘못한 거예요."

"윤재는 선생님들이 자기에 대해 편견을 가지고 있다고 억울해했어요. 저는 윤재도 다른 애들과 동등하게 대하고 싶었어요."

"이제야 알겠군요. 왜 애들이 이렇게 당하면서도 선생님께 말하지 않았는지……."

"그게 무슨 뜻이죠?"

"보세요. 애들은 '강자와 약자', '지배와 피지배' 구조로 학급을 바라보고 있어요. 하지만 선생님만 평등하게 보잖아요. 그러니 애들 눈에는 선생님이 윤재 편에 서 있는 것처럼 보이죠."

"저도 윤재가 바뀌길 바랐어요. 윤재가 학교 공부에 흥미가 없어 밖으로 도는 것 같았어요. 저를 잘 따라서 신뢰를 쌓았다고 생각했는데……."

"윤재는 선생님에게 좋은 면만 보이려고 했을지도 모르죠. 선생님도 윤재가 선생님 때문에 좋아지고 있다고 믿고 싶었겠죠. 그런데 윤재가 공부를 하면 아이들을 괴롭히지 않을까요? 괴롭히는 아이가 없는 학급은 공부를 열심히 하지요. 안정된 학급일수록 불안함이 사라지고 공부를 하려는 마음이 생기니까요. 하지만 이건 좀 다르죠. 공부를 강조한다고 화목해지는 것은 아니에요. 만약 공부만 강조한다면 애들이 '우리 선생님은 공부밖에는 몰라' 하며 더욱 마음을 닫을지도 몰라요. 성적 말고 아이들과 삶에 대해 대화를 나누어 보신 적이 있나요?"

"그렇다고 중학교 3학년인데 공부 얘기를 안 할 수도 없잖아요. 아이들이 다른 곳에 정신을 두고 있으니 이런 일이 일어난 것이겠지요."

"성적과 경쟁으로 인한 스트레스 때문이라고는 생각 안 하세요? 선생님의 '이 사회에서 살아남으려면……'이라는 말이 아이들에게 아직 다가오지 않은 현실에 대한 긴장감과 무력감을 줄 거라는 생각은요?"

"사실이 안 그런가요? 이 선생님처럼 이상적인 교육만을 할 수는 없잖아요. '공동체, 공동체' 하시지만 지금 학교를 보세요. 교장 교감은 순수한 교육 활동을 하는 교사보다는 시키는 대로 업무를 잘하는 교사를 더 인정하잖아요. 우리가 발 딛고 있는 사회는 적자생존의 세계라고요. 권력자들이 만든 경쟁 구조라고 하더라도 여기에 적응하지 않으면 오히려 피해를 볼 수밖에 없어요. 이 선생님도 현실에 동조하지 않아서 억울한 일을 많이 당하셨잖아요. 지금 우리 반 애들이 이 카스트에서 살고 있는 것과 똑같다고요.

몇몇 애들이 지독하게 당한 것을 생각하면, 반장까지 합세해서 애들을 괴롭힌 일을 내가 모르고 있었다는 사실만 생각하면 저도 미치겠어요. 그 애들은 당연히 처벌받아야 되겠지요. 하지만 이런 일…… 인정하고 싶지는 않지만 애들도 적응해야만 해요. 자기가 살 길은 자기가 뚫어야 한다는 것을 이번 기회에 배워야 한다고요."

"선생님은 적자생존이라는 구조 속에서 개인이 자유로울 수 없다는 것을 스스로 인정하시는군요. 그러면서 애들한테 이 지긋지긋한 카스트 속에서 살 길을 알아서 찾아라? 선생님이 마지막 서열의 아이들이었다고 해도 그런 말씀을 할 수 있겠어요? 애들한테는 죽을 때까지 상처로 남는다고요."

"저도 잠깐이지만 학창 시절에 폭행을 당한 경험이 있어요. 학생과에 말하려고 했지만 그 애들이 보복할 것 같았어요. 한 번쯤은 누구나 그런 경험을 했다고 생각해요. 하지만 그때 알았죠. 공부하지 않으면 남들이 우습게 여긴다는 것을……. 그래서 이 악물고 공부했어요. 아이들한테도 그런 오기가 필요하지 않을까요? 제가 성공할 수 있었던 건 어쩌면 그 애들 덕분이에요. 전 애들이 자신감을 잃지 않도록 공부를 도와줄 거예요."

"선생님이 힘들었던 학창 시절을 혼자 극복해 낸 건 대단해요. 그래요, 성공했다는 것에 강한 자부심을 가질 수 있지요. 그런데 모든 사람들이 다 성공의 길을 가나요? 마치 자수성가한 재벌 회장이 노동권을 무시하며 자기가 노동자였을 때를 얘기하는 것과 같군요. 전에 기간제 선생님에 대해 얘기한 적이 있죠? 그때 교장 선생님이 그 선생님에게 뭐라고 했는지 아세요? '이런 대우를 받아 봐야 이 악물고 공부할 수 있다'고, '오히려 고마운 줄 알라'고 했어요. 그러고는 교육청 라인의 교사를 쓰기 위해 그 선생님을 해고했죠. 최선을 다하면 너희도 성공할 수 있다는 말! 그 말도 안 되는 신화들로 자신의 배를 불리는 사람들과 뭐가 다른가요?"

"그래요. 그렇게 비난할 수 있어요. 하지만 그것이 옳지 않아도 어쩌겠어요? 선생님처럼 아이들에게 꿈과 이상만 심어 줄까요? 아이들도 어차피 이 경쟁에서 살아남기 위한 싸움을 해야만 해요. 전 아이들이 조금 더 노력하길 바라요. 툴툴 털고 일어나서 저처럼 공부해서 괴롭힌 녀석들의 코를 납작하게 만들면 좋겠어요. 약하니까 우습게 보는 거고, 약하니까 당하는 거예요. 경쟁은 끝난 게 아니에요. 이길 수 있는 시간은 충분하다고 생각해요."

"전 늘 선생님이 좋은 교사를 꿈꾸는 분이라고 생각해 왔어요. 특히 약한 아이들 편에 선다고 생각했어요. 윤재를 호의적으로 말씀하시는 이유도 윤재의 어려운 가정환경을 생각해서라는 거 잘 알아요. 우린 그 점에서 공통점이 있어요.

하지만 선생님, 약자인 아이들에게 무조건 강해지라고 다그치기보다 먼저 그들의 자존심을 지켜 줘야 하지 않을까요? 제가 꿈과 이상만 심어 준다고 하셨나요? 진정한 자존심은 현실에서 찾아야 해요. 자존심이 있는 사람은 현실의 불합리한 모습에 저항감을 느끼지요. 자존심을 지키는 것이 진정으로 강해지는 길이라고요. 현실을 망각한 채 자신감을 가지라는 말은 자존심을 버리라는 말과 같다고 생각해요. 그건 자기를 부정하라는 무책임한 말 아닌가요? 선생님, 그런 교육이 정말 옳다고 생각하세요?

저는 우리 아이들이 힘이 지배하는 사회를 비판할 수 있길 바라요. 그것이 교육에서 말하는 민주적인 시민이겠지요. 촛불시위에서 '대한민국은 민주공화국이다!'라고 당당히 외친 청소년들처럼 말이죠. 부조리한 현실을 방관하는 어른들보다 훨씬 훌륭한 아이들 아닌가요? 아이들이 사회적 약자의 편에 서서 더 평등하고 정의로운 세상을 만드는 주체가 될 수 있도록 돕는 것이 교사의 몫이라고 생각해요."

"저는 이 선생님을 항상 존경해 왔어요. 그건 지금도 마찬가지예요. 저도 선생님이 꿈꾸는 세상이 오길 바라요. 하지만 그런 세상이 오려면 선생님 같은 분들이 많아야 하잖아요? 하지만 현실에서는 선생님 같은 교사는 그렇게 많지 않아요. 저는 노동자 집안의 자식이에요. 제가 가장이라고요. 전 선생님처럼 용감하게 살 수 없습니다. 지금껏 그랬듯이 이 사회의 틀에 적응해서 살아야 한다고 생각해요."

"아…… 선생님, 그럼 이 사회는 바뀌지 않아요. 작은 촛불 하나가 세상을 밝히는 법이니까요."

이 선생님과 나는 결코 이어질 수 없는 평행선에서 서로를 안타깝게 바라보고 있었다. 그녀는 이데아를 꿈꾸고 있다. 세상은 그녀의 꿈을 허용하지 않을 것이다. 세상은 그녀처럼 순수하지도 도덕적이지도 않다. 내가 비교적 평탄한 길을 간다면, 그녀는 험준하고 힘든 길을 가게 될 것이다. 어쩌면 그녀는 후회할지도 모른다.

이 선생님의 말대로 이 엄청난 사건을 완전히 밝힐 때까지 학교에 말하지 않을까 고민했다. 하지만 나 혼자 감당할 수 없다는 결론을 내렸다. 일이 이 지경이 되도록 담임이 뭐했냐는 비난을 혼자 감수하기보다는 학교 측과 책임을 나누는 것이 나을 것 같았다. 이 선생님이 나를 도와줄 수 있을지도 모른다고 고민해 보았다. 그러나 이 선생님이 도와준다고 하더라도 내가 주도적으로 모든 것을 이끌어야 한다. 그런데 그럴 자신이 없었다.

이 선생님과 논쟁을 끝내고 자리로 돌아왔다가 곧바로 학년 부장을 찾아갔다. 학년 부장은 내 이야기를 듣고 눈이 휘둥그레졌다. 학년 부장은 쉬쉬했다가는 큰 일 난다며 호떡집에 불난 것처럼 뛰어다녔다. 그러더니 이 선생님을 불러 아이들이 진술한 내용을 대충 요약해서 생활지도부에 넘기라고 했다. 보건실과 생활지도부에서도 이 선생님을 찾았다. 곧 교장 선생님에게까지 이 일이 알려졌다. 교장실에 다녀온 이 선생님이 잠시 나에게 보자고 했다.

"교장 선생님이 저한테 뭐라는지 아세요? 저보고 이 일에서 손 떼래요. 제가 아직 사건이 다 밝혀진 것이 아니라고 했더니 생활지도부에서 알아서 할 테니 더 알아보지 말라는 거예요. 왜 그런지 아세요? 승헌이 일만으로도 충분히 처벌할 수 있으니까 더 알려지면 곤란하대요. 지난 일 들쑤시면 상처받는 애들이 더 많아진다는 말도 안 되는 이유를 대더군요.

생활지도부에서는 가해자를 추려서 빨리 넘기라고 난리예요. 가해자? 누굴 어떻게 추릴 건데요? 지금 이 상황에서 누가 가해자고 누가 피해자라는 말이에요? 빨리, 빨리, 빨리! 학교는 급하죠. 빨리 처리 안 하면 일이 커질 수 있으니까요. 하지만 이미 늦었어요. 아이들은 한 학기 내내 상처를 받았어요. 그동안 아무도 눈치 채지 못했어요. 승헌이가 애들이 두려워 교실에 못 들어갈 때 다들 이상한 아이라고 했어요. 아이들이 거짓말을 할 때도 눈치 채지 못했다고요. 그러면서 이제 와서 빨리 빨리 하라고요? 누굴 위해서요? 지금은 진실을 찾는 게 더 중요한 시점이잖아요. 지금 선생님이 경솔하게 학교 측에 말하는 바람에 일이 이렇게 굴러가고 있다고요!"

난 이 선생님 앞에서 어떤 말도 할 수 없었다. 흥분을 애써 가라앉히며 그녀는 재빠르게 차선책을 찾아보려고 했다.

"일이 이렇게 된 이상 두 가지 방향에서 진행합시다. 학교에서 원하는 것은 징계를 했다는 절차상의 서류예요. 처벌하려면 가해자와 피해자가 분명해야 합니다. 내일 우리가 말한 대로 세 팀으로 나누어 진술을 받고 가려 보는 수밖에요."

생활지도부실에서 첫째 서열에서 셋째 서열에 해당하는 아이들이 진술을 하고 있는 동안, 잠시 교실에 올라왔다. 약한 아이들 혹은 그 서열에서 벗어나려고 다른 아이들을 괴롭힌 아이들은 처음에는 못 쓰고 서로 눈치만 보고 있었다. 이 선생님은 아이들을 설득하기 위해 최선을 다하고 있었다.

"얘들아, 너희 반은 이렇게 삼각형 모양의 구조를 하고 있다고 누가 그러더라. 그런데 이것은 제일 강한 아이가 위에 있고, 위에 있는 아이는 아래쪽 아이를 괴롭히는 나쁜 형태이지. 난 너희가 이것을 착한 삼각형으로 바꾸었으면 좋겠어. 어떻게 만들면 될까? 맨 위에는 누가 있어야 할까?"

"승헌이요."

"순정이요."

"승호요."

"그러면 착한 삼각형 맨 아래쪽에는 누가 있어야 할까?"

"윤재요."

"태주요."

"그런데 이 그림은 완성된 것이 아니야. 아래쪽에 있는 아이들이 모두 꼭대기로 올라와서 이렇게 평등한 반이 되어야 해. 그렇게 되기 위해서는 위에 있는 아이들이 사과하고 진정으로 용서를 구해야겠지?"

이 선생님은 삼각형의 아랫부분을 없애고 꼭대기 부분을 길게 늘였다. 아이들은 고개를 끄덕였다. 자신들이 지금 하는 진술이 단순한 신고가 아니라 모두를 위한 것임을 아이들은 잘 알고 있었다. 또한 괴로움을 당해 온 자신의 이야기가 이미 밝혀졌고, 자신들을 괴롭혔던 아이들이 곧 처벌될 것이라는 확신이 들자 거침없이 써 내려가기 시작했다. 아이들은 종이를 더 달라고 했다. 자신이 한 행동과 다른 아이가 자기에게 했던 행동, 자기가 보고 들은 폭력을 두세 장이 넘도록 썼다. 아이들의 진술을 확인하자, 나와 이 선생님은 한동안 말을 잇지 못했다. 전쟁터 같은 교실에서 아이들이 몸을 사리고 불안한 나날을 보냈을 것을 생각하니 화가 나고 가슴이 미어졌다.

판도라의 상자가 다 열렸다. 생각보다 훨씬 많은 아이들이 피해를 입거나 혹은 가해를 했다. 괴로움을 당해 온 아이들은 눈빛으로 진실이 밝혀지길 간절히 바라고 있었다. 엉킨 실타래가 우리에게 던져졌다. 이 선생님은 가해자이자 피해자인 아이들에게 어떻게 책임을 물을 것이며, 윤재와 태주의 질서에 순응하고 방관했던 아이들을 어떻게 지도할지 해답을 찾아야 한다고 강력히 말했다. 나는 여전히 책임과 처벌, 용서와 화해의 절차를 주도하는 것이 부담스러웠다. 이 선생님이 옆에서 도와주겠다고 했지만 내게는 벅찬 일이었다. 이 선생님 말대로 가해자와 피해자가 복잡하게 얽혀 있었다. 교실에서 일어난 성폭행 사건의 경우만 하더라도 강제로 시킨 아이들, 구경한 아이들, 휴대 전화로 동영상을 찍은 아이들, 그것을 돌려 본 아이들 모두가 가해자였다.

섣부르게 말한 것을 후회해 본들 소용이 없었다. 아이들과 관련된 일들을 모두 밝히되, 생활지도부로 넘길 아이들은 추려야 한다. 이 선생님과 나는 성폭행과 구타, 금품 갈취를 지속적으로 해온 열 명이 넘는 아이들을 추렸다.

윤재는 끝까지 자신의 잘못을 인정하지 않았다. 성폭행도 하지 않았고 직접 때린 적도 없다고 주장했다. 윤재 아버지는 아이를 감싸기 시작했다. 태주 어머니는 학창 시절 남자아이들 사이에 흔히 있는 일 아니냐며 자식을 두둔했다. 교사들의 편견으로 자신이 아이가 자신감을 잃어버릴 것을 염려하는 부모들도 있었다. 이 선생님의 우려는 현실이 되어 버렸다. 징계로 모든 것을 마무리하려는 움직임이 느껴졌다.

징계를 받고 있는 아이들이 자리를 비운 우리 반은 굉장히 평화로웠다. 음침했던 고요함은 사라지고 교실이 매우 시끄러워졌다. 승헌이도 아이들과 축구를 하며 잘 지냈다. 수업 시간에도 아이들은 활기차게 대답을 했다.

이 선생님은 반 아이들 전체가 서로 자기가 괴롭혔던 아이에게 사과의 편지를 쓰는 화해의 자리를 마련해야 한다고 제안했다.

"아이들이 반에 서열이 존재했다는 사실을 인정하고, 이렇게 되기까지 모두에게 책임이 있다는 것을 생각하는 시간이 필요해요. 이렇게 하지 않으면 징계를 다 받고 아이들이 돌아왔을 때 다시 예전으로 돌아갈 수도 있어요. 아이들이 함께 새로운 학급 질서를 세워야 해요."

하지만 나는 가해를 한 아이들이 징계를 받은 것으로 충분하다고 생각했다. 일이 다 마무리된 것 같은데도 이 선생님은 계속 제안을 했다. 시험 문제를 출제하고 수업 준비를 하는 것도 벅찬 상황이었다. 하지만 그래도 이 선생님의 제안대로 편지 쓰는 시간을 마련했다. 하지만 이 선생님은 그렇게 하면 아이들이 승헌이한테만 사과 편지를 쓸 것이라며 아쉬워했다. 또 내가 반장 선거를 다시 하겠다고 하자 반대하며 나를 설득했다.

"선거할 때 반장은 평화롭고 폭력 없는 학급을 이끌 수 있어야 한다고 아이들에게 이야기하셨죠? 제가 보기에는 그것이 잘 전달되지 않은 것 같아요. 아이들은 그동안 살아온 방식대로 선거를 치렀을 뿐이에요. 이번 일은 선생님과 아이들 모두에게 책임이 있어요. 물론 종완이는 징계를 받을 만큼 잘못을 했어요. 하지만 진심으로 반성을 했는데도 반장에서 물러나야 하는 것은 다시 한 번 신중하게 생각해야 할 것 같아요."

"종완이에게 다시 기회를 주면 잘할 수 있을까요? 그리고 또 걱정되는 것은 이번 경우가 선례가 될 수도 있다는 점이에요. 아이들을 또 희생시킬 수는 없어요. 아이들도 반장을 다시 뽑기를 바랄 거예요."

"비유가 적합한지 모르겠지만, 영국 명예혁명의 핵심인 '권리장전'처럼 선한 아이들이 규칙을 만들고, 반장과 징계받는 아이들이 지킬 수 있도록 하는 것이 가장 좋을 것 같아요."

반장 선거에 대해서는 의견이 일치할 줄 알았는데 이 선생님과 나는 생각이 달랐다. 어떻게 해야 할지 고민이 되었지만, '징계를 받은 학생은 학급회 임원이 될 수 없다'는 교칙을 따르기로 했다.

그 사이 이 선생님은 생활지도부장에게 학부모 교육 연수를 하자고 설득하고 있었다. 가해 학생들의 학부모들이 학교폭력의 심각성을 알고 자녀들을 지도하도록 도와야 한다고 주장했다. 다행히 학교폭력대

책자치위원회(교장, 학생생활지도 경력자, 학부모 대표, 판사·검사 또는 변호사의 자격을 지닌 자, 경찰 공무원, 청소년 보호에 지식을 가진 자로 구성된 법정 기구)에서는 아이들의 징계를 교내 봉사로 하되, 의무적으로 학부모 연수에 참가할 것을 결정했다. 이 선생님은 학교폭력으로 피해를 입은 자녀를 둔 학부모를 강사로 섭외하기 위해 동분서주했다.

_목련꽃처럼

이번 일을 겪으며 아이들의 견고한 구조와 서로 물고 뜯는 질서가 폐쇄적으로 존재하는 현실을 인정했다. 내가 이 선생님에게 현실과 타협하라고 말했지만, 이 선생님은 그것이 아이들을 위하는 것이 아니라고 반박했다. 이 선생님이 없었다면 나는 모든 것을 생활지도부에 맡겨 버렸을 것이다. 만약 그랬다면 표현이 어눌한 승헌이는 피해 사실을 직접 진술해야 했을 것이다. 그로 인해 승헌이와 부모님은 더욱 고통을 당해야 했을 것이다. 또 윤재는 직접 가해하지 않았다는 이유로 징계를 받지 않았을지도 모른다. 이 선생님은 이번 사건이 다 해결된 것이 아니라고 했다. 학교폭력은 무엇보다도 추후 지도가 필요하다며 내게 신신당부했다.

이 선생님이 한 경험을 나도 하게 될 줄은 상상도 못했다. 이 선생님이 너무 쉽게 단정짓고 있다고 판단했다. 그녀의 활동은 대단하지만 나에게는 하나의 예시에 불과했다. 나는 나대로, 이 선생님은 자신의 방식대로 교육을 하면 그만이라고 생각했다. 그러나 충격적인 사건을 겪고 난 뒤 자만에서 조금 벗어났다. 또 아이들 사이의 관계와 연대를 중시하는 그녀의 방식을 훨씬 더 이해하게 되었다.

이 선생님을 보며 나이팅게일처럼 살아가는 사람들이 많아지길 바라는 소망도 생겼다. 지금도 행복은 개인의 노력에 달려 있다고 믿고 있지만, 이 선생님 같은 나이팅게일이 학교에 많아지길 바라고 있다. 나는 골칫덩어리 아이들을 졸업시키고 고등학교로 내신을 썼다. 입시 준비로 여력이 없는 아이들에게는 나 같은 개인주의적인 교사가 어울리지 않을까? 혹시 그들에게 내가 나이팅게일로 보일 수도 있지 않을까?

고등학교로 옮긴 후 전임 학교에 행정 서류를 떼러 잠시 들렀다. 이 선생님의 안부가 궁금해서 교실로 찾아갔다. 해맑게 웃는 이 선생님의 얼굴이 눈에 들어왔다. 이 선생님은 이렇게 말하는 것 같았다.

"얘들아, 밖에 목련 좀 봐. 꽃망울이 금방이라도 터질 것 같지 않니? 너희들도 꽃처럼 아름다운 4월을 맞이하길 바란다. 우리 반을 행복한 반으로 만들기 위해 지금부터 노력하자!"

아이들의 웃는 얼굴이 하얀 목련꽃처럼 보였다. 갑자기 작년 우리 반에 있었던 일이 떠올랐다. 생각을 떨치려고 서둘러 교무실로 갔다. 이 선생님의 자리를 찾았다. 책꽂이에는 낯익은 공책이 여전히 꽂혀 있었다. 연구 공책에는 우리 반에 대한 기록이 추가되었을 것이다. 이 선생님은 나의 무능함을 어떻게 기록했을까? 조해리의 창으로 나를 분석하지는 않았을까?

나는 그만 호기심을 참지 못하고 주위 선생님들이 보건 말건 상관없이 공책을 뽑아 들었다. 〈끝〉